[美]
雷蒙德·钱德勒
Raymond Chandler

洪雷 译

漫长的告别

The
Long Goodbye

北京联合出版公司
Beijing United Publishing Co.,Ltd.

图书在版编目（ＣＩＰ）数据

漫长的告别 /（美）雷蒙德·钱德勒著；洪雷译. —— 北京：北京联合出版公司，2016.12（2025.10 重印）

（推理家系列）

ISBN 978-7-5502-8705-1

I. ①漫…　II. ①雷…　②洪…　III. ①推理小说—美国—现代　IV. ① I712.45

中国版本图书馆 CIP 数据核字 (2016) 第 232525 号

漫长的告别

作　　者：［美］雷蒙德·钱德勒
出 品 人：赵红仕
责任编辑：丰雪飞
封面设计：郑金将

北京联合出版公司出版
（北京市西城区德外大街83号楼9层 100088）
北京新华先锋出版科技有限公司发行
三河市兴博印务有限公司印刷　新华书店经销
字数238千字　620毫米×889毫米　1/16　18印张
2016年12月第1版　2025年10月第10次印刷
ISBN 978-7-5502-8705-1

定价：39.50元

1

与特里 · 卢恩诺克斯的第一次会面，是在一辆劳斯莱斯银色幽灵上，那时他一副醉醺醺的样子坐在车里。舞者酒吧的服务员将车子从停车场开出来，停在露台外，打开车门后便一直扶着车门在那儿等着，特里 · 卢恩诺克斯的左脚还耷拉在车门外，他多半已经忘记自己还有这么一条腿了。年纪轻轻的他，头发却早早地白了。这会儿的他看起来和那些挥金如土、总是一身晚宴装束的阔少没什么区别，除了那双醉醺醺的眼睛。

在他旁边，一位红发女郎正带着轻慢的笑容。她的肩上披着一件蓝色的貂皮衣服，好像劳斯莱斯车都要逊色半分，当然，这有些夸张了，事实上也不可能。

那个服务员是随处可见的那一类混日子的小青年，总是一副受了多大气似的神情，他的身上穿着一件白色的外套，胸前绣着红艳艳的几个字，那是他们餐馆的名字。"先生，你这样让我没法儿关门。"他的话格外刺耳，"要么你把脚收进车里，要么我把车门打开，你滚下来。"

他丝毫不在乎那位女郎看过来的眼神，尽管那眼神像是要戳穿他的身体，再从后背冒出来四英寸那么锐利，但他一点儿都不紧张。当你狠狠挥霍一把，打了一场高尔夫球，以为自己的人格也高贵起来，舞者酒吧就会有人专门戳穿这种幻觉。

停车场里忽然开进来一辆国外的敞篷车，从车上下来一个男人。他穿着花格子衬衫，黄色长裤，黄色马靴。他叼着一根香烟，打火机"啪"的一声把烟点上，吐着圈儿慢悠悠地走了，一眼都没有往劳斯莱斯这边看。或许，这种档次的车，在他眼里根本不值一提。他走到露台的台阶前，停了一下，拿出一个单片眼镜戴了上去。

"亲爱的，我有个不错的主意。"女郎说道，风情万种，"我们可以坐出租车先回你住的地方，然后开上你的敞篷跑车，沿着海岸一路飞驰到蒙迪赛托。那里正有个泳池派对呢，应该有不少熟人。"

"恐怕你要失望了。"白发青年温吞吞地说道，"那辆车换主人了，我把它卖掉了，我也没办法。"这种腔调和语气太正常了，让你以为他没有喝过酒，喝的只是橙汁。

女郎不动声色地向边上挪了挪，坐到一个离他比较远的地方："亲爱的，你说卖了？我不太明白。"那声音比他们之间的距离更加遥远。

"是的，为了不饿肚子，卖了。"

"哦，好吧。"现在要是她身上放着一块意大利冰激凌，肯定不会融化，那声音一点温度都没了。

"先生，快点儿吧，我还要停下一辆车呢。"服务员已经把白发青年视为和他一样的低收入群体了，"咱们下次再磨蹭——要是有机会再见的话。"

他松开车门，不再去扶它，醉成一摊烂泥的白发青年顿时从车座上滑了下去，跌坐在柏油马路上。这种时候我不可能袖手旁观，于是我走了过去。跟醉鬼打交道绝不是一个好主意，这一点我早就知道，因为哪怕他认识你，甚至跟你关系很好，也有可能突如其来揍你一拳头。我用胳膊架在他的腋下，将他扶起来。

他很有礼貌，说道："谢谢你！"

那位女郎挪了挪屁股，坐到了驾驶座上，用不锈钢似的声音说道："感谢你扶他。他每次喝醉酒，那副讨厌的英国腔就上来了。"

我说："我还是把他扶到后座上去吧。"

然而她踩了一下油门儿，劳斯莱斯向前动了起来。

"对不起，我要赶在迟到之前去参加那场约会。你也许该给这条迷路的狗找个家，不用担心他随地大小便——这点可以确信。"她笑着说，那笑容冰冷极了。

我眼睁睁看着那辆劳斯莱斯驰出车道，上了日落大道，然后向右拐了个弯，消失在我的视线里。我扶着那个睡得格外香甜的男人，直到那个身穿白色外套的服务员回来。

我说："确实，这也是个不错的办法！"

他说："当然。醉鬼最麻烦了，谁愿意去管？"

"你知道他的名字吗？"我问。

"我刚来这里两个星期，而且这种人就算被搬到运牛车上，我也懒得看上一眼。我只是听见那位美女叫他特里。"

"请把我的汽车开到这儿来，多谢了！"我把停车券交给他。

我觉得自己就像跟一袋子铅块较劲似的，好在这时我的奥兹莫尔比开了过来。白制服好心搭了把手，帮我把那个男人扶到前座上。这位尊贵的客人睁开一只眼睛，向我们道谢，然后眼睛合上，鼾声又起。

我对白制服说："这么有涵养的醉鬼，我还是第一次见。"

"他们全都是狗屎。"他说，"我见过形形色色的酒鬼，也就长相、块头和举止上有点差别罢了。我想，多半我们的这位朋友开刀做过整容手术吧。"

"有可能。"我说。

白制服说得不错，我的这位新朋友的确做过整容手术，而且手术规模绝不会小。他的右脸僵硬而苍白，有几道细细的疤痕，疤痕周围的皮肤微微发亮。

我掏出一块钱小费递给白制服，他道了声谢，问道："你准备把他怎么办？"

我说："告诉我他的住址，我带他回家，得让他醒醒酒。"

白制服冲我笑了笑。

"如果我是你，我就把他丢进臭水沟里了事。这种嗜酒如命的家伙最会给别人添麻烦了，我的办法对付他们最有效了。你居然给自己找麻烦，算了，我不说了。现在人跟人都争破了头，我还是多省点儿力气，在关键时刻用来保护自己吧。"他说。

"你倒是无师自通。"我说。

他起初一脸的迷惑，等他反应过来发脾气的时候，我的车子已经启动了。

他的话其实并不是没有道理，特里·卢恩诺克斯的确给我带来一大堆麻烦。不过，谁让我干的就是这一行呢？

如今我在月桂谷亚卡大道的小山坡上租了一所房子，小小的蜗居被挤在巷子的最深处，前门有一溜红木台阶，出了门就是一片小树林，全都是小尤加利树 [1]。房东是一位老妇人，暂时居住在爱达荷州的女儿家里，她女儿的丈夫不幸去世了。

房租可以说相当便宜，而且自带家具，大概是因为房东希望能随时搬回来住，只需要提前跟租客打声招呼就可以了吧。不过，那些台阶多半也是房租低廉的一个原因，毕竟她的年龄一天比一天大了，每次回家都要克服这段长长的台阶路，其实很不容易。

我费了不少力气，才扶着这位醉鬼走完这道台阶。我看出他有心想帮我省

---

[1]尤加利树是桃金娘科植物的统称，在我国俗称桉树。大多数品种为高大的乔木，少数品种为小乔木（文中的小尤加利树，应该是指小乔木），还有极少数的品种为灌木。——译注

点力气，可是他指挥不了自己的那两条腿，跟橡皮泥似的，说了半句抱歉，就又睡了过去。我打开门，连拖带拽把他弄进屋里，扶他躺在沙发上，给他身上搭了一条毯子。听着他的呼噜声，我只觉得像一头大海豚在叫唤。睡了一个小时后，他忽然醒过来，要去上厕所。从厕所出来后，他看着我，一副睡眼惺忪、稀里糊涂的样子，问我这是哪里。我告诉了他。他说话时吐字清晰，告诉我他的名字叫特里·卢恩诺克斯，家住威斯特伍德。然后问我要一杯咖啡，加糖。

我把咖啡端出来给他的时候，他小心地将碟子和咖啡一起接过去，端在手里，一边环顾四周，问道："我为什么会在这儿？"

我说："你喝醉了，在舞者酒吧门外的一辆劳斯莱斯车上睡着了。你的女同伴撇下你，她自己走了。"

他说："嗯，她肯定有她的道理。"

"你是英国人？"

"不是，我的故乡不在英国，我只是在那里生活过一段时间。要是能叫到出租车，我就不在这儿叨扰你了。"

"会来一辆车的。"

他没再用我扶，自己走下了台阶。在前往威斯特伍德的路上，他除了向我道谢，说自己挺遭人嫌之外，一句多余的话都没说。或许他经常说这种话，说起来特别顺口。

他住的是公寓，房间狭小，冷冷清清，又闷得让人喘不过气来，我甚至在想他是不是当天下午刚刚搬进去的。在硬邦邦的绿套沙发前有一张桌子，桌子上放着半瓶苏格兰威士忌、两只玻璃杯子、三个空空如也的汽水瓶、一碗已经融化成水的冰，还有一个烟灰缸，烟灰缸里的烟头堆成了一座小山，有些烟头上有口红印。

整个房间里没有一张照片，也看不到什么个人物品，就像是一间用来开会或者临别时喝几杯酒、聊聊天、睡睡觉的酒店，一点儿长期居住的氛围都没有。

他给我也倒了一杯酒，我道了声谢，却没有喝那酒杯。我只待了一小会儿，就起身告辞，临走前他又向我连番道谢。不过，从那种感谢里，你仅仅能听出我曾经帮助过他什么，却绝不是上刀山下火海的那种恩情，简单点儿说就是，有，但近乎忽略不计。能看出他有些激动，还有点儿不好意思，不过话语客气得实在过分。

我等候电梯上来的时候，他就开着屋门，站在门口。我进了电梯后还在想，就算这个人一无是处，至少还有礼貌。

他没有跟我提他的工作完蛋了，也没有提那位女郎，更没有提在舞者酒吧时，他花光了身上的最后一张钞票，为那位身娇肉贵的婊子付了账，可她却多一分钟都不想在他身上浪费，哪怕他有可能被一个野蛮的出租车司机撞飞到大街上，或者被巡街的警察铐起来关进监狱。

乘坐电梯下楼那会儿，我真想冲回楼上去，把他的那瓶苏格兰威士忌从他手中抢出来。不过，做到这一步我已经仁至义尽了，而且即便那样做，多半也无济于事，一个酒鬼要是酒瘾犯了，总会有办法弄到酒。

我咬了咬嘴唇，选择开车回家。我自认为是一个铁石心肠的人，不过遇上他以后，不知为什么，忍不住就动了恻隐之心。或许是因为他的那头白发，还有脸上的那些疤痕？又或者是他那清亮的嗓音？抑或谦逊有礼的绅士风度？或许全都有吧，这些加起来就有了足够的理由。

我想起了女郎说的话，他是一条迷路的狗。这么说来，其实我跟他除了这一次意外的相遇外，并不会有更多的交集了。

2

然而，在感恩节过后的第一个星期，我又遇到了他。

在好莱坞大道的街道两旁，各个店铺都已摆出了形形色色的圣诞节礼物，定价一样比一样高。就连每天的报纸上，也都极尽诱惑：圣诞节商品要趁早购买，不然追悔莫及。实际上，你怎么做都会后悔，本来就是这样嘛。

停车的时候，旁边有一辆警车与我的车并排停在那儿，这里距离我的办公室所在的大楼还有几条街。警车上有两个警察，他们的目光死死地盯着人行道上的一家店铺，不，其实是店铺橱窗边上的什么。天，那是特里·卢恩诺克斯！或者说是他的身躯——他现在的形象实在有失体面。

显然，他需要依靠在某个东西上，于是他依靠在了一家店铺的橱窗上。他至少有四五天没有刮胡子了，衬衫邋里邋遢，领口大敞，一大半都耷拉在夹克的外面。他的脸色更加苍白了，眼睛看起来就像积雪堆上的两个黑窟窿。他的鼻子皱成一团，以至于脸上的那些细长的疤痕都不明显了。

显而易见，警车上的那两个虎视眈眈的警察正准备拘捕他。我赶忙走过去，把他的胳膊抓在手里，故意表现出一副怒气冲冲的姿态，呵斥道："站直了！跟我走！"

"你喝多了？能行吗？"我从侧面冲他眨了眨眼睛。

他看我的第一眼，说不出有多么迷茫，不过却惯性地露出了他那半边脸微笑。

"我喝醉是不久前的事儿。"他深吸了一口气说，"现在只是——有点儿空虚。"

"明白了。试着抬抬脚，看能不能走。别被抓进酗酒者拘留所。"

他卖力地抬起脚，在我的搀扶下，穿过行人来来往往的人行道，走到护栏跟前。有辆出租车正停在那儿，我拉开车门，可司机却指了指前面的一辆出租车，说道："他比我先。"

他转过头来，看见了特里，又补充说："如果他愿意拉你们的话。"

我说："我的朋友生病了，情况紧急。"

司机说："我懂。他去哪儿都是加急病号。"

我说："付你五美元，怎么样？能让我们看到你那美丽的笑脸吗？"

"行，这活儿我接了！"他把手里的杂志扔到镜子后面，我看见杂志的封面上好像有个火星人。我把手伸进车窗里，从里面把车门打开，然后把特里·卢恩诺克斯推上车。这时出租车另一侧的车窗被巡逻警车的阴影给挡住了，从警车上下来一位白发苍苍的警察。

我绕过出租车，迎着他走过去。

"迈克，发生了什么事？这个脏不拉叽的家伙真的是你的好朋友吗？"

"我担保他没有喝醉。他跟我足够亲近了，我看得出来，他需要朋友。"

"是为了钱吧？"警察把手伸到我的面前，我拿出自己的执照，放在他的手上。

"哦，这样啊……"他看了两眼，把执照递还给我，"弄了半天，原来是私家侦探硬凑过来发展客户。"他的语气更加不友好了："马洛先生，你的一些情况我从执照上已经了解了，不过他呢？"

"他是电影公司的雇员，名字叫特里·卢恩诺克斯。"

他把脑袋伸进了出租车里，瞅了瞅瘫坐在角落里的特里："非常好！我一眼就看出来了，他已经好长时间没有工作过了，而且最近也没有在房屋里睡过觉，以我的经验判断，他是一个无业游民，我们有义务逮捕他。"

我说："你是不是很少有机会抓人？在好莱坞这片地界儿这似乎很稀奇啊！"

"阁下，你说说，你的这位朋友叫什么名字？"他盯着车里的特里，问道。

特里不慌不忙地回答："菲利普·马洛。家住月桂谷亚卡大道。"

警察从车窗内缩回脑袋，转过身来摊摊手说道："你刚刚告诉他的吧？"

"有这种可能，不过事实上没有。"

他盯着我看了好一会儿，这才说道："我就信你一回，不过最好别让我再看到他在街上闹事，把他弄走吧。"他上了警车，呼啸而去。

我也上了出租车。穿过三条大街后，来到停车场，我把自己的车开了出来。我给了出租车司机五美元，他摇了摇头，面无表情地说道："还是按计程表来算吧，付我一美元就够了——如果你不介意凑个整数的话。我在藩市也潦倒过，那是一座毫无人情味的城市，想坐出租车，没有任何人肯载我。"

我脱口问道："三藩市？"

他说："我叫它藩市。让那些贵族后裔见鬼去吧。多谢。"他只收了一美元，开车走了。

我们把车开到一个免下车餐馆，其他餐馆的汉堡连狗都不吃，这一家还过得去。特里·卢恩诺克斯就着一瓶啤酒吃了两个汉堡，然后我开车带他回家。那一溜台阶对他来说依旧是一道难关，不过他一边往上爬，一边龇牙笑着。洗澡、刮胡子，一个小时后，他看起来有点儿人样了。我们坐下来，调了一杯酒精度比较低的酒喝了起来。

"真是难得，你还记得我的名字。"我说。

"我调查过你的资料，特意记下的。我还是能做到这些事的。"他说。

"那你为什么不给我打个电话呢？这是我的固定住址，另外我还有个办公室。"

"我不好意思打搅你。"

"你的朋友不多吧？那么你就好意思打扰别人？"

"我有几个朋友，当然，都比较特殊。"桌子上的酒杯被他一个劲儿地转来转去，"求助别人是一件很难为情的事，况且，我是自作自受。或许有一天我能把酒戒掉吧。"他抬起头来，一脸的微笑，不过笑容中满是疲惫："你说呢？反正他们都这么说。"

"看样子，至少要等到三年以后了。"

他惊讶了一下："三年以后？"

我说："我说的是普遍情况。毕竟那是另一个世界，灰暗、阴郁，没有色彩，听不到令人振奋的声音，这一切你都得习惯。你可能会反复发作，所以要留出一定的弹性空间。你曾经的朋友或许已经变得冷淡，他们不再欢迎你，而你也不愿和他们中的大部分人打交道。"

"这些变化对我来说无所谓。"他扭头看了眼钟表，"在好莱坞的公交车站，我寄存着一个价值两百美元的手提箱。要是能取回来，把它典当掉就能换个便宜点儿的，还能多一笔前往拉斯维加斯的路费，去了那边我或许可以找到一份工作。"

我点了点头，慢慢品着我的酒，没有说话。

他平静地说："你是不是在想我早该这么想了？"

"我是在想，事情不会如你所说的那么顺利。不过这不是我需要插手的。你有没有把握找到工作？或者，仅仅只是一个美好的愿望？"

"我可以找到的。我在那儿有一位在部队时很合得来的战友，他在那儿开着一家泥龟俱乐部。他应该被归为地头蛇一类的混混儿，他们都是……不过换一个角度看，他们都是善良的人。"

"车费以及其他的一些开销，我可以帮你凑到。我只希望这些钱花出去，换来的是靠得住的东西。我看，提前给他打个电话商量一下比较好。"

"多谢，不过没必要。"他说，"兰迪·斯塔尔从来没有让我失望过，这次也不会。我以前干过，那个手提箱可以当到五十美元。"

我说："你听我说，你需要的钱我来帮你弄。我从来不会出于同情心去帮助别人，所以你不要推辞。把我给你的钱收下。我只希望你以后不要再给我添麻烦，可我总有这样不祥的预感。"

"哦？什么样的预感？"他低着脑袋，眼睛直直地盯着玻璃杯，慢慢地品着酒，"我们只见了两次面，我就已经麻烦了你两次。"

"我的预感是，下一次你会遇到一场大麻烦，而我却帮不了你。这种感觉很强烈，不过我自己也想不明白为什么会有这样的感觉。"

"可能是因为这个。"他的两根手指的指尖轻轻地在右脸上画来画去，"这些伤疤令我看起来不像个好人。不过，这些伤疤是我的荣耀——最起码是为了荣耀而受的伤。"

"不，不是因为这个。我是一个私家侦探，我不会在意你的伤疤。虽然你在我的眼里是一道谜题，但我没必要去解开。真正的谜题是——或者也可以说是预感——委婉地说，应该叫个性引发的感应。你在舞者酒吧门前的那位女伴，不单单是因为你酗酒才抛弃你，我认为她也预感到了什么。"

"她叫西尔维娅·卢恩诺克斯，我们结过婚。我和她结婚是为了钱。"他笑着说道。

我皱了皱眉，站起身来："你应该饿了，我去给你弄些炒鸡蛋。"

"等一下，马洛。你是不是很疑惑，西尔维娅是个富婆，而我是个瘪三，为什么我没有跟她要钱花？你应该知道自尊心这种东西吧？"

"卢恩诺克斯，你真幽默。"

"很抱歉让你不高兴了。可事实就是这样，我的自尊心和其他人的表现方式不太一样。因为我除了自尊心之外，什么都没有了。"

我进了厨房，做了一些炒蛋、烤面包，还有加拿大腌肉和咖啡。这顿饭我们就在厨房的早餐台上解决了。想来在建造这栋房子的时代，还流行在厨房里加设早餐区。

我跟他说我得先回办公室一趟，回来的途中再去取他的手提箱。他把寄存单拿给我。这会儿他的脸色看起来不那么苍白了，眼睛也不像骷髅那般深陷了——只要你使劲往里盯是可以看到的。

"你的自尊心最好用到这个地方。"临走前，我把威士忌放在了沙发前的桌子上，"跟拉斯维加斯那边通个电话，就当是帮我的忙了。"

他耸了耸肩，微微一笑。我穿过那溜台阶时，心里依旧憋着一股气。我不知道是什么原因，我也想不通，到底是什么样的原则，令一个大男人宁肯流浪街头，挨饿受冻，也不愿先把自己身上的衣服和饰品典当了救急。不管是什么原则，总之他是一个有原则的人，按照自己的原则做事。

那样的手提箱我还是第一次见，太古怪了，地道的英国货，用漂白后的猪皮制作而成，崭新的时候应该是乳白色的，带有黄金做的配饰。就算在这个地区能够买到，也绝不是一两百美元能够搞定的，至少要支付八百美元。

当我带着手提箱找到他时，发现他这次跟我一样清醒，桌子上的酒瓶他并没有动，这会儿他正在抽烟，看样子也不是很好这口。他对我说："我给兰迪打过电话了，他埋怨我没有提前给他打电话，气冲冲的。"

我说："你怎么会求助一个陌生人？"

然后我指了指那个手提箱，又说："这是谁送你的？西尔维娅？"

"不是。"他盯着窗外，说道，"这是我在英国的时候，别处的人送给我的。那时候我还不认识她呢。想起来，那真是好久好久以前的事了。要不，我把它留在你这里，如果你能弄个旧的让我用的话。"

"我用不着你拿任何东西做抵押。"我从皮包里数出五张二十美元的钞票交给他。

"这怎么好意思呢？我用不了这么多钱，而且你也不是开典当铺的。我仅仅是不想带着它去拉斯维加斯。"

"手提箱留在我这里，这些钱你就收着吧。这样总可以了吧？"我说，"不过，这个房间没有防盗功能，可能招来小偷的觊觎。"

"没什么大不了的。"他云淡风轻地说道，"一个普通玩意儿而已。"

他换了一身衣服，五点半的时候，我们来到穆索饭店吃晚餐，没有叫酒水。之后我就开车回家，而他去卡浑家车站乘坐公交车。一路上，我的脑子里翻来覆去地想，不久前他坐在我的床上把那只手提箱打开过，将里面的东西全都塞进了我给他的一个便捷手袋，那只空空如也的手提箱现在就搁在我的床上，箱子上的锁眼儿里边插着一把黄金钥匙。

我把空空的手提箱锁上以后，将黄金钥匙系在了提手上，然后放在了衣橱里最高的架子上。然而，我总感觉里面并不是空的，还装着什么东西，不过我没有兴趣知道。

房间在入夜以后显得更安静，也更空荡了。我摆好棋盘，用法兰西防御开局，和斯坦尼茨较量起来。这盘棋有两次他都差点儿输给我，不过最终，在第四十四步时，他险胜了我。

九点半左右，我接到一个电话，电话另一头的声音我肯定不陌生。

"请问是菲利普·马洛先生吗？"

"您好，我是马洛。"

"我是西尔维娅·卢恩诺克斯。马洛先生，不知道你还记不记得我，上个月的一天晚上我们在舞者酒吧前面见过面。我打听到是你把特里送回家的，对吗？"

"没错，是我。"

"我们现在已经不是夫妻了，估计你也知道了吧，不过，我还是有点儿担心他。我不知道他现在住在哪里，我问了好多人也没有打听到，他根本没有回他在威斯特伍德的那间公寓。"

"是的，我知道你有多么担心他，我们第一次见面的那天晚上我就看出来了。"我说。

"马洛先生，请你不要误会，虽然我跟他结过婚，但我非常讨厌酒鬼。你或许觉得我那天的表现有点儿不近人情，不过我当时正好有很重要的事情要办。我听说你是一名私家侦探，对吗？要不这样吧，耽误你的这些时间，我可以按照你们行业的收费标准来支付。"

"没这必要，卢恩诺克斯太太。他现在正坐车前往拉斯维加斯，那边有他的一位朋友愿意提供一份工作给他。"

"啊！拉斯维加斯！"她好像一下子精神振奋起来，说道，"那是我们结婚的地方！没想到他还挺念旧情。"

"我猜，他早忘了这码事。"我说，"要不然他可能更愿意去别的地方。"

"你跟客户交谈的时候，都这么失礼吗？"她讥诮地笑了起来，不过并没有把电话挂掉。

"卢恩诺克斯太太，您不是我的客户。"

"这可说不准，没准儿哪一天就是了呢？最起码，你不该这样对待一位女性朋友。"

"我就这态度。你要是愿意花些时间去找他，多半能找得到。不过上次他兜里一分钱也没有，浑身脏兮兮的，像个乞丐一样，他都没有获取你的帮助，估计这次也不会。"

"你说的也许不对呢？好吧，晚安！"她冷淡地说道。

或许她并没有做错什么，是我大错特错了，不过我心里不愿意承认。要是她的电话早打来半个小时，斯坦尼茨那家伙可能会被我杀得片甲不留，不过那家伙早死了。他的棋局，是我从书里看到的，他在五十年前就死了，非常遗憾。

3

离圣诞节还有三天，我突然收到一张现金支票，金额是一百美元，来自拉斯维加斯银行。里面还夹着一张信纸，是某个大酒店印发的。信上他祝我圣诞节快乐，祝我万事如意，另外就是一些感谢我的话了，还说希望用不了多久能与我再次重逢。另有附言，格外富有戏剧性，他说："西尔维娅向我道歉了，说愿意再做一次尝试，我们现在已经复合了。"

我在报纸上社交版的一个嫌贫媚富的专栏上看到了更为详细的内幕。这种专栏我只有在找不到其他东西可厌恶的时候才拿来看的，平常是理都不理的。

我们收到一则激动人心的消息，据驻外记者报道，特里和西尔维娅·卢恩诺克斯这对年轻的夫妇又复合了，地点依旧在拉斯维加斯。她的父亲是旧金山和圆石滩的大亨——哈伦·波特。位于恩希诺的豪宅现在正在重新装修，西尔维娅聘请了让娜·狄奥克斯和马塞尔两位设计师。从屋顶一直到地下室，都要重新装潢，换成最新潮、最具爆炸性的风格。读者们应该还记得，这栋拥有十八个房间的豪华木楼，是西尔维娅的前任丈夫库尔特·威斯特海姆赠送给她的结婚礼物。那么库尔特后来怎么样了呢？肯定有读者会这样问。告诉大家，他现在定居于法国的圣德鲁贝斯，跟一位血统高贵的女伯爵和两个非常可爱的孩子在一起，以后他会一直居住在那里。你可能又会问，对于女儿复婚这件事，哈伦·波特这位做父亲的会怎么想，对不对？遗憾的是波特先生从来不接受记者采访，所以我们只能凭空猜测。说起来，社交圈里的这些幸运儿实在太孤傲了，简直是目空一切。

　　真是无聊透顶，我随手将报纸丢到墙根儿下，打开电视机。哪怕是看看摔跤比赛，也比看报纸的社交版有营养。不过，一旦被登上社交版，那么即便原本子虚乌有的事情，也会假戏真做成为事实。所以，这件事很可能并非毫无根据。

　　那栋拥有十八个房间的木楼，对于拥有好几百万资产的波特家族来说，倒是极为匹配的。我在脑海里想象着它的结构，然而更加匹配的，应该是狄奥克斯最拿手的阳具崇拜式新式装潢。我简直无法想象，特里·卢恩诺克斯穿着一件百慕大三角短裤，在一个游泳池边上悠闲地散着步，对着无线电对讲机吩咐管家烤一烤松鸡、冰一冰香槟——我真的无法想象！

　　不过，这跟我又有什么关系？是他自己愿意当别人的玩具傀儡。我甚至都懒得再跟他见面，虽然我知道我们肯定还会见面的，最起码他还有一只黄金配饰的猪皮手提箱在我这儿，不可能就此了断的。

　　三月份的一个下午，天空正下着雨，五点钟左右，他来到了我的那间破破烂烂的"智慧商场"。他的变化非常惊人，脑袋清醒，表情严肃而又平和，显得沧桑了许多，灰白的头发就如鸟儿的胸脯一样平滑。他身上穿着一件牡蛎色的雨衣，没有戴帽子，却戴着手套。想必他和大部分人都一样了，学会了如何躲避别人的拳头。

　　"如果没有打扰到你的话，我们喝一杯吧，找个安静点儿的酒吧。"他说。这情形，就好像十分钟之前他还在这里。我们没有握手，实际上我们从来不握手。他虽不是英国人，但他身上有一些英国人的特性，英国人就不会像生活在美洲的人那样动不动就要握手。

　　"咱们还是先回我住的地方吧，你的那只新潮的手提箱放在我这儿，让我食不甘味，夜不能寐。"我说道。

　　谁料他摇了摇头，说："你再替我保管一阵子吧，就当是做了件善事。"

"此话怎讲？"我问。

"只是我想这么做，没别的。你不会嫌麻烦吧？我当醉鬼之前，有一段时间就跟这只箱子剪不断理还乱了。"

"那不关我的事。你就不要编故事了。"

"要是你担心它被偷的话……"

"同样跟我无关。我们还是去喝酒吧。"

他开着一辆"朱庇特－乔伊特"，车内用浅色的皮革装裱，银制品的配饰，车里空间小得可怜，只容得下我们两个人，车顶用一层薄薄的帆布罩着，用以遮风挡雨。哪怕我对汽车的好坏并不挑剔，但是看到它以后，还是忍不住眼馋了。据他介绍，这辆车秒速可达六十五。一个和膝盖一般高的挂挡又短又粗。

他说："能够比它更先进的自动车挡他们还没有发明出来。其实有没有都无所谓。这个是四速的，就算上坡都可以三挡起步，已经是现在的汽车中最高档的了。"

我问他："你的结婚礼物？"

"心血来潮下送的，就如'恰巧在橱窗里看到这个精致的小东西'一般，我的格调也被渐渐拔高了。"

"挺好的，只要脖子上没有顺带挂一个明码标价的卖身牌。"我说。

他飞快扫了我一眼，又重新把目光集中在泥泞的人行道上："好兄弟，插草标卖身吗？我想说任何事物都有它的价码。你或许觉得我现在并不快乐，对吗？"两排雨刷器优雅地在小小的挡风玻璃上刷上来刷下去。

"就当我什么都没说，我向你道歉。"

他用一种苦涩的语气说道："快乐算什么？现在我有钱，别的都不需要了。"

"喝了酒以后呢？"

"兄弟，不知道为什么，我已能驾驭那东西了。从头到尾都能保持一副彬彬有礼的姿态。当然，以后的事谁又能说得清呢。"

"照我看，你从来都不是一个酒鬼。"

我们来到维克托酒吧，在吧台的一个位置上坐下来，调了一杯"螺丝起子"喝起来。

"他们调的这种酒不地道。"他说，"地道的'螺丝起子'是一半金酒加一半罗斯牌青柠汁儿，并不加别的，比马提尼好喝多了。而他们调的这种'螺丝起子'，除了金酒和青柠汁儿或柠檬汁儿外，还加了糖或苦料。"

"不就是一杯酒吗？我从不挑剔。兰迪·斯塔尔跟你的关系怎么样？我住的那条街上的人都骂他不是个东西。"

"或许吧，我的看法和他们是一致的。不过他不会表现得那么露骨。"他往后靠了靠，一副心事重重的样子，"兰迪还算不上多么讨厌，在拉斯维加斯那种地方，他的生意是合法的。有机会的话，你可以去那里调查一下，或许你们还会成为好朋友。说起登徒浪子来，在好莱坞可不止一两个例子，一丘之貉罢了，我张口就能举出一两个来。"

"谁知道呢，我对流氓向来敬而远之。"我说。

"马洛，世界本来就是这个样子，那不过是个名词而已。而今世界变成了这样，多亏了那两场大战，我们要一如既往，保持成果。兰迪和我，还有另一个同伴，以前同生死共患难，所以就有了不同寻常的感情。"

"你落魄的时候为什么没有去找他们帮忙？"

他一口喝尽杯里的酒，又冲服务生打了个手势："因为我一旦求助，他便不会拒绝。"

服务生把新叫的酒端上来。

我说："这种话也只有我才会听一听。其实你不妨站在他的角度思考问题，既然他欠过你的人情，多半希望有个机会还清的。"

"你说的没错，我心知肚明。"他缓慢地摇了摇头，说道，"说实话，他曾经提供给我一份工作，不过我并不是吃闲饭的人，我付出了汗水。如果要我伸手去乞讨别人的恩惠，那不可能。"

"你宁愿接受一个陌生人的帮助？"

"陌生人——"他凝视着我的眼睛，"那样就可以毫无负担地继续我行我素，就当自己是个聋子。"

我们已经喝了三杯"螺丝起子"，这只是一个人的份，不过对于一个酒鬼来说，这种分量刚刚能把他肚子里的馋虫唤醒。我看到他离喝醉还早着呢，不由得猜想，或许他的酒瘾真的治好了。

他开车把我送回办公室。

"一般情况下，每天晚上八点零一刻，我们的晚宴就会开始，那时会有很多有趣的人聚到一起。那种开销只有百万富翁才能眼皮都不撩一下，而且也只有百万富翁的用人，才对这种排场不那么义愤填膺。"

自那以后，每天五点左右他都会顺道来我这里闲聊一会儿。我们并不是只有一个酒吧可去，不过去维克托酒吧的次数是最多的，或许有某个我不知道的原因，令他对那里情有独钟，让他不会再把自己灌醉，这事连他自己都觉得不可思议。

"就好像每隔一天犯一次病，发作的时候惨兮兮的，但是发作完以后一切又恢复如常，如同什么都没有发生过。"他说。

"我不过是一个私家侦探，你这种名声在外的风云人物为什么要找我喝酒？"

"你这是自谦吗？"

"不，我是不理解。毕竟我们不是一路人，虽说我这个人比较好客。你的家庭生活想必非常滋润。况且，直到现在我也只知道你住在恩希诺，具体住在哪儿我是一无所知。"

"家庭生活？这种东西离我非常遥远。"

酒吧里空荡荡的，除了几个嗜酒如命的酒鬼在吧台的高脚椅上坐着。我们喝的依然是"螺丝起子"。他小心翼翼地看着自己的双手，慢慢端起第一杯酒，生怕弄洒了。

"你可以说得更明白一些吗？我不是太理解。"

"就如电影制片厂说的那样，这是一部没有什么故事情节的大制作。或许西尔维娅过得如鱼得水，但我很不自在。当然，生活在我们这个圈子里，这不是值得考虑的。只要你舍得花钱，有好多事可以做，而且用不着上班赚钱。有钱的人不会在乎所做的事是否真的能带来快乐，他们也很少能够体味到真正的快乐。除了别人的妻子，他们不会执着地渴望某一件东西。他们的所有欲望，就和木匠的妻子想要为客厅换一副新窗帘一样，易如反掌，又毫无成就感。"

我听着他一个人在那里絮叨，半天没有插嘴。

"我的时间多得用不完，所以大部分时间都是想着怎么消磨时间。游泳、骑马、打网球、打高尔夫球……等西尔维娅的那些朋友们好不容易挨到午餐时间，新一轮的吃喝又开始了，用新酒精把昨夜的酒精压下去。你说有趣不有趣？"

"你去拉斯维加斯的那个晚上，她跟我说她非常讨厌酒鬼。"

他咧嘴笑了。我看到他那布满伤疤的脸，在做新的表情时，那半边脸显得更加僵硬了，也只有在这种时候我才会觉察到，或许因为这张脸我已经看得习惯了。

"她说的酒鬼其实只是指穷鬼。如果是有钱人，在她眼里就是豪杰了。哪怕在客厅里喝得大吐特吐，也会有管家去处理。"

"你这话听起来有些酸。"

他一口将酒饮尽，站起身来说："马洛，我得走了。我在这里只会让你厌烦，连我自己都讨厌自己，上帝可以做证。"

"我没觉得你厌烦。倾听对我来说是小菜一碟，因为我受过专业的训练。我早晚会找到答案，你为什么喜欢当一条被人圈养的狮子犬。"

他带着一脸满不在乎的微笑，用手指尖轻轻摩挲着自己脸上的疤痕："你应该好奇的不是我为什么要待在那里，坐在丝绸椅垫上等待她来拍拍我的头，而是应该好奇她怎么会需要我这种人陪伴。"

我也站了起来，抬步跟着他，一边说道："你喜欢丝绸椅垫，喜欢睡在丝绸床单上，有事了就按一按床铃，随时有管家恭候差遣。"

"或许吧。我是在孤儿院长大的。盐湖城的一家孤儿院。"

这一次我比他动作快，抢先把账单付清。出了酒吧后，他说想在街上溜达一会儿。这会儿已经是傍晚了，天空昏昏欲睡。来的时候是我开车带他来的，现在我看着他孤身一人走在一家店铺橱窗洒下来的灯光下，头发苍白，最终消失于雾霭中。

相比之下，我更喜欢那个喝得醉醺醺的他，虽然一身落魄，食不果腹，境况凄惨，可起码有强烈的自尊心。这种感觉是真实的吗？也许吧！可能我很喜欢充当老大哥这样的角色，所作所为连自己都不知道出于何种缘由。干我这一行的，有时候会以问问题为主，有时候会慢条斯理地刻意挑拨对方的怒火，任何一个合格的警察都擅长使用这种手段。这就跟下棋或打拳击一样，有的对手，你得想方设法把他逼入死角，让他没办法站稳，而有的对手，你只需直接出拳，就能把他打倒。

我没有询问他的脸是怎么变成这样的，如果我问了，他多半会把前半生的故事一股脑儿地讲给我听。

如果我问了，他也告诉了我答案，没准儿我就能救两条人命，不过命运弄人。

4

五月份的某一天，刚过四点我们就去了酒吧，时间比往常早了许多，那是我最后一次与他在酒吧喝酒。

他带着一脸的微笑不断地扫视着周围，好像有什么喜事发生了一样。然而实际上，他整个人都消瘦了，脸上的疲惫难以掩饰。

他说："酒吧刚刚开门营业的那一刻，是我最喜欢的时刻。那时候店里面的空气还是清爽的，每一样东西看起来都锃光瓦亮，服务生也抓紧时间最后照一照镜子，看自己的头发有没有乱，领带有没有打偏。站在吧台后面衣着整洁的酒保、亮闪闪的玻璃酒杯，以及那种期待的心情，都是我最喜欢的。傍晚来临，人们饮下第一杯酒，然后把酒杯放在洁净的垫子上，在旁边放一张折叠得整整齐齐的小餐巾，我最喜欢看这样的情景。安安静静的酒吧，安安静静地细细品尝第一杯美酒，那种氛围和感觉，真的是无法言喻。"

其实我对他说的这种感觉深有体会。

他又说："酒精给人的感觉，就好比一场恋爱，初吻让人觉得妙不可言，第二个接吻让人觉得甜蜜，第三个吻就滋味寡淡了。接下来你就该脱人家姑娘的衣服了。"

"不会这么糟糕吧？"我说。

"我倒不是反感性爱。这种高层次的刺激与享受，是不可或缺的，谈不上美丑，不过那绝不是纯粹的情绪，起码在美学范畴上看是不纯的。性爱是时刻需要掌控的东西，如果你有十亿美元的庞大家业，并且不吝把所有的钱都花在这上面，那么性爱就能永远充满激情，让人向往。"

他四下里瞅了瞅，打了个哈欠："昨晚我没睡好，待在这里再舒服不过了。不过再过一会儿，就会有一大群酒鬼把整个屋子都挤满，高谈阔论，喧哗不止。那些讨厌的女顾客们也会四处抛媚眼儿，左右招手，摇晃着手镯叮当作响，把她们那装饰出来的魅力竭尽所能地发挥出来。再过些时间，屋子就会被汗味儿给充斥了。"

"这你担心什么？"我说，"女人也是人，也会出汗，等身体臭烘烘的了，自然会去盥洗室洗澡。你不要妄想红粉迷雾中能飞出什么金色蝴蝶。"

他将杯里的酒喝完，把杯子翻扣在桌子上，眼睛盯着一个逐渐凝聚的水滴，一眨也不眨，直到那滴水滚落下去，他才慢吞吞地说："虽然她是一个不折不扣的荡妇，但我还是忍不住替她难过。与其长相厮守，还不如天各一方。相信我是她身边唯一不会欺骗她的人，总有一天她会需要我的。而那个时候，或许我会选择离开她。"

"你这是王婆卖瓜，自卖自夸。"我盯了他半天，说道。

"也是。"他说道，"我很清楚自己是个懦夫，没有远大的志向，也没有做大事的魄力。如果我抓到一个戒指，发现是铜的而不是金的，都会吃惊上好半天。像我这种只求在人行道行走时不掉进臭水沟的人，在有生之年恐怕最多也只会在荡高的秋千上灿烂片刻，最终再次跌入低谷。"

我掏出烟斗，朝里面塞了些烟丝。

"你到底在说什么？"我问。

"她特别害怕，都吓傻了。"

"什么让她那么害怕？"

"我不知道。大概是怕她父亲吧。最近我们很少交谈。哈伦·波特是个心狠手辣的浑蛋，表面上看起来风度翩翩，像维多利亚时代的贵族绅士，实际上内心比杀人魔王有过之而无不及。他清楚西尔维娅是个荡妇，极为讨厌她，只是没有办法制止她罢了。不过，一旦西尔维娅捅了大娄子，丢了他的颜面，他铁定会把她撕成两半，丢到一千英里外的荒郊野岭埋掉。"

"你真的是她丈夫吗？"

"啪"的一声，他拿起手里的空杯子狠狠地按在吧台的边缘，杯子碎了。酒保瞪大眼睛看着，不过一句话也没说。

"兄弟，就像这样，就像这样。是，我是她的丈夫，书面上是这样写的。我这跟百元一晚的妓院有什么区别？那种白色台阶、绿色大门，握住黄铜门环敲个一长两短，老鸨就会把你带进去的地方。"

我霍然起身，把钱拍在吧台上："够了！你老是说自己那些乱七八糟的废话，我懒得听。再见！"

我丢下在那里怔怔不语的他，一个人走了出去。借着酒吧的灯光，我看到他的脸色煞白煞白的。我听到他在我背后喊了几句话，但我没有理会，径直走了。

十分钟后，我离开了那里，到了另外一个地方，而这时我也开始后悔了。

此后他再也没有来过我的办公室，一次也没有，恐怕这辈子都不会来了。因为我重重地打击了他。

至少有一个月我没有再见到他。某天早上，天刚蒙蒙亮，只五点钟左右，我的门铃响了起来，我被从睡梦中吵醒。我从床上爬下来，有气无力地穿过客厅，打开门后我看到了像是一个星期都没有睡过觉的他。他的身体正瑟瑟发抖，身上穿着一件轻便的大衣，领子高高竖着，眼睛被一顶深颜色的毡帽遮着。

他的手里握着一把枪。

5

那是一把中口径自动手枪，外国货，不是柯尔特或萨维奇，不过他只是握着它，并没有把枪口对准我。那张疲惫不堪的脸苍白到了极点。看着他手上的枪、盖住眼睛的帽檐、直竖的衣领，还有那一脸的疤痕，我恍惚地以为他是从警匪影片中跑出来的。

他一口气说道："送我到蒂华纳，十点一刻的航班，签证和护照都有了，什么都办妥了，就是没有交通工具。五百美元租你的车够吗？我不能从洛杉矶坐火车，公交车和飞机也不行。"

"五百美元再加一把枪？"我问。我堵在门口，没有让他进屋。

他不明所以，低头看了眼手中的枪，把它藏进了衣兜里。

"或许它会是你的防身之物。"他说，"用来防我。"

我挪了挪身子，说道："进来吧。"他拖着疲惫的身子跨进屋里，自顾自在一张椅子上坐下来。

客厅里很暗，窗外长着许多灌木，把窗户都给遮住了，房东从来不去修剪一下。我把灯打开，掏出一支香烟点上。我像以往一样笑得很疲惫，一边低头看着他，一边抓了抓鸡窝似的头发。

"真是见鬼，这么美丽的清晨我居然在睡懒觉！十点十五分吗？时间充裕。我们先到厨房煮点咖啡喝吧。"

"侦探，"他说，"我遇上麻烦了。"

我还是第一次听他叫我"侦探"，不过今天他的这身打扮，还有冷不丁闯入的方式以及手里的那把枪，倒是与这个称谓相符合了。

"今天会是个好天气。微风拂面，街头对面的老尤加利树犹如在你耳畔轻声呢喃，谈论着从前的美好时光：澳洲小袋鼠在它的枝叶间跳跃嬉戏，几只考拉叠着罗汉。听着，我一猜就知道你遇上麻烦了。我刚起床，脑袋还有点儿犯迷糊。我们还是先请教一下哈金斯先生和杨先生 [1] 吧。"

"马洛，时间紧迫。"

"兄弟，镇定，哈金斯先生和杨先生是两个非常了不起的人。他们倾注毕生精力研制出了'哈金斯－杨'咖啡，他们为此感到无比喜悦和光荣。虽然现在他们只是为了赚钱，不过以后我肯定会看到他们获得应有的赞誉，因为他们绝不会满足于现状的。"

我乱七八糟地说着，走进了后厨。我把咖啡壶从架子上拿下来，拧开热水龙头，水到了将标尺浸湿的位置时，我又取了适量的咖啡豆倒进顶层。水

[1] "哈金斯先生和杨先生"说的是一种品牌名为 Huggings-Young 的咖啡。

——译注

019

开了以后，直接将下半截量筒倒满，然后放在火上煮，又把上半截套上去，把口封住。

　　他跟了进来，站在门口往里瞧了几眼，而后走到早餐区，软塌塌地一屁股坐进椅子里。我见他还在抖个不停，知道他很需要一杯酒，就从架子上取下一瓶"老爷子"，给他倒了一大杯。他用两只手抱着，才把酒杯送到嘴边，大口大口地喝了起来。等他把杯子放下后，又向后一仰，躺在了椅子上。

　　他嘴里嘀咕道："像是快死了的感觉。我昨天晚上一整宿都没合眼，困得就像是一个星期没有睡觉似的。"

　　咖啡壶已经沸腾起来了，我把火焰调小，盯着一个劲儿往上升的水柱，然后又在玻璃管的底部停留了一小会儿。我又把火调大，等圆丘被水漫过以后，再次把火调小。我在咖啡里搅拌了几下，把盖子盖上，定时器设置成三分钟——马洛这个浑蛋还真够讲究的，都什么时候了还有心思煮咖啡。一个持枪的绝望男人来找他，他也还是那么慢条斯理。

　　我又给他倒了一杯酒，说道："你好好坐着，别动，也别废话。"

　　这次他用一只手端起酒杯。我进洗漱间马马虎虎地洗漱了一下，回到厨房时刚好计时器的铃声响了。我把火关掉，在桌子上铺了一块草垫，把咖啡壶放上去。描写这些婆婆妈妈的细节，是因为此刻的气氛非常紧张，以至于哪怕一件微不足道的事情，也像是放大了的一场表演，变得格外重要。那样的一刻，感知力会变得非常敏锐，哪怕是一个不起眼的瘤癖或者习惯性的动作，都会在这种意志下被肢解成一个个分解动作。没有一件事能行云流水地做下来，这是真的。你就像是一个初学走路的小儿麻痹症患者。

　　咖啡和水融合得不分彼此。空气依旧不断地融入进去，咖啡腾起一窝窝的泡泡。终于，安静了下来。我把咖啡壶的顶层取下来，放在罩子凹处的控水板上。我倒了两杯咖啡，在他的那一杯里加了少许酒。我自己的杯里则加了点奶精和两块方糖。我都不知道自己是怎么打开冰箱拿出奶精盒的。

　　"特里，我没给你放糖。"

　　这会儿我不像先前那么犯困了，坐在了他的对面。他靠在早餐区的犄角里，身体僵直，一动也不动。只是忽然间，他一头扑在桌子上抽泣起来。

　　我把他衣袋里的手枪悄悄拿过来，他一点儿都没有发觉。这支枪很漂亮，口径七点六五毫米的驳壳手枪，我放在鼻子底下闻了闻，然后拉开弹匣。子弹是满的，证明并没有开过枪。

　　他抬起头，瞅了瞅眼前的咖啡，浅浅地喝了一口。

"我没向任何人开枪。"他说，目光没有转向我。

"哦，我想也是，起码近期没有开过枪。你不是用它来砸人的吧？早该好好擦拭一下了。"

"你听我说。"

"稍等。"我说，咖啡有些烫嘴，我尽可能快地喝完，然后又倒了一杯，"请你注意，如果你诚心实意想让我送你去蒂华纳的话，有两件事绝不能对我说，第一件……你有没有注意听？"

他微微颔首，目光里满是迷茫。像是越过我的头顶，正直愣愣地盯着后面的墙壁。这个早上，他脸色比以往任何时候都苍白，跟死人脸一样，可是脸上的疤痕却是更加显眼，反射出青黑色的光泽。

我不紧不慢地说道："第一件绝不能告诉我的，是你犯了罪，或者说做了某种触犯法律的恶行，我是指那种比较严重的极端行为。第二件绝对不能对我说的，是你知道别人犯了这样的罪。这些都不能在我面前提，你明白吗，如果你想让我送你去蒂华纳的话。"

他看着我的眼睛，目光焦点集中，不过依然如死人般空洞。他一口将咖啡干掉，神色稍微镇定了一些，可还是十分苍白。

他说："刚才我说我碰上麻烦了。"

"我耳朵不聋。你碰上了什么麻烦，我一点儿都不想知道。我得保护好自己的饭碗，要不然就得饿死街头。"

他说："你就不怕我拿枪威胁你？"

我冲他笑了笑，把枪放在桌子上朝他那边推了一下，枪滑到了桌子对面，然而他只是低头看着，没有伸手去接。

"特里，忘了枪这回事吧。我有时候也会玩一玩枪。凭着一把枪就能押着我到达蒂华纳吗？能过了边境线吗？能登上飞机吗？难道我要装得煞有介事，跟警察说我吓得直想尿裤子，只好按照你的吩咐去做吗？而且，还得有一个前提，那就是我真的不知道任何可向警察报告的事。"

他说："是这样的，女佣很听话，除非到了中午，或者更晚的时候才会有人去敲门，她赖床的时候绝不会去打扰她。可是中午那会儿，女佣敲开她的门，却发现屋里没人。"

我一句话也不说，慢慢品着咖啡。

他接着说道："女佣见她没有在自己房间里过夜，就想到她可能去了另一个地方，就去那儿找了。那是一处宽敞的别院，离主屋很远，有独立车库什么的。女佣果然在那儿找到了她，西尔维娅是在那儿过的夜。"

"她没可能是在别的地方过的夜吗？我是指在外面过夜。"我的眉头不由得皱起，"特里，我问你话时必须谨慎，不可有遗漏。"

"她的屋里总是乱糟糟的，堆满了衣服，她向来都是随手一丢，不可能好好地挂起来。女佣说她穿着睡衣，只在外面披了一件袍子就走了出去，所以除了别院不可能去更远的地方。"

我摇头："那可不见得。"

"肯定是别院。那个污秽之地发生的任何事情女佣们都一清二楚。该死的荡妇！"

"不说这个了。"我打断他。

他的手指用力地摸着没有疤痕的那半边脸，一道红红的指印浮现出来。

"女佣们在别院里看到……"我一字一顿地说道。

"西尔维娅烂醉如泥，身体冰冷，模样凄惨，一动不动。"我冷声说道。

"是的。就是这样。"他沉默好一会儿，似乎思索着什么，又继续说道，"也许就是那个样子。西尔维娅不怎么好喝酒，但是喝多了就不好说了。"

"行了，故事就讲到这里吧，接下来由我来叙述吧。你应该还记得吧，我们上次在一起喝酒的时候，我丢下你一个人走了，有点儿失礼，不过你确实让我非常气愤。后来我冷静下来仔细一想，你大概只是对自己的将来心存畏惧，所以才自嘲自讽。你刚才说拿到了签证和护照，我想墨西哥的签证恐怕不是短时间可以办下来的吧？你的出逃计划应该早就在进行了。他们不可能轻易接纳你。我本来还好奇你能忍耐到什么时候呢。"

"我只是隐隐觉得应该陪在她身边，我有这样的义务，我对于她的作用也许不仅仅只是为了掩人耳目，好让她的父亲不去查探她。说起来，半夜的时候我还给你打过电话呢。"

"我不知道，我睡着后什么都听不到。"

"后来我去一家土耳其浴馆待了两个小时，做了蒸气浴、全身浸浴、喷雾淋浴、按摩，还打了两通电话。从那儿出来转路来你这儿的时候，我把汽车停在了拉布里亚的喷泉街口，没有人看到我。"

"你打的那两个电话和我有关系吗？"

"其中一个是打给哈伦·波特的。老家伙昨天乘飞机到帕萨迪纳办事，没有回家。我费了好大力气才找到他。我向他辞别，致以歉意，最后他终于跟我说话了。"窗外低矮的金钟花树摩擦着纱窗沙沙作响，他的目光斜视着水槽上方，一眨不眨地盯着那里。

"他听后有什么表示吗？"

"他神色有些黯然，祝我好运，还问我需不需要钱。在他的字典里，钱永远是第一位的。"他笑出声来，鼻息粗重，"我跟他说我不缺钱。第二个电话是打给西尔维娅的姐姐的。大致过程就是这样。"

我说："我想知道一件事情，你以前逮到过她和别的男人在别院里乱搞吗？"

"想要捉奸一点儿都不难，太简单了，所以我懒得去做。"

"你的咖啡凉了。"

"没关系，我已经喝够了。"

"你是说……她有很多男人？那你还跟她复婚？我知道她长得还算漂亮，可是……"

"我说过，我是个废物。我当初就不该跟她离婚，真是该死！除了和我，她还结过五次婚。只要她稍微表示一下，那些前任丈夫即便不为那百万美元的钞票，也会迫不及待飞奔进她的怀抱里。我哪一次烂醉如泥，不是因为看到了她？我为什么不愿拿她的钱，宁愿落魄潦倒？"

"她是个漂亮的女人。"我看了看时间，问，"为什么是蒂华纳十点十五分的班机？为什么？"

"那趟航班任何时候都有空座。旅客们想去墨西哥市，可以从洛杉矶搭乘'康妮'，只需七个小时就能抵达，那又何必搭乘 DC－3 跋山涉水呢？另外，我要去的地方，'康妮'不会着陆。"

我起身斜倚在水槽上："接下来你别打断我。让我来总结一下，今天一大早你就神色慌张地跑来找我，衣服里藏着一把枪——不过我可能看不出来——要我带你去蒂华纳搭乘上午的班机。昨天晚上你发现老婆跟别的男人偷情，醉得一塌糊涂，终于忍无可忍，而曾经你跟我说过你会竭力隐忍。然后你离家出走，去了一家土耳其浴馆，磨蹭到了早上，其间打了两通电话，对方分别是你老婆的两位亲人，把你正在做什么向他们汇报了一番。我不在乎你去哪里，也没兴趣知道你用什么办法进入墨西哥，反正该有的证件你都有了。我会按照你的要求把事情办妥，其他的我不会考虑，因为我们是朋友。你曾经在战争中受过重伤，你是个容易情绪化的浑蛋。我认为现在该去把你的车开出来，找个停车场存起来。"

他把手伸进衣服里面，摸出一个装钥匙的皮袋，推到桌子的这边来。

"这些话合理吗？"他问。

"我还没说完呢。关键要看倾听者是谁。你什么都没带，除了这身衣服和你老丈人给你的那点钱，对吗？然而她给你的东西，每一样你都留下了，包括那辆停在拉布里亚的喷泉街口的汽车。你想了无牵挂地离开，可以后的日子还长着呢。我选择相信，现在我要换身衣服，刮一刮胡子。"

"马洛，为什么？"他问，"你为什么愿意帮我？"

"你去喝杯酒吧，我要刮胡子了。"说完我就走了出去。

他蜷缩在厨房早餐区的角落里，依旧戴着那顶帽子，穿着那身轻便的大衣，不过现在总算有了点儿生气。

我在浴室刮完胡子，要回卧室打领带的时候，他来到了门口，站在那里对我说："其实我想来想去都觉得你的最佳选择应该是报警。对了，为了防止发生什么意外，我把杯子洗了一下。"

"我报警能说什么呢？要不你自己打给他们吧？"

"你让我自己打？"

"滚蛋！"我猛然转身，瞪着他吼道，"你能闭嘴吗？看在上帝的分儿上！"

"对不起！"

"又是对不起，确实，你这种人除了反反复复地后悔和反反复复地说'对不起'外，没别的长处了。"

我转身就走，穿过门廊来到客厅里。

穿戴好以后，我把后半个屋子全部锁上。等我再返回客厅时，发现他在椅子上睡着了。那张惨白的脸歪在一边，身体瘫软，越看越可怜。我推了推他的肩膀，把他弄醒，他慢慢睁开眼睛，好像我们俩之间的这点距离被无限拉长一般。

等他终于看清我时，我急切地说："要不要带个行李箱？你那只白色的猪皮手提箱还在我衣橱最高的架子上搁着呢。"

"里面没东西了。"他意兴阑珊地说道，"况且，太引人注目了。"

"不带个行李箱更引人注目。"

我回到卧室。脚踩在衣橱内置的梯子上，够到了那只猪皮做的白箱子，把它从顶架上拽下来。头顶的天花板是一道方形的活门，我推开它，抓着他的装钥匙的皮袋尽可能地往里伸去，将它藏在一根积满灰尘的小梁柱后面。

我爬下来，拍掉手提箱上的灰尘，把一些牙膏、一次性牙刷、便宜毛巾、洗脸巾、棉手帕、没穿过的睡衣、十五分钱的剃须膏、整包买下的刮胡刀刀片统统塞进里面。这些东西全都是没用过的，也没有太显眼的记号什么的。要是他自己带了这些东西，肯定比我准备的好。我还在包里装了一瓶连包装纸都没有拆开的足有八分之一加仑[1]的波本威士忌。之后我把手提箱锁上，钥匙就插在其中一个锁孔里，放到他跟前。他又睡着了，这次我没有把他叫醒，出门来到车库，把手提箱放进敞篷车的前座下。我把车开出来，锁上车库，然后踏着台阶回到屋子里把他叫醒。所有的门窗该锁的全都锁好，然后上车出发。

一路之上，我们都没说话，我尽可能地把车开快点儿，几乎临界于被开罚单的速度了。我们没有时间吃东西。

到了边境后，我们并没有遭到盘问，顺利地到达蒂华纳机场，那是一个多风的台地。车子被我停在了机场办公室的边上，特里前去买票，我坐下来等待。DC－3正在做起飞的准备，螺旋桨缓缓地转动起来。飞行员是一个身形魁梧的男子，穿着一身灰色制服，迷死万千少女。有四个人正在和他聊天。其中一个配有枪套，身高六英尺四英寸，他的边上分别是一个穿长裤的女孩、一个矮个子中年人和一个满头银发的妇女，她把自己的男伴衬得更加矮小了。

在他们不远处，还站着三四个人，一看就知道是墨西哥人。显然，这些都是这趟航班的乘客。目前还没有人急着登机，尽管机舱门口的扶梯早已放了下来。这时，一位墨西哥空乘人员从扶梯上走下来，站在旁边耐心等候。我没看到他使用扩音器之类的东西。飞行员依然在跟那几个美国人聊天，不过墨西哥人已经登机了。

"咔——"一辆帕卡德在我不远处停下，我探头看了一眼车牌照。正巧那个高个女子正往我这边看来。不知哪一天我才能学会少管闲事。

特里已返回，正走在那条灰白色的石子路上。他说："办完了。我们就要说再见了。"

我说："上去吧。我之所以在这里，是因为我相信你没有杀她。"

他强迫自己振作精神，僵硬的身体慢慢转过来，看向我。"对不起，这次你错了。"他平淡地说，"你还有时间阻止我，我会慢慢登机。"

我走上前，看着他。真的不急，虽然机场办公室门口的那个人正在等待。墨西哥人通常极有耐心。他在那只猪皮手提箱上拍了拍，冲特里露出一个笑脸，侧身让特里走入闸门。没多久，特里从海关那边的门走出来，脚步不徐不疾，踩着石子路走到飞机的扶梯前。他顿足，往我这边看来，却不招手，也没做任何暗

---

[1]加仑是容（体）积单位，八分之一加仑大约为0.5升。——译注

示。我同样如此。扶梯收起，他已登上飞机。我也返回我的奥兹莫尔比汽车上，启动引擎，倒车掉头，驰出停车场。那个高个女子和矮个男子依然站在停机坪上，女子正挥舞着一条手帕。烟尘滚滚中，飞机滑行到了停机坪的尽头，马达轰鸣，机身转弯，缓缓加速。

机身腾空而起，在后面留下漫天烟尘。我默然遥望，目送它慢慢飞进大风涌动的空中，飞越碧蓝的高天，消失在东南方的天际。我就此离开。

我的到来，我的面孔，如同钟表上的指针一样，被边境大门外的所有人忽视。

6

车程漫长，一路上百无聊赖，蒂华纳州是一个除了钱一无所有的鬼地方，而这条路又是整个州最无趣的路段。"先生，一毛钱，谢谢！"小男孩儿走到你的汽车跟前，用期待的眼神望着你，腼腆地开口，而后向你介绍他的姐妹亲戚什么的。蒂华纳代表不了墨西哥。任何一个边境城市都不只是一个边境城市那么简单。就如海滨绝不单单只是海滨。海军，几艘渔船，便是圣地亚哥这个美丽港口的全部。霓虹亮起时，这里更是美不胜收。那时海浪温柔得如同一个慈祥的老婆婆在唱圣歌。然而这些跟马洛毫无关系，回家摆弄汤勺才是他该干的。

车向北驰，路途单调，一如水手的歌谣。穿城过镇，上下山坡，沿岸飞驰。路在城镇间交错，在山岭间起伏，在海滩上蜿蜒。深夜两点，车终于到家。一辆深颜色的轿车里，正有人等我，我只看到两根天线，没看到警灯和任何警察的标识。当然，天线也不只是警车上才有的。我刚刚走了一半的台阶，就听到他们下车冲我吆喝。两个家伙穿着常见的制服，动作一如既往的慵懒，难道他们以为整个世界都会安静下来只为聆听他们发号施令吗？

"马洛，是吧？我们需要好好谈谈。"

他亮了亮警徽，其实我压根儿没看清，就算把他当成防疫人员也情有可原。白种人，头发暗黄，我看了一眼就心生厌恶。他的同伴是一个人高马大的家伙，长得挺帅，衣冠楚楚，一脸深藏不露的狡猾和卑鄙。以我的经验，多半是一个饱读诗书的暴徒。我从他们的眼神里看到了冷酷、淡漠、鄙夷、警惕、耐心、监视等意味，只有警察才会有这种眼神。警院毕业游行的那一刻，就意味着这种眼神成熟了。

"我是中央凶杀组的格林警官。这位是戴顿探员。"

你不可能亲密地去跟大城市的警察握手。所以我径直上前把屋门打开，把他们让进客厅。

我将窗户打开，让柔和的风吹进来。

"你认不认识一个叫特里·卢恩诺克斯的人？"

问话的是格林。

"他住在恩希诺，老婆是个富婆。我从没有去过他家，不过偶尔会一起喝点儿。"

"偶尔？偶尔是什么频率？"格林问。

"可能一个星期一次，也可能两个月一次，偶尔嘛，只是个笼统的说法而已。"

"你见过他的妻子吗？"

"见过一次，匆匆一瞥，那时候他们还没结婚。"

"你最后一次跟他见面是什么时候，什么地方？"

我从茶几一旁拿过烟斗，开始往里面装烟丝。大块头坐在格林的后面，格林身体前倾，等待我回话，手里拿着一支圆珠笔和一个红边记事簿。

"我是不是该说'发生了什么事'，然后你说'是我们在问话'？"

"你只需要回答问题。"

我浪费了三根火柴，花了好长时间才点燃烟斗，烟草犯潮了。

格林说："我的时间很充裕，不过我在屋外时已经等你够久的了。你还是回答问题吧，先生。你的底细我们一清二楚。想必你也清楚我们不是吃干饭的。"

我说："我正在努力回忆。以前我们常去的地方是维克托酒吧，去'野猫与熊'和'绿灯笼'的次数有限，哦，就是那家开在日落街的、打算装修出英伦大酒店格调的酒吧。"

"请你不要浪费我们的时间。"

我问道："谁死了？"

"马洛，你该做的只是回答问题，配合我们的调查，其他的你不用知道。"戴顿探员说道，语气老练而严肃，暗含的潜台词是"你最好给我老实点儿"！

这个人很讨厌，我真想照着他的门牙狠狠来上一脚。也许我只需要隔着自助餐厅瞅他一眼，就会有这样的冲动，而根本不需要认识他。这可能是因为内疚，也可能是因为累了一整天再加上憋着口暗气。

我说道："年轻人，你这一套就算用在少年署都显得滑稽，对付我是不是嫩了点儿？"

格林咧嘴笑了起来。戴顿面不改色，不过鼻息明显粗重了一些，沧桑感成倍提升，狡猾和卑鄙成双倍提升。

"你最好不要跟戴顿胡搅蛮缠，他参加过律师考试，圆满通过。"格林开口说道。

我起身走到书架跟前，取下一本装订本的《加州刑法》，放在戴顿面前。"请你帮我指一下，有哪一条条款规定我必须回答你的问题？"

他肯定很想揍我一顿，这一点我俩都心知肚明。不过他非常沉着，没有冲动。他在等待机会。显然他并不清楚格林是否会默许他的出格举止。

"任何一个公民，都有义务与警方合作。"他说，"合作包含多个方面，以实际行动协助，以及回答警方的提问都在其内，但提问内容必须是必要的，且不含歧视。"他流利地说道，语气严谨而机敏。

我说："法律上并不存在这种义务。大多数情况是直接或间接的恐吓达到了这样的效果。人们没有义务回答警察的任何询问，不管是什么时间、什么地点。"

格林失去耐心，喝道："你住口。你没有觉察你正在为自己找退路吗？你给我坐下。在恩希诺卢恩诺克斯的别院里发生了一宗命案，卢恩诺克斯的妻子被人杀害了。除了逃走的卢恩诺克斯，我们没有找到任何其他线索。所以他被认定为这起凶杀案的嫌疑犯，我们正在缉拿他。这下你该回答问题了吧？"

我把书丢到一张椅子上，坐回沙发上，与格林面对面，只隔着一张茶几。

"我已经告诉过你了，我没有去过他们家，找我是不是找错了？"我说。

格林两只手交替地轻轻拍打着大腿，冲我笑着，一声不吭。戴顿静静地坐在椅子上，只用眼睛恶狠狠地瞪着我。

格林开口说道："我们在他的房间里找到一本带有日期的记事簿，上面记着你的电话号码，前一天的已经撕掉了，而今天的那一页上还留有印痕，显然未超过二十四小时。我们想知道他几点钟给你打的电话，想知道他去了什么地方，什么时候出发的，为什么要走。这些我们都必须查清楚。你满意吗？"

我问了一个不指望他回答的问题："怎么会在别院里呢？"没想到他竟然回答了。

"她似乎经常去别院。大晚上会客。"他脸色泛红，说道，"用人们借着屋里的灯光能透过树影看到。有时候会非常晚，晚到不能再晚，汽车开进来又开出去。怎么样，我说得够多了吧？卢恩诺克斯在凌晨一点左右去过那里，他们家的管家是目击证人。他在里面待了二十分钟才出来，出来时只有一个人，接下来没有任何异常情况发生，灯也依旧亮着。可是今天早上卢恩诺克斯却失踪了。管家来到别院后，发现自己家的小姐像美人鱼一样一丝不挂躺在床上，可是他却看不清她的脸了，你听着，她被一尊猴子雕像把脸砸得稀巴烂，惨不忍睹。"

我说："的确，她水性杨花，对不起特里·卢恩诺克斯，但他绝不会那么做。那都是很早以前的事了。他们离过婚，又复婚了。他过得一点儿都不开心，我知道。他就是这样的人。但是他没有理由到现在才爆发。"

格林很有耐心，不紧不慢地说道："谁知道呢。这种事并非没有发生的可能。不管是默默隐忍的是男人还是女人，总有一天会忍无可忍。可能连他自己也摸不清楚会在什么时候突然爆发。事实上，现在有人死了，他已经发狂了，我们不得不出动。你不要再胡说八道了，不然你今天也得蹲号子，现在我们问你一个非常容易回答的问题。"

"警官，他是不会老实回答你的。他把那本法律书读透了，学过法律的人都是这副德行，以为书里的法律就是法律的全部。"戴顿冷嘲热讽地说道。

格林说道："现在还不需要你开动脑筋，你只管给他做笔录就好了。如果你真的能胜任，大不了我们让你在警察局的吸烟室里唱一首《慈母颂》。"

"警官，请你自重。希望我的这句话没有冒犯你的官衔。"

"你去揍他一顿，要是他被揍趴下了，我去扶他。"我对格林说。

戴顿慢慢将圆珠笔和记事簿放在桌子上。眼睛里冷光闪烁，起身走到我跟前："自作聪明的小子，你给我站起来。我不能容忍你对我满口胡言，虽然我也是上过大学的文化人。"

我站起来，还没站稳，他一记华丽的左勾拳就冲我打了过来，不过并没有真的落在我身上。这时响起了铃声，当然不是开饭的铃声。我狠狠坐回去，轻轻摇头。戴顿像个笑面虎一样，依然站在那里，说道："看来你刚才没有准备好，这次不算，我们再来一次！"

我看向格林，这家伙正饶有兴趣地盯着自己的大拇指，好像在对指甲上的肉刺进行某种深入的研究。我等他抬头，没有动，也没有开口，要是这时候站起来，就会给戴顿再次出拳的机会。不过，就算我不站起来，他也想真的打我一顿。通过刚才那一拳，我已看出他是个不错的拳击手，一拳打出的分寸掌握得非常精准。不过，我要是再次起身，他还敢打我，他会知道后果的。想要打倒我，他需要出拳无数次才有可能。

"伙计，干得漂亮！"格林漫不经心地调侃道，"你这么做，正中了他的下怀。"

"马洛，再问你一次，这回是正式的笔录。"他抬起头来，一副和颜悦色的姿态，"你刚才从哪里回来？最后一次见到特里·卢恩诺克斯是在哪里，以什么方式见的面，谈了些什么？回不回答你自己看着办。"

戴顿松松垮垮地站在那里，眼眸中有着微不可察的得意之色，不过他的下盘很稳。

我没有理会他，而是问道："那厮怎么样？见到他了吗？"

"你说谁？"

"她总不能一个人颠鸾倒凤吧？你们不是说她一丝不挂地躺在别院的大床上吗？"

"那不是现在的工作重点。等我们把她的丈夫逮捕以后再追究不迟。"

"很好。总得先抓个人当替罪羊。反正抓他更简单一些。"

"马洛，如果你这么不配合，我们不介意抓你回去。"

"让我当关键证人？"

"关键证人？想得美！是以嫌疑犯的身份。我们有理由怀疑你是这起凶杀案的帮凶。起码主犯的逃走和你脱不了干系。我怀疑你把他窝藏到了某个地方。你要知道，刚开始的程序，只需要大胆假设。我们的上司同样精通法律，最近心情很坏，不知道他会怎么想。不管你愿不愿意老实交代，我们都会得到答案的。是你自己想倒大霉。越是撬不开的牙关，越是有撬开的必要。"

戴顿说道："你跟他说这些有什么用，人家精通法律。"

格林不紧不慢地说道："虽然是废话，没有人在乎，但向来很管用。马洛，听着，我要吹哨子逮捕你了。"

我说："好呀，你吹吧。你以为警察对我呼喝几句，我就要抛弃以前投注在他身上的感情？特里·卢恩诺克斯是我的朋友。你控告他的理由，恐怕是另有其事吧，而且更加证据确凿，更加容易立案，况且，他还潜逃了。说一千道一万，这不过是一桩交易，你们真正的动机是为了某件早已被遗忘的陈年旧事。我最恶心这种交易。不过谁让他是弱势的一方呢，善良、好欺负。他只需要知道她死了，就能断定你们第一个要抓的就是他，其他的说辞都是鬼话。要是在审讯程序上传讯我，尽管我不情愿，但我还是会回答所有问题。但你们的问话，我没有必要回答。格林，你他妈的是个好人，我看得出来。不过你的搭档是个喜欢亮警徽的混账，时刻想彰显一下自己的权威。你让他动手打我呀，你不是希望给我好看吗？看我不敲断他那破玩意儿。"

戴顿没有动，他得摸摸后背休息一会儿，他不过是故作凶残的纸老虎而已。格林站起来，看着我，一副伤透了心的面孔。

"我要打个电话汇报一下，不过结果是明摆着的。"格林说，"马洛，你是一只不知死活的小鸡仔，病得不轻。让开，别妨碍我。"他的最后一句话是冲戴顿说的。戴顿让开身子，走回去拿起记事簿。

格林走到电话机跟前，轻轻抓起话筒，眉头紧皱。这是一趟跑断了腿却不讨好的苦差事。

这就是我不愿意跟警察打交道的原因，麻烦。本来你已经决定要对他们仇视到底，可是半路杀出一个通情达理的家伙，一下让你方寸大乱，不知如何是好。

他们的头儿的命令是不要对我客气，直接抓起来。

所以我被戴上了手铐。或许他们认为我是一个老油条，不会在家里留下任何对自己不利的东西，也或许是他们压根儿忘了，居然没有搜查我的屋子。他们犯了一个大错误。如果他们进行了搜查，特里·卢恩诺克斯交给我的那把汽车钥匙铁定会被搜出来。那辆车迟早会被他们找到，到时候只要一核对，就会发现这把钥匙与那辆车子是相匹配的，也就有了牢靠的证据证明我们曾经见过面。

然而这种假设事后被证明是没有意义的。因为车子在半夜被偷走了，多半已经被开到了艾尔帕索，只需要假造一份文件，走走过场，配一把新的钥匙，就能卖到墨西哥城。所以警察永远也不可能找到那辆车了。售卖车的钱最终会变成毒品，流通回来。厮混在黑社会的人认为，这也是促进两个城市互利共赢的一项必要政策。

7

当年凶杀组的组长姓格里戈利尔斯，他审讯嫌疑人时喜欢用刺眼的强光，喜欢用疲劳审讯那一套，喜欢用警棍捅对方的尾椎，喜欢用膝盖顶人的裆部，用脚踢人的腰眼儿。这种警察虽然在当今社会很少见了，但并不代表绝种。六个月后，他因伪证罪被大陪审团传讯，连审讯都没有进行，就直接被开除了。最后他死在了一匹公马的马蹄子底下，地点就在怀俄明州他自家的牧场里。可是眼下，我还是他手底下任意揉捏的对象。

他脱下外套，坐在书桌后面，把衬衣的袖管撸到肩膀附近。这家伙长得膀大腰圆，肌肉和大部分中年人一样结实，脑袋如同一块砖头，没有一根毛。大鼻子上微血管破裂，像蜘蛛网一样，有一双灰色的死鱼眼，死死地盯着格林。他一边吸溜着杯里的咖啡，声音震耳，一边玩弄着桌子上的某个东西，粗壮的手臂上绒毛密集，就连耳朵眼儿里都冒出灰白色的毛。

　　"我们询问了好久，一句有用的都没得到。"格林说道，"我们是顺着电话号码这一线索对他进行调查的。他和卢恩诺克斯的关系很近，而且开车外出过，不过怎么也不肯说他去了什么地方，最后一次见到卢恩诺克斯是在什么时候。"

　　格里戈利尔斯听了满不在乎，用冰冷的语气说道："他觉得自己是个硬骨头，我们就给他点儿颜色看看。"他也许真的一点儿都不在乎，因为从来没有人能在他面前保持强势。

　　他扫了我一眼，又说道："这里面有猫儿腻呢，地方检察官要看死者父亲的脸色，谁不知道他是谁？他的选择无可厚非，不过我觉得我们还是更有必要撬开这家伙的鼻子。"

　　我在他眼里可能只是一个烟头或者一张空椅子，总之就是一眼扫过去的一件微不足道的东西。

　　"他的态度不难猜测，"戴顿语气恭谨地说道，"就是营造一切可能来避免回答问题。起先他拿法律来搪塞我们，之后又刻意激怒我，想让我动手打他。头儿，这方面我确实有做得不对的地方。"

　　"那你当时肯定非常激动。"格里戈利尔斯阴沉沉地瞥了他一眼，"这个无赖居然能让你情绪失控。是谁把他的手铐打开的？"

　　格林说是他打开的。

　　"把他铐上。铐紧点儿。"格里戈利尔斯说道，"既然他自己找刺激，那我们就给他舒活舒活筋骨。"

　　格林又把手铐套回到我的手上，然而格里戈利尔斯大声说道："把他从后面铐上。"

　　于是格林把我的手铐在了背后，把我按在一张硬邦邦的椅子上。

　　格里戈利尔斯又说道："再紧一点儿，直到他忍受不住为止。"

　　我的双手几乎麻痹了。格林听话地收紧了手铐。

　　这时格里戈利尔斯终于不再用轻蔑的眼神看我了。他说："现在，我们可以好好谈谈了吧？赶快交代吧。"

我撇嘴笑了，没去理睬他，悠然地靠在椅背上，手慢慢向前挪去，用一只手端起面前的咖啡杯。

他身体往前倾来，一只杯子陡然飞向我。我侧身一躲，屁股从椅子上挪开，没有被他砸到，却摔倒在了地上，肩膀狠狠撞了一下。我翻身慢慢从地上站起，整只手铐以上的胳膊都疼了起来，两只手也麻得毫无知觉了。

椅背上和椅面上都洒上了咖啡，地板上更多。格林扶着我，让我重新在椅子上坐好。格里戈利尔斯说道："身手倒是敏捷，躲得挺快。看来他不喜欢喝咖啡。"

格里戈利尔斯用他的那双死鱼眼在我身上瞟来瞟去。好长时间都没有人再说话。

"来到这儿了，先生，你的侦探执照比一张电话卡还不值钱。我们可以录口供了吧？我问你答，完了再做记录。你最好不要有任何保留，把你从昨天晚上十点钟到现在的一举一动，完完整整地告诉我们。你听好了，我说的是完整的。警队正在对这起凶杀案进行调查，只有你跟失踪的嫌疑犯有过接触。他的妻子因为出轨，被他用一尊你我都见过的铜像砸烂了脑袋，血肉模糊，头发粘着骨头渣。那铜像虽然是个赝品，威力却一点都不俗。先生，别怪我没有提醒过你，这个国家没有任何一个警局办案不依仗法律，你千万不要以为自己是一个私人侦探，就有资格拿法律条文来搪塞我们，在我看来，你不过是一个社会渣滓。只要我知道从你身上能得到有用的线索，我就一定要得到。即使你说不知道，我也可以选择不相信，何况你连'不知道'三个字都不肯说。想骗我？朋友，省省吧。说实话，这件事连六分钱都不值。闲话不说了，开始吧。"

我说道："组长同志，假如我说我自愿交代的话，你能把我的手铐打开吗？"

"这要看你表现了。不要扯一些没用的。"

"我说我在二十四小时之内没见过卢恩诺克斯，也没和他说过话，更不知道他在哪里，您觉得这个答案满意吗，组长？"

"除非我愿意相信，否则……"

"那么我说我见过他，还把见面的时间跟地点告诉你，但我并不知道他杀了人，甚至不知道有这么一起凶杀案发生，也不知道他现在在哪里，你会满意吗？不会，对不对？"

"我也许愿意听一听，只要你说得够详细。比如什么时间、什么地点、谈话内容、他的神色如何、有没有说要去什么地方。你可以把它当成一篇报告来讲述。"

我说："这样一来，我多半就被你处理成从犯了。"

"那么你的意思是？"他眼睛里射出森冷、肮脏的光，下巴肥得一颤一颤的。

我说："一切都有可能，所以我需要法律援助，这样我才会合作。请地方检察官派一个人来吧，怎么样？"

他发出一声笑，笑声嘶哑，乍笑又止，慢悠悠地站起来。他从桌案边绕了过来，一只大手按在桌面上，把脑袋凑近我，冲我露出笑容。可那笑容完全是皮笑肉不笑。忽然间，我的脖子一侧狠狠挨了一拳头，就像被铁块砸了一下。我感觉自己的脑袋都快被这一拳打下来了，胆汁涌进了嘴里，还混合着一股铁锈味儿。他打我的时候，拳头离我只有八英寸到十英寸的距离，没想到这么有力。我的脑袋嗡嗡作响，耳朵好像聋了。他的左手依然按在桌案上，低头冲我笑着。

"我现在有些老了，不比以前凶狠。"他的声音好像是从天涯海角传来的，"先生，我出手有些狠了，不过我想这一拳应该管用了吧？或许我应该从市监狱里雇几个年轻力壮的帮手，他们真该去屠宰场工作的。不过，他们的拳头可不是这里的戴顿警探能比的，不是那种彬彬有礼、讲规矩，像抹胭脂那么温柔的。你说我们真的要找他们帮忙吗？格林毕竟有一个玫瑰花园，膝下有四个孩子，可他们不一样哦，他们的生活乐趣与常人不同。现在人手明显不足，我们需要聘用多方面的人才。你有什么好主意吗，不妨说来听听。"

我疼得几乎说不出话来，但还是说道："组长，除非你打开我的手铐。"

他又凑近我一些，从上往下俯视着我。我都能闻得到他身上的汗臭味和口臭味了。而后他直起腰来，绕过桌案，回到了椅子上，那屁股的力道真足。他拿起一把三角尺，大拇指贴着一个边慢慢地滑动着，就如同那是一把匕首一样。

"警官，你在等什么？"他看着格林，问道。

格林咬了咬牙，说道："等您下令。"听起来，他像厌恶自己的声音似的。

"如果档案是真实的，你应该是一个经验老到的警官。还需要别人的命令吗？我需要这个家伙的口供，越详细越好，弄清他在过去二十四小时里都做过些什么，甚至时间还要再往前推。不过先把这二十四小时搞清楚吧，我想知道他在哪一分钟做过哪一件事。这份供词两个小时后交给我，并且上面要签字画押，人证、物证俱全，经查证属实。你把他带回到这儿的时候，我希望他的身上已经看不到伤痕和任何被殴打的迹象了。另外，警官——"

他盯着格林看了良久，就算有个烫手的山芋放在那儿，也会被他的目光给冻成冰坨。

"下一次我再审讯嫌疑犯时，会文明一些，请你别愣在那儿，就好像我撕掉了他的耳朵似的。"

"长官，我知道了。"格林转身看向我，声音变得粗鲁，"走吧。"

我看见格里戈利尔斯冲我龇了龇牙。"朋友，让我们一起来念退场的台词如何？"他的牙齿需要刷一刷了，真的很需要。

"组长，乐意奉陪！"我彬彬有礼地回答道，"事实上你帮了我一个大忙，尽管你可能不是存心的。戴顿警探也功不可没。我本来有道难题，经过你们的帮助，已经迎刃而解了。背叛朋友这种事情没有人愿意去做，而面对你们这种浑蛋，我连仇人都不肯出卖。我知道你从猿猴进化过来，而且进化不完整，连简单的调查工作你都不能胜任。随便你们怎么折腾我，我已站在锋利的刀刃上，往哪边倒都无所谓了。你们往我脸上泼咖啡，拿拳头打我，在我没有任何反抗或躲避的情况下对我动用私刑，从现在起，别妄想我告诉你们任何事情，哪怕是让我帮你看一看墙上的钟几点了。"

他坐在那里静静地听着，纹丝不动。我更加看不透他在想什么了。"朋友。"他笑了一下，"随便你怎么痛恨警察，你都翻不起风浪来。区区私人侦探而已，你痛恨警察又能怎么样？"

"组长，并不是所有地方的警察都让人痛恨。你到了那种地方，根本不配被称为警察。"

他依旧无动于衷。我想他一定听过更多更难听的话，所以具备了免疫力。这时，桌上的电话响了起来。他看向电话，打了个手势。戴顿立马就心领神会，绕到桌案那边，把电话听筒拿了起来。

"这里是格里戈利尔斯组长的办公室，我是戴顿警探。"

然后他就聆听电话那边，眉头越皱越紧，两条眉毛本来还算漂亮，现在都快打结了。

"请稍等，长官。"他低声下气地说道，然后把听筒交给格里戈利尔斯，"组长，是奥尔布赖特局长。"

"嗯？"格里戈利尔斯眼神里浮现出怒火，"他找我什么事，这个该死的讨厌鬼。"他把听筒拿在手里好一会儿，渐渐做出一个温和的表情后才说道："局长，我是格里戈利尔斯。"

静听了一会后，他又说道："是的，局长，他正在我的办公室。我问了他几个问题，他很不合作，一下都不肯配合——为什么又变成这样了？"

他的脸黑了下来，变得有些狰狞。

"局长，如果这是命令，按照程序应该直接通过警探组长——"他的语气还是照旧，可脑门儿因为充血而阴沉无比，"好的，我会照办，拿到真凭实据。是——不是，该死的，我们没有碰他——好的，长官，我马上照办。"

我看到他的手微不可察地颤抖着，放下电话听筒。他眼皮上撩，在我脸上瞅了瞅，转头用平淡的语气对格林说道："给他打开手铐。"

格林把我的手铐打开，我两只手互相揉搓着，疼得像针扎一样，血液渐渐流通起来。

格里戈利尔斯又慢吞吞地说道："这个案子已经被转交给地方检察官了。把他关进县监狱，罪名是谋杀嫌疑犯。我们这边的制度还真是够精彩的。"

格林喘着粗气，并没有立即执行命令。格里戈利尔斯抬起头，看着戴顿说："你是个娘们儿吗？还等什么？等冰激凌甜筒吗？"

戴顿愣住了："组长，你没有对我下命令啊。"

"叫我'长官'！我是这儿所有警员的组长，不是你的组长。什么玩意儿？记着，我不是你的组长，给我滚蛋。"

"遵命，长官！"戴顿向门口走去，一步迈出门槛。格里戈利尔斯起身走到窗户前，背对着房间，久久不动。

格林在我耳边低声说："跟我走。走。"

格里戈利尔斯的脸冲着窗户，说道："赶紧带走他，我怕我忍不住踢烂他的脸蛋儿。"

格林走过去将门打开，我跟着走过去，忽然，格里戈利尔斯吼道："站住！把门关上！"

格里戈利尔斯冲我大声咆哮："你，过来！"

我只是盯着他，没有动弹。格林也一动不动。一时间，屋子里静得可怕。格里戈利尔斯从房间的另一头慢慢踱着步子，走到我跟前，一张脸几乎贴在我的脸上。他把那双又大又硬的手插在口袋里，身体晃悠悠的，整个身子只靠脚后跟支撑着。

他像是自言自语似的，用低沉的嗓音说道："谁都没有碰过他。"

我从他脸上看不出任何表情，只是那目光像是要吃人一样，嘴唇剧烈地颤抖着。

而后他朝我脸上吐了一口唾沫，往后退了一步："多谢！这样就好了。"

他转身又走回窗户那儿。格林又把门打开。我一步跨出门外，把手绢儿抽出来。

8

重刑犯的监狱区，三号房。

这间牢房里有两个床位，就像火车上的卧铺那样。现在三号房里只有我一个人，还空着一个床位。重刑犯监狱的配置倒是挺不错，抽水马桶、洗漱台、灰色的含砂肥皂、卫生纸，两英寸厚的床垫铺在金属网上，两条并不算太脏，当然也称不上干净的毛毯。平日里有模范囚犯负责扫监狱区，所以空气还算清洁，闻不到消毒水的气味。在监狱里，从来不缺模范囚犯。

狱卒们一个比一个精明，会从头到脚把你审视个遍。只要你不是精神病患者，不做疯癫之事，也不是酒徒，他们会允许你保留香烟和火柴。嫌疑犯在开庭审判之前，都穿着自己带来的衣服，等开庭之后就要穿监狱服了。领带、鞋带什么的想都别想。你只能穿着厚厚的棉布衣坐在床头，其他的什么也干不了。

假如你是个酒鬼，那就有罪可受了。你只能躺在冷冰冰的水泥地上，没有床铺、椅子和毛毯，你什么都不会有。我见识过那种惨样，犯人坐在马桶上，把污秽之物一口一口地吐在自己的大腿上。

天花板上的电灯白天是亮着的，灯由门外控制着，每晚九点熄灯。在牢房的钢门上有一个小孔，可以从外面查看里面的情况，小孔也被钢筋架子保护着。当你正看报纸或杂志，某个句子念到一半时，屋子里就突然黑了，事先不会听到开关的响动或警铃什么的。没有任何人会进来通知你一声。天还没亮的夏夜里，你可以选择睡觉，可以抽烟——如果你有烟的话，但你没有其他事情可做。实在受不了煎熬，非想做点儿什么，那么你就思考吧。

监狱里的人已经不能称其为人了。他只是个微不足道的小麻烦，是报告单上的几行字。至于他喜欢什么，讨厌什么，模样如何，之前是干什么的，没有人会去关心。只要他不给自己找不自在，没有人愿意搭理他，也不会受谁的欺负。他需要做的就是乖乖走回正确的房间，静静待在那里别闹事，狱卒们对他的要求只有这些。至于争执、生气什么的，完全没必要。狱卒都是喜静不喜动的雄性，并不是虐待狂，也懒得厌恶谁。报刊上给你的监狱形象或许是这样的：犯人们一边敲打着铁栅栏，一边大吼大叫，总是喜欢偷偷在身上藏一把汤勺，狱卒们动不动就拎着棍子冲进来叮咣一通乱揍……事实上这些报道针对的都是感化院。一所好的监狱，其实是世界上难得的一所静居。

夜里，当你从一所普通监狱区经过时，你能隔着铁栅栏看到里面的一条灰色的毛毯，或者一双空洞的眼睛，又或者一头乱糟糟的头发。你或许能听到呼噜声，听到有人梦呓。经过另一个牢房时，可能你又会看到一个坐在床头边上一动不动的犯人，他或许是睡不着，也或许是根本不想睡，他只是盯着你怔怔出神，或者瞅都不瞅你一眼。无论你怎么盯着他看，他都一句话也不会说，你也不会开口跟他说什么，因为实在没有什么可交流的。监狱的生活就是这么缺乏意义，而又充满了变数。

或许牢房不止一道钢门，在角落里还有一道通往"展示间"的门，展示间的顶部安装着聚光灯，墙上有测量身高的标尺，其中一面墙壁完全是漆成黑色的铁丝网。每天早上，守夜的狱卒队长在交班之前，你都要按照惯例进入展示间，接受聚光灯的照射，站在身高标尺下面。在铁丝网的外面，有警察、探员、受害公民等一大帮人。受害者有被抢劫的，有被欺诈的，有被人身攻击的，有被骗走所有财产的，有被持枪歹徒一脚踢出车外的。但你听不到他们说话，你能听到的声音只有守夜队长的。你要做的就是像一条狗一样，接受他的试探，在他面前表演，清楚而大声地回答他的问题。他是整个戏台的掌控者，疲惫、精干、疾恶如仇，这台戏从古代直到今天历久弥新，以至于他对自己的戏份儿毫无兴致。

"你，过来站直，把肚子缩回去。肩往后张，脑袋摆平，眼睛直视前方，把下巴收回去。向左转。向右转。向前转。伸手。掌心向上。掌心向下。卷起袖子。无明显疤痕。棕色眼珠，深棕色头发，有白发。身高六英尺半英寸，体重一百九十磅。姓名菲利普·马洛，职业私家侦探。行了，马洛，欢迎光临。就到这儿吧。接下来是谁？"

队长，耽误了您这么长时间，不胜惶恐，多谢抬爱！我他妈的当时被折腾了两个多小时啊！听说现在只要进行二十分钟就够了。您怎么不让我张开嘴看看呢，是不是忘了？我嘴里有几颗牙是镶金的，还有一颗牙是特别特别高级的烤瓷牙，价值八十七块钱呢。还有，你怎么也没有细看一下我的鼻孔呢，难道也忘了吗？我的鼻子动过鼻间隔手术，鼻孔里的组织密布着术后疤痕——那浑蛋简直就是个屠夫！至于手术原因，队长，是因为一场橄榄球比赛，我试图硬接迎面飞来的一球，结果出现了点儿偏差，接住的是那个浑蛋的臭脚，球早就飞出去了。如此代价换来的只是十五码罚球。手术后第二天，他们从我鼻孔里一寸一寸地拽住那条被血泡硬的纱布，差不多有十五码长。队长，我可不是胡编乱造。我想告诉您的是，任何细节都不要放过。

第三天一大清早，一个狱卒的头头就跑来，把我的牢门打开："把烟掐了。别糟践地板。你的律师来了。"

于是我把烟头丢进马桶冲走，跟着他来到了会议室。桌子上放着一个鼓鼓囊囊的棕褐色公文包。在窗户前，站着一个脸色苍白的大块头，头发是黑颜色的，此时正悠闲地望着窗外。他转过身来，等门关上后，在橡木桌的另一头，挨着公文包坐下。那张桌子真叫沧桑，上面密布无数峥嵘伤疤，难不成是从诺亚方舟里打捞出来的？没准儿连诺亚方舟都是二手货，更加悠久。

"马洛，坐吧。"律师打开一个银箔香烟盒子，放在自己面前，"抽烟吗？"他打量了我半晌："我叫昂迪克特。休厄尔·昂迪克特。奉命当你的辩护律师。当然，你无须支付一分钱给我。我想，你特别想出去吧？"

我拿起一根香烟坐下，他用打火机给我把烟点上。

"很荣幸见到你，昂迪克特先生。我想我们以前见过面，当时你正在地方当检察官办公室。"

"可能吧。"他点了点头，"不过我没什么印象。"他笑了笑又说道，"那个职业并非我的老本行。看来我不像个凶残的人？"

"你奉谁的命来的？"

"保密。你只需接受我当你的律师就可，用不着去管谁支付的律师费。"

"这是不是意味着他们抓捕到他了？"

他盯着我，没有回答。我坐在那儿吞云吐雾。这种香烟是带过滤嘴的，烟雾经过那层厚厚的过滤棉以后，味道可想而知。

"不，他们并没有抓到他，如果你说的他指的是卢恩诺克斯的话。当然，你肯定是指他。"他说。

"昂迪克特先生，你没必要替谁遮遮掩掩，告诉我，到底是谁委派你来的？"

"委托人不喜欢别人提及他的名字。我的委托人权力不小哦。你愿意接受我当你的律师吗？"

我说："还不确定。既然他们没有抓到特里，为什么却把我抓起来了呢？这段时间没有人审讯我，也没有谁接触我。"

"斯普林戈是这儿的检察官，可能他太忙了，要负责许多案子，所以没时间找你问话。"他眉头紧皱，低头欣赏着自己修长、纤细、嫩白的手指头，"不过，你有权申请庭审和聆讯。我也可以依据人身保护令程序把你保释出去。这些法律规定想必你自己也清楚。"

"我现在是嫌疑犯，被指控谋杀。"

"这种指控太笼统。"他耸了耸肩，一副不耐烦的神色，"按照法律规程，你要么应该被押送到匹兹堡，要么就该从十几项罪名中找一种来指控你。他们说的是事后从犯吧？你协助卢恩诺克斯潜逃，是吗？"

我没有搭话。我把抽不出一丝味道的香烟丢到地上，一脚踩灭。昂迪克特见状又皱眉耸肩了一番。

"假设你当时那么做了——这只是假设，为了讨论起来方便一些。他们想要把你列为从犯，就必须证明你有这样的企图。放在这个案子里，就是指你明确知道卢恩诺克斯犯了罪，而且畏罪潜逃。这个罪名是可以交保[1] 的，他们没有任何借口可以拒绝。况且，你只是作为关键证人受审，而根据本州法律，除非得到法庭的许可，否则他们无权把名义上是关键证人的你关进监狱。只有法官才有权力宣布某个人是否为关键证人的。可执法者总是想方设法钻法律的漏洞，一手遮天。"

他故意看了看手表，问我："你需要我保释你出狱吗？"

"不必多此一举。谢了！在民众眼里，被保释出狱的人就已经坐实了一半罪名。除非律师够厉害，不然再也洗刷不清。"

他不耐烦地说："这种想法很蠢。"

"蠢就蠢吧，我不在乎，况且我确实很蠢，不然也不会被弄到这儿了。如果你和卢恩诺克斯取得了联系，告诉他我没有怪他，让他别为我担心。我是因为自己的原因而坐牢的，不是因为他，这不过是商业行为的一部分。既然选择了这个行业，我的职责就是替别人解决麻烦。任何麻烦，不管大小，顾客不愿意让警察插手就会来找我们，要是我被一个佩戴警察盾牌徽章的打手吓得失了勇气，乱了阵脚，那么以后也就没资格再吃这碗饭了。"

"你的意思我听明白了。不过……"他慢吞吞地说，"有一件事我得纠正你。我根本不认识卢恩诺克斯，更没有和他取得过任何联系。我只是一名法庭官员，和其他任何一个律师都一样。假如我真的知道卢恩诺克斯的藏身窝点，我不可能隐瞒不报，与地方检察官对着干。充其量我也只能同意和他谈谈，然

---

[1]"交保"是法律术语。是指司法机关允许信用良好的人为犯罪嫌疑人担保，保证其不逃避侦查和审判，随传随到，以此作为不受拘禁或者获取释放的条件。——译注

后安排合适的时间和地点，把他交给警局处置。"

"谁会花这种心思，委派你来帮我？只有他。"

他把烟蒂拧灭在桌子底下："你这话等于在指控我是个骗子。"

"如果我没记错的话，您是弗吉尼亚人吧，昂迪克特先生？人们对弗吉尼亚人一直保持着一种历史性偏见。我们称之为南方骑士精神和正义之花。"

"希望真的如此。你不必这么客气，也不要再浪费时间了。你应该直接告诉警察在一周之内并没有见过卢恩诺克斯，这才是聪明人该说的话。这种时候没必要讲真话，真话留到法庭宣誓的时候再说也不迟。在警察面前说谎，并不是什么罪过，反正他们向来推定别人说的话都是谎话。你不说话比说谎话更让他们无法容忍，因为这等于是在挑衅他们的权威。后果如何，一目了然。"

我已经没什么话可跟他聊了，所以也就缄口不言。他起身把帽子拿到手里，封好烟盒装进口袋里，冷声对我说道："你喜欢当出头鸟。开口闭口法律云云，想靠法律维护自己的权利。马洛呀，你又不是没有闯荡过江湖的菜鸟，是不是把自己看得太过聪明了呢？我们生活在一个极不完美的制度里，在这个制度里法律和正义是两码事。幸运女神眷顾你，你才能按对按钮，得到一个正义的答案。可法律所充当的角色，只不过是一个死板的制度而已。看来你并不愿意接受我的法律援助。那么，就此告辞。如果你改变主意了，我随时恭候。"

"我想再等待一两天。他们并不在乎特里是怎么逃走的，他们只是想抓住他，然后在法庭上演一出精彩绝伦的好戏。哈伦·波特的女儿被杀，足以登上所有新闻的头版头条，而只要抓住这次机遇，如斯普林戈这种喜欢耀武扬威的浑球儿，就会有机会麻雀变凤凰，坐上首席检察官的宝座，再以此为跳板，坐上州长的宝座，再……"

后面的话我懒得再啰唆了，索性让它在空中飘着。

昂迪克特微微笑了笑，充满了嘲讽意味。他说道："看来你并不怎么了解哈伦·波特先生。"

"昂迪克特先生，要是他们没有抓到卢恩诺克斯，就更不想知道卢恩诺克斯是怎么逃走的了。而接下来他们最想做的事情，就是赶紧忘掉此事，不是吗？"

"马洛，这些你都思考过了，对不对？"

"谁让我时间充裕呢。至于哈伦·波特先生，我所知确实有限，他好像拥有上亿资产，掌握着九家或者十家纸媒。他是怎么宣传这件事的？"

"宣传？"他的话冷得像要结出冰来。

"对呀！私家侦探不负朋友，宁愿自己银铛入狱。这个话题登到报纸上，我想不出名都难，还会出其不意多几单生意呢。"

他走到门口，手按在门把手上。"你简直可笑得可爱。"他转过身来说，"一亿美元的确可以让消息铺天盖地。但是，我的朋友，如果换个用途呢？它们也可以让整个世界闭上嘴。"他开门走了出去。

之后走进来一位监狱看守，押着我回到了重刑犯区域的三号牢房。他给牢房上锁的时候说："看来你不会在这里关太久了，没想到你能请得动昂迪克特来当你的辩护律师。"看起来他特别喜悦。

我只说了句："借你吉言。"

9

夜班看守是一个肩膀结实、黄头发、蓝眼珠的高个子，笑起来给人一种非常和善的感觉。毕竟他已步入中年，想博得他的同情或是想激怒他，都不是一件容易的事。他只是按部就班地上满八个小时班，什么闲心都不想操，不管遇到什么事情，都和和气气的。

打开牢门以后，他说道："怎么？睡不着吗？地方检察官办公室来人了，点名叫你。"

"几点了？是不是有点儿早啊！"

"十点十四分。"

他站在门口扫视着牢房，只见在下铺铺着一张毛毯，另一条毛毯折叠起来当枕头，洗漱台的边上放着几片卫生纸，有两片用过的纸巾被丢在垃圾篓里。他点了点头，表示赞许："你有什么私人物品吗？"

"除了我自己之外，一无所有。"

这次他没有再把牢门锁上。我们穿过一条悠长而寂静的走廊，进入电梯，来到登记处。那里正有一个嘴上叼着烟斗的胖子站在桌案旁边，身上穿着一身灰色西服，散发出一股刺鼻的异味，指甲脏兮兮的。"我叫斯普莱格林，从地方检察官办公室来的。"他口气很冲，"格伦茨先生叫你到楼上去一趟。我们来看看大小合适不合适。"他从屁股后面拿出一副手铐。

书记员和监狱看守官脸上都快笑出花儿来了，对他开玩笑道："斯普莱格林，怎么，你怕他把你勒死在电梯里？"

"我不想出什么乱子。"他没好气地说，"以前就有一个家伙趁机逃跑了。

我都快被他们逼疯了。小子，走吧。"

书记员把一张表格递给他，他在上面签上了自己的名字，用的是花体字 [1]。他又说道："在这座城市里，发生什么样的事都不值得奇怪。我可不想冒不必要的风险。"

说话的时候，一位巡逻警察走了过来，带着一个一看就喝多了的家伙，那家伙的耳朵上沾满了鲜血。我们朝电梯那边走去。上了电梯后，斯普莱格林对我说道："你要遭殃了，小子。你惹了一大堆不该惹的麻烦。在这座城市里，谁都有可能惹一堆麻烦。"他说这些话好像能从中获得某种不清不楚的满足感似的。

电梯管理员冲我眨了眨眼睛，我还给他一个笑脸。

"小子，别耍小聪明。"斯普莱格林色厉内荏地冲我叫嚣起来，"以前有一个家伙想从我面前逃走，被我开枪击毙了。我被他们连累惨了。"

"所以你两头不讨好，是吗？"

"是的。"他想了想，说道，"在这座能把人逼疯的城市里，不管你怎么做人，他们都会把你逼上绝路。在这里，人得不到尊重。"

我们出了电梯后，走进一个对开门，这就是地方检察官的办公室。招待椅上空荡荡的，一个人都没有。线板虽插着，总机却是关闭的，每晚都如此。有两间办公室亮着灯。斯普莱格林推开一扇门，这是一个小房间，里面只有一个档案架、一张书桌、两张硬面椅和一个身形臃肿、眼神呆滞、下巴坚硬的红脸汉。他正把一样东西往书桌的抽屉里塞着。

"你怎么不敲门就进来了？"他冲斯普莱格林嚷道。

斯普莱格林小声说道："抱歉，格伦茨先生。我刚才满脑子都是犯人的事。"他推了我一把，把我推进办公室："格伦茨先生，要给他打开手铐吗？"

格伦茨脸色铁青，说道："我想不通你为什么要给他戴上手铐。"斯普莱格林给我打开手铐的时候，他就一眨不眨地盯着看。手铐的钥匙跟一串葡萄柚似的钥匙串串在一起，他找了半天才找到。

格伦茨说道："好了，你出去吧，在外面等着，待会儿再把他带回去。"

"可是，格伦茨先生，我已经下班了。"

"我让你下班你才能下班。"

---

[1] "花体字"只是一种花里胡哨的书写方法，体现一种装饰性，并非特指某种字体。——译注

斯普莱格林涨红了脸。扭着圆滚滚的屁股慢吞吞地走出了门外，回手把门关上。在这个过程中，格伦茨如同凶神恶煞似的一直瞪着他。而现在他又用同样的眼神看着我。我自顾自地拉过来一把椅子，坐了上去。

"我让你坐了吗？"格伦茨咆哮道。

我从衣服里摸出一支香烟，叼在嘴上。

"我同意你在这里抽烟了吗？"格伦茨再次咆哮。

"为什么不能抽？我在牢房里是可以抽烟的。"

"这里是我的办公室。在我的地盘上，我的话才是规矩。"

这时，一股浓烈的威士忌酒香味从桌子对面飘过来，我说："看来你需要再喝一杯，好让你的情绪平复下来。刚才我们进门，打扰你的酒兴了吧？"

他的脸一下变成猪肝红了，用力地靠在椅背上。我用火柴点着香烟。

片刻后，格伦茨嗓音低沉地说道："小子，你很转嘛，是不是？不过你知道吗，人犯被关进来的时候，一开始都很有个性，不过等他们出狱的时候，就统统变成一个尺码了，如好像从模子里倒出来的一样，瘦不拉叽的，惨无人样。"

"你找我来到底什么事，格伦茨先生？你别管我，想喝就喝。我要是工作累了、紧张、心情烦闷的时候，也会喝上一杯。"

"你好像一点儿都不担心，难道你不知道自己已经陷入绝境了吗？"

"我可不觉得这是绝境。"

"那我们就拭目以待吧。我需要你写一份完整的口供交给我。现在先录下来，明天你再写成书面文字。要是上头对你的口供满意，或许可以放了你，当然你得保证不离开本市。我们立刻开始吧。"他把录音机按钮按下来。虽然他可以装出一副凶神恶煞的样子，但话音中透露出一股果决和沉着。他的右手一个劲地向抽屉边上凑。他眼白的颜色令人厌恶。他还很年轻，鼻子上本不该有红血丝，可已经有了。

我说："真是烦人。"

"什么烦人？"他大声问道。

"我已经被关押在重刑犯牢房里度过五十六个小时了。期间没有人来我面前放狠话，装大尾巴狼。他们也用不着这样，因为他们已经准备好了一系列应急方案。现在居然有个愣头愣脑的小矮子把我叫到这个傻了吧唧的办公室里，拿一堆毫无营养的狠话来吓唬我。我现在可是嫌疑犯啊！那么我是怎么入狱的呢？原因是某个无能的警察从我嘴里问不出任何答案，只好把我关进重刑犯的牢房里。没有任何证据，仅仅凭借记事簿上的一个电话号码，就把我关进来。

我从没见过这么扯淡的法律制度。他的目的是什么呢？不过是为了彰显他是有权力的一号人物。怎么？现在你也想故技重施，在我面前证明你这个香烟盒子大的办公室拥有着无上权威？大半夜的，你差遣一个被吓尿的保姆把我带到这儿，是不是一厢情愿地认为我会立马趴在你的膝盖上痛哭流涕，恳求你摸摸我的脑袋？没错，我是孤独地在苦思冥想中熬过了五十六个小时，可我还没寂寞到脑袋犯浑向你低头的份儿。格伦茨，赶紧喝你的酒吧，别在我面前伪装了，起码那样我会觉得你还有点儿人情味儿，而且可以认为你尽忠职守了。如果你真的够强大，就把你手指上戴的那些破铜烂铁脱下来，强者是不需要戴这些东西的。不过我看得出来你很需要，因为你压根儿没有强大到可以在我面前显摆权威的地步。"

他看着我，听到最后笑了起来，凶相毕露："好一场精彩绝伦的演讲！淤积在肚子里的废话都排泄干净了吧？那就赶紧录口供吧。你打算坚持你的那一套，还是打算一条一条地回答？"

"我不会录什么狗屁口供。你学过法律，应该知道我用不着浪费这种力气。我只是对着鸟儿说说话，听一听微风吹过耳畔的声音。"我说。

他阴沉沉地说道："你说对了，我确实懂法律。警察的工作方式，我最清楚不过了。如果你自己想放弃我给你洗脱罪名的机会，我也懒得多管闲事。反正明天上午十点，我会提审你，让你出庭受审。你或许可以交保，这并不是我愿意看到的。因为你如果交保，会让事情变得复杂一些。当然，我们也有应对之策，你交保的代价会十分惊人。"

他低头看了看书桌上的一份文件。读完后把它翻过来，字面朝下放在桌子上。

我问他："什么罪名？"

"事后从犯。第三十二条。这罪不轻啊，如无意外，你会在圣昆丁监狱吃五年牢饭。"

我试探性地说道："按道理应该先抓捕卢恩诺克斯。"

我从格伦茨的神态上感觉到，他好像握着什么重要的东西。我猜不出是什么，但他一定掌握着某些东西。

他拿起一支笔，后仰在椅背上，悠闲自得地在两只手里转起笔来，脸上带着得意扬扬的笑容。

"马洛，卢恩诺克斯和其他人不一样，指认别人不仅需要有他的照片，还要求照片清晰可辨，可特里长着半边疤脸，不到三十五岁头发就全白了，他很难藏身。现在我们已经有四个目击证人了，没准儿还会有更多。"

我问："你说的目击证人是指什么？"我感觉嘴里发苦，就像当初被格里戈利尔斯打了一拳后胆汁涌到嘴里的感觉一样。这么一想，我才觉得脖子又隐隐泛疼，那肿胀还没有散开。我轻轻地在上面揉捏着。

"马洛，你还是放聪明点儿吧。圣地亚哥最高法院的法官和他妻子，当时正好送他们的儿子和儿媳妇上那架飞机。四个人全都看到了卢恩诺克斯。另外，他搭乘的汽车以及他来时的同伴，都被法官太太注意到了。你是不是很绝望？"

我说："干得漂亮！不知你是怎么找到他们的。"

"到电视台和广播电台插个特殊广告就够了。我只是将他的体貌特征尽量完整地描述了一番，法官就打电话过来了。"

我公正地评价道："确实干得漂亮！不过，格伦茨，光是这些还成不了事。你们必须抓捕到他，并且证明他就是谋杀嫌疑犯，之后你还得证明我是明知故犯。"

"看来我真的需要喝上一杯。加班太累人了。"他在电报稿的背面弹了弹，然后拉出抽屉，拿出一瓶酒和一个小巧的酒杯。他给自己倒了满满的一杯，一饮而尽。

"这下精神了！神清气爽！"他说道，"对不起，你现在属于监禁期，我不能请你喝上一杯了。"他盖好酒瓶，把酒瓶推到一个伸手就能够得着的地方："对了，我想起来了，你刚才说我们必须证明一些事情。咳，我真傻，我们可能已经得到一份自白书了。你说，是不是很糟糕？"

我只觉得背后像有一只冰冷的虫子在爬，又或者一根纤细的手指，冷冰冰地在我的脊椎上划动着。

"那我的口供岂不是没有必要了？那你为什么还多此一举？"

"我们习惯井井有条。"他龇牙笑了，"卢恩诺克斯必然会被带回来受审，但其他唾手可得的线索我们也不会放过，所以我们更多的只是想帮你脱离囹圄之祸，而不是真的想从你嘴里撬出什么东西来。所以你最好合作一点。"

我盯着他看了好一会儿。他在那份文件上无意识地摸来摸去，屁股在椅子上不安得扭动着，眼睛总是不自主地瞟向那瓶酒，却又拼命忍着不去伸手拿过来喝。

"或许——"他突然冲我挤眉弄眼，"你想听一听故事的完整版。聪明的小家伙，没问题，我可以讲给你听，好让你知道我没有骗你。"

我不由得向前伸了伸脖子，他的第一反应是一把将酒瓶子抓到手里，塞进抽屉里。他大概以为我想抢他的酒呢，其实我只是想把烟蒂丢进他的烟灰缸里。我靠回椅背后，又点了一根烟。

"卢恩诺克斯在一个叫莫扎特兰的转机点下了飞机，那是一个小镇，拥有三万五千左右的人口。他消失了约两三个小时，后来出现了一个叫希尔瓦诺·罗德里格茨的高个子，这人皮肤黝黑、一头黑发，但脸上有许多疤痕，他要预定去多里昂的飞机。他说着一口流利的西班牙语，但是相对于他所拥有的这个名字，又显得相形见绌。另外，假如他是墨西哥人，能有这么深的肤色，未免又太高了。飞行员就秘密汇报给了上级。墨西哥人通常都是慢性子人，可警察抵达多里昂的时候却扑了个空。就在他们出动的时候，那个人包租的飞机就已经抵达奥塔托丹了，那是一座拥有湖泊的小山城，是一个比较冷门的夏日旅游景点。事实上警察也只会开枪打人。飞行员的英语讲得很不错，他以前在得州接受过战斗机飞行训练，可卢恩诺克斯装作听不懂英语。"

这时我打断他，说道："你只能假设那是卢恩诺克斯。"

"小子，得了吧。他就是卢恩诺克斯。好了，我继续说。飞机抵达奥塔托丹后，他下飞机找了一家旅馆住下，又化名为马里奥·德·希尔瓦。他不知道那名飞行员已经向当地的司法单位报告了。他身上有一把七点六五毫米口径的驳壳手枪，虽然在墨西哥带枪并不稀罕，但飞行员凭借直觉认为他有问题。当局立即出动人员跟踪卢恩诺克斯，并且通报了墨西哥城，也住进旅店去监视他。"

格伦茨好像有意避开我的眼睛，一个劲地盯着手里的一把尺子，翻来覆去地看着，重复着这个毫无意义的动作。

"哦。这故事很老套。"我说，"听得出，你的出租飞机驾驶员待客友好，认真负责，为人机警。"

他听了表情毫无变化，只是抬头看向我说："谁都知道那个家族有多么庞大的势力。有些地方我们根本不想去触碰。我们只想赶紧展开审讯，尽早结束这个案子。我们宁愿接受二级谋杀的答辩。"

"你是说哈伦·波特？"

他点了点头。"斯普林戈完全可以抽出一天时间来，去案发现场查查看。照我说他们压根儿就弄错了方向。这个案子错综复杂，金钱、欲望、性丑闻、美貌妻子给负伤的战斗英雄——我是从他脸上的疤痕猜到的——狂戴绿帽子。这些足够在报刊上占据好几个星期的头版头条了。国内的任何一家低俗刊物都会贪婪地搜罗各种各样的消息。我们应该做的，其实是赶紧把这种势头给它掐灭掉。不过，"他耸了耸肩，"既然上头非要这样，我们又有什么办法呢？现在——你会给我口供吗？"

录音器前面的灯一直亮着，发出轻微的响声。他看向录音机。我说："关上吧。"

他转过脸来："你真的想坐牢？"他看我的时候，一脸的狰狞。

我说："没什么大不了的。哪怕好人绝迹了，也没人想跟那种人打交道。格伦茨，你想让我当出卖朋友的小人，请你站在我的角度想想吧。你可以说我顽固不化，也可以说我太过感性，其实我这人很实际。假如你们无路可走，不得不求助私家侦探——当然，我知道，你们对这个想法深恶痛绝，可那时候你愿意求助一个出卖过朋友的人吗？"

他瞪着我，一肚子火气。

"另外，有两个问题。如果这就是卢恩诺克斯的潜逃计划，你难道不觉得他太幼稚了吗？他要是不想被抓到，断然不会蠢到在墨西哥乔装成墨西哥人。而如果他想自投罗网，完全有更简单的方法。"

"你什么意思？"格伦茨冲我大发雷霆。

"显而易见，你根本就是编造谎言来诈我。什么染了头发的罗德里格茨，什么奥塔托丹，什么马里奥·德·希尔瓦，统统子虚乌有。我宁愿相信你打听到了海盗黑胡子[1]的宝藏埋葬地点，也不会相信你知道卢恩诺克斯的去向。"

他把酒瓶重新拿了出来，像刚才那样，给自己斟满，一口喝干。他好像一只泄了气的皮球，从椅子上转过身，把录音机关掉。

"聪明蛋，你就是我最想狠狠修理的那种人。我真想对你严刑审讯。你知道这个案子会跟随你多长时间吗？吃饭、睡觉、走路，它每时每刻都会跟着你。下次我们一旦逮着你出轨，一定不会放过你，非借着这个罪名把你整死不可。不过现在，我不得不做一件让我反胃的事情。"

他伸手在桌子上乱摸了几下，把字儿朝下的那份文件拽回自己面前，翻过来，在上面签字盖章，然后大声地把斯普莱格林喊了进来。

格伦茨把文件交给一身怪味儿的胖子，然后说道："我是一名公务员，所以有时候必须做一些违背自己意愿的事情。我刚才已经在你的释放令上签了字，你想知道我为什么要签这份文件吗？"

---

[1]"海盗黑胡子"真名爱德华·蒂奇，是十八世纪在加勒比海猖獗一时的大海盗，绰号"黑胡子"。——译注

我从椅子上站起来："洗耳恭听，如果你不吝赐教的话。"

"关于卢恩诺克斯的案子，已经结案了，先生。今天下午，卢恩诺克斯在一家大酒店写下一份完整的自白后就开枪自杀。地点在奥塔托丹，我先前告诉过你了。所以已经没有什么卢恩诺克斯案了。"

我一脸迷惘，直愣愣地站在那儿。我用眼角余光看到格伦茨正在不易察觉地后退。或许这一刻我的表情非常吓人吧，他大概是怕我发疯暴打他一顿。斯普莱格林过来攥住我的胳膊，格伦茨又回到了书桌后面。

"现在就走吧，没准儿大晚上回家也是一种乐趣呢。"他说道，他的嗓音带有浓重的鼻音。

我跟着他走出来，门轻轻地在后面关上，就像屋子里刚刚发生了命案一样。

10

我把我的财物清单的副本取出来，递交上去，然后照抄原件开好收据。所有的东西一股脑儿装进口袋里，我转过身去，准备离开这里。这时，登记台的另一端，有一个站得松松垮垮人突然站直了，对我说了一句："你回去需要搭个便车吗？"

我估摸他的身高大约有六英尺四英寸，身材纤瘦，站在那儿像根竹竿儿一样。我觉得他不像骗子。被惨白的灯光一照，他给人一种疲惫不堪、厌恶整个世界的沧桑模样。我问他多少钱。

"不要钱。"他说，"我正好下班。我是《新闻报》的朗尼·摩根。"

"哦，单独负责警察局这一块儿？"

"只是这个星期而已。通常我的固定点儿是市议会中心。"

我们从大楼出来，到停车场去取他的车。我逆着霓虹强光，抬头看了眼头顶的星星。这个夜晚值得开心，我深深吸了一口清爽的空气，上车跟他离开这个地方。

"我住在月桂谷，离这儿比较远，你随便把我放哪儿都行。"我说。

"他们是管接不管送，一贯作风。我也对这个案子比较关注，特别反感他们的做法。"他说。

我说："他们说，特里·卢恩诺克斯今天下午自杀了。他们这样告诉我的。

所以，不会有这个案子了。"

朗尼·摩根透过挡风玻璃看着前方，汽车正从静悄悄的街道上悄无声息地驰过。他说："这简直是刚想睡觉就有人送来了枕头，这是在帮助他们筑墙啊！"

"筑什么墙？"我问。

"马洛，你这么聪明，难道看不出来吗？有人打算在卢恩诺克斯案件的四周筑起一面高墙，所以预料中的大动静并不会发生。地方检察官今晚连夜离开了这座城市，去往华盛顿说要开什么大会。这么宝贵的宣传机会他都放弃，借故远遁，这里面有什么猫儿腻？"

"我不知道。我被关在里面好几天了。"

"显然是因为他得到了某人的恩惠。我指的不是钞票这种显眼的东西，而是某种对他来说更加重要的好处，有人承诺了他这种好处，而有这种能力，也与这件案子有关的人，只有一位，那就是女方的老子。"

"不太可能。"我往后仰了仰，靠在汽车的一个角上，"虽然哈伦·波特掌握着几家纸媒，但整个新闻界绝不是他能只手遮天的，起码还有竞争对手嘛。"

"你没有干过新闻这一行吧？"他玩味地看了我一眼，而后又专心开起车来。

我说："没有。"

"报纸的拥有者和发行者是谁？是富人，而那些富豪同穿一条裤子。你说的没错，的确有竞争对手，在消息来源、发行量、独家报道方面，都存在着激烈的竞争。但那种竞争必须遵循一个前提，就是你不能损害幕后老板的特权、威望和地位，否则就会有一个盖子盖下来，让一切偃旗息鼓。朋友，卢恩诺克斯案件就是被盖了一个盖子。这个案件里简直是包罗万象，话题无尽，侦讯过程值得国内任何一家特案报道记者闻风前来。只这一个案子，如果宣传得好，就能让报纸大卖。但是，我的朋友，不会有什么侦讯了。卢恩诺克斯选择在侦讯开始前自杀。这对于哈伦·波特和他背后的整个家族来说，简直就是雪中送炭，不是吗？"

我猛然坐直，怔怔地盯着他："你是说，这里面有问题？"

"也许十分简单，有人帮助卢恩诺克斯自杀、拘捕什么的。"他嘴角露出一个嘲讽的微笑，"墨西哥警察特别喜欢开枪打人。不信我们可以打个赌，我敢肯定他们计算不过来曾经射出过多少个弹孔。"

我说："我觉得是你想多了。特里·卢恩诺克斯这个人我非常了解，他早有自暴自弃的倾向了。假如他落在了他们手上，多半也是一副爱咋就咋的样子，管他什么谋杀罪名，一口承认下来，顶多请求下减刑。"

朗尼·摩根却大摇其头。我当即就猜到了他想说什么，果然，他说道："这不可能。要是他开枪杀了她，或者砸了她的头部，或许还有减刑的可能。但她的脸都被打得血肉模糊了，作案手法凶残得令人发指，被判二级谋杀都算是轻的，可能还会引来全城哗然，游行抗议。"

"你说的这些很有可能。"我说。

"既然你说对那个人非常了解，那你对于这个简单的答案又怎么看？"他又看了我一眼，说道。

"我今晚很累，不想思考这些东西。"

车里陷入沉静。过了一会儿，朗尼·摩根打破沉静，说道："如果我的脑袋不糊涂，也不是一个靠写文章谋口饭吃的新闻人员，我肯定会说人并非他所杀。"

"或许吧。你的意见值得参考。"

他拿出一支烟来放在嘴里，火柴在仪表盘一划就着，将烟点上后便一口一口吸着，一路上都皱着眉头不说话。那张脸看起来更显瘦削。到达月桂谷后，我就给他指路，从一个岔道口拐出大道，拐进我住的那条街。然后汽车便加大油门儿朝坡上爬去，最后在我家的红木台阶下停了下来。我下车后向他道谢，问他要不要进去喝一杯。

他说："我现在只想单独待会儿。改天再叨扰你吧。"

我说："我他妈的刚刚享受完一段漫长得令人发疯的孤独。"

他说："起码你还有个好朋友可以告别。你们一定是好朋友吧，要不然你也不肯为他坐牢了。"

"谁说我坐牢是因为他？"

他笑了笑，说："朋友，虽然我不能登在报纸上，但并不代表我不知情。改天见，再见！"

我把车门关上，目送他转弯下了山坡，直到汽车尾灯也在转角处消失不见，我才开始爬那些台阶。在走进那个空荡荡的房间前，我把堆在台阶上的报纸也顺道拿上。屋子里太闷了，我把所有窗户都推开，把所有灯都打开。

煮咖啡的时候，我从咖啡罐里掏出五张面额一百元的钞票。钞票是卷在一起，从咖啡罐的一侧塞进去的。

我坐立不安，端着咖啡杯在屋子里来回踱步，打开电视机，又关掉。然后我开始阅读从外面台阶拿进来的报纸。最开始，卢恩诺克斯案登在最显眼的地方，次日的晨报，就变成第二版的新闻了。西尔维娅的照片，还有一张我的照片，都能在报纸上找到，唯独没有特里的。我甚至记不起来什么时候照过这样一张照片。

"洛杉矶私人侦探被拘留审讯。"

就连卢恩诺克斯在恩希诺的房子的照片也被登在了报纸上。那栋房子模仿英伦风格建造，斜斜的屋顶，大片的窗户，光是清洗下窗户就要花费一百多美元。房子的地基足有两英亩大，被建在一个小山坡上，居高临下。两英亩地皮的庄园，在洛杉矶地区并不多见。

还有一张照片，正是那栋别院。如同主建筑的缩小版一样，四面八方郁郁葱葱，掩映在树林中。这两张照片一看就是从远处拍摄的，经过裁剪和放大。但我翻来翻去也没有看到"案发房间"的照片。

其实在监牢里的时候，相关资料我已经阅读过了，现在只是换一种角度重新看一遍，可惜并无新的发现。一个如此有姿色的富家千金惨遭杀害，新闻界居然没有翻起多大的风浪来，就像被打入冷宫一样，可见他们家的影响力有多大，而且这种影响力很早以前就发挥出来了。想必那些犯罪新闻的特约记者，都遗憾地发狂吧，不过那又能怎样呢？没错，特里的妻子被杀的那天晚上，如果他在帕萨迪纳跟他的老丈人通过电话，那么在警察接到报案之前，就已经有十多个保镖被安排在那里了，把屋子控制得密不透风。只是还有一件事说不通，我绝不相信特里会将他的妻子打成那样。

我坐在一扇敞开的窗户前，将所有的灯关掉，去聆听窗外灌木丛里的一只不肯休息、孤独无聊、叽叽喳喳的知更鸟。

我觉得脖子发痒，就去刮了刮胡子，然后洗了个澡，躺在床上。我屏气凝神，期待听到遥远的黑暗中一个声音耐心而平静地讲出这个故事的真相。可是没有这样的声音，而且我知道永远也不会有这样的声音。卢恩诺克斯的案子，随着他的自白和自杀，凶手是谁已盖棺定论，不会有人出来澄清，也不会再有庭审，就这样不了了之了。

一切都简单得难以置信。《新闻报》的记者朗尼·摩根说的一点没错。只要是特里·卢恩诺克斯杀了自己的妻子，一切都不用麻烦了。不会再有任何难堪的爆料，他也不会受到提审。就算人不是他杀的，这个结果也不错，因为他不可能站出来替自己辩解，在这个世界，还有什么比死人更适合当替罪羊的？

11

翌日清晨，我又刮了一通胡子。我穿戴好以后就像没事人一样开车进城，把车停在老地方，踩着楼梯上楼，穿过长廊，掏出钥匙，打开办公室的门。如今我已被迫成为一个吸引眼球的公众人物，假如停车场的保安人员看到了我又完全没有表现出任何异样，那么他的掩饰功力一定已炉火纯青。

我开门的时候，正有一个皮肤黝黑、斯斯文文的男人打量我。

"是马洛先生吗？"他张口问道。

"有何指教？"

"有人想见你，请别走远。"他说。

原本他是靠墙站着的，说完话后就从墙边走开。一副懒懒散散的派头。

我进了办公室，桌子上的邮件堆积成山，全都是值夜班的女清洁工放在这里的。我拿起邮件，先把窗户推开，然后去撕信封。本来我打算只丢掉没用的，谁料最后全都被丢掉了。

我给另一道门的蜂鸣声电铃接通电源，然后坐在那里填烟丝抽烟斗，静等生意上门。

我以一个局外人的角度，思索卢恩诺克斯的林林总总。如今他已远离这尘嚣，那头白发、那脸疤痕、那身颓废的魅力，以及他那不可理喻的自尊心，全都远离了。至于他曾经如何受的伤，为何谁都不娶却娶了西尔维娅这种女人，我不去分析，也不会妄加论断。我其实从来不曾了解过他，就像那种你在船上偶尔认识的一个陌生人，彼此谈得来罢了。就连他的离去也是这样，他于码头向你告别："以后常联系啊，老朋友！"

其实你心里很清楚，他根本不会主动联系你，你也不会主动联系他，你们的这次邂逅已然画上句号。哪怕真的有缘再见，他的形象也会摇身一变，变成又一个特等车厢里的扶轮社社员。"生意很红火吧？""嘿，勉强还可以。""看起来气色挺红润嘛！""你不也神清气爽嘛！""哪里，最近体重飙升。""大家彼此彼此。""还记得那次'弗兰科尼亚'号（或其别的什么）的旅行吗？""当然啦！那真是一次难忘的旅行！"

难忘？放屁！你差点儿没烦死老子！那次你跟他聊天，不过是因为闲得无聊，缺个说话解闷儿的人而已！

或许，我跟特里·卢恩诺克斯的关系也只是这样罢了。不过，也许还是有点儿区别的。我的生命中起码跟他有一部分交集。时间、金钱，我在他身上投入过；我下巴被揍过一拳，现在吃东西还疼；我还坐过三天牢；还有那五百块钱。他现在死了，我想把钱还给他都没办法。这铁定会成为我的一块心病。多数时候，就是一些芝麻绿豆的小事才让人烦心。

电话铃突然响了，同时门铃也响了。我先接起电话。门铃响只是说明我的巴掌大的会客室来人了。

"请问是马洛先生吗？请稍等，昂迪克特先生找你有话说。"

等线上的人换成他后，我听到他在电话那头说"我是休厄尔·昂迪克特。"听起来就好像他没有听到他那该死的秘书报过他的名字一样。

"昂迪克特先生，早上好啊。"

"听说他们把你放出来了，恭喜啊。看来你不抗争是对的。"

"对不对我不知道，反正我就这脾气。"

"这个案子以后你可能再也听不到了。当然，万一你又听到了，而且需要帮助，我随叫随到。"

"恐怕没这必要了。他一死，谁还愿意再花费力气？他们先得证明他犯了罪，证明他畏罪潜逃，再证明我是知情者，证明我帮助过他。"

他咳嗽了一声，谨慎地问道："你难道没有听说吗，他死前写了一份完整的自白。"

"我听说了。现在我正在跟一位律师先生讲话，对不对，昂迪克特先生？假如我说他的那份自白书还有待证明其真实性和正确性，你不会太过惊讶吧？"

他声音大了起来，说道："我将要飞一趟墨西哥，去完成一项很无奈的任务。所以我没时间探讨什么法律问题。估计你也猜得出来我的任务是什么吧？"

"哦？那要看你做谁的代表了。这话我就当没听过，你也要记住。"

"放心吧，我牢记心中。马洛，那就这样吧，回头见！不过我的初衷不变，我确实想帮你。现在我有一句逆耳良言，希望你别太天真，即便你的清白是事实。毕竟你干的就是容易得罪人的职业。"说完他就挂了电话。

我握着电话轻轻放回去，手捂在电话机上好一会儿，连眼睛都忘了眨。坐了片刻后，我将脸上的阴郁一扫而光，起身去开会客室的门。

一个身穿灰蓝色西装的人正挨窗坐着，翻阅着杂志。西装上有淡蓝色格子，不过不注意看的话很难察觉。黑色的皮鞋，有鞋带，鞋上有两个排气孔，材质为软鹿皮。这种鞋穿起来和穿休闲鞋一样舒服，不必担心走路磨破袜子。波浪卷儿的黑头发。皮肤深棕色，多半是太阳晒的。他的手帕叠得整整齐齐，手帕后面露出太阳镜的一部分。在雪白的衬衫上，深栗色的领带结成一个尖尖的蝴蝶结。他抬起头来时，我看到一双像鸟儿般灵动的眼睛，络腮胡须抖了抖，冲我露出一个微笑。

他把杂志推到一边，说道："我正在看一篇关于卡斯特罗的新闻报道。这种低俗刊物也就喜欢报道这些无聊八卦。哼，我对古特洛伊海伦的了解，也比他们对卡斯特罗的了解更真实一些。"

"我有什么能帮到你的？"

"骑红色大踏板车的泰山！"他说，悠闲自在地打量着我。

"什么意思？"

"我说你，马洛，你是骑红色大踏板车的泰山。他们动手打你了？"

"说话颠三倒四的。你关心这个干吗？"

"格里戈利尔斯跟奥尔布赖特通过电话后，还打你了？"

"没有。通过电话后就没有了。"

他点了点头："有勇有谋！居然想得到利用奥尔布赖特来压制那个蠢货。"

"这些跟你有什么关系？况且，我根本不认识奥尔布赖特局长，更没有要他帮我做过什么。再说，他有什么理由帮我出气？"

他带着一股子怒气从椅子上站起来，那缓慢的动作就像美洲豹一样优雅。他走到房间对面，伸长脖子瞅了瞅我的办公室，回头瞧了我一眼就自顾自地走了进去。以为这是他自己的地盘儿吗？什么来头？我跟了进去，把门关上。他站在办公桌跟前，眼睛一个劲乱瞅，似乎对此很感兴趣。他说："一看就不专业，简直太业余了。"

我走到办公桌后面，等待下文。

他又说："马洛，你每月收入是多少？"

我点上烟斗抽了起来，没有回应他。

他说："我看，撑死了也就七百五十美元，对不对？"

我把燃烧过的火柴梗丢进烟灰缸，吐出一口烟雾。

"马洛，你是个懦夫、大骗子，只有花生仁儿那么大，渺小得需要用放大镜才能看得见。"

我保持沉默。

"你的感情，不，你的任何东西都一文不值。你跟一个浑蛋随便闲侃了几句，喝了几杯酒，在他穷困潦倒的时候掏出几个小钱儿救济了他，就把他当成朋友，就毫无保留地信任他。你就好比被《弗兰克·梅里维尔》迷惑的小学生一样。你打肿脸充胖子，摆出一副勇敢、睿智、见识不俗、四海之内皆兄弟的姿态给别人看，希望别人感动得哗哗流泪。其实你不过是骑辆红色大踏板车的泰山。如果我把你记在我的账册里，你一定是最廉价的。"他露出一副不屑一顾的笑容。

他从书桌对面将身子探过来，用手背轻蔑地拍打我的脸，脸上一直挂着微笑，就像是在做一件微不足道的事情一样，而不是为了故意损我。他见我一点儿反应都没有，有气无力地坐了下来。他用一只深棕色的手掌托着下巴，把胳膊肘支在桌子上，用他那明亮、空洞、像鸟儿一样灵动的眼睛看着我。

"不值钱，你现在知道我是谁了吧？"

"你是在日落大道混的梅隆德斯，那帮小痞子们管你叫曼迪。"

"哦？那你知道我是怎么发达的吗？"

"不知道，不过我觉得你挺适合拉皮条，敢问阁下在墨西哥的哪一家妓院上班？"

他从口袋里掏出一个香烟盒，居然是金的。然后他抽出一支香烟用打火机点上。那打火机也是金的。他呼出一口辣眼的烟圈儿，点了点头："马洛，我承认我不是好人。"他把金烟盒子丢在桌子上，指甲在烟盒上划来划去："但我赚了很多钱。我必须赚足够多的钱，好让那些被我压榨的人给我赚更多的钱，然后再去压榨更多的人，为我赚更多的钱。我花了九万美元在贝尔城买了一栋房子，又花了比这更多的钱用来装修房子。我在东部娶了一个漂亮的金发娘们儿，她给我生的两个孩子上得起私立学校，她拥有的皮草和衣服价值七万五千美元，她收藏的宝石能卖十五万美元。不算跟在我屁股后面的瘦猴子，我还有一个司机、一个厨子、一个管家和两个女佣屁颠儿屁颠儿地伺候我。无论我走到哪儿，都会得到重视。我享用的东西，不管是美酒、美食，还是宾馆，都是最高档的。另外，在佛罗里达，我还有一处房子，一艘游艇，配置五名船员，养着一辆宾利、一辆克莱斯勒旅行车、两辆凯迪拉克，我还送了儿子一辆MG[1]，再过两年，我还会送女儿一辆。可你呢？你有什么？"

"不多，就一栋房子，"我说，"和我自己。"

"没老婆？"

---

[1]MG为汽车品牌，成立于1924年，主要生产敞篷跑车。——译注

"我单身。至于其他的，就是你眼前的这些玩意儿了，哦，银行里存着一千两百块钱，还有几千块钱的债券。不知我的解答能否令你满意。"

"你接的最赚钱的案子最后赚了多少？"

"八百五。"

"瞧，果然廉价！"

"别再演戏了。你到底找我做什么？直说吧。"

他把还没有抽完的烟掐灭，然后又点上一支，以一个舒服的姿势靠在椅子上，抿嘴看着我。

"我们三个人在冰天雪地的前线，在同一个散兵坑里一起啃冷饭、吃冷罐头，炮弹从我们的边上嗖嗖地飞过去，还有更猛的迫击炮，就在我们的不远处轰隆隆的一通滥炸，那简直就是人间地狱。兰迪·斯塔尔、特里·卢恩诺克斯，还有我，我们一个个冻得浑身发紫，这绝没有夸张，是真的冻成了那个颜色。忽然一颗迫击炮弹落到我们的中间，不过没有炸开，也不知道出了什么事，或许是德国佬跟我们开玩笑也说不定，他们的幽默方式总是那么古怪，花样百出，有时候你以为打来的是个哑弹，不会爆炸，可刚过三秒就炸了。我和兰迪都没有来得及躲开，特里就一把抓起它，之后他像箭一般飞射出去，跳出了散兵坑。哥们儿，别以为我说话不靠谱，他的速度真的快得不可思议，就好像一个顶级的控球手一样。他面朝下扑倒在地上，同时猛一甩手，将炮弹扔了出去。刚扔出去，那炮弹就在空中炸了。大部分碎片都在他的正头顶炸毁了，不过还有一片射到了他的脸上。而这个时候德国佬的猛攻也接踵而来。当我们从昏迷中醒过来，已经到了一个不知道是哪儿的地方。"

梅隆德斯讲到这里停了下来，用他那善良而灵动的眼睛看着我。

我说："谢谢你信任我，把这些说给我听。"

"马洛，我刚才故意戏耍你，你的反应还算令我满意。特里·卢恩诺克斯的遭遇放在任何人头上，都会把他搞疯，我和兰迪在讨论时都这样认为。曾经有很长一段时间我们都以为他不在人世了，可他并没有死，只是被德国人俘虏了，遭受了一年半的酷刑折磨。虽然他们取得了一些成果，但他也被折磨得体无完肤。我们都欠特里一条命，他的半张新脸、一头的白发，还有严重的神经过敏，都是我们欠他的。战争过后，我们通过黑市赚了一点儿钱，于是不惜任何代价，不管花多少钱，只要我们支付得起，我们都愿意用来找到他，为他洗刷冤屈。他的酒瘾是在东部地区染上的，他就像过街老鼠一样，出现在哪儿，哪儿就有人追捕他，他的生命完全被黑暗充斥了。我们知道他心里藏着一件不愿让我们知道的事情。没想到后来他跟一位富家千金结了婚，本以为他的好日子来了，可是他又跟她离了婚，酒瘾也又犯了。之后他们又复婚，接着她就死了。我和兰迪除了能给他在拉斯维加斯找一份临时工作，其他的什么都帮不上他，他也不愿让我们帮他。现在，他就这样不明不白地死了，连句道别的话都没有，我们想报答他更加没有机会了。本来我打算趁谁都没有反应过来立马送他出国，他却跑到你这里哭鼻子、倒苦水。我心里很不得劲儿。我以为你只是一个任由警察骑在脑袋上拉屎也不去反抗的廉价货。"

"如果你是我，你有更好的办法吗？警察对谁都是那副德行。"

梅隆德斯轻飘飘地说道："抽身而退啊！"

"怎么抽身法？"

"只要你放弃利用卢恩诺克斯的案子赚钱或出名不就可以了吗？案子已经了解，特里吃了太多的苦，死了也算一了百了，我们不想看到再有人打扰他。"

我说："真是好笑，流氓也重情重义。"

"廉价货，何必逞口舌之快？嘴巴放干净点儿比较好。我曼迪·梅隆德斯从不跟人争论，只喜欢下命令。明白吗？你想赚钱没人拦你，但你最好想其他办法。"

他拿起手套站起身来。谈话就此结束。那双手套好像他还没有戴过，是猪皮制品，颜色雪白。这位梅隆德斯先生对于穿着打扮很讲究，不过内里却是个粗鲁的暴徒。

我说："我从来没有打算要出名。另外，我也没打算拿谁的钱。何况，谁会给我钱？为什么给我钱？"

"马洛，别拿鬼话骗我了。你一定收了黑钱，我心知肚明，只不过不好说是谁给了你，但对方肯定是个有钱人。我不会认为你坐那三天牢是因为你重情重义。既然卢恩诺克斯的案子已经了结，所有调查也都会就此终止，哪怕……"

我说："哪怕她并非卢恩诺克斯所杀，对不对？"

他惊讶了一瞬，不过那种惊讶很淡，就像送了一枚戒指给一夜情的情妇。

"廉价货，虽然我很想认同你的见解，但这不符合逻辑。就算符合逻辑，也最好不要再节外生枝了，因为这多半是特里想要的结果。"

我沉默了。

片刻后，他一点点地露出了笑容，腔调拖得长长的，说道："骑红色大踏板车的泰山，大男子汉，我真想进来赏他几脚。你这种没有任何前途可言的穷鬼，连妻儿都没着没落，一无所有的家伙，随便是谁都可以骑在你头上，随便花几个小钱能收买你。廉价货。再见了！"

我觉得特别疲惫，下巴紧紧地绷着，坐在那里一动不想动，他放在桌子角上的那只金烟匣子一闪一闪地发着亮光，我缓缓起身，把烟盒拿起来，从桌子旁绕过去，说："你忘了拿走这玩意儿。"

他嘲讽道："我有五六个呢。"

我走到他跟前，把烟盒子递到他面前，他摆出一副懒洋洋的姿态伸手来接。我照着他的肚子就来了几拳："你欠缺五六个拳头。"

他疼得弯下腰去，口中发出哀号。烟盒子也掉到了地上。他后退到墙下，两只手一前一后地抖了起来，浑身只冒冷汗，吃力地往肺里吸了口气。等他终于再站直身子，我跟他面对面地盯着对方的眼睛。我伸出一根手指，挑起他的下巴。他没有进行反抗。

他黑黝黝的脸上挤出一丝笑容，说道："没想到你还是个有种的男人。"

"除非你不再叫我廉价货，不然下次来最好带把枪。"

"枪？我的保镖身上带着呢。"

"那你最好寸步不离他。你一定需要他的。"

"马洛，你一动怒倒是下得去狠手。"

我往边上踢了踢烟盒，弯腰捡起，递给他。他把烟盒装回口袋里。

我说："你哪来的闲情逸致跑我这儿来对我冷嘲热讽？我真搞不懂。况且，翻来覆去都是那一套，就不会点儿别的花样吗？一副牌抽出一张来是老A，又抽出一张来还是老A，就没别的吗？难道所有的硬汉都这么呆板无趣？你坐在那儿数落我的那些话，不过是在说你自己。我终于明白特里宁肯潦倒也不肯接受你的帮助了，因为那种感觉和跟妓女借钱太相似了，你说呢？"

"廉价货，"他用两根手指轻轻按压着胃部，"你这俏皮话一点儿都不幽默。这是你自找的。"

他挪到门口打开门。候在门外的保镖从对面的墙角挺身而出，目光转向这边，见梅隆德斯扭了扭脖子，保镖大步流星走进我的办公室，像跟电线杆儿一样看着我。

"契科，把他看仔细点儿。"梅隆德斯说道，"必要的时候能确保一眼认出他来。没准儿哪天你就要找他唠唠家常呢。"

"老板，我看过他了。他会对我胆战心惊的。"这个家伙看起来倒是挺稳重，黑皮肤，说话的时候嘴唇一动不动，可能这种方式令他们引以为傲呢。

梅隆德斯满脸的痛楚，却笑着道："他的右勾拳还是有点儿分量的，别让他打到你的肚子。"

"放心，他连我的身都近不了。"保镖盯着我，笑容很冷。

"那么，廉价货，咱们后会有期！"梅隆德斯转身离开。

保镖面无表情地说道："回头见。记住，我叫契科·安格斯汀，总有一天你会对我记忆深刻的。"

"到时你最好提醒我一下，别踩烂你的脸，就像踩一张旧报纸似的。"我回击道。

他下巴的肌肉格外分明起来，而后愤然转身，追随他的老板去了。

我侧耳听着，铰链运转，气压门缓缓关上，可是并没有脚步声穿过大厅。难不成他们是属猫的，走路无声？我不敢确定他们是不是真的走了。过了一分钟后，我又推开门，朝外面张望了一下，只见大厅里连个鬼影都没有。我回到书桌后坐下来，开始静静地整理思绪。

梅隆德斯这种流氓为什么要浪费时间来我的办公室？他来以前的前几分钟，休厄尔·昂迪克特打电话来警告我，他也跑来警告我，让我抽身事外，虽然一个唱红脸一个唱黑脸，可意图明显一致。既然想不通，那我何不调查一下？

我给拉斯维加斯的泥龟俱乐部打了个呼叫电话，跟对方说请兰迪·斯塔尔先生接电话，我叫菲利普·马洛。不过被告知斯塔尔先生出城去了，问我是否要找其他人，我说不必了。

接下来的三天，十分平静。没有人对我放冷枪，没有人跑来揍我一顿，甚至也没有谁再打来电话警告我少管闲事。我整天只能坐在椅子上，看着墙壁发呆，因为连雇主都不来打扰我了，诸如寻找丢失的珍珠项链、下落不明的遗嘱、离家出走的女儿或红杏出墙的妻子这类生意，一件也没有。至于那件突然发生又突然结束的卢恩诺克斯案，仅仅像走过场一般举行了一个虎头蛇尾的庭审，而且根本没有传讯我。庭审的时间也诡异至极，没有陪审团，事先也没有发出任何通告。结论竟出自法医之口：西尔维娅·波特·韦斯特海·迪·乔治·卢恩诺克斯死于丈夫泰伦斯·威廉·卢恩诺克斯的蓄意谋杀，其丈夫之死，不归法医办公室管。

他们必然宣读了一份所谓的自白书，并将其列入卷宗。不过对于法医来说，这份自白书的法律效力已经足够他满意的了。

受害者的尸体被发回家乡安葬，享受空运待遇，一路飞回北方老家，葬入家族墓地。哈伦·波特没有邀请任何新闻媒体。当然也不会有人敢来采访他，或者采访任何人。他从不接受采访，就像西藏的喇嘛一样极少抛头露面。这种独特的生活只有资产上亿的人才有资格享受，毕竟需要有人来为他们保驾护航，保镖、律师、听话的经理人、用人等。吃饭、穿衣、睡觉、理发，这些事情他们理应也做吧？不过谁知道呢。反正有关他们的任何消息，传到你耳中或者眼中时，肯定已经被修饰过了，不然何必花高价养一群公关人呢，他们的作用就帮主子擦屁股，维护形象，让他的形象像消过毒的针头那样好使。只要消息和大众认知的"事实"没有太大出入就够了，并不需要真的是事实，反正大众并不了解多少事实。

第三天下午，太阳即将落山的时候，一个叫霍华德·斯宾塞的人打电话到我的办公室。他是纽约一家出版社派来加州的办事代表，约我明天十一点到丽兹比弗利大酒店跟他会面，说有几件事想跟我探讨。我问他哪方面的事情。他说："比较敏感，不过肯定在道德范畴之内。当然，要是我们没有洽谈成功，我会按钟点来支付你费用。"

"多谢，不过没这必要。请问斯宾塞先生，是谁向你推荐的我？我认识他吗？"

"马洛先生，那位认识你，而且知道你最近在法律上遇到点儿小麻烦。不瞒你说，我也是因为这个才想跟你谈一谈的。当然，我们要谈的事情跟那件惨剧毫无关系。我看我们还是见面后边喝边聊吧，电话里不方便，如何？"

"希望你真的想好了，我是个坐过牢的人。"

他笑了。纽约人很早以前就形成了这种说话习惯，起码他们那时候还没有学会弗拉特布什口音。所以无论是说话腔调，还是笑声，听起来都还很悦耳。

"看来，这就是别人把你推荐给我的原因了，马洛先生。这件事跟你坐牢本身无关——我必须声明这一点——不过，跟你的……怎么说呢，跟你那时的拒不合作有关，即使面对高压也不妥协。"

他的这句话要是加上标点符号的话，能抵得上一本小说那么厚了。起码在电话里是这样。

"那好吧，我明早准时赴约，斯宾塞先生。"

他道了声谢，电话挂断。我猜测着那人到底是谁，谁会闲着没事帮我打广告？难道是休厄尔·昂迪克特？我以为找到了答案，就去翻电话簿。实际上他一个星期前就出城了，至今未归。不过管他呢，我现在很需要业务，我缺钱花——至少在我晚上回到家从一封信里抖出一张"麦迪逊头"[1]之前我这样觉得。干我们这行的，偶尔也会遇到可以打满分的客户。

12

我的信箱设在台阶路的下面，是一只红白夹杂的鸟巢型信箱，在箱子的顶部，悬臂连接着一只啄木鸟，要是里面放了邮件，啄木鸟就会抬高。本来就算啄木鸟抬高我也会视而不见的，未必会去瞧瞧里面是否有邮件，因为我从未在家里接到过邮件。不过巧的是最近几天啄木鸟的尖嘴掉了，断痕很新。没准儿是谁家的熊孩子拿圆子儿枪把它打掉了，于是我就看到了那封信。

信封上写着几行字，贴着墨西哥的邮票，邮戳是柯瑞奥·阿瑞奥的邮局盖的。由于邮戳是手工盖的，印泥也快干了，所以根本看不清楚字迹。我之所以能认出那些字来，是因为最近总是不由自主地去想墨西哥。这封信很厚。我走完阶梯回到家后，就坐在客厅里读信。或许因为是夜晚的缘故，也或许阅读一封来自死人的信本来就该如此，总之很静很静。信一开笔就直奔主题，没有开场白，连日期都未署。

这里是拥有湖泊山城之称的奥塔托丹，不过我住的这家宾馆的卫生状况实在差强人意。我于二楼的房间临窗写下这封信，窗外就是邮箱。不久前服务生送咖啡过来，我便吩咐他过会儿替我寄一封信。我还承诺给他一张一百比索的钞票，仅仅让他在把信放进邮筒时先举起来让我看上一眼。这点儿钱对于他来说，已然是不小的惊喜了。

之所以这么烦琐，是因为有一个不肯让我出去的家伙守在门口。脏兮兮的衬衫，黑黝黝的皮肤，一双尖头皮鞋。他显然是在等待什么，可我不知道他在等什么。不过我只想把信寄出去，把这笔钱交给你，别的什么都不想理会了。我本人肯定用不到这笔钱了，因为本地的兵痞一准儿会顺手牵羊拿走它。况且，我原本就不是为花销而准备的。现在送给你算是给你添了那么多麻烦的补偿，同时也算是对一个正人君子的敬意，虽然这件事我做得还是像以前一样不靠谱。

---

[1] 面额五千美元的钞票。——译注

至少我手上还有一把枪可用，不是吗？想必对于那件事，你早已有了定论：她可能是我杀的，也可能不是，不过我绝不会残忍到做出另外一个行为。说起来，我至今悲愤不已。不过无所谓了，没什么可计较的了。事已至此，毕竟她的父亲和她的姐姐没有伤害过我，那么最紧要的已不是别的，而是赶紧把家丑能化则化，能掩则掩，也好让他们继续过他们的日子。反正我早已破罐子破摔，走到这一步也算活该。这事怨不着西尔维娅，我原本就是个浑蛋，并不是她把我变成这样的。至于她嫁给我图什么，恐怕不是一两句话能够说得清的，我猜多半她那时抽风了吧。她在风华正茂时凋零，未尝不是一件好事。人们常说："男人早衰于色，女人晚老于欲。"人们还常说"有钱能使鬼推磨"，富人的世界永远如夏日骄阳般明媚。人们常说的那些话，大部分都是信口雌黄。我跟富人在一起生活过，深知他们不过是一群无聊、空虚、寂寞的可怜虫。

我写了一份自白。我的处境让我感到恐慌，同时心里难过得要死。你在浏览报刊的时候，应该看到过类似的情况吧？不过写在纸上的那些，都与事实有很大出入。当你面临这样的遭遇，除了一条绝路，无路可走，因为你被关在国外的一家又小又脏的宾馆里，全身上下只剩下了一把枪。朋友，你别不信，这真的跟"精彩""刺激"这样的字眼半点不沾边儿。因为围着你的只有卑鄙、肮脏、黑暗和凶残。这件事你就当没发生过吧。就连我，你也当从来没遇到过吧。当然，在此之前请先去维克托酒吧代替我喝一杯"螺丝起子"，下次煮咖啡，也替我煮上一份，帮我在咖啡杯旁边点一支香烟，在咖啡里加点儿波本威士忌。然后你就把所有的这些统统忘记。你我诀别，世上再无特里·卢恩诺克斯。

门响了。我估计是服务员送咖啡来了。当然，如果我猜错了，恐怕会有一场枪战。大体来说我还是比较喜欢墨西哥人的，不过他们的监狱……还是免了吧。

永别了！

这就是信里的全部内容。我叠好信又将其放进信封里。我能收到这封信，收到这张"麦迪逊头"，证明敲门的是送咖啡的服务生。"麦迪逊头"就是五千美元的大面值钞票。

我把这张巨额钞票放在面前的桌子上，很多在银行上班的人都没有见过这种钞票，当然我也从未见过。兰迪·斯塔尔和梅隆德斯之流，倒是有可能随身携带当票据使用。你想单独到银行领一张，多半会扑空，因为他们可能压根儿就没有，需要帮你从联邦储备局申请，花好几天时间才能申请下来。现而今，这种钞票在美国流通的至多不超过一千张。这种巨额钞票本身从被创造出来的一刻就具备了一种鹤立鸡群的光辉。你看这张钞票，每个边角都散发着美丽迷人的光泽。

我默默地坐在那里，盯着那张钞票看了许久。直到我要进厨房去煮一杯咖啡，才把它收进信匣子里。我倒了两杯咖啡——我按照他的嘱托做了，或许我真是个重情义的人？我把他的咖啡放在了那天他去机场时清晨所坐的位置上，往里面加了点儿波本威士忌，又替他点了一支香烟，搁在咖啡杯旁边的烟灰缸上。咖啡飘荡出袅袅雾气，香烟腾起袅袅青烟。窗外，鸟儿藏在金钟花树的树丛中，不知在忙碌些什么，时而扑腾扑腾拍打一会儿翅膀，时而叽叽喳喳地自娱自乐。

直到咖啡再看不到腾腾热气，香烟也再看不到袅袅青烟，只有一小截冰冷的烟蒂耷拉在烟灰缸的边缘。我倒掉咖啡，清洗并收拾好杯子，把烟蒂丢进水槽下的垃圾桶里。虽然我所做的这些，怎么计算也不值五千块钱的报酬，但也只能这样了。后来我去看了场电影。我不知道电影里演了些什么，对我而言，那不过是一堆毫无意义的脸影和噪音罢了。我返回家后又百无聊赖地自己跟自己玩了一盘西班牙开局 [1]。之后就上床睡觉。当然，我不可能睡得着。辗转反侧到凌晨三点，起来在屋子里走来走去。听着哈恰图良的作曲，哈恰图良居然敢自称那是一场小提琴演奏会，我看电风扇的链带松了发出的声音也比那好听，去他妈的吧，他只是个在拖拉机厂打工的小厮。

对于我来说，这样的不眠之夜，简直比肥胖者当邮递员还要不可思议。我本来想喝上整整一瓶酒，好把自己灌得不省人事，可是明天还要起早去见霍华德 · 斯宾塞先生。我绝对是自投罗网，这是世上最防不胜防的陷阱，如果下次我再看到一辆劳斯莱斯银色幽灵车，并且上面瘫坐着一个温文尔雅的酒鬼，我铁定退避三舍，能跑多快跑多快。

13

这间小包厢是从餐厅加盖部分往右数的第三间包厢，时间正值上午十一点，我靠墙而坐，不管是谁进来或出去，我都能看得一清二楚。外面万里无云，连

---

[1] 西班牙开局是国际象棋的一种开局下法。——译注

一丝雾气都没有，天气格外晴朗。从酒吧的玻璃窗外到餐厅的另一端，都能看见那个游泳池，在太阳的照射下，池面波光粼粼。扶梯上，一位性感的女郎正向高台上爬去，她身上穿的是一件白色鲨鱼皮泳装，在泳衣与古铜色大腿之间，露出一圈雪白的皮肤，我看着看着，不由得有些心猿意马。然而低垂下来的屋檐忽然遮挡住了她的身影，过了好一会儿，我才又看见她，只见她在空中翻转了一圈半，落入水中，水花飞溅而起，被阳光一照，就像架起一道彩虹，而那彩虹又跟少女一样美丽。

她又沿着扶梯爬上来，将白色的泳帽解下来，抖了抖白色的泳衣，而后扭着臀部走到一张白色的小桌前坐下来。旁边有一个小青年，戴着一副眼镜，穿着一条白色的斜纹裤子，皮肤被晒得黝黑，极为均匀，想必是一位受雇的服务员，单独在泳池边上候命。只见他伸手在她的大腿上拍了拍，她大笑起来，嘴巴张得能塞进一个拳头。一下子我就对她完全失去了兴趣。

其实我听不见她的笑声，不过只需要看到她的牙齿快要咧到耳根，露出了那么一个大洞，就一目了然了。这会儿酒吧里的人寥寥无几，我能听见两个小角色在那儿夸夸其谈，把二十世纪福克斯公司的电影片段搬出来极尽卖弄，他们坐在往下数的相隔两个包厢的小间里，一副非主流的穿着打扮，不伦不类。在他们中间的桌台上，放着一部电话机，每隔三分钟，他们就把最热门的点子打电话提供给制片人查努克，就好像在玩拼凑游戏一样。年轻人嘛，古铜肤色，一腔热血，精力旺盛。每次打电话的时候，肌肉的活动都抵得上我扛着一个胖子上四五层楼梯。

在吧台边上，有一个人正跟酒保聊天，一副伤心欲绝的样子，酒保面带虚假的微笑，一边倾听他的唠叨，一边擦拭自己的酒杯，我看他最想做的事情，其实是放声尖叫那么一两声。这位中年顾客穿着倒是得体，只是明显喝多了，有一肚子话想找人倾诉。虽然他并不是真的想说话，却管不住自己的嘴。这样的人除了晚上睡觉，其他时间都舍不得放下手里的酒瓶子，说起话来逻辑清晰，和善而温雅，但他跟你讲的任何一句话，都是信口胡扯，顶多只是把脑子里所存储的一些记忆改头换面一番再告诉你。他余下的生命，都会在这种状态中度过。全世界任何一个安静的酒吧，都不缺这样的悲情男子。

我抬起手表看了看，二十分钟前我们的这位手握大权的出版商就该到了，可他现在也没到。我打算再等半个小时，到时立马走人。任由顾客牵着你的鼻子走显然不明智。他要是把你当成用人一样使唤，就会认为别人也可以随意指使你，他若仍旧雇佣你，其目的就不会再这么单纯了。何况我现在并不急需生意，一个从东部来的蠢货也想把我当牵马童仆来使唤？别做梦了！这种所谓的经理人，不过是在木板装潢的八十五楼办公室上班，办公室放着一部对讲机，面前一整排按钮，候着一位大眼睛、殷勤渴盼、身穿哈蒂·卡内基设计的妇女职装的女秘书。他这样的人，从来都是要求你九点钟准时报到，而他自己却会在两个小时后，才带着一身双份鸡尾酒的酒气姗姗来迟。如果他没有看到你挂着一脸谄媚耐心地坐在那里等他，他会将你的行为视为对他经理权威的冒犯，会借题发挥好好显摆一下他的才华，直到他在安卡布尔科度完五周的假，才有可能风平浪静。

酒吧服务生从我身边走过去，用询问的眼神在我的苏格兰威士忌加水的鸡尾酒上瞟了一眼，我对他摇了摇头。他的那颗白脑袋也摇了摇。

一个梦幻般的女人从外面走了进来，一时间整个酒吧都落针可闻，赌鬼们停下了手中的纸牌，坐在高脚椅上高谈阔论的酒鬼们也停止了喧哗，唱台上的指挥轻轻敲了一下，高举手臂示意大家安静。这就是现场的气氛。

她的身材纤瘦而高挑，一身恰到好处的白麻纱衣，应是在裁缝铺定做的，脖子上围着一条黑白夹杂斑斑点点的丝巾。她戴着一顶小巧玲珑的帽子，淡黄色的头发像缕缕金丝一样从帽子下柔顺地披散下来，那种颜色如同童话里的公主，那种柔顺如同鸟巢中的小鸟儿。她的眼瞳像最罕见的蓝色矢车菊[1]那么漂亮，她的睫毛长长的，颜色浅浅的。她径直走到对面的餐台前，将手套脱下，老服务员特意为她将餐台拉了出来。终我一生也享受不到这样的待遇。她款款落座，将手套放入手提皮包的带子下面，微笑着道了声谢。那一个笑容，把他迷得浑身酥软，站都站不稳了。她的笑容是那么干净，那么温柔。她又对他说了一句话，声音轻得如若蚊蚋，可是他却如同接了到毕生中最伟大的使命，低着头急匆匆离去了。

我目不转睛地看着她，我的目光被她瞧见了，然而她的视线随即又抬高了半英寸，将我忽视了过去。无论我在不在她的视线里，我都不敢弄出一丝声响，甚至连呼吸也小心翼翼起来。

金发碧眼的人，这世上并非独一无二，但金发碧眼放在如今几乎成了一个人人调侃的词汇。除了皮肤白得像是经过漂白的祖鲁族或者脾气温和得像是人行道一样的人之外，任何一个金发碧眼的人都是非常独特的。有那种如

---

[1] 蓝色矢车菊是德国国花，象征着幸福和美满。矢车菊有粉红色、白色、紫色和蓝色等多个品种，其中蓝色最为珍贵、罕见。——译注

同雕像一般的金发美妇，你若见到她们那种冰蓝色眸光，会忍不住驻足流连。还有那种可爱的、一直说个不停的金发小姑娘，还有那种浑身散发着淡淡幽香，耀人眼目，搂着你的脖子，抬头看着你的眼睛，你情不自禁想要带她回家，可她总是让你精疲力竭的金发美人。她表示自己头疼欲裂，摆出一副无奈的样子，你一面想打她一顿，一面又非常庆幸，因为你及早参透了她头疼的原因，因此不必继续在她身上浪费更多的时间和钞票，也不必对她再报以任何希望，因为她的头疼是一种顽疾，连罗马城的贞烈之女卢克雷西亚的毒药瓶都逊色半分，连凶徒的刀剑也要甘拜下风，头疼会成为她屡试不爽的武器，且永不磨损。

还有那种酗酒、温柔、非貂皮衣服不穿、非星光聚顶之屋不去的金发美人，以及一身爷们儿气、什么常识都懂、阳光开朗、精力旺盛、勇猛过人、自己付钱结账、柔道术高超，可以一边阅读《周六热评》，一边用顶多看了一个句子的时间一个过肩摔将一个卡车司机撂倒的金发美人。也有那种因为得了非致命性贫血绝症，面色枯槁，苍白如鬼，说句话轻声细语的金发美人。你根本不敢也不想去碰她一下，她总是捧着一本原版的《荒原》[1]或原版的但丁《神曲》，又或者克尔凯郭尔[2]、卡夫卡[3]的作品，要不就是正在研究普罗旺斯文。她在聆听纽约爱乐音乐团演奏欣德米特[4]的佳作时，能告诉你同时演奏的六把低音提琴中，哪一把慢了四分之一个节拍，因为她对音乐的痴迷已登峰造极。据说托斯卡尼尼也具有这种本领。恐怕全世界也只有他们俩才是真正懂音乐的。

最后我要说的是那种像艺术品一样，拥有着绝世风华的金发美女。接连有三个凶名远播的不良男友为她们鞠躬尽瘁死而后已，然后她们嫁入豪门，再改嫁到另一个豪门，每次都能赚取一百万，当容颜褪色、徐娘半老后，已经在昂

---

[1]《荒原》是英国作家托马斯·艾略特（1888—1965）的成名作，亦是象征主义文学中最有代表性的作品。——译注

[2] 克尔凯郭尔（1813—1855）：丹麦宗教哲学心理学家、诗人，代表作品《非此即彼》《恐惧与战栗》《人生道路的阶段》等。——译注

[3] 卡夫卡（1883—1924）：奥地利小说家，代表作有《审判》《变形记》《城堡》。——译注

[4] 欣德米特（1895—1963）：德国作曲家、音乐理论家。——译注

蒂布海角[1]拥有了一幢浅玫瑰色别墅，以及一辆双座椅的阿尔法·罗密欧[2]。她们还有一群脸上爬满皱纹的贵族朋友，但是她们对待他们就像老公爵对管家说了一声晚安一样，仅仅是听起来关怀备至，实际上根本没有在想他们。

不过以上的这些类型都不包括对面那位梦幻一般的女子。她与她们的那个世界根本一点儿边都不沾。你甚至无法给她归类。她就像山间的清泉那样清纯而旷远，就像水色那样无从捉摸。

"对不起！"当旁边多了一个声音时，我仍旧在盯着她恋恋不舍。

"我迟到了这么长时间，真是不好意思，都是它惹的祸。显而易见，你是马洛，对吧？我是霍华德·斯宾塞。"

听到他说话，我扭过头来。这个是中年人，衣着很随意，身材较为魁梧，胡子刮得干净利索，头发稍显稀疏，梳了个大背头，将两个耳朵中间的一片不毛之地小心翼翼地遮盖上了。他穿着一件土里土气的双排扣马甲，这种马甲大概也只有前来加州做客的波士顿人才会偶尔穿一穿，反正我很少见加州本地人穿。他鼻子上架着一副无框眼镜，手在一个破旧的公文包上轻轻拍了拍，显然他所说的"它"就是指它。

"里面是三部新小说，还是手稿，全部内容都在这里了，要是没有退给人家就弄丢了，事情就大条了。"斯宾塞向老服务员打手势，让他过来，"我对金酒[3]加柳橙汁情有独钟，说实在的,那种酒挺滑稽。你要不要来一杯尝尝？"这时老服务员正把高高的一杯绿色液体放在那位金发碧眼的美人面前。

我点头表示同意后，老服务员就走开了。

"你都没看它，就知道要退稿吗？"我指了指他的公文包。

"好作品不会出现作者亲自送上门，而且还送来酒店这样的情况。通常而言，应该是纽约的经纪人先去拜访他才对。"

"那你为什么还要收下呢？"

"一来不想驳朋友面子，二来任何一个出版商都有投机心理：万一是一部好作品呢？哪怕这种概率只有千分之一。其实最具主导性的原因是，在一场鸡尾酒会上，你总会被介绍来介绍去，跟形形色色的人物打招呼，不免就要多喝几杯，然后酒精上头，你也就变得感情丰富、意气用事起来，而恰好有些小说

---

[1]昂蒂布海角：法国著名海滨旅游胜地。——译注

[2]阿尔法·罗密欧：意大利著名轿车和跑车制造商。——译注

[3]金酒，又名叫杜松子酒或琴酒，是世界第一大类的烈酒。——译注

已经完本了，你怎么着也得瞧几眼吧。我想，你对他们或者是出版商的话题都不感兴趣吧？"

这时服务员把饮料送过来了，斯宾塞把自己的那一杯端起来一通海喝。他把全部的心思都放在了我这边，根本没有朝那位金发碧眼的美人看上一眼。显而易见，他是一位称职的业务员。

"我时不时也会看点儿书，当然，只跟工作有关。"我说。

他漫不经心地说道："在我们这一片儿住着一位响当当的作家，他叫罗杰·韦德，或许你看过他的书。"

"哦？"

他苦笑了一下，说道："我明白你的意思。历史浪漫传奇之类的作品，你好像很排斥。不过那种作品往往能大卖。"

"我倒不是这个意思，他的书我也浏览过几眼，不过，斯宾塞先生，恕我直言，很垃圾，你觉得我说的不对吗？"

"不不，有这种评价的人并不只有你一个。"他笑了笑，"可关键在于，他的书目前很火，哪怕随手乱写都极受欢迎。眼下出书成本节节攀升，所以每个出版商都力捧着一两位这样的作家。"

坐在对面的金发美人已经喝完了杯中的饮料，可能是青柠檬汽水一类的东西，她现在正在看手表，就像观察显微镜似的。酒吧现在算不上多么喧嚣，不过人已经渐渐多了起来。那两个赌鬼的手依旧没有闲着，坐在吧台椅子上自斟自饮的那位也多了两个酒伴。我回过头来，看着霍华德·斯宾塞问道："这位姓韦德的人和你今天找我有关系吗？"

他点了点头，再次认真打量了我一番。

"马洛先生，"他说，"如果你不介意的话，我们还是聊聊你的事吧。"

"你指哪方面的事？我业已中年，是个穷鬼，一直单身，拥有私家侦探执照，在这行干了不短的时间，从不接手离婚案件。我坐过不止一次牢。下棋、女人、醉生梦死，我都喜欢。我就出生在本市的圣塔罗沙，父母双亡，没有兄弟姐妹。我认识一两个关系不错的警察，不被警察所待见。哪天如果我被暗杀在某条巷子里，没有人会觉得自己的人生从此失去光彩。干我这一行的遭逢意外是常有之事，当然，其他职业，哪怕是混吃等死的人也避免不了这一点。"

"你说的这些我都知道了，不过你并没有说出我想知道的。"他说。

我喝完杯中的金酒加柳橙汁，撇了撇嘴，味道很怪。

"斯宾塞先生，我遗漏了一条，"我说，"我还有一张'麦迪逊头'，就揣在口袋里。"

"麦迪逊总统的头像？我不是太……"

"一张面值五千美元的大钞，我把它当幸运符，随身携带。"我说。

"天啊！"他压低嗓门儿，"你就不怕危险吗？"

"所有超过某个点的危险都是一样的。这话是谁说的来着？"

"应该是瓦尔特·巴戈尔特吧。他说的是建造烟囱的人。不过马洛，"他笑了笑，"我是一个出版商。你没有任何问题，我为我的冒昧向你道歉。我必须在你身上冒个险，不然你恐怕也不想再跟我浪费口舌了，是不是？"

我冲他笑了笑。他把服务员叫过来，又点了两杯酒，而后斟字酌句地说道："是这样的，罗杰·韦德给我们带来了很大的困扰，他现在连一本完整的书都无法写下来了。好像无法控制自己了一样，成天喝酒，动不动就大发雷霆，有彻底崩溃的征兆。这背后一定有不为人知的原因。每隔一段时间，他就会莫名其妙消失几天。前些日子他居然把自己的妻子从楼上推了下去，造成五根肋骨断裂，进了医院。可他们之间连一点儿通常意义上的矛盾都没有，那纯属他发酒疯干的。"

说到这里，斯宾塞一脸苦恼地看着我，仰靠在了椅背上。

他又说道："我不能把饭碗砸在他的手里，所以现在最重要的就是必须令那本书尽快完稿，可我们需要的还不止这些，那毕竟是一位才华横溢的作家，他应该写出更多更好的作品，我们得把他拉回正轨。有一件事我越想越觉得有问题，现在他都拒绝与我见面了。我知道你想说这事应该找心理医生解决，但是韦德太太不同意。她坚持认为他现在一切都正常，之所以这样是因为他在害怕某种事情，比如敲诈勒索什么的。很可能是很久以前的所发生的某件事，比如开车撞死了人，肇事后逃逸什么的，而现在事情暴露了。虽然只是胡乱猜测，但也并非没有这种可能。你想啊，他们结婚都已经五年了。至于真正的原因是什么我们一无所知，但我们很想知道，为此我们愿意多花一些钱。假如是医学方面的问题，我们无能为力，但如果是别的原因造成的，我们就必须找出真相。而且这也是在保护韦德太太，谁能说得清下一次他发作会不会害死她。"

他说完，又接着喝酒。我的那杯酒一动没动，只是点了一支烟，看他咕咚咕咚一口气把半杯酒喝下肚子，看得我张口结舌。

我说："我能起到什么作用？你需要的可能是一位魔法师，而不是一个私家侦探。你是想让我瞅个合适的时间找上他家，如果觉得他并不是很难对付，就一下子敲晕他的脑袋，把他扶到床上？不过这种概率可能不超过百分之一。而且我必须亲自去冒险。你觉得呢？"

斯宾塞说："论个头，你不逊色于他。而且他现在的身体状况显然不如你，你随时可以到场。"

"你有什么把握？酒鬼是最狡猾的，他会挑一个我不在场的时候发作。我不是来人才市场求职当男护士的。"

"罗杰·韦德一点儿都不愿意让男护士接近他，就算你是男护士也没用。他是个才华出众的人，不过已经无法控制自己了。他写的东西的确垃圾，但架不住读者喜欢，让他赚了那么多钱。不过作家除了写书外，还有什么法子能救赎自己的？但凡他身上有任何优点，都有显露出来的一天。"

"随便吧，我相信他很了不起。"我生出一股不耐烦的情绪，"但他也是个危险分子。他隐藏的秘密如果和犯罪有关，而酗酒只是为了麻痹自己，那么斯宾塞先生，这种问题我恐怕不能胜任。"

他看了看手表，一副愁容，脸皱成了一团，显得更加苍老、瘦削了。

"好吧，我明白了。但我必须试试。"他说。

他伸手去拿他的公文包。这时我看到对面的金发美人好像准备走了，正在付钱给那名白头发的服务员，她还微笑着给了他点儿小费，他乐得如同跟上帝握了一下手似的。她唇角上扬，戴上那副白色手套，服务员将餐台推到一边，给她让开道，她迈着从容的步伐走了出来。我把目光转移回斯宾塞身上，他把公文包就放在双膝上，正皱着眉头盯着桌子边缘的杯子出神。

"这样吧，如果你同意的话，我可以去见一见那个人，先估摸一下情况。如果他没有立即把我扔出来的话，我还想跟他的妻子谈一谈。"我说。

没等斯宾塞开口，就有一个声音说道："不，他不会这么做的，马洛先生。他或许对你很有好感也说不定呢。"

我抬起头时，她正站在餐台的另一边，我一眼就看到了那一双深蓝色的眼眸。我手忙脚乱地站起来，退缩到小隔间后面的空隙里，就像是想要逃走一般，不过最终只能站在原地不动。

她说道："您不必起身。"

那声音就像好像夏日蓝天上的白云一样柔美。她接着说道："我叫艾琳·韦德，本来早该过来做自我介绍的，不过我觉得我有必要先了解一下你的为人，还请你不要介怀。"

"艾琳，"斯宾塞一脸阴郁地说，"他不想接我们的这单生意。"

"我有不同的看法。"她微微一笑。

那一笑实在太美了！就像一个刚出校门的女生，甜得能让人骨头发酥。我张口结舌，脑袋晕乎乎的，双腿发软，连呼吸也无法顺畅了。

"我可没说不愿意接这个案子。我只是说，韦德太太，我只是担心不能胜任这项任务，甚至可能会帮倒忙，越帮越忙。"

她的笑容消失了，变得极为严肃："太快下决定未免有些草率。判断一个人，我觉得应该是通过他们的本性，而不是他们的行为，不是吗？"

我点了点头。忽然有些怅然若失的感觉。特里·卢恩诺克斯不就是这样吗？单看他的行为举止，绝不能归为好人一类，充其量只是在散兵坑里光辉了短短的一瞬间——假如梅隆德斯没有编瞎话的话。但他的其他方面，又岂是这些外在表现所能看得出来的？任何一个局外人，都不可能讨厌他这样的男人。或许你活一辈子也遇不到几个像他这样的人。

"况且，你至少也得亲眼看到他们是这种人吧？马洛先生，希望我们能够再见！如果你改变主意的话，"她利索地打开手提袋，从中拿出一张名片递给我，"随时欢迎你的到来。"

她冲斯宾塞点了下头，就率先离开了。我一直望着她的背影，看着她走出酒吧，沿着玻璃加盖部分走到餐厅，然后又望着她绕转到通往大厅的拱门下，她的每一个动作都是那么雅致、优美。最后，她的白色麻纱裙在拐角处一闪而逝，彻底离开我的视线。我浑身轻松地回到小隔间坐下，端起金酒加柳橙汁。对上斯宾塞的眼睛时，发现里面汹涌着怒火。

我开口说道："坐在这样一位梦幻般的女子的对面，长达二十分钟时间里你都视若无睹，你的表现真的很不错。其实你理应偶尔看上她两眼才对。"

"我是不是很蠢？"他硬挤出一个笑容，但我知道他其实毫无笑意，我刚才看她的眼神，已经激怒了他，"人们对私家侦探的认知挺奇怪的。你想啊，如果在家里潜藏着一个……"

"我这个侦探是不可能潜藏进你家的。你还是另编一个故事吧。"我说道，"我实在无法相信这个世界上有人忍心把那样一位梦幻般的美人推下楼，害她摔断了五根肋骨，哪怕他喝醉酒了。"

"你的意思是，我说谎骗了你？"他的双手用力地抠在公文包上，面部充血，红得可怕。

"差不多吧。你的表演结束了。我有理由怀疑，你对那位美人存了觊觎之心。"

他猛地站了起来，说道："我很不喜欢你这种口吻。我不能确定是否喜欢你这个人。我看，这件事就到此为止吧，就当我从来没有找过你。这点儿钱就当付给你的钟点费，够了吧？"

他掏出二十块钱，外加给服务员的一点小费，一起撒在桌子上。然后站在那儿，一动不动，居高临下盯着我，目光灼人，脸色依旧红得厉害。好一会儿后，他很突兀地来了一句："我是已婚人士，有四个孩子。"

"那祝贺你！"

"咕噜！"他喉咙里响了一声，愤然转身，逃也似的离去。我一直看着他走远，然后把剩下的酒喝完，摸出香烟盒，抽出一根点上。老服务员走了过来，看了眼桌子上的钱，问："先生，您需要些别的什么吗？"

"不用了，谢谢。这些钱都是你的了。"

他捡起钱来说道："先生，那位先生拿错了吧，这是一张二十块钱的。"

我说："他分得清楚。这些钱都给你。"

"那实在太感谢了！先生，要是你真的——"

"千真万确。"

他用力地点了下头，然后就立马走开了，似乎有些不太放心。这会儿酒吧里的人已经越来越多了，两个身材挺不错的年轻女郎一边唱着歌，一边挥手从我身旁走了过去。她们显然认识不远处的那个小隔间里的两位青年。桃红色的指甲在空中挥舞，一声声"甜心"在空气中飘荡。我的好心情全都没了，皱着眉头抽了半支烟便起身离开了。我回头去拿烟盒的时候，背后有个东西碰了一下我的脑袋。真是不胜感激。我转过身，只见一个穿着一身褶皱的牛津法兰绒衣服的浑蛋，正侧着身子从我边上走过去。他嘴角含笑，大张双臂，想方设法地卖弄，摆出一副深受大家欢迎的派头。

我越看越觉得他就像拍卖会上那种从来只占便宜不吃亏，得意忘形咧嘴大笑，笑容足有两英寸高六英寸宽的家伙。我一把抓住他伸出来的胳膊，拧着他转过来。

"愣头儿青，怎么的？这么宽的过道都容不下你？你哪号人物？"我说。

他挣扎了几下把胳膊抽出来，恶狠狠地威胁道："哥们儿，劝你别给自己找不自在，小心我将你的下巴打下来。"

我哈哈大笑："就看你能不能替扬基队守住中外野，用长面包打出一击全垒打了[1]。"

他那肥嘟嘟的拳头攥了起来。

我说道："小东西，舍得你这些刚刚修过的指甲吗？"

他一听强压下怒火，用蔑视的口气对我说道："你觉得你的脑子很好使吗，被门挤了吧？下次要你好看。我可不会再有这么多顾虑。"

"下次就比这次少吗？"

他吼了起来："滚开！给我滚！我看你是想换一副新牙床了，不信你再说句笑话试试！"

"小东西，记得给我打电话。"我冲他笑了笑，"不过要挑好听的说。"

他的面色忽然大变，突兀地笑了起来，说道："你，朋友，你的照片上过报纸！"

"除非是那种挂在邮局里的海报。"我说。

他说："我是从警方的人像簿里看到的。"他一边笑着，一边走开了。

其实，他不过是为了压制内心的某些感受罢了，才会发生这种滑稽之事。

我沿着加盖屋一直往前走，穿过旅店大厅，来到正门口，站在门下把太阳镜戴上，然后就回到自己的车上。直到这时，我才想起应该看看艾琳·韦德送给我的名片。这并不是那种正式名片，上面写着她的电话号码和住址。

罗杰·斯特恩斯·韦德夫人
艾德瓦利路 1247 号
电话是艾德瓦利 516324

艾德瓦利这个地方我一点儿都不陌生，那里以前在入口处设有门房和私人警力，湖上开着赌场，找女郎的话，有五十块钱一晚的那种，不过我知道现在已经彻底改头换面了。那里的赌场早已被关停，洗白的钱换成了大量的地皮，这些钱使得那些炒地皮的商人成了最大赢家。比如有一个买下整片湖泊以及湖泊前的土地的俱乐部，如果你想再去湖上玩上一番，就必须在他们的首肯下加入他们的俱乐部，否则想都别想。这不仅仅是在炫耀奢华，更是一种排外性的

---

[1]"扬基队"即"纽约扬基棒球队"。这句话里马洛用棒球术语嘲笑对方。

体现。如果我去了艾德瓦利，那就跟在香蕉船甜点上摆了一圈洋葱一样，完全不搭调。

就在当天下午，我接到了霍华德·斯宾塞的电话，他似乎消了气，向我道歉，声称是他的过错造成那种场面，还让我再考虑考虑。

"如果雇我的是他，我可以考虑去瞧瞧情况，如果不是，那就免了。"

"我懂你的意思，但如果是一笔丰厚的酬劳……"

我懒得听他放屁，直接打断了他，说道："斯宾塞先生，你听着，你没有资格跟命运做交易。韦德太太应该自己拿主意，要是她害怕她的丈夫，她可以搬离那个家，可成天盯着她的丈夫，二十四小时保护她，这样的保护闻所未闻。况且你的目的远不止这些，你还想知道他有没有外遇，何时何地有的外遇，以及为什么会有外遇。你不想让他再犯这毛病，最起码在他写完那本书之前不想让他再犯。可是最终的决定者是他，假如他打算写完那本垃圾书，他理应在写完之前暂时先戒酒。你的要求太多，我真的无法胜任。"

他说："这些问题凑到了一起，就变成了同一个问题。不过我想我明白了，你的职业比较敏感。既然这样，那就再见了。今晚我会飞回纽约。"

"祝你行程愉快。"

他说了声谢谢，然后把电话挂断了。之后我才想起我居然没有在电话里告诉他，我把他的那二十块钱给了服务员。本来我还打算为此再打给他，后来想想，他已经够可怜了，就作罢了。

打烊后，我不由得想起特里的嘱托，便朝维克托酒吧的方向走去，想去喝一杯"螺丝起子"，可是走到半路就改主意了，转而去了罗瑞酒吧，喝了一杯马提尼，吃了一份牛肋眼肉排，一份约克夏布丁。我想，一定是因为我的心情不够感伤。

我回到家后就打开电视机，看了一段索然无味的拳击比赛。只见几个拳击手一刻不停地跳来跳去，除了刺拳、蹦跳躲闪，来来回回地以佯攻干扰对方外，其他的什么都不会。我觉得他们应该去给阿瑟·默里[1]打工才对。要是有谁能一拳把他家正犯困的老奶奶给打醒，就很了不起了。观众们不断地喝倒彩起哄，裁判一个劲叫他们进攻，可是他们神经兮兮地扭了半天屁股，最后打出来的却是一记左长拳。

我又换了一个台，看了一会儿侦探剧。故事的案件发生在一个衣柜里，里

---

[1] 阿瑟·默里，19世纪末20世纪初的一位舞蹈表演者、教授。——译注

面的脸孔熟悉到让你有种疲劳感，完全不觉得有丝毫美感。剧情对白全是怪词滥句，哪怕是填字游戏都不会出现的那种。好在剧中的侦探是个黑人用人，倒是增添了一点儿喜剧效果，其实他的存在就足够滑稽了，完全不需要额外营造。插播的广告更是俗不可耐，恐怕给圈养在铁丝网和酒瓶堆里的山羊看，它们都会恶心欲呕。

我关掉电视机，点上一支卷得紧绷绷的长杆儿凉烟抽了起来。这种烟草不错，不伤喉咙，不过我忘了是什么牌子。就在我准备上床睡觉时，电话响了，是凶杀组的格林警探打来的。

"这件事你可能有兴趣听一听，卢恩诺克斯，就是你的那位好朋友，在两天前下葬了，地点就在他死亡的那个墨西哥小镇。代表家属去那里参加葬礼的是一位律师。马洛，这次算你走运，不过下次再想帮助朋友越境出逃，就要三思而后行了。"

"他身上有多少弹孔？"

"你还想多管闲事？"他咆哮道，沉默了片刻后，他又非常小心翼翼地说道，"我认为是一个吧。通常来说，只要在头上来上那么一枪，就一了百了了。他兜里的乱七八糟的东西，都被律师带回来了，当然，还有他的指纹。你还有想知道的吗？"

"当然有，不过我估计你不肯说。卢恩诺克斯的妻子究竟是谁杀的？这就是我想知道的。"

"格伦茨难道没有告诉你吗？他留下了一份完整的自白。你不看报纸吗？报纸上也是这么登的。"

"警官先生，多谢你的礼貌，以及打电话告诉我这些。"

他嗓音粗重地说道："马洛，你记住，这件案子已经结案了，你该彻底遗忘。本来事后从犯是要在本州坐五年牢的，只能说你很走运。要是你针对这件案子还有什么愚蠢的念头，胡乱说话，可能会惹来无妄之灾。我不妨再多一句嘴，我当了这么多年警察，深谙一个道理，坐牢的人并不是因为他真的做过什么，而是他在法庭上表现得如何。言尽于此，祝你好梦。"

他是对着我的耳朵把电话撂下的。我把听筒放回去，觉得很滑稽，一个正直的警察，因为心存愧疚，总是容易故作凶狠。当然，其实所有人都是这样的，不正直的警察也一样。我自己好像也在其列。

14

次日清晨门铃响的时候，我正准备把耳垂上的爽身粉擦掉。后来我去开门，那双深蓝色的眼眸又出现在了我的面前。她今天穿着一身棕色的麻纱，没有戴帽子，也没有戴耳环，只围着一条如辣椒一样红的围巾。看她的脸色，尽管略显苍白，但没有一点儿被推下楼去的痕迹。她冲我微笑了一下，十分勉强。

"马洛先生，我知道我不该冒昧前来。估计你连早饭都还没吃。可是……我不喜欢在电话里谈这么隐私的事情，也实在不想进你的办公室。"

"没关系，韦德太太，请进吧。来杯咖啡怎么样？"

自她进了客厅后，她就一副失魂落魄的样子坐在沙发上。两脚紧紧并拢，把手提袋端端正正地搁在膝盖上，给人一种端庄静好的印象。我把窗户打开，将活动百叶帘拉上去。

我从茶几上紧挨她的位置，把那只脏兮兮的烟灰缸拿走。

"多谢了！黑咖啡吧，不加糖。"

我进了厨房，将一张餐巾纸铺在一个绿色的金属托盘上。可是看起来就像赛璐珞[1]的衣领一样低级，于是将餐巾纸揉成一团，又换上一张跟三角小餐巾配套的须边衬布。这套餐饰是租房子的时候和其他家具一块儿租来的。我又拿出两个"沙漠玫瑰"咖啡杯，倒满咖啡后，用托盘端着回到客厅。

她浅饮了一口，夸赞道："你挺会煮咖啡的，很好喝。"

我说："上一次和别人一起喝完咖啡后，我就坐牢了。韦德太太，我坐牢的事你不会不知道吧？"

"是的。"她点了点头，"警方怀疑你协助他潜逃，是不是？"

"不，他们没有这么说。他们在他的房间里找到了一本记事簿，在上面看到了我的电话号码，然后就找我问话，因为他们问话的方式太过不客气，我没有回答。当然，我猜你没兴趣听这些。"

她把咖啡杯轻轻放到茶几上，身子略微往后靠了一些，冲我笑了笑。我问她要不要来一支烟。她说："我不抽，谢谢。其实我很想听听卢恩诺克斯的事。

[1] 赛璐珞即硝化纤维塑料。——译注

我有一个邻居认识他们夫妻俩。不过我听到的他，不像是会做出那种事的人，除非他疯了。"

我拿出一个牛头犬式的烟斗，填上烟丝，点着抽了起来："我也觉得他肯定是疯了。他在战争中受过重伤，现在已是死人一个，全都毫无意义了。我想你不是为谈他的事而来的吧？"

她轻轻摇了摇头："你视他为朋友，那你肯定坚持你自己对他的看法。马洛先生，我觉得你是一位坚韧而果决的人。"

我把烟丝摁紧，又点着烟斗。我看着烟斗对面的她，刻意装出一副悠然自得的样子。

"韦德太太，我的看法一点都不重要。满脸慈祥的老婆婆下毒害死全家；保持了二十年无瑕疵记录的银行经理，原来长期盗用公款；头脑正常、环境健康的孩子却屡次抢劫，甚至向人开枪；深受读者欢迎、理应开心快乐的成功小说家，却醉酒毒打妻子，把妻子打进医院。这样的事每天都会上演，见怪不怪。你以为某人不可能干出某事，可他偏偏就干了。"

我原本以为她会生气，可她只是眯起了眼睛，动了动嘴唇。

"霍华德·斯宾塞不该把那件事告诉你。那只能怪我自己，是我傻到忘记躲开。自那以后我就明白了一件事，要是一个男人喝醉了，就千万不要去阻拦他什么。这一点你恐怕比我更加清楚。"她说。

我说："当然，你试图用言语阻止他，肯定毫无效果。不过如果你走运，有把子力气，说不定就可以阻止他伤害自己或别人了。不过，就连这点恐怕也得看运气。"

她伸手将咖啡杯和托盘端起来，一点儿声音都没有发出。她的手特别好看，就和她身体上其他任何一处一样，哪怕是她的指甲也是那么美，上面涂了淡淡的指甲油，光洁明亮。

"不知霍华德有没有跟你说，这次他去见我丈夫，被拒之门外了。"

"当然。"

她喝完咖啡，轻轻把杯子放回托盘，手指在汤勺上抚弄着。几秒钟后，她低着头说道："其实连他也不知道具体原因，所以你也不可能从他那儿知道。我爱霍华德，可他的控制欲实在太强烈了，他以为自己很有管理天赋，所有的事都想管一管。"

我没有插话，只是静静地听着。接下来她沉默了一小会儿，突然抬头看了我一眼，又几乎立马把视线挪开："我来找你，是想请你找到我的丈夫把他带回家。我的丈夫三天前就失踪了。我根本不知道他去了哪儿。这种事以前也发生过。有一次他不远千里开车跑去波特兰，在旅馆里病情发作，不得不叫来医生来帮他解酒。那次他跑到那么远的地方，连续三天没吃东西，最后居然没有出大问题，真是个奇迹。还有一次，他告诉我他去了一家小型的私人疗养院，说在那里接受治疗，但是我问不出疗养院的名字和所在地，他只说它在长堤。我猜测那可能是一家名声很不好的疗养院。那次距离现在还不到三个星期。最后也没有发生什么，他仅仅是脸色有些苍白，身体有些虚弱，是一个年轻男人把他带回家的。他个头很高，穿着舞台剧或 MTV 中才能看到的那种花里胡哨的牛仔裤。他把罗杰放在车道上后，就急匆匆地倒车转向开走了。"

我说："也许是度假牧场一类的地方。不少娘里娘气的牛仔，为了买一套那种花里胡哨的行头，情愿花光身上所有的钱。那更应该是女人们的最爱。这可能就是他出现在那里的原因。"

她把手提包打开，从中掏出一张折叠地很整齐的纸："马洛先生，这是一张五百美元的支票，我想用它来聘请你，不知你是否愿意收下。"

她将支票放在桌子上，我看了一眼折起来的支票，没有伸手去拿。我说道："你说他已经失踪三天了。既然如此，何必着急呢？反正他醒酒再加上吃东西也得花上三四天时间。以前不都完好无损地回来了吗？难道这一次有什么不同？"

"马洛先生，如果再这样继续下去，他会垮的。他发作的间歇越来越短了。我特别担心。不，是害怕。他没准儿会丢掉性命。我们已经结婚五年了，罗杰虽然时不时喝点儿小酒，但从来不酗酒，现在的情况太不正常了，肯定有什么反常的事情。我现在只想找到他。昨天晚上我睡了不到一个小时。"

"关于他酗酒的原因，你有什么猜测吗？"

那双深蓝色的眼眸怔怔地盯着我。今早她的表现有些脆弱，不过绝不是那种孤苦无依的样子。她咬了咬下唇，摇头说道："莫非是因为我？据说时间一长，男人就会渐渐开始厌恶自己的妻子。"她的声音就像在说悄悄话那么低。

"韦德太太，很抱歉，我只是个半吊子心理学家。尽管干我们这一行的多少需要懂些心理学，但我毕竟是业余的。我猜测，更大的可能性，是因为他对自己的垃圾作品心生厌恶了。"

她平静地说道："也有可能。有那么多作家都得过这样的魔怔。他似乎的确没有办法完成手头上的这本书了。可是，这个理由有些牵强。毕竟他并不是非得完成它不可。他又不缺钱租房。"

"那他清醒的时候又是一个什么样的人呢？"

079

她展颜而笑，说道："我想，他是个温文尔雅的人，当然，这只是我个人的眼光，可能不太准确。"

"那么喝醉酒以后呢？"

"狡猾、冷漠、凶狠。总之非常恐怖。那个状态下他自以为是的每一句幽默，都是污言秽语。"

"你漏掉了肢体暴力一项。"

"那次只是偶然，马洛先生。"她挑了挑黛眉说道，"那件事被夸大其词了。是罗杰自己告诉霍华德·斯宾塞的。我不可能跟他说这种事。"

我起身在屋子里来回踱了几步。空气有些闷热，或许天气还会更热。我拉了拉窗户上的百叶窗帘，遮挡住一些阳光。

我不再拐弯抹角了，接下来跟她的谈话都是直来直去。

"昨天下去我就对他做了一番调查，《名人录》里有他这么一号。四十二岁，首婚就是你，没有孩子。祖上是新英格兰人，在安多瓦尔和普林斯顿上的学。参过军，记录良好。写过性爱与击剑类历史小说，一共十二本，每本都很厚，每本都在畅销榜上有名。我猜他赚的钱一定不少。按照他的个性，假如他开始厌恶自己的妻子，会直截了当地提出离婚。而如果他有了外遇，你会第一时间知道。说来说去，他完全没必要用酒精来证明自己的心情很糟糕。他三十七岁的时候跟你结婚，那个年纪的他，对于女人应该了解得比较全面了。我说的是比较全面，任何一个人都不可能真正完全了解什么。"

我停顿了一下，看有没有伤害到她的感情。见她冲我笑了笑，我就继续往下说："霍华德·斯宾塞提出一个猜想，说你跟罗杰·韦德的问题，是你们结婚以前所发生的某件事情的延续，现在后遗症出现了，他无法承受那种折磨。斯宾塞假设或许是敲诈勒索，但我不知道他的根据是什么。不知道你怎么看？"

她慢慢地摇头："如果你想问罗杰支付了一笔巨款给某个人我知不知情，我肯定不知情，因为他的财务账目我从来不会干涉。如果他真的花出去一大笔钱，我不一定能察觉。"

"这无关紧要。我并不认识韦德先生，也没可能知悉他在受到敲诈时有什么反应。假如他是个暴脾气的人，没准儿会将对方的脑袋拧下来。而如果秘密暴露后，他的行业地位或社会地位会受到影响，甚至招来执法人员——这个例子可能有些极端。他可能愿意花些钱来摆平，起码会用这种方法解决眼前危机。不过这种猜想对我们毫无帮助。你担心他，而且不单单是担心，你希望尽快找到他，可我又该怎么找他呢？韦德太太，请把你的支票收起来吧，至少目前我还不能拿你的钱。"

她再次把手伸进手提包里，从中拿出两张泛黄的同样是折叠起来的纸。好像是信纸。其中有一页被揉得皱巴巴的。她把纸张抹平，递给我看。

她说："其中一张是我在深夜，或者说凌晨时分，在他的桌子上发现的。他喝多了，没有上楼，我一清二楚，所以半夜两点那会儿，我就下楼去看他，想知道他有没有事，有没有昏倒在地板上，或者躺在椅子上，或是发生了别的事情。可是我却没有找到他。另一张纸是在他的废纸篓里找到的，其实那张纸就耷拉在纸篓的边上，没有掉进去。"

我瞧了瞧那张并不褶皱的第一页纸，上面是一篇短的字稿。

没有第二个人值得我去爱。我从来不会自怨自艾。

罗杰（F. 斯科特·菲茨杰拉德）·韦德

另：

因此，这本《了不起的盖茨比》我总是无法完稿。

"韦德太太，你看得懂是什么意思吗？"

"斯科特·菲茨杰拉德是他一向崇拜的人，所以我猜他是故作姿态。他总是说，菲茨杰拉德是自柯勒律治[1]以来的最伟大的作家，不光酗酒，还有毒瘾。你看这张稿子，马洛先生，条理清晰，字迹匀称，无可挑剔。"

"这一点我意识到了。大部分人喝醉以后连自己的名字都写得一团糟。"我又摊开那张被揉得皱巴巴的纸，同样是一张打字稿，同样没有任何逻辑混乱的体现，无可挑剔。

V 大夫，我特别讨厌你，可是我现在最需要的人就是你。

正在我细品那张打字稿的时候，她说道："我不知道 V 大夫是谁，在我的印象中，没有一个医生的名字是以 V 字打头的。

"你的丈夫被牛仔送回来的那次，他有没有提过什么名字，哪怕是地名？"

她轻轻摇头："他什么都没有说。我查过电话簿，姓氏以 V 字打头的医生

---

[1] 塞缪尔·泰勒·柯勒律治（1772—1834）：英国诗人和评论家。

——译注

足有几十个。而且或许并不是姓氏，而是名字。"

"也或许根本就不是医生。合法的医生会收取支票，不过赤脚医生就不敢了，因为这可能会变成某种证据。"我说道，"这涉及现金问题。况且，那种医生收费很高，就连在他们家租个床位，吃点儿病餐也都是大价钱。再加上针线就更贵得离谱了。"

"什么针线？"她好像不得要领。

我说道："那种地下医生都会给患者注射毒品。因为没有比这更简单的办法来对付他们了。只要让他静静躺上十多个小时，等他们再醒来后，就被牢牢控制在手里了。然而这也意味着巨大的风险，因为没有执照滥用麻药，被逮到后会关进联邦监狱吃牢饭的。"

"我想我懂了。罗杰身上很可能带着几百块钱。在他的书桌里通常会放一些钱，而现在钱不见了。我不知道他为什么会放这些钱，可能是关键时刻有某种奇怪的用途吧。"

我说："既然如此，我们就试着找到这位 V 医生。尽管现在毫无头绪，但我一定竭尽全力。你先把支票带回去吧，韦德太太。"

"我不太明白，我是说你有权利……"

"事成之后再说吧，多谢了。我情愿直接找韦德先生索要酬劳。反正，我接下来做的事情，他肯定不会喜欢。"

"但是如果他的病情发作了，没有人帮助他……"

"那他可以打电话给他的医生，或者让你帮他注射。他以前没有这么做过，显然他不愿意。"

她把支票放回手提包，站起身来，一副楚楚可怜的样子。她有些痛苦地说："我们的医生不肯帮他医治。"

"医生这种玩意儿，一抓一大把，韦德太太。你不知道现在医药行业的竞争有多么激烈吗？你甚至可以挨个儿聘请医生帮他治疗，我想他们大部分人都愿意多留在他身边一段时间。"

"我明白了。也许我该听从你的建议。"她缓步走到门口，我也陪着她走过去，帮她开门。

"你为什么不自己做主给他找医生呢？"

"马洛先生，因为我爱我的丈夫。"此时她正好面对面与我站着。那明亮的眼睛里，隐隐能看到泪花。毋庸置疑，她是一位绝世美人。"虽然我愿意付出任何代价来帮他，可是我也知道他是什么样的个性。对待这样一个成年人，你不能像对待嗓子痛的小孩子那样。如果每次他喝多了我都自作主张找医生来，恐怕我不会留住他太久了。"

"他要是个酒鬼的话，不会有什么问题的。这样做也是迫不得已。"

我闻到了她身上的清香，她就站在我的身旁，也许我并没有闻到，只是希望闻到吧。那绝不是用喷嘴喷上去的香水的味道。当然，还有一种可能，现在正值夏天。

她一个字一个字地缓缓说道："就算他曾经犯下了什么羞于启齿的过错，哪怕是犯罪，我也不在乎。当然，我是绝不会去调查他的。"她的声音里充满了苦涩。

"所以要换成让霍华德·斯宾塞来雇用我去调查？"

她略一迟疑，露出一个微笑："你宁肯自己坐牢，也不愿出卖朋友，这一点已经充分证明。你不会给霍华德其他的答案，因为那不是我所期待的，不是吗？"

"多谢抬爱。不过我坐牢的真正原因，并不是你所认为的那个。"

她沉默了一会儿，而后点点头跟我说了声再见。我目送她走下红木台阶，上了一辆崭新的、纤长的灰色美洲豹汽车。她把车开到这条路的尽头，去那儿掉了个头。从下坡路经过的时候，她冲我挥了挥手套，向我告别。之后就开着她的小汽车驰过转弯处，消失不见。

一株红色的夹竹桃紧依在我家的围墙外，一阵拍打翅膀的声响从那边传来，而后我又听到一只幼小的杜鹃鸟叽叽喳喳地叫了起来。我瞅见它原来就抓在最高处的一根树枝上，一个劲猛拍翅膀，看起来晃晃悠悠的。不过那叽叽喳喳的叫声，随着墙角的柏树丛里传出一声警告似的尖鸣，立马停止了。这只胖乎乎的小鸟，乖乖安静了下来。

我进屋把门关上，留下小鸟儿独自在那儿学习飞行——鸟儿也是需要学习的。

15

想要展开调查，总得有一点儿头绪，比如姓名、身份背景、家庭住址、生活环境以及其他可供参考的材料等，不然就算你再自以为是，觉得自己聪明绝顶也无济于事。

可我拥有的，只是一张皱巴巴的黄纸片。

"V大夫，我特别讨厌你，可是我现在最需要的人就是你。"只凭借纸上的这短短几句话，我恐怕需要把整个太平洋都调查一遍，用一个月的工夫将五六个县医疗协会的每一个成员都调查一下，而最后的结果可能只是做了一番无用功。

这片地区，赤脚医生的增长速度比得上天竺老鼠的繁殖。光是市政厅周边一百英里之内，就有八个县，每一个县，乃至县下所辖的每一个村镇，都不缺医生。而当中只有一部分是真正的医务工作者，剩下的其实是机械师、邮递员什么的，充其量拥有一张切割玉米或在你的背上上蹿下跳的执照。真正的医师当中，也有富得流油的，或穷得叮当响的；有医德高尚的，也有毫无医德可言的。作为一名喝多了就撒酒疯的初期患者，家中有钱，可以拿出一笔巨款，支付给一个支付不起抗生素或维生素药单的古怪老头，这就是仅有的线索，又该让我从哪里着手调查？

所以，我等于没有任何线索。而艾琳·韦德或许能够提供一些，可她意识不到是否有用，也可能她什么都不知道。假设我真的找到了姓名以V字打头，而且也符合条件的人，可是放在罗杰·韦德身上，也未必就真有那么回事，可能他当时只是喝多了，脑海中碰巧出现的那么一个字眼。就连他提起斯科特·菲茨杰拉德，也可能只是一种文绉绉的古怪道别方式。

基于这种条件，作为一名菜鸟，我也只能从前辈高手那里寻找一点儿经验了。于是我就给一位熟人打了个电话。他在卡恩机构工作，这个设在比弗利山的机构很是与时俱进，他们专给有钱的客户提供保护业务，而所谓的保护，每一项都差不多游走在法律的钢丝绳上。

那位熟人名叫乔治·彼得斯，他只给我十分钟时间，让我说得麻利点儿。

他们的工作场所，在一栋四层高的粉红色小楼的二楼，半个楼层都属于他们。电梯设有电子眼，通过电子识别来者，门可以自动开关。走廊里格外安静，凉意阵阵。停车场的所有车位都有一个名字。前厅外面，药剂师正往药瓶里塞安眠药，累得手腕都酸了。

门的另一面，漆成浅灰色，金属字母向外凸出，犹如一把把崭新的匕首，平整而锋利："卡恩机构，总裁杰拉德·C.卡恩。"下面还有一行小字，写着"入口"。

猛一看，你还以为这是一家投资信托公司呢。

里面的接待室特别窄小，而且刻意营造出一种"丑陋"的形象。为了营造这副形象，想必花了不少钱。墙壁涂抹了普伦茨威克绿漆，因而色调灰暗。挂在墙上的图画，也装裱在色调还要暗上至少三度的绿色画框里，画的是几位红衣男子骑在高头大马上，马儿正斗志昂扬，向着高栏飞跃而起。墙上还挂着两面没有镜框的镜子，颜色略倾向于玫瑰红，看着就想吐。所有家居摆设，要么是深绿色的，要么是深红色的。在一张白桃花心木[1]制成的桌案上，放着几本最新一期的杂志，所有的杂志都包裹着一层透明的塑料膜。

我猜能把房间布置成这样的人，多半穿着一件辣椒红衬衫、一条桑葚紫裤子、一双斑马条纹鞋、一条红内裤（上面绣着橙红色的姓名缩写），这种人根本无惧花哨。

这些摆设仅仅是门脸儿，卡恩机构的客户通常不是坐在会客室里接受服务的，他们每天至少支付一百美元，理应享受上门服务。卡恩是一个身强体壮，像木板一样硬朗的家伙，皮肤白净而富有血色，他从前在宪兵队担任过上校。如何当一个浑蛋，方法不下一百九十种，卡恩样样在行。他曾经还邀请我去做他的手下，不过我宁肯饿死街头，也不愿意堕落到与他为伍。

接待员打开一扇毛玻璃门，带着职业性的刻板笑容从门里探出头来，看我的眼神像刀子一样锐利，仿佛她连你兜里有多少钱都能一目了然。

"早上好。有什么可以为您服务吗？"

"我姓马洛。请帮我找一下乔治·彼得斯。"

"马洛先生，"她将一个绿皮本子放在桌子上，"请问你跟他有预约吗？我并没有在预约本上看到你的名字。"

"我跟他刚刚通过电话。是一点私事。"

"哦，是这样啊。马洛先生，请谅解，不知您的姓氏还有名字怎么拼写。"

我告诉了她，她在一张长长的条形表格上记了下来，又将一个打卡钟夹在边缘。

我问道："这个给谁看？"

她语气冷淡地回答说："我们一向很注重细节。卡恩上校说，哪怕是一些微不足道的琐事，谁又知道它会不会与生死攸关的大事扯上关系。"

我说："这话也许该反过来说才对。"

她意会不到其中的意思。"我会通报彼得斯先生，告诉他你过来了。"她

---

[1] 桃花心木是一种名贵的木材。这里的"白"应该是指乔木品种，而非木材或桌面颜色。——译注

为我登记完以后说道。

我对她说不胜感激。等了一小会儿，隔间打开一道门，我看见彼得斯在门里冲我招手，示意我进去。随后我走进一个色调灰暗的走廊，感觉像是上了一艘舰船，一个个小办公室分布在走廊的两侧，就跟牢房一样。

他的办公室里显然装有隔音设备。办公桌呈灰色，像钢铁的那种颜色。配有两张椅子。灰色的架子上摆放着一台灰色的留声机。墙壁、地板、电话、成套的笔，都是一样的颜色。墙上有两张照片，放在同一个相框里，其中一张照片是卡恩的戎装照，头上戴着雪亮的钢盔，另一张就有些看不太懂了，上面的卡恩坐在一张书桌后，穿着一身普通老百姓穿的衣服。除了它之外，墙上还挂着一个相框，金属字母铸在灰色的背景上："卡恩员工的言谈举止和衣着打扮在任何时候、任何地点都该如一位绅士。此为铁律，绝无例外。"看起来应该是该机构的训条。

彼得斯大步流星地走到房间的另一端，将其中一张照片挪开，露出镶嵌在墙壁上的一个灰色麦克风接收器。他拉出接收器，将上面的一根接线头拔下来，又将接收器推了回去，再将照片挪回原位，把接收器挡在后面。

"那个吃饱了撑的家伙大概把这里当成黑店了，线路布得到处都是。现在他出去了，去解决一个酒后驾车的案子，雇主是一位电影明星。我倒是没事干。所有麦克风的控制开关都在他的办公室里。前两天我问他为什么不干脆在接待室的透光玻璃后面装个红外线显微胶片摄影机呢？他声称不合适，可是我猜测没准儿他已经叫人装上了。"

他坐到一张硬椅子上，自然也是灰色的。我打量了他半响，瘦削的脸庞，高高的鬓角线，深陷的眼窝，两条看起来有些笨拙的大长腿。大概因为经常外出，饱受风吹日晒的缘故，他的皮肤又蔫又糙。他的上嘴唇几乎与鼻子持平，所以一笑起来，下半边的脸就好像凭空消失了一样，只能看到两道深深的沟壑一直延伸到宽阔的嘴巴的尽头。

我问他："那你为什么还要给他干呢？"

"坐吧，兄弟。别太大声，喘气也要动静小一点。说实话我不在乎给谁干，有奶便是娘，显然这里的薪水还不错。你要知道，卡恩的员工和你这种只能拿点儿小钱的侦探完全是一个天上一个地下，就如托斯卡尼尼[1] 和一只演奏风琴

---

[1] 指阿尔图洛·托斯卡尼尼，意大利人，是一位非常出色的音乐指挥家。据说从来都是凭借记忆来指挥演奏。——译注

的猴子的区别。"他顿了顿，龇牙笑了，"当然，要是哪一天卡恩把我当成犯人那么不客气，老子立马揣上支票走人。别想把老子当成他当年主管的那家英格兰最高安全监狱的囚犯。说吧，你摊上什么麻烦了？前些天的事儿我听说了，你受了不少窝囊罪吧？"

"看开点儿就好了。我想跟你借阅一些档案，就是你的那些出格人士的资料。我知道你有。埃迪·道斯特从这儿辞职后，跟我说过。"

"卡恩机构不适合埃迪，他为人太敏感了。"他点了点头说道，"我这就去帮你找。不过，你提到的这类档案属于最高机密，任何时候都不能向外人透露丝毫。"

说完他就走了出去。

废纸篓、地板、桌面、桌上的吸墨板的四个角，全都是灰色的，我一一扫过。这时彼得斯回来了，手里拿着一个灰色的档案夹。

他把档案夹放下来，将其打开，我惊叹道："原来你们机构也有不是灰色的玩意儿，真是不可思议！"

"那是该机构的精神，是学校的颜色，年轻人。当然，我倒是有一样东西不是灰色的。"他打开抽屉从中摸出一根八英寸长的雪茄，"乌普曼 30。一位管收音机叫无线电的英国老绅士送的。他在加州生活了四十年。我并不讨厌他。尽管他清醒的时候故作时髦，具有一种肤浅的魅力。可是很多时候，人们身上连肤浅的魅力都看不到，比如卡恩。比起他，我情愿觉得炼钢炉里的内胆更有趣一些。我们的这位老顾客喝多了的时候就妙不可言了，他有一个习惯，动不动就给人家开一些从无业务往来的银行的支票，若不是他事后愿意破财免灾，再加上我从中周旋，恐怕早就有坐牢记录了。这根雪茄就是他给我的。你要不要抽几口？这种情形像不像两个印第安酋长正在计划一场大屠杀呢？"

"我不喜欢雪茄。"

彼得斯看了看手里的大雪茄，露出一副伤感的神态："其实我也不喜欢，也许我该把它送给卡恩。不过就算是卡恩也未必见得行，因为它不是一个人抽的雪茄。"他的眉头皱了起来，"看来我有些紧张，我动不动就提起卡恩，你觉得呢？"

他打开抽屉将雪茄放了回去。"你说吧，我们要查些什么？"他翻开档案看了看，问道。

"我需要找到这样一位酒鬼：家财万贯，有暴力倾向，是位瘾君子，不过没有跳票习惯——至少目前没有这种传闻。他的妻子认为他正躲在某个地方'醒酒'，不过她也说不准，总之她特别担心。现在手头上仅有的线索，是一张提起某个V医生的纸条。但这只是个缩写字母，而我要寻找的那位，已经三天没出现过了。"

"现在就开始担心，未免太早了些吧？"彼得斯看着我，像是沉思着什么，又看了我一会儿后，他才摇摇头说，"那就尝试着查一下吧。虽然我不是太理解，不过这不重要。"

翻阅档案的时候，他说："如果只有一个字母的话，恐怕不太容易查到什么，这简直算不上线索。况且，这些人都长着腿脚，不可能待在一个地方不挪窝。"

他从一个纸夹子中抽出一页纸，略略翻看后又抽出第二页纸，接着将第三页也抽了出来，说道："从这三个人开始查吧。骨科专家阿莫斯·瓦利医生，在阿尔特迪纳开着一家诊所，聘有两名注册护士，夜间出诊费五十美元。两年前州立缉毒组找过他的麻烦，索了他的处方簿。不过这份资料很久没有更新了。"

我将他的名字和他在阿尔特迪纳的住址都记下来。

"另一位是耳鼻喉科医生莱斯特·乌坎尼奇先生，据说他在好莱坞大道斯托克韦尔大楼开一家门诊，最擅长慢性鼻窦炎的治疗，医术高超，远近闻名。他没什么可疑的地方，起码在例行公事的检查中都没发现问题。如果你跟他说毛病是鼻窦炎引起的头疼，他会给你注射麻醉药，然后帮你清洗窦腔。当然，他要是对你另眼相看，用的多半就不是麻醉剂了。你懂我的意思。"

"当然。"我同样记了下来。

"懂就好。显而易见，如果他有问题，那一定是货源方面的。咱们的这位乌坎尼奇医生以前经常乘坐私人飞机前往埃森纳达外海，说是去钓鱼。"

我说道："但我不认为这样他能维持多久，如果他需要亲自运送毒品的话。"

彼得斯略一沉吟，摇头说："不见得。如果他不是太过贪心，用这样的方法足以长久经营。他最大的风险不在这儿，而是在顾客那里——抱歉，我刚说的是患者——毕竟那种需求是永不满足的。不过，他毕竟在同一间办公室经营了不下十五年，应该有的是办法应对问题。

我问他："这些资料是怎么弄来的？"

"兄弟，我们可不像你，你是单枪匹马，而我们是一整个机构。有些资料是机构内部共享的，有些资料甚至是客户自己提供的，卡恩从来不吝啬花钱。

他在交际方面很有一手，前提是他愿意。"

"他要是听了你的这番话，一定乐不可支。"

"去他妈的吧。最后的这位，名字叫韦林杰，称自己为医生，但从没见他看过病，或许是一名博士[1]吧。把他列入档案的那位员工已经不在这儿干了。他办有一个'艺术村'之类的机构，为那些作家、隐士或志同道合的人提供住所，收费挺合理。看起来并没有任何违法嫌疑。说实话我都想不明白为什么要把他的资料列入这里的档案。除非……他和那次自杀事件有所牵连。"他捻起一页贴在白纸上的剪报，"没错，吗啡注射过量。但没有证据能证明韦林杰知情。"

"可我感觉韦林杰正是我要找的。很强烈的直觉。"

彼得斯将档案合上，重重地放下，说道："记住，你从来没看过这些。"说完他便起身走出房间。我正准备离开的时候，他又返回来了。我向他道谢，他一副不以为然的样子。

"我提醒你一句，你要找的人可藏身在几百个地方。"他说。

我表示我早有心理准备。

"另外，我听说了一些事情，觉得你可能会感兴趣，和你的那位姓卢恩诺克斯的朋友有关。"他说道，"我们这里的一个员工大概在五六年前，在纽约见过一个跟他的特征完全符合的人，不过他说那个家伙姓马斯顿，不姓卢恩诺克斯。当然，他成天醉生梦死，是否确定还有待商榷。"

"依我看不可能是同一个人。"我说，"通过战争记录就能够查到他，那他何必多此一举改名换姓呢？"

"也许吧。那位员工姓埃斯特费尔德，如今在西雅图，等他回来你不妨找他问一问——如果觉得有必要的话。"

"乔治，多谢了！叨扰你可不止十分钟了。"

"有一天我需要你的时候，你也不会袖手旁观，不是吗？"

"我想卡恩机构碰到任何问题，都不需要一个外人来帮忙。"我说。

他伸出大拇指，冲我做了个不礼貌的手势。

之后我就走出了那间铁灰色的办公室，从接待室一路走过。前后一对比，反倒觉得接待室挺不错的，起码色调比起"小牢房"稍稍显得合理一些。

---

[1] 英语中 doctor 具有"医生""博士"等多个意思。——译注

16

从大路拐出来后，前面就是塞普尔维达山谷的谷底，只见两根方方正正的黄色门柱屹立在那里，一扇由五根铁条焊成的大门敞开着，门上用铁丝悬挂着一块牌子，上面写道：私人道路，闲人免进。空气温暖而舒适，不干不燥，一股尤加利树的异香四处飘荡。我驱车拐了进去。

沿着一条石子路，盘绕山道而行。爬上一道山梁后，开车从另一侧进入了山谷。山谷并不深，但空气很热，与公路上的气温相比，起码要高上个十度或十五度左右。直到这时我才看清，石子路的尽头有一大片草地，被一圈边缘镶有白色粉漆的石头围绕起来，像一个圆环。我的左手边是一个游泳池，空的。没有什么比一个空荡荡的游泳池更让人觉得空虚了。原本应该是这样的：三面池畔都是绿草地，草地上摆放着红木躺椅，椅垫儿新的时候是蓝色的、绿色的、黄色的、橙色的或铁锈红色的等，五彩缤纷，绚烂多姿，而现在它们都严重褪色了，边沿上镶嵌物有的已经断了线，有的纽扣崩掉，露出了鼓鼓囊囊的填充物。

另一面池畔紧贴着网球场那高高的铁丝网。空游泳池的跳水板也已扭曲变形，一副精疲力竭的样子，金属饰物都已生锈，外层的衬垫也破败不堪。

我开到圆环，在一幢红木屋前停下。红木屋的屋顶铺着木瓦，前廊宽阔，出入口设有两扇纱门，纱门上还有两只昏昏欲睡的大黑蝇。一条弯弯曲曲的小径藏在永远灰蒙蒙的加州常绿橡木之间，一些乡村风味的小屋舍就散布在橡木林立的山坡上，由于树林的遮掩，只能看到有限的几栋。而看得见的这几栋，都是一副大门紧闭、窗帘遮得严严实实的凄冷寥落样。窗帘是网织棉布一类的，你甚至能感觉出窗台上积有厚厚的灰尘。

关掉引擎后，我没有立即下车，双手搭在方向盘上静静地听了一会儿，一点动静都没有，寂静得让人瘆得慌。这个地方就好像法老的木乃伊。透过双扇纱门往里看，屋门倒是敞开着，幽暗的屋子里似乎有什么东西在动来动去。

我忽然听到一声口哨声，虽然声音很小，但我不会判断错误。而后纱门里就出现了一个男人，他把纱门打开，缓步走下台阶。

这个人的穿着太有特色了。他头上戴着一顶低矮的黑色贝雷帽，帽绳系到下巴底下。上身穿着一件洗得干干净净的洁白丝质衬衫，领口敞开，手腕紧紧地束在泡泡袖[1]里。他的脖子上系着一条黑色须边儿围巾，围巾向一侧歪去，一端短，一端长，长的那一端几乎垂到了腰部。腰上系着一条黑腰带，宽得过分。煤黑色的裤子紧绷在臀部，侧面绣有金线，一直延伸到开衩处，开衩处里外两侧都镶有金扣子。脚上穿着一双适合出现在舞会上的漆皮鞋。

他一边吹着口哨，一边停在台阶上盯着我看。他的一举一动都十分灵活，身体就像一条鞭子。我从未见过如他这样空洞的眼眸，就像是蒙着一层灰色的烟雾，睫毛却如丝线一般，纤长而闪亮。他很瘦，却十分精神，皮肤有些苍白，像是很久没有晒过太阳。鼻梁挺直，略显消瘦，打口哨时嘴唇很是性感，下巴上还凹出一个酒窝来。他的耳朵长得小巧玲珑，温顺地依偎在脑袋上。

他的左手贴在屁股上，右手矫揉造作地在空中画了一道优美的圆弧："你好！今天天气不错，是不是？"

"有些热。"

"天气热点儿才好。"

这句话说得斩钉截铁，不允许他人置疑。至于我喜不喜欢，对他来说无关紧要。

他掏出一把长长的锉子，坐到台阶上开始锉指甲，低着头问道："你是银行的人？"

"我想找韦林杰医生谈谈。"

"他是哪位？"他锉指甲的动作停顿下来，目光眺望着温暖的远方。

"你不觉得你的反应太快了吗？他是这里的业主，你难道不知道吗？"

"亲爱的，你搞错了吧？"他又开始锉指甲，"银行才是这里的业主。这个地方作为抵押，已被银行没收了。也或许即将过户给别人，暂时寄存在他的名下。具体怎么样，我忘了。"他抬头瞄了我一眼，摆出一副对细节漠不关心的姿态。

我从车上下来，斜靠在门上，却发现门被太阳晒得发烫，就立马挪开，站到一个空气比较流通的地方。

"你说的是哪家银行？"

"这么说你不是银行的人，既然不是从银行来的，那你进来干什么？赶紧离开吧，亲爱的，快滚！"

---

[1]"泡泡袖"是一种富有女性化风格的衣袖设计方式，袖口处蓬松如泡泡状，但因是抽碎褶造成的，反而很勒肉。——译注

"除非我见到韦林杰医生，不然我不会走。"

"亲爱的，你没看到门口的牌子吗？这是私人道路，并非营业场所，哪个该死的忘了锁大门？"

"你是这儿的管理员？"

"类似。亲爱的，别等我发脾气，不然谁都不知道接下来会发生什么，别再问东问西了。"

"那你发起脾气来能怎么样？与黄鼠狼共舞？"

他露出一个空洞的笑容，动作轻柔地站起来："你在等我把你塞进你那辆又小又旧的敞篷车里去吗？"

"少安毋躁。那请问，我怎么样才能找到韦林杰医生？"

他把指甲锉放进衬衫的口袋里，然后另一样东西出现在他的右手里。他动作麻利地把那个闪亮的指套戴在手上，眼睛瞪得老大，眼窝深处火焰熊熊，可依旧蒙着一层烟雾。他额头上的皮肤绷得紧紧的，迈着从容的步子走向我这边。

我稍微往后退了退，好多一些施展拳脚的空间。他见状吹了一声口哨，声音十分尖锐。

"你非要跟我切磋一下吗？可这场架毫无意义。而且，你就不怕你那条可爱的裤子会绷开？"

谁料他猛地向前一蹿，动作极为灵敏，冲向我的时候，左手迅速向外张开。我误以为他打算戳我的脑袋，就把头偏了一下，可实际上他的意图是擒住我的脉门，结果就被他得逞了。

我的手腕被他紧紧箍住，被他猛地一甩，我就失去了平衡，与此同时，他那只戴着指套的右手也屈指成拳，用手肘砍了下来。如果这一拳打结实了，我铁定要进医院。但如果我向后退避的话，脸蛋儿或者肱二头肌就会遭殃，轻者臂残，重则破相。关键时刻，我一不做二不休，猛地一侧身，将他蓄势而来的左脚绊住，同时一把揪住他的衬衫，那衬衫"刺啦"一声就被我撕裂了。但我的后颈同时也被什么东西狠狠敲了一下，但凭经验判断应该不是金属。我向左侧回旋，他朝边上横移，落地轻盈，如猫站定。而此时我依旧脚步蹒跚。他露出胜利的笑容，又朝我冲了过来，似乎正在干的这件事是他非常钟爱的工作一样。

"厄尔，住手！我叫你住手，听到没？"一个洪亮的嗓音不知从何处传来。

牛仔收住攻势，脸上挂着笑容，可看起来却病恹恹的，他飞快地把指套藏进那条宽腰带里。

我扭头看去，只见一个胖墩墩的男人正一路小跑，踩着石子路朝我们这边赶来，还不停地挥手。他穿着一身夏威夷衬衫，这会儿跑得上气不接下气。

"厄尔，你发什么疯？"

厄尔轻飘飘地说道："没有啊，医生。"说完，他便笑着走开了，又坐到了屋前的台阶上。

他把头上的平顶帽摘下来，用一把梳子整理起了那头乌黑浓密的头发，然而空虚和迷茫又再次浮现于他的脸上，不一会儿，他轻声吹起了口哨。

那位穿着花格衬衫的胖男人一动不动，与我对视着。

"先生，你是谁？刚才是怎么回事？"他冲我吼道。

"我姓马洛，我只是想找韦林杰医生谈点儿事情，可这位名叫厄尔的小朋友，大概是因为天气太热的缘故，想从我身上找点儿乐子。"

"我就是韦林杰医生。"他气势汹汹地说，又扭头冲牛仔喝道，"厄尔，你进屋去。"

厄尔动作轻缓地站起来，瞄了一眼韦林杰医生，目光中含着疑问和思索，但是那双大眼睛依旧是灰蒙蒙的，毫无神采。他抬步上了台阶，打开纱门，惊起一群大黑苍蝇嗡嗡抗议。门刚关上，它们便立马又飞回了纱门上休息。

韦林杰医生收回目光，看向我问："马洛？那么马洛先生，请问我能帮你做什么？"

"厄尔跟我说，你这儿倒闭了？"

"没错，现在这里只剩下我和厄尔两个人了，等把法律手续办完，我也该搬出去了。"

"看来我白跑了一趟，我原本以为有一个姓韦德的人寄住在你们这里呢。"我失望地说道。

"你说韦德？"他的两道眉毛向上挑了挑——要是富勒毛刷厂的人在这里，一定会对这两条眉毛很感兴趣的，"我可能认识一个姓这个姓的人，这个姓很常见，可是他为什么会来我们这儿寄住呢？"

"为了治病啊。"

他眉头紧皱："我的确是干医生这一行的，不过已经金盆洗手了。你说的治病，是指治哪种病呢？"你要是长了两道这样的眉毛，肯定也能耍出很多花样来。

我抽出一张名片递给他，说道："他是个酒徒，间歇性神经不正常，动不

093

动就搞失踪。偶尔自己能回家，偶尔被别的人带回来，偶尔浪费别人的时间让人满世界找他。"

他看了看名片，一副很不高兴的样子。

"厄尔得了什么怪症？他把自己妄想成了瓦伦蒂诺[1]或是别的什么？"我问他。

他的眉毛又抬了起来，其中一部分自由弯曲，居然可达到一英寸半的程度，我几乎看得入迷了。他耸了耸肥嘟嘟的肩膀，说道："马洛先生，厄尔不过是偶尔喜欢幻想而已，并没有什么疾症。换个说法，他可能活在一个游戏的世界里。"

"恕我直言，医生，这恐怕是你的一面之词，他的举动看起来有暴力倾向。"

"哈哈，马洛先生，你夸大其词了。厄尔喜欢打扮，这种行为和小孩子有点儿像。"

"你的意思是，他有精神方面的疾病？"我问，"这个地方……或者说曾经是精神疗养院一类的地方吗？"

"不不不，起初它是个艺术村。艺术家们大多数都是穷光蛋，这你也知道，当然也包括音乐家、作家或某某家什么的，我为他们提供居所、餐饮、运动设施和娱乐设施等。这儿有一大优点就是安静。在没有关门歇业前，我一直觉得艺术家是个很有前景的职业。"

从他的语气里，我听出他很伤感。他的眉梢下垂，与嘴巴近若比邻，如果再长一些，恐怕就能耷拉进嘴里了。

我说："这些我从档案里有过了解。我还知道不久前你们这儿有人自杀过，牵涉到了毒案。"

"你说的档案是什么意思？"他的失落一扫而光，怒火升腾，疾言厉色地问道。

"医生，那种治疗瘾君子、酒徒、轻度发疯的地方，或者说小型的私人疗养院，再或者说让那些发作者无法逃出去的铁窗病房，我们都有其资料。"

韦林杰医生声色俱厉地说道："那些地方必须按照法律规程申请经营执照。"

"没错，按照法律规定的确是这样，不过有些人偶尔记性不好。"

---

[1] 瓦伦蒂诺（1895—1926）：美国著名男演员。——译注

听完我的话后，他挺了挺腰板儿，正义凛然地说道："马洛先生，你这属于诬蔑性质的暗示。你所说的那种档案为什么会出现我的名字，完全是莫名其妙，而且我有理由怀疑你来这里的动机，所以请你离开。"

"不急，我们还得再聊聊，他在这儿或许有别的名字，你说呢？"

"这里除了厄尔和我之外，没有别的人了，只剩下了我们。既然你不走，那我走。"

"那我可以随便参观一下吧？"

有些人，你可以激得他们胡乱说话，可显然韦林杰医生不在其列。他一直保持着那副义正词严的姿态，就连眉毛都配合无间。我朝屋里望去，有唱歌跳舞的声音，隐隐还能听到打响指的声音。我说："我猜他正在跳一支探戈，屋里只有他一个人。要不我们打赌，机灵鬼？"

"马洛先生，如果你不愿意自己走，我可以叫厄尔出来帮忙，把你从我的私人领地扔出去。"

"医生，有话好说嘛。好吧，我这就告辞。我拥有的唯一线索就是'V医生'，这是他临行前写在一张纸上的。V医生！我手头上拥有的以V字打头的医生名字，你是最符合条件的那一位。"

韦林杰医生一点儿心急气躁的意思都没有："随便你怎么说，慢慢查，没准儿能查到几十个。"

"当然，不过我们的档案里肯定没有几十个那么多。抱歉了医生，打扰你了。厄尔这个样子，让我心生疑虑。"我转身走回车子那儿，我上了车正要关车门的时候，韦林杰医生来到我跟前，带着一脸得意，把脑袋伸了进来："马洛先生，我们或许没必要闹得不愉快。我知道，干你这一行的有时候免不了行事莽撞一些。我想知道厄尔有什么地方让你感到疑虑？"

"他装得一点儿都不像。如果一个人在某些方面故意假装，那他身上肯定存在别的问题，这很容易猜得到，不是吗？我想，他患有躁郁症吧？这会儿正在发作，对不对？"

他瞪着我，一声不吭，脸上的表情，严厉中带了一些讨好的意味。

"马洛先生，有很多才华横溢又风趣幽默的人在我这儿寄住过，可像你这样头脑灵活的人还是很少见的。不过，才子们大多都过于敏感，草木皆兵。就算我对这种工作感兴趣，可我又从哪儿弄设备，来照顾酒鬼和疯子们呢？我手下没有任何员工，只有厄尔，可你也看到了，他连自己都照顾不过来。"他趴在车门上说着，声音很轻，听起来就好像我是他的至交好友一样，"马洛先生，厄尔的父母是我的好朋友，他们去世了，我必须替他们照顾好厄尔。厄尔的精神状态不太稳定，倒也不会伤害别人，我需要让他远离市区的喧嚣和诱惑，让他的生活保持宁静。而且只要我上去安抚他，他很快就能平静下来，这你也看见了。"

我说："你很勇敢。"

他的眉毛像某些昆虫进入警戒状态时的触须一样，微微颤动起来，他叹了一口气说道："没有回报的付出而已。这种程度的牺牲倒也称得上勇敢了。我起初以为厄尔能够帮到我一些，因为他的网球打得特别棒，游泳和潜水也堪比这方面的冠军，跳舞能跳一整夜，绝大多数时候他的脾气都很好。可是，总有意外。"他扬了扬手，就像是要把所有苦涩的回忆挥走一样，而后他手腕翻转，令手心朝上，手指张开，然后又把手掌翻转过来，泄气一样耷拉下来，眼眶里泪水滚动，说道："没想到最后还是要放弃这个场所，把它卖掉，或者抛弃厄尔。我只能卖掉它。这个宁静的山谷，用不了多久就会被房地产开发商改建成别的，会出现街道、路灯、无线电的喧嚣和骑脚踏车的孩子们，也许还会有……电视机。"他叹了一口气，充满了寥落，而后手一甩："电视天线挤满整个山梁。我很担心这些树，不过他们多半不会手下留情。当然，我和厄尔那时早已去了一个遥远的地方。"

"我也感到很遗憾，医生，再见！"

"马洛先生，感谢你的理解和同情。"他伸出湿答答的手，与我用力一握，"不过真的很抱歉，关于斯莱德先生的事，我真的无能为力。"

我说："我要找的是韦德。"

"当然，韦德是吗？不好意思。再见了先生，祝你马到成功。"

我发动引擎，开车顺着原路出来。虽然我挺不好受的，不过程度上肯定不如韦林杰医生所希望的那样。我开车出了大门，顺着公路一直往前走，而后拐了个弯，感觉一段距离了，就把车子停在了门口一个隐蔽的地方，而后下车贴着路边又走回铁丝网外。从这里能够看见大门附近的情况，我开始耐心等待，静立在一棵尤加利树下。

五六分钟后，我看到一辆汽车开进私家道路，碾压得小石子唰唰作响。最后那辆汽车停在了我视线的某个死角处，我后退了几步，躲入灌木丛中。汽车那边传来一阵嘎吱声，而后锁环和链条"吧嗒""咯咯"地响动了几声。汽车马力加大，又重新回到了公路上。

我感觉汽车走远以后，便回到自己的奥兹莫尔比车上，掉了个头，朝着城市的方向驰去。车子路经韦林杰医生的私家道路的大门时，上面已经多了一把挂锁和一条铁链，显然医生今天打算闭门谢客了。真是不胜感激。

17

经过二十多英里的车程，我返回了市区，正吃午饭的时候，左思右想都觉得这桩买卖接得有些莽撞了。

照我这种调查方法，如果能把人找回来才叫稀罕呢。我可能会找到厄尔、韦林杰，以及比他们更加有趣的人，但真正要找的目标却不可能出现。这完全是一单赔本生意，我损耗的不光是汽油、轮胎、唾沫星子，还有大量的脑神经。仅有的线索，就是以 V 字打头的三个人名，如果说这样也能找到目标，那么我大概也能靠玩儿掷骰子游戏，把尼克那个希腊赌鬼赢得身无分文了。

无论如何，第一个答案不可能是正确的，是条死路，无法绕出去，是你能看到火花四射，但却永远等不来爆炸声的一条引线。不过，回想起来，他把韦德说成了斯莱德，以他那么聪明的脑袋，不应该这么轻易忘记才对，就算真忘了，也应该是全部忘掉才合理。

不过，这也说不准，毕竟只是第一次见面。喝咖啡的时候，我认真考虑起来，还需不需要再去见乌坎尼奇医生和瓦利医生？值不值得浪费大半个下午跑这一趟，去找他们碰碰运气？没准儿那时候我给艾德瓦利·韦德的家里打个电话，他们会告诉我，他们的顶梁柱已经自己回到家里，早已雨霁天晴了。

跟乌坎尼奇医生相隔只有五六条街，找他倒是容易。不过瓦利医生在阿尔特迪纳的希尔斯，距这里十分遥远，走这么远的路，外面天气又热，真的值得跑一趟吗？

不过，最终基于三个原因，我决定要去一趟。

一来，多了解一些灰色行业和这些行业的从业人士，对我也没什么坏处。

二来，彼得斯提供给我那份档案，我哪怕只是为了还人情，或为以后的长相往来做铺垫，也该将这些旧档案更新一下。

最后，反正又没有其他活儿，闲着也是闲着。

我结账之后，并没有取车，直接步行沿着街道北面来到斯托克韦尔大楼。一进这栋大楼，就感到一股垂垂老矣的气息扑面而来。入口处有一部手动电梯，一个雪茄柜台。坐电梯的时候，不时停顿一下或摇晃一下。上到六楼，走在比我的办公大楼还要陈旧、脏乱的走廊里，透过门上的毛玻璃，里面是一个个日子过得无比凄惨的医生、牙科医生、基督教科学医生。里面还有那种学艺不精的律师，谁要打官司，肯定是希望对方请这种律师，而自己打死也不会请。那些牙医和医务工作者，不讲究卫生，医术也差强人意，效率低得令人发指，三块钱诊疗费，护士收钱，医生知道自己的底子，也知道自己配给什么样的病人看病，成天有气无力，疲惫不堪，所图所求不过是尽量多从病人那儿压榨一些诊疗费。打欠条？抱歉，小店经营，概不赊账。医生？医生不在。卡辛斯基太太，你的小臼齿都快脱落了，我给你打个人情折，你只要付十四美元，我就给你使用这种最新的丙烯补牙剂，抵得上黄金的了。用麻醉药吗？那得另算，只须两块钱。医生？医生不在。交给护士吧，三块钱。

你看不出来这栋大楼里哪些人偷偷发达了，但他们藏身于那些落拓者当中，与背景色完美相融，很好地把自己掩护了起来。比如做非法生意的律师，他们凭借自己的狡诈开展了副业，做起了"保释作保书"的买卖（所有缴纳过罚金的保释作保书，最终能收回来的大概只占总数的百分之二左右）。还有那种靠做人流手术发家的密医，他们有多少种身份，有多少种奇特的设备，你根本猜不到。再就是那些钻局部麻醉的空子，表面上看他们是泌尿科、皮肤科或某某科的医生，其实只是利用白大褂来掩饰他们毒贩子的身份而已。

莱斯特·乌坎尼奇医生的候诊室里，巴掌大点儿的破旧地方，居然有十二个人正在坐着等候，每个人看起来都是一副浑身难受的样子。他们并没有什么特征，和其他人差不了多少。一个吸毒者只要控制得够好，和一个久居文职岗位的素食主义者，看起来是一个模样的。我等了四十五分钟左右，看到那些病人可以通过两道门走进里面。假如里面的空间容得下，一个出色的耳鼻喉科医生可以同时对四个病人进行治疗。

现在轮到我进去了。一张铺着白毛巾、上面摆放着许多工具的台案，边上有一张褐色的皮椅，贴墙上有个正咕嘟咕嘟冒气泡的消毒箱。我坐在皮椅上，穿着一身白大褂的乌坎尼奇医生步履轻盈地走进来，在我正对面的一张高凳子上坐下来，他的脑门儿上戴着一个圆镜子。

他一边翻看从护士手里拿来的硬纸夹，一边问道："鼻窦性头疼？有多严重？"

我说疼得头晕眼花，痛不欲生，早上起床那会儿最严重。他一副胸有成竹的样子，点了点头说道："这种病最典型的症状。"然后在一个酷似钢笔的器具上套了一个玻璃管，而后将它插进我的嘴里："牙不要合上，把嘴唇合上。"

他把灯关掉，连一扇窗户都没有的屋子里，只能听到换气扇呼呼地响着，却搞不清在什么地方响。

之后乌坎尼奇医生把玻璃管抽出来，打开灯，一边看着我，一边用很谨慎的语气说道："马洛先生，我想你的窦管没有出问题，一点儿堵塞的迹象都没有，头疼可能是别的原因引起的。你的鼻窦从未有过毛病，不过我看出来了，你以前做过鼻中隔手术，对吗？"

"医生，你说的对，我以前打橄榄球时不小心挨了一脚。"

他点头说道："切除了一小块骨头，不过，照理说不应该影响到呼吸。"

"你希望我怎么帮你？"他坐在凳子上往后靠了靠，抱着膝盖问道。

他整个人看上去就像得了结核病的耗子一样，皮肤白得让人不敢靠近，双颊也瘦得厉害。

我说："我想帮我的一个朋友咨询咨询。他是个很有钱的作家，体格不太好，精神方面也存在问题，没有别人的帮助后果难料。他有时会连续失踪好几天，只与酒精为伴。他更需要的是一点儿不寻常的玩意儿，可他的医生不肯迁就他。"

乌坎尼奇医生问道："你说的迁就是什么意思？"

"他需要注射点儿东西来镇静镇静。"我说，"我想我们总能想出办法来帮他，对吗？"

"对不起，马洛先生，那种疾病不在我的能力范围之内。"他霍然起身，"我觉得这种手段十分低劣，假如你的朋友真的需要我的帮助，还请他先得了应该得的病再说。谢谢惠顾，马洛先生，十块钱诊疗费。"

"医生，别再装了，你的名字被列入名单了。"

乌坎尼奇医生听到我的话，靠墙站住，点上一支烟，一边吞云吐雾，一边看着我等待我说下去。我拿出一张名片递给他，他往名片上瞟了一眼，问道："什么名单？"

"一份黑名单，专为一些出格人士而设的。我的那位朋友姓韦德，我想你应该认识他，或许他被你藏在了一个白色的小房间里。他离家出走后再没出现过。"

乌坎尼奇医生说道："一派胡言，我不认识你的什么朋友，更没有什么白色的小房间，我有理由怀疑到底有没有这样一个人。我从来不会参加那种四日戒酒疗法一类的低成本赌博，一帮伪医能治什么病？十块钱现金，请支付。或许，你希望我把警察叫来，让我告你非法索要麻醉药品。"

"好啊，求之不得。"我说。

"无赖，手段低劣的骗子。"

我从椅子上站起来，说道："医生，或许是我搞错了。上一次那个家伙再次忘记了誓言，喝得酩酊大醉，而后跑到一个名字以 V 字打头的医生那儿躲了起来，谨慎点儿说叫作隐秘治疗。他们趁着晚上把他接走，等他焦躁期一过，再用相同的方式把他送回家里，不等他走进屋子，他们就夹着尾巴跑没影儿了。这次他又神秘失踪了，但是已经很多天没有回过家了。我们只能展开调查，从一些档案里寻找线索，后来我们查到三个姓名以 V 字打头的医生。"

"听起来很有趣。"他哭笑不得地说道，好像我所说的这些依旧不能满足他的求知欲，"你们以什么样的标准作为参考？"

我瞪大眼睛看了看他："对不起，医生，这属于我们的行业机密。"

他的脸上渗出汗珠，右手在左上臂的内侧滑来滑去："好吧，我先去给另一个病人……"

他只说了半句话，便走开了。等他出去后，一位护士打开门缝看了我一眼，而后又立马离开了。

等乌坎尼奇医生出去逛了一圈儿，红光满面、春风得意、神清气爽、神采奕奕地回来后看到我："啊？你怎么还没走？我以为我们的谈话已经结束了呢。"

他看起来非常诧异，如果不是真的诧异，那么必然是故意装的。

"我以为你还有话要跟我说呢，刚才我正准备告辞呢。"

"哈哈，马洛先生，"他笑着道，"你说好笑不好笑，我们生活的这个时代有多么不可思议，我可以为了五百块钱就把你的骨头敲断几根，送你进医院逛逛。"

我接着他的话茬说道："是啊，太不可思议了！医生，看你一脸喜色，是不是在血管里打了一针？"说着我便朝门外走去。

"慢走，不送，记得把十块钱诊费交给护士。"他一边走向一个对讲机，一边喋喋不休地说道。

我离开那儿的时候，他正对着对讲机讲话。坐在候诊室里的那十二个人，也或许是另外的十二个人，正在忍受着一模一样的煎熬。

护士们忙得不可开交。

"马洛先生，承蒙惠顾，十块钱，我们诊所不打欠条。"

我从一群脚丫子上跨过去，向着门口走去。她从椅子上一跃而起，绕过办公桌。

我打开门，回头问她："要是你收不到钱会发生什么？"

她气势汹汹地说道："你试试看。"

我说："好的。我的名片上写了我的职业，其实我和你一样，非常爱岗敬业，不信我们拭目以待。"

我毫不停留，抬脚出了门。等候诊疗的患者们都向我投来异样的眼神，好像是在说：你怎么能这样对待医生？

18

前后差距简直是天壤之别，阿莫斯·瓦利医生自己拥有一处大宅院，年代古老，配有一个同样古老的大花园，活了漫长岁月的巨大橡树能为他提供一片惬意的阴凉。房屋是木质结构的，前面的阳台上有云纹状雕饰，栏杆白色，上有圆形浮雕，柱子上有凹槽，如同老款钢琴的琴腿。几个病恹恹的老人裹着一条毛毯，坐在阳台的长椅上。

夹花玻璃[1] 做成的双层前门，进去后就是大厅，宽敞明亮，凉爽舒适，地板由花色地砖拼成，干净、亮堂，根本不需要地毯。阿尔特迪纳的夏天特别炎热，风儿轻轻拂过小山丘的顶部，却无法吹进屋里，所以本地居民在八十年前就学会如何应对这种气候，建造更舒适的房屋了。

我把名片递给一个穿着干净整洁的护士后，没过多久带着一脸和蔼笑容的阿莫斯·瓦利就亲自出来见我了。他是个高个子，脑袋光秃秃的，穿着一身同样非常干净的白大褂，脚下的鞋子是皱纹胶底鞋，走路时几乎听不到声音。

"马洛先生，"他的声音轻柔而又不乏穿透力，"请问你找我什么事？"你听到他的声音，会感觉痛苦不再那么痛苦，心中的焦躁也会得以缓解，就好像他在说：有医生在，一切都会安好，什么都不用担心。他深谙病床边上的礼仪，能一层层穿透你装甲钢板一样的内心，把温暖渗透进去，哪怕防御再厚再坚固也不在话下，真的非常了不起。

"医生，我正在寻找一个姓韦德的有钱酒鬼，不久前他在自己的宅里失踪了，后来一直杳无音讯。以前他去过一个能够针对他这种状况提供一些帮助的私密场所，在那儿躲过几天。我现在几乎要崩溃了，我拥有的唯一线索跟一位

---

[1] "夹花玻璃"是指一种玻璃装饰工艺。在两面玻璃中间夹一些图画、饰品等装饰物，而后用凝胶将两面玻璃粘结起来。——译注

V医生有关，您是我拜访的第三位V医生。"

"马洛先生，我只是第三个？"他微笑着说，语气特别温和，"在洛杉矶周围，姓名以V字打头的医生，应该不下一百个吧？"

"是的，不过，装设有铁窗的远没有这么多。我刚才看见在您的这栋楼上就有几间，楼层的最边上。"

瓦利医生伤感地说道："那是些孤苦无依的老人，马洛先生。"

他的那种伤感是立体的、深沉的、厚重的。他做了一个很富有表现力的动作，继续说道："时候一到，便如……"他的手以一个弧形向外滑落，稍微停顿了一下，又轻轻落下，就像一片枯黄的落叶，轻飘飘地落在了地上。末了他非常明确地补充了一句："抱歉，我这里从不收留酒鬼，你去别处碰碰运气吧！"

"医生，我也很抱歉，不管是不是误会，但你恰好出现在了我们的名单上，两年前州立缉毒组的人好像跟你发生了一点儿不愉快。"

"我不太记得。哦，我想起来了！"他起先表现出一脸的疑惑，而后又做出一副恍然大悟的样子，"是我一时糊涂聘用了一个黑心的助手。枉我对他信任有加，他却利用我的信任做坏事。没错，是有这么回事。不过他很快就被我辞退了。"

我说道："但是，我听到的消息和您说的好像有很大出入，莫非是我听错了？"

他脸上那和蔼可亲的笑容依旧不变，声音也依旧稳重、柔和："那么马洛先生，你听到的消息又是怎么说的呢？"

"据说他们向你索要麻醉药的处方记录册，你不得不交出来。"

这句话好像一下子点到了他的死穴，他那迷人的笑容迅速被剥去几层，虽然没有蹙眉瞪眼，但是蓝色的眼眸里已经泛出了寒光。

"你的消息是从哪儿听来的？简直滑稽可笑！"

"是从一个有能力建立这方面档案的侦探社团问来的。"

"一听就是一帮低贱的敲诈犯。"

"不，医生，他们一点儿都不低贱。客户每天至少需要支付他们一百美元，而这只是他们的基本收费。他们的头目以前是宪兵队的上校，他们在业界享有很高的名望，绝不是贪小便宜的廉价劳工。"

瓦利医生冷声说道："他叫什么，我应该很坦诚地给他一些建议。"

瓦利医生那阳光般温暖的笑容和风采，正在逐渐被黄昏般的阴冷所代替。

"抱歉，医生，这是行业机密。都是为了混口饭吃，您又何必较真儿？您真的从来也没有听说过韦德这个姓？"

他背后的一个电梯忽然开了，护士小姐推着一位坐在轮椅上的老人走了出来。这位老人双眼紧闭，皮肤干瘪，毫无血色，全身上下都蜷缩在厚厚的衣物里——属于他的光阴已经不多了。护士一言不发，只是推着老人穿过光洁明亮的地板，从侧门出去。

"老人，孤苦无依、饱受病魔纠缠的老人啊……"瓦利医生轻叹道，"马洛先生，我希望这是我们最后一次见面。你的嘴脸让我感到恼火，发怒时候的我，你一定不会喜欢的。真的，你肯定不会喜欢的。"

"没什么大不了的，医生。多谢了，打搅了你这么久。不过，这个死亡收容所我觉得挺不错的。"

他猛地向前迈出一步，咄咄逼人地问："你这话是什么意思？"

他脸上的最后几层和蔼与明媚也尽数剥落了，温柔的笑容凝固成山脊，像岩石般冰冷。

"我说错了吗？我相信这里的确没有我要找的人，这里只有孤苦伶仃的老人，病恹恹的老人，这些都是医生你自己说的。而任何一个尚有自保之力的人都不是我此行的寻找目标，我不会多管闲事的，况且，继承人早已等待得焦灼难耐了，这些有钱却没有人愿意收留的老人，没准儿大部分都已被法院判定为无行为能力者了。"

瓦利医生说道："你让我愤怒了。"

我说："医生，他们喜欢你，全都喜欢你。你把他们推到阳光下，又把他们搬回床上，给他们吃清淡的食物，给他们注射便宜的镇静剂，让他们看到你那坚定的医治他们的决心，还在一部分窗户上焊上铁条，防止一部分还有勇气逃跑的人逃跑。他们在辞世前会握着你的手，看着你眼睛里的悲伤，而那悲伤是真诚的。"

他低沉地咆哮道："当然是真诚的。"

我看到他已经攥紧拳头了，觉得应该见好就收，不能把他逼急，但是我对他的厌恶也越来越明显了。

我说："当然，谁会愿意失去一个慷慨而又用不着你去讨好的客户？"

他说："马洛先生，这些伤透了心的老人总得有人照顾吧？总不能放任不管吧？"

我说："是啊，就好像疏通下水道，总得有人做这种活儿。但是，我觉得疏通下水道这种工作其实很干净，很诚实。瓦利医生，有缘再见。也许有一天我会嫌弃自己的工作肮脏，那时候我肯定会想起你，只要想起你，我就又有坚持下去的动力了。"

"浑蛋，你这个卑劣的臭虫，我真想把你的脊椎骨打断。我们干的是正当行业，这只是其中一个分支。"

"没错，我了解。"我看着他，心中满是鄙夷，说道，"就是死亡气味多一些而已。"

最终他也并没有给我来上一拳，或对我怎么样，我大大方方从他的身边走过去，他一动也不动，我回头透过宽阔的对开门望了望，他还站在那儿，不过那一层又一层的和蔼可亲的面具被他又戴了回去。对他而言，这项工作比什么都重要。

19

驱车回到好莱坞时，我感觉自己就好像一条被咀嚼过的草绳一样。天气炎热得很，现在进食还有点儿太早。我把办公室的风扇打开，但也只是让空气稍微流通了一点儿，并没有变得凉爽起来。窗外有树荫遮挡的马路上车来车往，行人摩肩接踵。脑海里思绪纷乱，我好像是被粘在粘蝇板上的苍蝇一样，接连三次都无功而返，仅仅是见识到了形形色色的医生。

我给韦德家打了个电话，但韦德太太不在家，接电话的是一个墨西哥人，自称是这家的用人。我说我要找韦德先生，他说韦德先生也不在家。我把自己的名字留下，他轻而易举就听清楚了，好像一点儿也不意外。

我接着又给卡恩机构打了个电话，想问问乔治·彼得斯是否还认识其他的医生，但是他不在。我留下一个假名字，但电话号码是真实的。

艰难地熬过一个小时，时间简直就像一只缓慢爬行的蟑螂，而我就像某个不知名沙漠中的一粒小小的沙子，又像接连打了三枪，三发子弹全部落空，再无子弹可用的双枪牛仔。俗话说事不过三，我做任何事，到了第三次就会不耐烦。第一次找 A 先生，白跑了一趟。然后找 B 先生，又空手而归。你再去找 C 先生，还是一无所获。没准儿等一个星期过去以后，你才知道你应该找的其实是 D 先生，但当时你连他是否存在都摸不清。等你查出来以后，可能客户已经不需要你再继续调查了，人家又有了新的打算。

乌坎尼奇医生和瓦利医生都可以排除在外了。瓦利医生所经营的项目堪称暴利，根本不需要额外赚酒鬼的钱。乌坎尼奇医生是黑暗中的老鼠，他和他的那个诊所行走在法律的钢丝绳上，一不小心就会完蛋。他的助理对他的底细一清二楚，最起码一部分病人也是知道的，但凡有个人看不过去，打个举报电话……我想韦德不论是在清醒的时候，还是醉得一塌糊涂的时候，都不太可能去寻求他的帮助，我知道他不是个聪明人，但成功人士未必就是智商方面的巨人，但他再糊涂也不至于糊涂到去找乌坎尼奇。

韦林杰医生的嫌疑最大。他有一大片私人地盘，鲜有人去打扰，而且没准儿还特别懂得隐忍。不过，如果说他们之间有交集，可他们如何才能认识彼此？毕竟塞普尔维达山谷距离艾德瓦利那么遥远。但是我忽然有了一个新的想法，如果那块地皮是韦林杰的私人地产，可现在出现了一个买家，那说明他的手头并不宽裕——那块地皮值得查一查。我立马拿起电话，给房产公司的一个熟人打了过去，可惜没人接——产权公司正好放假。

于是我提早让自己下班了，开车来到拉辛纳戈的红宝石蒙古烤肉店。我跟领班说了我的名字，然后坐在吧台上，一边听着莫莱克·韦伯的华尔兹舞曲，要上一杯威士忌，一边耐心地等待着。片刻后我从天鹅绒围栏走进去，尝了一点儿萨里斯伯里牛排，这是红宝石非常有名的招牌菜，实际上就是把碎牛肉饼在一块木板上摊开，烫烤一番，再在边儿上围一圈烤焦的土豆泥，撒上点儿炸洋葱圈儿和混合沙拉。说起这种混合沙拉，来到餐馆儿的男人大概不会抱怨什么，但要是家里的妻子做了这样的东西给他吃，他肯定会火冒三丈，大发雷霆。

吃完饭后我就开车回家了，就在我打开前门的时候，电话铃响了。

"您好马洛先生，我是艾琳·韦德，按照您的要求我给您回电话。"

"没什么大事，就是想知道你那边有没有什么新情况。我这几天老是跟医生们打交道，连交朋友的时间都没有。"

"对此我很内疚。他没有回来，我越来越担心了。"她的声音低沉，无精打采的，"我猜，你也没有什么好消息要告诉我吧？"

"韦德太太，你知道这个地方有多大，鱼龙混杂的。"

"今天已经是第四天了。"

"是的，不过还不算太久。"

"可我觉得度日如年。"她沉默了一会儿后，又说，"我最近努力回想以前的事，想找到一些蛛丝马迹，比如说某种回忆或暗示，总会有一些的，罗杰平常很爱说话。"

"韦德太太，在你的印象中有没有一个姓韦林杰的人？"

"好像没有，他很重要吗？"

"你跟我说起过，有一次送韦德先生回家的，是一个穿牛仔裤的大个子青年。要是你有机会再看见他，能不能认出他来，韦德太太？"

她斩钉截铁地说道："应该没问题，只要他还是像上次那样出现的话。说起来，上次我只是匆匆瞥了一眼，并没有看清。他姓韦林杰吗？"

"韦德太太，我想你误会了。韦林杰是个中年人，身材略胖，自称是个医生，他在塞普尔维达山谷经营着一家——说得准确点儿，应该是以前经营过一家休闲牧场。有一个名叫厄尔的年轻人在他那儿帮忙，穿着打扮特别前卫。"

"真是太好了，我觉得你的调查方向没有错。"她的情绪振奋起来。

我说："不过很容易招惹是非，没准儿我会比惨死在水里的小猫还要惨。等有进一步的收获后我再告诉你吧。这次我只是想问问罗杰有没有回家，你有没有新的稍微明朗些的线索可以提供给我。"

她情绪又落寞起来："真的很抱歉，在这件事上我居然一点儿忙也帮不上。要是你有什么进展，请你马上打电话告诉我，任何时候都可以，晚上也没关系。"

我说可以。电话挂断后，我准备了一把装有平头子弹的点三二短筒手枪，另外又准备了一个装了三块电池的手电筒。假如韦林杰医生的助手厄尔除了铜指套外还有别的武器，没准儿他脑袋一热就会拿出来玩儿。

今晚不会有月亮，等我到达韦林杰医生的私家道路的入口那儿时，差不多刚好天黑。我冒险驱车狂飙。我需要黑夜，夜黑风高正好办事。

那扇大门缠着铁链，挂着锁具。我把车开到一个离公路比较远的地方，熄了火。天边的余晖正从树的枝丫间漏下来，坠落到地上，只需要再等一小会儿就会流逝得干干净净。我翻门进去，上了山坡，专挑隐蔽的小路走。我听见鹌鹑的叫声从远处的山谷飘来，还有一只伤透了心的鸽子正在慨叹生命的悲凉。当没有小路可走或者说我找不到小路的时候，就只能返回原来的大路，贴着石子路的边缘走。

尤加利树越见稀少，橡树逐渐多了起来，翻过山梁后远处现出几许灯光。我又走了大概三刻钟，终于绕过游泳池和网球场，来到了石子路的尾端，从这里能够居高临下地看到下面的主建筑。屋子里开着灯，传出音乐声，透过树荫，边上还有一间屋子也有灯光，其实有很多小木屋隐藏在昏暗的树林里。我正行走在一条小路上，猛地止步，因为主建筑后面的探照灯忽然亮了。幸好它并不是刻意要搜索什么，只是直直地照下来，在后阳台和阳台外的地面上投射出一大片光亮，像一方舞池一样。

一扇门打开，我看见穿着一身牛仔装的厄尔从门里走了出来，甩起了绳圈

106

儿。显然我没有找错地方，罗杰·韦德上一次就是被一个牛仔送回家的。厄尔穿着一件深颜色衬衫，上面绣着几道白线，一顶白色的宽檐帽倒着戴在脑袋上，从他衬衫外垂下一条尾端没有打结的柔软银绳，看起来应该是手工编织的。一条圆斑点围巾松松垮垮地系在他脖子上，腰上是一条宽宽的镶有许多银饰的皮带，上面带着两个皮质枪套，分别插着一把象牙手柄的玩具枪。腰下是一条马裤，看起来优雅不凡。脚上是一双锃光瓦亮的新马靴，上面缝有交叉的白线，用以点缀。

他站在亮白的聚光灯下，绳圈儿一圈一圈地围着他向外散开，他时而踏进绳圈儿里，时而跨出绳圈儿外，哪怕周围没有观众欣赏，只有他一个人在那儿孤零零地表演，却也玩儿得不亦乐乎。这是一场自娱自乐的精彩表演，表演者是一位高大英俊、身材苗条的休闲牧场的马仔——科奇斯县响当当的煞星，双枪厄尔！这里是厄尔的天堂，马是这个休闲牧场的核心主题，就连接听电话的女佣也是穿着马靴来工作的。

绳圈儿忽然垂下，他好像听到了什么动静，一把将双枪从枪套里拔出，双手拇指按在手枪的撞针上，平举起来。或许他根本什么都没听到，只是假装听到了，向着黑暗中注目。可是我不敢动，万一这个蠢货在两把枪里装了真的子弹呢？他当然什么也无法看到，聚光灯把他晃得如同瞎子。他把枪插回枪套，拾起绳子，将其团成一团，而后就回屋了。

等屋里的灯熄了以后，我才悄悄离开原地，在树丛中绕起了弯子，向着山坡上还亮着灯的那间小木屋靠近过去。屋子里静悄悄的，我透过一扇纱窗朝里面窥视，发现灯光来自一盏小小的床头灯，床上躺着一个人，身着睡衣，胳膊露在被子外面，四仰八叉，眼睛一眨不眨地瞪着天花板。

他的脸一大半都处于阴影中，不过我还是看得出来，他的脑袋挺大，有很长时间没刮过胡子了，脸色煞白煞白的。看胡子的长势，正好跟那人失踪的时间差不多。他现在的这个样子，五指张开，手悬在床外，像木头一样，就好像有好几个小时都没有动过一下似的。木屋外的小路上响起了脚步声，接着纱门被打开，我看见了身材臃肿的韦林杰医生。他端着一大杯番茄汁或者别的什么玩意儿走了进来，接着他把灯光调亮，灯光把他的夏威夷衬衫照得金黄金黄的。

躺在床上的那位无动于衷，连眼皮都没有撩一下。韦林杰医生把杯子放在床前的桌子上，顺手拉过一把椅子坐下来，探手将那人的一只手腕抓过来，把了把脉搏。

"韦德先生，你感觉好些了吗？"韦林杰医生的语气中透着关切，声音柔和。

躺在床上的那位依旧死盯着天花板，没有回答他，也没有侧脸看他一眼。

"够了，韦德先生，现在不是跟我闹别扭的时候，你的脉搏比平常要快一些，你需要调养身体，而且……"

"黛姬，你跟他说，我的情况一目了然，让那个狗娘养的别来烦我。"躺在床上的人忽然开口了，很不和善，不过他的声音却非常悦耳。

韦林杰医生问道："黛姬是谁？"一副洗耳恭听的样子。

"看那边的墙角，就在那儿，她是我的代言人。"

韦林杰医生把脖子仰起来，瞅了几眼后说道："韦德先生，少跟我来这套，那不过是一只小小的蜘蛛，别跟我装疯卖傻了。"

"哥们儿，它的学名叫隅蛛，最常见的跳跃蜘蛛。我喜欢蜘蛛，因为它们从来不穿夏威夷衬衫。"

"韦德先生，"韦林杰医生抿了抿嘴唇，"我的时间不是用来跟你玩游戏的。"

韦德终于把脑袋转了过来，一点点地转了过来，你大概会以为那颗脑袋有千斤重。"没错，黛姬可没兴趣跟你玩儿游戏。"他带着嘲讽的意味盯着韦林杰医生，"黛姬是非常认真的，她会趁你不注意，悄悄爬到你的身上。就那么轻轻地一跃，神不知鬼不觉。你还没有反应过来，她就离你足够近了，而后敏捷一跳——医生，恭喜你，你已经被吸成人干儿了。相信我，真的很干。黛姬不会把你整个吃掉，她顶多把你的体液吸干就适可而止，会给你留一张人皮的。医生，我奉劝你一句，你再穿那件衬衫，我有强烈预感，这种事马上就要发生了，我一点儿都不奇怪。"

韦林杰医生向后一仰，靠在椅背上。

"五千美元，我什么时候才能拿到手？"他的语气十分平静。

韦德语气不善地说道："顶多六百五十块钱，零钱就不必找了，这个妓院收费太离谱。"

韦林杰医生说道："你说的只是零头，涨价的事情我早跟你说了。"

"可你并没有说涨得比威尔逊山还高出一截。"

"韦德，别敷衍我，这可不是你能胡搅蛮缠的地方。况且，你已经泄露了我的秘密。"韦林杰医生的这几句话说得言简意赅。

"什么秘密？跟我无关。"

韦林杰医生漫不经心地在椅子扶手上一下下拍着，说道："你大半夜把我吵醒，火急火燎，简直是刻不容缓，我说我不想去，原因你知道，我没有本州的行医证，可你以死威胁。当时我正发愁如何赶紧把房产卖掉，以免最后什么都落不着，厄尔需要我的照顾，我不知道他什么时候就会发作，闹出大动静。我跟你说收费涨价了，得五千美元。你毫不犹豫地同意了，然后我才去接了你。"

韦德说："几杯烈酒一下肚，我早断片儿了。你的收费已经高到姥姥家了，还耍这种心眼儿趁机涨价。"

韦林杰医生悠然自得地说道："你把我的名字告诉了你老婆，还跟她说我会来接你，这也要算进去。"

"不可能。"韦德一脸惊讶地说道，"她当时正在睡觉，我都没有去打搅她，你别胡乱冤枉我。"

"不是这次那就是别的时候说漏的。总之有个私人侦探跑到我这儿来找你，如果不是有人泄露了消息，他又怎么能找到这儿来？韦德先生，这里恐怕不能留你了，虽然我把那个家伙应付走了，但没准儿他还会来。在此之前，请支付我五千美元。"

"医生，你能不能聪明一些？要是我的爱人知道我的行踪，她有什么必要去请私家侦探？如果她真的在乎我的话，带着我家的用人坎迪悄悄过来一趟不就行了吗？对了，你看得好你那位抑郁的小鬼，万一他又扮演某个电影角色，你可能就会被坎迪削切成肉片儿。"

"韦德，你的嘴巴就和你的大脑一样恶毒。"

"五千块钱也很恶毒，医生，我想看看你怎么拿到手。"

韦林杰医生斩钉截铁地说道："现在你立马给我开一张支票，完了就换衣服，我让厄尔送你回去。"

韦德哈哈大笑："对对，支票好，我马上给你开一张支票，但你怎么兑现呢？"

"韦德先生，"韦林杰医生露出一个深沉的笑容，"你是想说你可以暂时冻结支票，对吗？你不会的。你肯定不会这么做的，我们打赌。"

韦德气急败坏地吼道："你这头肥猪！骗子！"

"有时候是吧。"韦林杰医生摇了摇头，"不是所有的时候都这样。我和绝大部分人是一样的，有着多重人格。我会让厄尔开车送你一程。"

韦德说："不行，我一看到那小鬼，就浑身不自在。"

"我认为厄尔不会伤害任何人，韦德先生。"韦林杰医生慢慢站起来，拍了拍床上那个男人的肩膀，"我有很多种方法让他乖乖听话。"

"那你随便说一种让我听听。"门外传来一个声音，韦林杰医生堆起一脸笑容转过身去，打扮成罗伊·罗杰斯的厄尔推门走了进来。

韦德第一次露出慌张害怕的样子，大喊大叫："挡住他，别让这个疯子靠近我。"

厄尔脸色平静，一声轻轻的口哨从他牙缝里挤了出来。他一边慢步往房间里边走，一边把双手放了皮带上。

"你不该这样说话。"韦林杰医生急忙打圆场，而后转向厄尔，"厄尔，这样吧，我亲自给韦德先生换衣服，你去把汽车开到屋子跟前，尽量近一些，韦德先生的身子骨很差。"

厄尔把话音夹在了口哨中，说道："他马上会变得更差的，肥仔，给我让开。"

"厄尔，别这样，难道你想回卡玛里诺去吗？"韦林杰医生抓住那位帅气小伙子的手臂，"我只要说一句话……"厄尔的手臂挣脱出来，不等他把话说完，金光闪闪的右手就抬了上来，韦林杰医生的下巴上狠狠挨了一下。要知道，他那拳头上可是戴着铜指套的。韦林杰医生就像心脏被子弹击中一样，瞬间倒了下去，砸得整个屋子都好像晃悠了一下。

我一个箭步冲了出去，飞跑到门口一把将门拉开。厄尔转身看过来，脸稍微往前探了探，眼睛瞪得大大的，想看清我是谁，可他似乎并没认出我来。他嘴里嘟囔了一声，立马就向我发动了攻击。

我拔出枪来，在他眼前晃了一晃，可他好像根本没看到一样。他这会儿可能早忘了双枪厄尔那回事儿了，也可能是因为他自己的枪里没有子弹，就以己度人。还有一种可能，或许他觉得只要铜指套在手，就天下无敌了。

我看见他依旧向我冲过来，就把枪对准床铺另一边的一扇敞开的窗户"砰"地开了一枪。

对于屋子里的人来说，这声枪响简直震耳欲聋。厄尔果然立刻停了下来，他扭头看了看纱窗上的子弹孔，又转回来看向我，脸上居然渐渐有了活跃的表情，龇牙笑了。

"发生了什么事情？"他趣味盎然地问道。

我盯着他的眼睛，说道："把指套脱下来。"

他好像吃了一惊，低头看了看自己的双手，而后就把指套给脱了下来，朝着一个犄角旮旯随手一丢。

"现在，"我又命令他道，"把你挂枪套的皮带解下来，去解锁扣，别碰枪。"

他笑嘻嘻地说道："里面没子弹，而且它只是表演用的道具，不是真枪。"

"赶紧的，枪套、皮带。"

"你那是真枪？"他看了看我手上的点三二短筒手枪，"没错，肯定是真的。显而易见，看纱窗，看纱窗就知道不会有假了。"

那张床上已经没人了，人已经跑到了厄尔的背后，他手脚麻利地把一把锃光发亮的枪从枪套里拽了出来。

我看到厄尔的表情好像要动怒了，就喊道："把枪放回去，你给我站远点儿。"

韦德却说："他没有说谎，这是道具枪。"他向后退了两步，把那把闪亮的手枪放在桌子上，又说道，"唉，苍天啊，我简直就像一条离开肩膀的手臂，貌似谁都比我强。"

我发出第三次警告："把枪套皮带脱下来。"

我不想出任何意外，所以必须把这件事进行到底。这是最简单有效的法子，因为对付像厄尔这样的人，你一旦采取了某种行动，最好让它有头有尾。

他没有发脾气，按照我的要求做了，然后拿着皮带走到桌子边，把桌子上的那把枪拿起来装回枪套，最后又把皮带系回腰上，我没有阻拦他。他做完这些后才发现韦林杰医生贴墙横躺在地上，口中发出一声担忧的声音，连忙小跑到房间的浴室里，端着一罐水回来，往韦林杰医生的脑袋上浇了上去。

韦林杰医生嘴里直往外溢白沫儿，他"啪"地翻了个身，发出一阵痛苦的呻吟后，伸手去摸了摸自己的下巴。而后在厄尔的搀扶下从地上站起来。

"医生，真是对不起，刚才我胡乱出手，肯定是因为没有认清人。"

"小事，别在意，我没受什么伤。厄尔，你去把汽车开过来。"韦林杰医生摆了摆手，示意让他先出去，"记得带上山脚大门的钥匙。"

"那个挂锁的钥匙我带着呢，你就放心吧。我这就去把车开过来，医生。"

他一边吹着口哨，一边从房间走了出去。

韦德贴着床边儿坐着，好像身体正在发抖："你是侦探？就是他说的那个人？你是怎么找到我的？"

"你先换衣服吧，如果你想回家的话。"我说，"跟知道这种事的人打听，多跑些冤枉路总能打听到的。"

韦林杰医生把身子倚靠在墙上，一个劲在自己的下巴上揉捏着，这时他说道："我不会中途撂挑子的。可怜我总是全心全意去帮助别人，到头来他们回报我的就是这个？用脚丫子踹我的门牙？”

"我理解你！"我说，然后走了出去，把房间交给了他们。

20

等他们收拾利落，走出房间的时候，厄尔早不见影儿了，不过车子就停在不远处。

他当时停好车，将车熄火后，就吹着口哨直奔主屋去了，看见我连半句话都没说，他吹的调子好像是某一首只记得一半的歌曲。

韦德慢吞吞地爬到后座上坐下来，随后我也上了车，就守在他的旁边。韦林杰医生亲自开车。他的下巴可能伤得不轻，或许脑袋也受了影响，但他自己没说，从外表也看不出来。汽车翻过山梁，开到石子路车道的尽头后，厄尔从车上跳下来，开了挂锁，将大门拉开。我把我的汽车的所在方位指点给韦林杰，他把车开到那儿后停下来，我让韦德坐进我的车里，他一动不动地坐着，眼神空洞，神情茫然。韦林杰从他的车上下来，绕到这边，贴近韦德说了几句话。

"韦德先生，我应得的五千块钱呢？你答应过要给我开张支票的。"

韦德把身子往下滑了滑，后脑勺顶在靠背上："让我再想想吧。"

"浑蛋，我急需那笔钱！你不能出尔反尔！"

"拿话来威胁，罪名等同于挟持，可我现在有保镖了，韦林杰。"

"我帮你擦洗身体，喂你吃饭喝水，三更半夜接诊，给你提供保护，我尽心尽力医治你——起码短时间内很有效果。"韦林杰继续纠缠，不肯放弃。

韦德轻描淡写地说道："这些不值五千美元。你从我身上已经拿走了一个天文数字。"

"韦德先生，我有一个在古巴的朋友答应帮我一把，厄尔需要我的照顾，这对我来说是一个难得的机会，我需要那笔钱，大不了等我缓过劲来再全额还给你。你是有钱人，如今我山穷水尽，急需援助，你不能见死不救。"韦林杰依然死缠烂打。

我听得很不自在，烟瘾不由得上来了，但是又担心影响到韦德这个病秧子。

韦德不耐烦地说道："除非太阳从西边出来，你肯还钱，谁信？而且你能不能活到那一天都还两说呢，没准儿哪天你正在睡梦中的时候，你那个抑郁的小鬼就宰了你呢？"

韦林杰向后退了一步，说道："比这残酷的死法多的是。"虽然我看不清他的面部表情，但明显他的语气变得狠厉了："其中必有一种属于你。"说完他回到了自己的汽车里，开车进了大门，不一会儿就看不见了。

我倒车掉头，向市区的方向开去。

"那头蠢猪，五千美元，想得美！我凭什么给他？"走出一两英里左右，韦德嘟囔道。

我说："毫无理由。"

"可我为什么觉得要是不给他，我就是个浑球儿呢？"

"你不需要这么想。"

他想看着我说话，就把脑袋稍微偏了偏："他把我当小孩子一样关照，担心厄尔跑进来没轻没重地揍我，简直是寸步不离，可我兜里的钱全都进了他的腰包了。"

"这叫一个愿打一个愿挨。"

"你是他那边的？"

我说："得了吧，对我来说这只是一单生意。"

我们俩谁都没再说话。又走出两英里左右，沿着一个郊区城镇绕行的时候，韦德打破沉默，说道："他破产了，因为那个愣头儿青。拿房产做抵押，如今产权被银行没收，他山穷水尽了。我是不是应该把钱给他？可又觉得他是活该。"

"跟我无关。"

韦德说："我作为一个作家，有必要了解人们行为背后的动机，可我实际上摸不透任何一个人。"

前面是一道隘口，车子往上爬了一段路后，山谷里无穷无尽的灯光忽然像潮水一般出现，一直向着远方延展。车子顺着山坡开下去，又沿着通往文图拉的西北环路前行，没用多久就出了恩希诺。

在等红绿灯的时候，我仰望山丘高处的灯光，那里坐落着许多豪华房屋，卢恩诺克斯和他的妻子曾经就住在其中一所房子里。

车子又起步了，韦德说："岔路口快到了，我猜我多嘴了。"

"我知道。"

"你叫什么名字？直到现在我还一无所知呢。"

"菲利普·马洛。"

"名字不错。"他忽然哑然，"你……你就是那个跟卢恩诺克斯不清不楚

113

的家伙？"

"就是我。"

车上很暗，他瞪大眼睛看着我，这时我们正将恩希诺大街的最后一处建筑也抛到车后面。

韦德说："我没见过他，但她我见过几面，算不上熟人。说起来那件事真是奇怪，听说执法者还想玩弄你于股掌之间，有这回事吗？"

我没有回答他。

他说："看来你不愿意聊这件事。"

"也许吧，我看你倒是兴趣很浓。"我说。

"怎么说我也是个作家，是不是？我猜故事一定非常精彩。"

"为了你的身子骨着想，今晚给自己放个假吧。"

"你对我没有好感，对吧，马洛？我明白，那我不问了。"

到达岔路口时，我开车拐了进去，前面是一片低矮的山丘和山谷，已经属于艾德瓦利的地界了。

我说："谈不上好感不好感的，我只是受你妻子委托找到你并把你带回家，从头到尾我们都是陌生人，把你送回家后我的任务就完成了。我早说过了，这只是一单生意。至于她为什么委托我，我自己也很糊涂。"

车子从山坡一侧绕过去，然后上了一条平坦、结实、宽阔的马路。他告诉我，只要再往前开上一英里左右，右转，就到他家了。他还把门牌号告诉了我，其实我早知道了。身为一个病秧子，他的话显然有点儿多。

"她答应支付你多少钱？"

"还没谈过呢。"

"哥们儿，你的表现真的很棒。有道是大恩不言谢，我觉得给多少钱都不足以表达我对你的谢意，其实我根本不值得你这么大费周折。"

"这些话我就当你是头脑发热说出来的。"

"马洛，我开始对你有点儿好感了。知道为什么吗？你跟我差不多，都跟正人君子不搭边儿。"他笑着说道。

前面是一栋瓦木结构的双层小别墅，这就是他的家。门前有一排柱形门廊，再前面是一片草坪，长条形，从廊柱那儿一直延伸到白色围墙前，有一排长势旺盛的灌木丛挤在墙下。

"不用人扶你能走回去吗？"

他从车上下来："没问题，不过你不想进来喝一杯？"

"今晚算了，心意我领了，我站在这儿看你进去我再走。"

他光是站在那儿就气喘吁吁的。

他说了一句："那好吧。"

他转过身子，踩着石板路，慢慢地，一步一步走到门前，扶着一根白柱歇息了一会儿，伸手去推门。门一推就开了，他走了进去，没有顺手把门关上。灯光从屋里跑了出来，爬到草地上。听到屋子里传来说话声，我便在车后灯的帮助下，开车退出了车道。我听见有人朝外面喊话，抬头一看，原来是艾琳·韦德，她不是来关门，而是站在门口。我自顾自地往前开车，她小跑着追了上来。我只好停车，把车灯关掉，打开车门，对着走过来的艾琳说道："我应该先给你打个电话，不过事急从权，我不能丢下他。"

"你做得对。"她说，"有没有遇到什么麻烦？"

"嗯，比按门铃稍微麻烦些。"

"我们到屋子里谈吧。"

"你还是照顾他休息吧，等他一觉醒来，一切回到正轨。"

"坎迪会照顾他上床休息的。你是不是担心他老毛病会犯，今晚他不会再喝酒了。"

"我没往这方面想，祝你晚安，韦德太太。"

"你不进来喝一杯吗？我猜你一定累了。"

我点了一支烟，狠狠地往肺里吸。算起来，差不多有两个星期没闻过烟味儿了。

"能让我吸一口吗？"她走近了些。

我把烟递给她，她只吸了一口就咳嗽了起来，一脸苦笑地把烟递还给我。

"看来业余的就是不行。"她说。

我说："我刚知道你认识西尔维娅·卢恩诺克斯，难道你是因为这个才委托我？"

"你说谁？"她一脸茫然的样子。

我接过烟后猛吸了几口："西尔维娅·卢恩诺克斯。"

她好像吃了一惊："啊！你是说死于凶杀案的那个女孩儿？我听说过她的名字，不过我不认识她，我以前跟你说过。"

"是吗？我大概是忘了，抱歉。"

她站得离我很近，很安静，丝毫没有要离开的意思。高挑而纤细的身材，披着一件类似白外套的衣服，头发边缘映衬着从门口照出来的灯光，就好像头发本身会溢出轻柔的光一样。

"你为什么会觉得我雇用你跟那件事有关？这并不是第一次了。"

见我没有说话，她又说道："是不是罗杰跟你说他认识她？"

"我一说出我的名字，他就跟我提那个案子。也许他是后想起来的，而当时并没有立即把我和那个案子往一块儿联想。但谁知道呢，他当时唠唠叨叨，我记住的连一半都不到。"

"哦，是这样啊。马洛先生，要是你不打算进来的话，我要回屋了，看看能不能帮我丈夫做点儿什么。"

"留个纪念吧！"我说。我一把把她拉了过来，拥入怀中，她的头不得不向后仰起，我如饥似渴地亲吻她的嘴唇。她没有抵抗，也没有回应，只是不声不响地退开了，静静地看着我。

"你是个好人，你不应该这么做，真的不应该。"

对此我表示认同，说道："确实很不应该。你知道吗？我干了这辈子最蠢的一件事，那就是被你迷得晕晕乎乎，像一条忠诚的哈巴狗一样，不惜每天起早贪黑，像愣头儿青一样去闯一个个龙潭虎穴。我断然不会相信这不是别人已经给我安排好的剧本。你从始至终都知道他在哪里，最起码你知道韦林杰医生这个人。你所要的，不过是让我跟他产生交集，把我的交际圈子撕开，把他安插进来，那样我就会自然而然地把他当成我的照顾对象。我说的这些很不可思议，对吗？"

"当然，荒唐透顶，不可理喻。"她评价道，语气平静，而后转身就走。

我说："别急，我亲了你一下，你十分坚信会留下痕迹，其实不可能会留下。不要跟我说我是好人什么的，我情愿当一个浑蛋。"

"为什么？"她回过头来问。

"因为当初我要是没有多管闲事去照顾特里 · 卢恩诺克斯，他肯定不会死。"

"是吗？你就那么肯定？"她的语气听不出一丝波动，"马洛先生，这件事多谢了，晚安！"

她踏着草坪向屋子那边走去。我凝望着她的背影，一直到她走进屋子，关上门，关掉走廊的灯。我向那一片虚无挥了挥手，上了车，离开那里。

21

翌日清晨，我赖床了，大概是因为昨天晚上的销魂一吻还在起作用吧。

今早我喝了双份咖啡，抽了双份烟，吃了双份加拿大熏肉。直到我第三百次发誓，再也不用电动剃须刀刮胡子，这一天才算回到正轨。十点多的时候，我来到了办公室，等我的邮件少得可怜。我剪开信封往桌子上一放，并没有将其当回事，然后推开窗户，好让犄角旮旯、百叶窗片、空气中积攒的夜尘和污秽统统散出去。在书桌的某个角上有一只一动不动的飞蛾，早已死了。窗台上有一只蜜蜂在木头上爬来爬去，它的翅膀坏了，一个劲儿嗡嗡地呐喊着，到了精疲力竭的地步，似乎它也知道无论怎么叫都没用，自己的生命走到尽头了，所以已经不再报以希望。以前出过大大小小的飞行任务，最终宿命却是客死异乡。

今天这样的日子，我很清楚有多么不靠谱，谁都遇到过这样的日子，当它来到的时候，随之而来的便是车轮没有固定好，松鼠找不到栗子，野狗稀里糊涂，不知道自己在干什么，机械师动不动就少装了一个齿轮。

首先是一个姓库伊辛尼或别的什么，总之是个芬兰姓的黄头发的浑蛋，他是我接待的第一个顾客。他自我介绍时说他是个开挖掘机的，大屁股往椅子里一陷，两只硬邦邦的簸箕手往桌子上一放，跟我说他住在卡佛市，恶毒的女邻居要毒死他的狗。

每天他都会把狗放到后院让它溜达一会儿，而在此之前他先要绕着围墙搜寻一番，看隔壁有没有把肉丸子丢到马铃薯藤蔓这边来。迄今为止他已经找到了九个沾有绿色药末儿的肉丸子了，他断定那是三氧化二砷除草剂。他瞪着眼睛死盯着我看，就像水族箱里的鱼一样，问道："多少钱你肯监视她，抓个现行？"

我问他："你为什么不亲自上阵呢？"

"我要干活儿养家，先生。我来你这儿咨询的功夫，每个小时就要损失四块两毛五分钱呢。"

"那就找警察呀。"

"找过。人家现在正心无旁骛地讨好米高梅[1]呢，或许等到明年才有空受理我的案子。"

"动物保护协会，摇尾客，也试过？"

"那是什么玩意儿？"

我把"摇尾客"组织是什么玩意儿跟他讲了一遍。看得出，他毫无兴趣。他知道有个动物保护协会，他说他们对比马小的动物视而不见，去他娘的。他冲我大发脾气："只要你逮住她，我给你五十块钱，行了吧？赶紧去调查吧？门上不是贴着你是调查员的标识吗？"

"抱歉，我最近忙得焦头烂额的。"我说，"五十块钱太多了，不过让我在你家后院儿的耗子洞里藏头露尾两个星期，我担心自己无法胜任。"

"是吗，你是大人物，不在乎这点钱。"他腾一下站起来，瞪着我，怒气冲冲地骂道，"一条狗的性命不值得你放在眼里。大人物，去你妈的吧。"

"库伊辛尼先生，还请你体谅，我有我的难处。"

"大不了我找别人。不要脸的老荡妇，就因为她开车经过的时候，我家的小可爱冲她叫了两声。要是让我逮住她，看我不扭断她那令人厌恶的脖子。"他说。我丝毫不怀疑他做得出这种事来，就算是大象惹了他，他也能扯下它的一条腿来。

他朝门外走的时候，我冲他喊了一句："你真的肯定她想毒死的是狗吗？"

"当然。"他正要迈步，忽然反应过来，转身骂道，"你找死是吧，你再说一遍？"

我才没工夫跟他切磋拳脚，所以摇了摇头，万一他抢起桌子来朝我脑袋上招呼呢？他冷哼一声，跨门而出的时候差点儿把门也给扛走了。

第二位顾客是一个女人。不算老，但绝不年轻；不脏，但绝算不上干净。家境不太好，日子过得不顺心，蠢头蠢脑，喜欢怨天尤人，这些就像写在她的脸上，一看便知。她跟另一个女孩子住在一起——她那个圈子外出跑业务的都叫女孩子。她说她的室友偷拿她皮包里的钱。今天四毛，明天一块，看起来不多，加起来就不得啦，起码有二十多块钱。这对她来说是一笔巨大的损失，以至于想换个房子也换不起了，连雇个侦探都显得捉襟见肘了，而我应该很乐意在不提她名字的前提下打个电话吓唬一下她的室友。

她一边揉捏着她的皮包，一边喋喋不休，我足足花了二十多分钟才弄清来

---

[1] 米高梅，美国好莱坞八大电影公司之一。——译注

龙去脉。

我说："这种事你随便找个人都能办。"

"没错，但你是侦探嘛。"

"但恐吓陌生人的执照我还没申请下来呢。"

"让她知道我来找过你就够了，用不着指名道姓说是她，我只告诉她你正在调查这件事。"

"要是我的话我决不会这么做。你一跟她说我的名字，她肯定要打电话向我询问，那我肯定要告诉她事实真相。"

她从椅子上站了起来，猛地一甩皮包，尖着嗓子说道："你不是个正直的人。"那只很不体面的皮包一下子晃到了她的肚皮上。

"哪个地区有规定说我必须正直？"

她嘴里嘟嘟嚷嚷，悻悻离去。

过了中午的饭点儿后，一位名叫辛普森·艾德尔维斯的先生来到我的办公室，向我出示了一下他的名片。他的年龄大概在四十八岁到五十岁之间，是一位缝纫机销售代表，一副很拘谨的样子，脸上带有难以掩饰的疲惫。他身上的西服是棕色的，袖子显长，一条用黑钻点缀的紫色领带吊在白衫的硬领上。他坐在那里时，要多恭谨有多恭谨，眼神里满含愁绪，用一双漆黑的眼眸望着我。他长着一头硬度十足、又黑又密的头发，一根白头发都找不到。胡子略微带点儿红色，修剪地整整齐齐。光看他的手背，你会误以为他只有三十五岁左右。

"您可以叫我辛普，别人都是这么叫我的。"他张口说明来意，"我是犹太人，跟一个只有二十四岁的漂亮女子结了婚，但她不是犹太人。我现在饱受煎熬，因为她之前已经离家出走过两次了。"

从他递给我的一张照片来看，那个女子人高马大，薄嘴唇，在他眼里却是美女，果真是情人眼里出西施。

"艾德尔维斯先生，你有什么困惑尽管明言，不过先说明，我从不接离婚案。"我把照片还给他，可他摆了摆手，没接。我说道："我向来奉行顾客就是上帝，起码在顾客对我撒谎之前是。"

他勉强一笑："我没必要撒谎，而且涉及不到离婚案。我只想让马布尔回家，仅此而已。但是想让她回来，起码要知道她在哪儿，她大概把这当成游戏来玩了。"

我没有看出任何一丝怨愤。他在谈论她的时候，从头到尾都是心平气和的。他说她酗酒、任性，以他的标准来看算不上好妻子，但他深爱着她。妻子大方开朗，而他从小被管束得透不过气来，之后也只能当一个温驯的丈夫，把工资带回家交给老婆管理，无论如何也成不了风度翩翩的公子哥。他们在银行开了个联名账户，她把所有存款都卷走了。不过他并不是毫无防备，起码她跟谁跑了，他还是心中有谱的。他敢肯定，那个男人一定会花光她的每一分钱，再甩掉她。

他说："他姓克里根。门罗·克里根。犹太人中也有不少坏坯子，我这不是在说天主教的坏话。克里根只是个理发师，这种人大部分都没有固定居所，收入不稳定，经常赌马。我并不是故意埋汰理发师。"

"如果她没钱了，就会给你写信，不是吗？"

"她有可能因为羞愧而做傻事。"

"艾德尔维斯先生，这件事你应该去找警察，因为这属于人口失踪案件了。"

"不，我不能让警察插手，这样会伤害到马布尔的尊严。我对警察没有偏见。"

艾德尔维斯先生好像对世界上所有的人都宽容到不想去抱怨，他在桌子上放下一笔钱，说道："这是预付款，两百美元。我情愿按照自己的主意去处理这件事。"

我说："可那样会让事情一再上演。"

他耸肩摊手，做了个无奈的动作："我知道。我毕竟快五十岁了，她才二十四岁。不过这有什么呢？时间长了她自然会沉静下来。我们之间最大的问题在于孩子，犹太人都喜欢有自己的孩子，可她不能生育。马布尔知道后非常惭愧。"

"艾德尔维斯先生，你的胸怀令人钦佩。"

"是吗？我和基督徒不一样——你不要误会，我并不是说基督徒如何如何，我只是喜欢说什么做什么，言行一致。对了，我差点儿把一件非常重要的事给忘了。"

他掏出一张明信片，跟钞票放到一起，推到桌子这边来。他说："这是她从火奴鲁鲁 [1] 寄来的。在火奴鲁鲁那种地方，花钱如流水。我的一个叔伯以前在那边倒腾过珠宝，退休后就住在西雅图。"

我把照片又拿了起来，跟他说道："我要借用一下，找人帮忙复印一份。"

不料他拿出一个信封来，说道："我已经准备好了，马洛先生，来找你之

---

[1] 火奴鲁鲁，美国夏威夷州首府和港口城市。——译注

前我就想到你可能会需要。"信封里有五张复印照片。而后他从另一个口袋里又掏出一个信封，递给我说："还有克里根的我也准备了，不过是快照。"

我看了一眼，共三张照片，从照片里看，克里根属于那种粉面小生型的家伙，我一点儿也不意外，这种人万万不能依靠。

他给了我另一张名片，辛普森·W.艾德尔维斯，除了姓名外还有家庭住址和联系方式。他祈祷这笔花销不至于让他倾家荡产，但是如果我要求提高酬劳，他会立即给予回应，唯一的要求是，希望能尽早从我这儿听到好消息。

我对他说道："有两百美元应该差不多了，如果她没有离开火奴鲁鲁的话。你跟我详细说说他们俩的体形特征，包括年龄、身高、体重、肤色、衣着打扮、明显的疤痕或其他容易辨认的印记什么的，还有，我要知道她从银行账户里卷走了多少钱。这些我会写进电报里。你应该知道我需要些什么线索，艾德尔维斯先生，假如你以前有过类似经历的话。"

"克里根给我一种非常别扭的感觉。"

然后我开始详细地询问他，把每一项都记录下来，花了半个多小时才结束。他起身与我握手，躬身行礼，走出办公室，一系列动作全都那么安安静静。

临出门时，他说了一句："你跟马布尔说，一切风平浪静。"

接下来我只需要按部就班地做事就好了，先给火奴鲁鲁的一个侦探社发了一份电报，然后把照片和无法写入电报中的资料通过航空信寄出去。他们果然不负所望。她在一家豪华大酒店里给女服务员打下手，每天刷洗一下浴缸啦、浴室地板啦什么的。情形就和艾德尔维斯先生预料的一模一样，她的所有钱都在睡觉时被克里根拿走了，克里根没有付旅馆的账单，就抛下她一去不复返，她想离开都不可能。其实她还有一枚戒指，除非克里根使用暴力，不然无法拿走，以至于给她留了下来。她把戒指当掉也只够付清房费，而回家的路费还要另想他辙。艾德尔维斯搭乘航班，专门去接了她一回。

他是个很不错的男人，他俩根本不是一路人。之前他给我的二百美元，我支付给了火奴鲁鲁侦探社，而我自己只是把一张二十美元的账单和长途电报的费用交给他报销。我不在乎少赚点儿，起码我的办公室的保险箱里还放着一张"麦迪逊头"呢。

就这样，私家侦探过完了他的一整天。而这样的一天，对我来说既平常，又很具有代表性。其实我们这种人赚不到大钱，通常也不会遇到好事情，连我们自己都想不通为什么要一直干下去。躺枪、挨揍、坐牢，甚至丢掉小命，都算不上什么稀罕的事。每隔些日子就会不由自主生出改行的念头，想换个更靠谱点儿的职业，而不是等到走路都摇摇晃晃时再后悔。正胡思乱想的时候，门铃响了，通往接待室的内门打开，又一位顾客临门，意味着新的麻烦，新的悲剧故事又来了，而我又要拿人钱财替人消灾了。

"请进。"

"廷乌米先生，不知我能为你做什么？"

不管目的何在，肯定是有原因的。

第三天下午，艾琳·韦德打来电话，说明天设了晚宴，邀请了几位朋友去她家喝鸡尾酒，而罗杰也想聊表谢意，找我聊聊，请我明天傍晚去喝一杯。我在想，赴宴的时候要不要带上账单？

"韦德太太，我的那个小举动足以抵消所有的酬劳了，所以你我两清了。"

"是不是觉得我的反应跟维多利亚时代的人一样，很好笑，是吗？"她说，"一个吻，在现代人眼里，毫无分量。我认为你会来，对吧？"

"假如我是个聪明人，肯定不会去。不过我想我会去。"

"罗杰的身体已经完全恢复了。他这会儿正在工作呢。"

"恭喜。"

"今天你的语气冷冰冰的，照我看，你把人生看得太严肃了。"

"不是所有时候。你想说什么？"

她笑了，声音很轻柔，而后说了声再见，电话挂断了。我坐着一动不动，像做一件很严肃的事情一样。我努力回想一些比较有趣的事，想让自己大笑一场，可是根本没用。我打开保险箱，将特里·卢恩诺克斯的那封告别信拿出来，又从头到尾读了一遍。我忽然醒悟过来，我居然忘了代替卢恩诺克斯去维克托酒吧喝一杯螺丝起子了。这个时间点的酒吧，是最安静的，假如他还活着，还能跟我一起喝一杯，此刻他肯定会毫不犹豫动身。苦涩、凄凉、伤心，这就是想起他的后果。维克托酒吧到了，可我几乎要改变主意，从那儿错身而过，可最终还是没这么做，无论如何，他硬塞给我一大笔钱，而且他是以那么重的代价来苦苦作弄我。

22

维克托酒吧这会儿特别安静，走进门的那一瞬，你甚至能听见温度下降的声音。有一个女人正孤孤单单地坐在吧台的高凳上，面前放着一杯酒，浅绿色，她正用一根长长的玉石烟嘴在抽烟。她穿着一身黑色衣裳，参考季节因素，材质应该是奥伦一类的合成纤维，手工缝制的。她的目光火热而敏感，这种眼神要么是因为性饥渴，要么是带有神经质，当然，也可能是减肥过度引起的。

我找了个位置坐下来，与她相隔两张凳子。酒保居然没有笑脸相迎，只是冲我点了点头。

"来一杯'螺丝起子'，不放苦料。"我嘱咐道。

他在我面前放上一张小餐巾纸，盯着我看了良久，语气中带着一种赞赏意味，说道："你知道吗，有一天晚上你和你的朋友在这儿谈话时我听到了一两耳朵，后来我专门采购了一瓶那种螺丝青柠酒。可是你们后来再也没来过，直到今天晚上才有机会打开它。"

我说："有心了，多谢！我的朋友去了外地。如果可以的话，给我来双份。"

酒保去准备了。

那位身穿黑衣的女人"唰"地扫了我一眼，而后目光又转向了她的酒杯。

"这里几乎没人喝。"她轻声说了一句，甚至于我都没有意识到她的那句话是对我说的。

她又朝我这边看了过来，那双眼睛很大，眸子是浅浅的黑色。她的指甲却染得很红，这么红的指甲可谓平生仅见。可是看起来，她并不是那种水性杨花的女人，而她的声音中也没有丝毫故意引诱我的味道，她说："我说的是'螺丝起子'。"

我回应说："我有个朋友喜欢这种酒，爱屋及乌。"

"那他肯定是英格兰来的。"

"何以见得？"

"青柠汁是纯英国特色的玩意儿，就和那种让人头皮发麻的煮鱼必加的鱿鱼酱一样，乍一看还以为是厨师流血了呢。他们被叫作'青柠佬'也不是没有道理。我指的不是鱼，是英格兰人。"

"我原本还以为这是热带地区的特色酒呢，比如马来西亚什么的。"

"你说的也可能是对的。"她又把脸转了过去。

这时酒保把酒送过来了，在里面加上青柠汁，酒变成了浅绿色，不再透明。我喝了一小口，有股子甜味儿，但很冲鼻子。穿黑衣的女人看了过来，冲我举了举杯子，两人一饮而尽。直到这时我才知道，她喝的酒和我喝的一样。

接下来就是常规的那一番客套和寒暄了。我坐着没动，没有采取更进一步的行动。不大一会儿，我说了一句："我想他多半是参战时去过英国，他并不是英国人。以前的时候，我们经常趁着酒吧还没有太喧闹的时候，过来喝上一杯，就像今天这么早。"

她说："这个时间点的确让人心情舒畅，酒吧里也只有这段时间才会让人觉得轻松。"她一饮而尽，又说道，"没准儿我认识你的那位朋友呢，他叫什么名字？"

我拿出一支烟点上，没有立即回答她的问题。她也换了一支烟，我看着她轻轻地磕了磕玉烟嘴，把烟蒂从里面磕出来。我把打火机给她递过去，说道："他姓卢恩诺克斯。"

她说了声谢谢，再看向我时，目光里多了一些探索的味道。她点了点头，说："果然，我跟他很熟，可以说熟得不能再熟了。"

酒保走过来，看了眼我的杯子，我对他说："再来两杯，还是这种，送到小隔间吧。"

我从高脚凳上下来，站在那儿等待。我有可能会在她那儿碰钉子，也可能很顺利。无论哪一种，都无所谓。这个国家的男男女女性意识都很强，不过少数时候，见面也可以仅仅只是聊天而不用上床。如果她以为我是精虫上脑，那么，去她妈的吧。

她犹豫了一小会儿，而后拿起她的黑手套和一只黑色鹿皮手提包，走到一个僻静的小隔间。那只皮包镶有金边，带着一个金钩。她一声不响地坐下后，我便在她的对面，跟她共用一张小茶几。

"我姓马洛。"

"琳达·洛林。马洛先生，我感觉你过于感性。"她很平静地说道。

"哦？你是指我特意进来只为喝一杯'螺丝起子'？那么你呢？"

"我可能是喜欢这种酒吧，谁知道呢。"

"很巧，不是吗，我也一样。"

她冲我微笑了一下，但那笑容没有生命。她的耳环和衣领别针是翡翠做的，不过看起来有点儿像宝石，大抵是因为切割时用的是扁平加斜边的切割方式吧。哪怕酒吧里灯光昏暗，也从内而外散发着柔光。

她说："现在才知道，你就是那个人。"

酒吧服务员送来了我点的酒，放下后便走开了。

"我和特里·卢恩诺克斯相识一场，没事的时候一起过来喝一点儿，他这个人还不错，仅此而已。两个路人萍水相逢，君子之交点到为止，没有去过他家，和他妻子不熟，只是在停车场见过她一面。"

"仅此而已？"

她端起玻璃酒杯，她手上戴着一枚镶了许多小碎钻的翡翠戒指和一枚纤细的白金婚戒。据我判断，她的年龄大概在三十五六岁左右。

我说："难道呢？那家伙不是一盏省油的灯，我到现在还为他伤脑筋呢。说说你吧。"

她支起手肘，看着我，一脸恬淡地说道："我说了，我跟他非常熟。他发生任何事我都不会在乎，熟到这个地步了。他娶了个有钱的女人，他要做的只是不去干涉她，然后心安理得地吃软饭，花天酒地。"

"这倒是挺划得来。"

"马洛先生，没必要说话酸溜溜的，有些女人是由不得自己的。他从头到尾都知道自己是什么角色，要是他真有自尊心，离开她就好了，为什么还要杀她？"

"同意你的见解。"

她坐直身子，盯着我，眼神里流露出一股恨意，抿了抿嘴说道："他果然还是逃了。你帮助了他，如果我的消息没错的话。你是不是觉得自己做了一件很光荣的事？"

"有钱能使鬼推磨，没别的。"我说。

"马洛先生，这一点儿都不幽默。说实话，我想不通我为什么要坐在这里跟你这种人喝酒。"她说。

"我觉得换个话题并不难，洛林太太。"我端起杯子"咕咚咕咚"一口气喝干，"我其实是期待你能告诉我一些有关特里的事，让我知道更多的信息。至于特里·卢恩诺克斯为什么要打烂他妻子的脸，我根本没兴趣去推敲。"

她听得心头火起，说道："你的用词真够残忍的。"

我说："别说你，我也不喜欢使用这种词汇。但是，如果我相信了那件事是他干的，我还会来这里喝什么'螺丝起子'吗？"

她瞪眼看着我，沉默了良久，而后语速放缓，说道："他留下一份完整的自白，自杀。这些还不够说明吗？"

我说："他有一把枪，就凭这一点，墨西哥那些神经兮兮的警察便有足够理由把他射成筛子了。美国警察也有很多人喜欢用这种方式杀人，有时候仅仅是嫌门开得不够快，就隔着门板一通乱射。另外，你说的自白书，我一个字都没看到。"

她用一种讥讽地语气说道："你是想说，墨西哥警方制造了伪证？"

"凭他们的脑子还想不到制造伪证。奥塔托丹那种小地方，山高皇帝远，想得到这种措施才怪。恰恰相反，自白书是真实的，可是这份证据能够证明的仅仅是他叫天不应叫地不灵，而无法证明他杀了他的妻子，反正我是不会相信的。身困那种地方，或许他唯一能做的就是选择不让自己的亲朋好友受到牵连，成为大众眼里的笑柄，你可以说他感情用事，也可以说他是懦夫，都无所谓。"

她说："马洛先生，你的想象力真是丰富。西尔维娅已经死了，她的父亲和姐姐足以自保，有钱人用不着别人替他们操心。何况，我不认为谁会为了避免一点儿丑闻就自我牺牲，或者协助他人杀害自己。"

"也许吧。可能我把动机想错了，甚至有可能我全都想错了。刚刚我令你很生气，那么现在需不需要让我滚蛋，好让你一个人静静地享受'螺丝起子'呢？"

"我向你道歉。"她忽然笑了，"我好像有点儿认识你了，你这人其实有一颗诚挚的心。先前我还以为你要替你自己辩护，不过现在看来，你是在为特里辩护，我不知道我为什么会对你改观。"

"我没必要替自己辩护。某种程度上，我已经为我做的蠢事付出代价了。当然，我也不会否认，如果没有他的那份自白，我的结局会更加不妙。要是他们把他带回来审讯，多半会顺带着让我也吃几年牢饭。情况好一点儿的话，他们会罚我一大笔钱，即便我倾家荡产也支付不起。"

"你要是想提你的执照，我劝你打住。"她不以为然地说道。

"也许吧。以前的话，只要是个警察，哪怕是个酒囊饭袋，也可以随随便便把我铐起来。不过现在好多了，干我这行的，想获得州执照，必须经过听证会的授权，而他们是用不着给警察面子的。"

她一边品酒，一边不徐不疾地说道："把一切都参考进去，这样的结果对你而言不是更好吗？用不着上公堂，用不着上报纸头条，也用不着昧着良心说瞎话，继而遭到无辜围观者的抨击，说你只是纸媒为了大赚一笔的托儿。"

"我的想法刚才已经说过了，而你夸我想象力丰富。"

她身子往后仰，把脑袋靠在隔间后部的护垫上，说道："特里·卢恩诺克斯为了达到你说的那种目的而选择自杀，难道还不能说明你的想象力太丰富吗？不过，这样一来，谁都用不着上公堂了，皆大欢喜，倒也算不上不合情理。"

我冲服务生招了招手，示意他过来。

我对她说道："我想再喝一杯。请问你和波特家沾亲带故吗？我忽然有一种脊背发凉的感觉，洛林太太。"

她说："我以为你清楚呢，西尔维娅·卢恩诺克斯是我的妹妹。"

我见服务生走了过来，赶忙跟他说了我的要求，洛林太太却摇了摇头，表示不再点了。

"老家伙，不好意思，我是说哈伦·波特先生。"服务生走开后，我说道，"他把关于这件案子的一切消息都封锁了起来。不得不说我是幸运儿，居然还能知道特里的妻子有一个姐姐。"

"马洛先生，你太高看我的父亲了，他没有那么大的能耐。而且，他也不可能那么心狠手辣。虽然他是个老观念，连自己旗下的报纸都从不接受采访，从不演说，从不让人拍照，外出时不是开自己的车就是乘坐私人飞机，只带上自己的驾驶员，把个人隐私看得比什么都重要——这一点我承认——但是他其实从不缺乏人情味，而且他很喜欢特里。他说特里和那些从客人进门到喝完第一杯鸡尾酒之间的十分钟君子不一样，特里一天有二十四小时都是君子。"

"特里的确是这样的人，所以他最后做了点儿小动作。"

服务生把第三杯螺丝起子端给我，我喝了一口后，手指搭在玻璃杯圆底的边上，沉默下来。

"马洛先生，你不必夹枪带棍，冷嘲热讽。我知道你对特里的死耿耿于怀，其实我父亲更加希望特里只是单纯地失踪，他很清楚别人会觉得这一切都巧合得让人无法相信。我想，如果当时特里请求他的帮助，他是不会袖手旁观的。"

"是吗？洛林太太，可是被杀害的是他的女儿啊。"

从她的手势来看，我的话令她很生气。她瞪着我，冷声说道："我也不想再掩饰什么了，索性直白一点儿。我的父亲早就和我妹妹分道扬镳了，见到她后连话都不愿意说了。我相信如果要他说句心里话，他肯定会和你一样，对特里是杀人犯这件事心存质疑，只不过他不表态罢了。随着特里死亡，真相是什么已经不重要了。她反正会死掉，他们没准儿会死于车祸、火灾、空难什么的，这时候死了倒也清净，时机正好。要是她晚死十年，这个世上就会多一个淫荡无极限的老巫婆，一个为祸天下的垃圾，就和你几年前见过的，或者在好莱坞宴会上遇见的那些蛇蝎女人一模一样。"

我顿时无名火起，站起来扫了一眼那些小隔间。紧挨着我们的那个隔间一直没有人，再过去一个，里面有一个正在静悄悄看报纸的家伙。我重重地坐回椅子上，把酒杯推到一旁，身子前倾，凑近对面，压低声音——我还保持着理性："洛林太太，看在上帝的分儿上，你想让我怎么看？让我觉得哈伦·波特是个人见人爱、花见花开的老好人？相信他没有凭借自己的手腕来左右某个喜欢搞政治的地方检察官，以至于当局不敢再去详细调查这桩凶杀案？相信他从来不认为特里有罪，仅仅是不想知道是哪位英雄宰了他的女儿？相信他没有动用他的纸媒、他的九百多个拿人俸禄替人解忧的手下和他的银行账户来产生政治影响力？你的父亲可是一位亿万富翁啊，洛林太太，他的钱怎么赚来的我不知道，但是我知道想要拥有这么多钱，就必须有一个足以摆平一切的团队来为他保驾护航。他不让地方检察官办公室或者市区警察局的人去处理，却做了另外的安排，让当局派了个摇尾乞怜叫往东不敢往西的检察官，跑到墨西哥去确认一下特里到底是自己开枪崩了自己，还是一个仅仅为了过把瘾的印第安人一枪干掉了他？你让我相信他是个菩萨心肠的人？不，他是个铁石心肠的枭雄。在这样一个时代，只有那种钱才是最好赚的，你必须跟形形色色的怪人成为商业伙伴，你不必跟他们见面、握手，但是这一点都不影响你和他们互利同赢。运筹帷幄之中，决胜千里之外嘛。"

她气得火冒三丈，说道："我忍无可忍了，你这个蠢货！"

"没错，没错，我理解，我老是跟你唱反调。还有一点我要告诉你，西尔维娅被杀的那晚，特里跟你家老爷子通过话。他们谈了什么？老家伙对他说了什么？'年轻人，去吧，老夫心中有数，我闺女是个淫娃荡妇，但是家丑不可外扬，墨西哥等着你呢，你把枪一举，啪！一了百了，世界清净。乖女婿，这只是个偶然，杀她的那位英雄醒酒后一定会后悔不迭的。她有十几个宿酒的姘头，哪一个都可能突然忍无可忍，而将她那张漂亮的脸蛋儿打得血肉模糊。你应该知恩图报，毕竟别人替你做了这件事。我们波特家像丁香花一样纯洁的好名声不能就此毁掉，它应该流芳百世。她当初跟你结婚就是为了找一个替她遮丑的，而现在她死了，你的作用更大了，这个黑锅你一定要背好。最好你能突然消失，再也不出现。要是被人发现了，那你只能死了才行，我会去太平间看望你的。'"

"你认为我父亲会说这样的话？"黑衣女士语气冷得都快结冰了。

我往后一靠，笑了起来，但绝不是开心："我们也可以稍微修饰一下措辞，如果你觉得非如此不可的话。"

她开始收拾她的东西，从座位上往外挪，一边凝重而郑重其事地说道："我警告你，很简单的一句警告。你要是觉得我父亲是那种人，而且把刚才对我说的那番厥词也说给别人听，这座城市将再也没有你的容身之地，不仅你现在的饭碗会砸，别的饭碗你也端不长。"

"棒极了！多谢！洛林太太！你的这一通恐吓，我简直太耳熟了。地痞无赖圈儿的人这样骂过我，搞法律的人和有钱的客户也这样骂过我。只要稍微改一两个单词，意思就一模一样了，饭碗儿不保嘛。有人让我替他喝一杯'螺丝起子'，我来了，这下倒好，我居然来到我的坟地里了。"

她站起身来，点了下头，说道："看来你喝醉了。三杯'螺丝起子'，还是双份儿的。"

我拿出一沓钱放在茶几上，远超酒钱所需。我也站起来，走到她的身边，说："洛林太太，你呢，你为什么要喝那么多？有一杯半吧？也是应别人要求喝的？还是你自己想喝？你也说了好多话。"

"马洛先生，我不知道原因。难道你有什么见解？谁又能对什么事了如指掌呢？你认不认识吧台那边看我们的那位？"

我瞟了一眼，在最靠近门口的凳子上，坐着一个又黑又瘦的男人。

"他叫契科·安格斯汀，是某位赌徒的保镖，叫梅隆德斯。"我说，"他有枪，我们来场偷袭，把他撂倒怎么样？"我感到有些惊讶，她是怎么发觉的？

她头也不回地往前走去，有些焦急地说道："你肯定是喝多了。"

我紧跟在她后面，那位坐在高脚凳上的保镖转过脸来，眼睛盯着他自己的胸前，或许我真的喝多了，当我路过他的时候，猛地抬起一脚，跨到他的后面，同时探手抓到他的腋下。

"嘿，小子。"他怒吼道，气得火冒三丈，从高脚凳上溜了下来。

我用眼角余光看到，她走到门口那儿停下了，正回头往这边看来。

"安格斯汀先生，你今天没带枪吗？"我说，"真是勇气可嘉啊。没看到天快黑了吗？要是碰上凶残的侏儒可如何是好啊？"

他气急败坏地吼道："滚蛋！"

"哦，这是《纽约客》里的经典台词，你盗用人家的台词。"

他没有采取什么行动，但是嘴巴气得直抽搐。我不再跟他纠缠，追上洛林太太，跟她出了门外，站在遮雨棚下。一个满头银发的黑人司机和一位停车场的保安正站在那里说话。他抬手正了正帽子，然后走开，再回来时坐在一辆时髦的凯迪拉克礼宾车上。他把车门打开，让洛林太太上了车，他又把车门关上，就像关上一个盛放珠宝的盒子一样。他走到车的另一侧，坐在驾驶座上。

"晚安，马洛先生。"她面带一丝微笑，摇下车窗，向外看着我，"过得很开心，你说呢？"

"事实上，我们吵得面红耳赤。"

"不，只有你自己，你是在跟你自己吵架。"

"习惯了。那么，洛林太太，晚安啦。你住的地方离这儿不近吧？"

"当然，我住在艾德瓦利，湖对面，我丈夫是一名医生。"

"哦，我猜一定很巧，你认识一个姓韦德的人。"

"没错。"她皱了皱眉，"如果你说的是韦德夫妇，我的确认识，有问题吗？"

"你是想问我，我为什么会问你，对不对？我在艾德瓦利仅有的熟人就是他俩。"

"原来如此，那么再次晚安，马洛先生。"

她靠在汽车座椅上，汽车引擎轻吟低唱，像位温文尔雅的君子，开进日落大道，混入川流不息的车流中。

我转身，差点儿与一个家伙撞上，是契科 · 安格斯汀。

他调侃道："下次在我跟前时，最好不要卖弄你的幽默，那个洋娃娃是谁？"

我说："一个没兴趣知道你是谁的人。"

"小子，别跟我耍嘴皮子。曼迪对这种人感兴趣，他很喜欢打探这些花边新闻，我记得她的车牌号。"

正这时，"砰"的一声，一辆汽车的门打开了，从中跳出一位身高约七英尺四英寸的大汉。他瞥了安格斯汀一眼，一步就走到了他的跟前，用一只手掐住他的脖子："听着，你们这帮小混混儿就是不长记性，以后再敢来我的地盘晃悠，要你好看。"

安格斯汀被他摇晃了几下，而后被推到紧挨人行道的墙壁上，狠狠地撞了一下，倒在了地上，大声咳嗽起来。大汉吼道："记住，小混混儿，下次再让我看见你，我一定把你碾成肉酱，他们来给你收尸的时候，会发现你的手里拿着一把枪。"

安格斯汀摇头晃脑，一声不吭。大汉朝我这边看了一眼，大嘴一咧："夜色真美！"说着，他就进了维克托酒吧。

安格斯汀从地上爬起来，不一会儿面色恢复如常。我问他："你的这位同行是谁呀？"

"风化组的大威利 · 马高，他觉得自己很了不起。"

"听起来，你好像不以为然？"我问得很斯文。

130

他瞅了我一眼，晕乎乎地走开了。我从停车场取出车来，开车回家。好莱坞总能给你新奇感，因为林子大了什么鸟儿都有。

23

进入艾德瓦利前的一截长约半英里的路非常糟糕，一辆美洲豹汽车从我前面的一个山丘绕出来，正在低挡转向，与我错身而过时速度减缓，不然肯定会溅我一身沙子。这条路似乎是本地人有意为之，为的就是不让那些喜欢在星期天开上高速公路乱窜的游客把汽车开进来。不经意间，我便能看到一条漂亮的围巾、一副太阳眼镜或者百无聊赖向我挥手的人，就像邻居之间相互打招呼那样。而后路面上便会溅起满天飞尘，更令那些原本就像铺着一层白膜的枯草地或灌木丛变得更加白亮。

我从一块突出的岩石边上绕行过来，接下来的路倒是平坦了许多，看得出刻意保养过，起码没有什么障碍物了。槲树大概是想监视每一位从这里路过的人，把脑袋向着路中间攒簇，上面的麻雀蹦蹦跳跳，玫瑰色的脑袋一啄一啄的，啄食着只有鸟雀才认为值得一低头的东西。

前面出现几棵木棉，一路也没看到一棵尤加利树，紧接着又出现一大片密密匝匝的卡罗来纳白杨，白杨深处藏着一栋白色的房子。一个女孩儿牵着一匹马儿紧贴着路边"嘚嘚"前行，她嘴里叼着一根小树枝，还给马儿轻声哼唱着一首歌曲。她上身穿着一件色彩鲜艳的衬衫，下身穿着一条李维斯牛仔裤。那匹马似乎热得厉害，不过看不到汗珠。一位园丁正在一堵粗糙的石墙后，用电动剪草机修剪着如同波浪一样的草坪，草地的尽头是一道门廊，通往那栋威廉斯堡殖民时代落成的富丽堂皇的屋舍。一首钢琴的《左手练习曲》不知从何处传来。所有的这些，都从我身旁飞掠而过。波光粼粼的湖面，亮得有些晃眼，更显酷热。我把视线集中在门柱的门牌号上，韦德家我只来过一次，还是在夜里，白天看的时候似乎比夜里要小一些。一辆辆汽车挤满了车道，我不得不把车停在路边，步行走进去。帮我开门的人是一位墨西哥管家，身穿白色外套，身材匀称，长相不错，外套非常合身，有股优雅的气质。那些每周能领五十块钱，而且没有被辛苦的工作累垮的墨西哥人，都是这副德行。

"先生，晚上好。"他说着一口西班牙语，向我问候道。而后像是完成了一项任务似的，咧嘴笑了："还请您报一下名字。"

131

我说："马洛。你想抢镜吗，坎迪？还是说贵人多忘事？我们在电话里聊过几句。"

他咧嘴笑了笑，让我进屋。所有人都在大声讲演，没有人去听别人在说什么；所有人都端着个酒杯，红脸的、白脸的、脸上冒汗的，这要看本人的酒量如何，喝了多少酒，不过一个个都眼睛发亮，这就是鸡尾酒会，没有任何新意。一身蓝装的艾琳·韦德端着一个酒杯向我款款走来。酒杯不过是她的道具而已，她依旧是那么美。

她郑重其事地说道："你能来我就放心了，罗杰不喜欢鸡尾酒会，盼你能去书房跟他聊聊，这会儿他还在工作呢。"

"这么吵闹，他还能工作得进去？"

"他好像不受吵闹的影响。我让坎迪端一杯酒给你，或者，你想自己去吧台取……"

"我自己取吧，那天晚上失礼了，见谅。"我说。

她笑了笑，说："没关系。我记得，你那天已经道过歉了。"

我说："去他妈的没关系。"

她微笑着点了点头，笑容十分勉强，而后转身离开我这儿。我扫视了一下，活动吧台设在角落里，边上是几扇巨大的落地窗。我竭尽全力避开别人，怕撞上去，但走到中途，忽然听到有人叫我的名字。

"嗨，马洛先生！"

我扭头一看，是洛林太太。她坐在一张沙发上，手里端着一杯饮料，一副无精打采的样子，边上陪着一个木讷的无框眼镜男。他的下巴好像有一撮山羊胡，黑黑的，这会儿正抱着双臂安安静静地怒视着我。

我走了过，她伸出手来，脸上挂着微笑，介绍道："这位是洛林医生，我的丈夫。爱德华，这位是菲利普·马洛先生。"

山羊胡坐在那里一动没动，只是抬眼在我脸上扫了一下，微微颔首。我猜测，人家是不愿意把力气花在不值得的事情上。

琳达·洛林打圆场说："爱德华有些累了，爱德华经常特别累。"

我说："医生嘛，可以理解。要一杯酒吗，洛林太太？我去帮你端。医生，你呢？"

山羊胡眼皮都没抬，说道："我不喝酒，她也不能再喝了。一看见酒徒，我就知道我不喝酒是对的。"

"小喜芭，别闹了。"她说道。

132

我以为洛林太太说了一句梦话，可是他却有了反应，把身子转了过来。我没有继续待在那儿，转身直奔吧台。琳达·洛林在她的丈夫面前居然流露出一种鄙夷的神色，连说话也很不客气，就像突然变了一个人似的。她当初被我激怒时，也没有用这种方式来对待我。

坎迪问我喝什么，现在他站在吧台后面了。

我说："谢了，我什么都不喝，韦德先生想跟我谈谈。"

"对不起先生，他应该没空，他很忙。"

我看着坎迪，不知该说什么，我想我这种人肯定不会喜欢坎迪这种人。他又说道："不过先生，我可以帮你去通传一声，稍等。"

他用凌波微步穿过人群，眨眼间就返回来了，一脸愉悦地说："伙计，运气不错，跟我走吧。"

他带着我穿过客厅，打开客厅另一头的一扇门，等我走进去后，他随后又把门关上了，把大部分喧哗声都挡在了门外。这个房间应该是整座房子的一间偏房，较为宽敞，既僻静又凉快，空调就装在边窗上。房间外面种了些玫瑰，透过窗户还能看见湖水。韦德正仰躺在一张浅颜色的长皮沙发上。一张漂白过的宽大木桌上放着一台打字机，一沓黄色的纸张堆在打字机旁边。

"马洛光临，蓬荜生辉啊！"他慵懒地说道，"坐坐坐，随意一些，喝过酒了吗？"

我说："还没喝。"

我找了个地方坐下，瞅了瞅他，他的脸色还是有些苍白，不太精神。我问他："现在工作进展如何？"

他说："非常好，不过累得要死，好像还没从四天的醉生梦死中缓过劲儿来。不过对我来说，一醉，一醒，工作效率远胜平常。我这种工作，要是把自己逼得太紧，就容易陷入僵局，写出来的东西狗屁不通。相反，一个好状态，能让我文如泉涌。你听说过的或者亲自读过的东西，要是违背了这一原则，那肯定是东补西凑出来的。"

"我看，关键还看写书的人是谁。福楼拜在创作时一点儿都不轻松，可作品却顶呱呱的。"

"我无言反驳。你是学问家、评论家，还是文学界的渊博之士，连福楼拜的作品你都读过。"韦德从床上坐了起来，揉捏着后背，"真要命，我正在戒酒。一看到有人手上端着酒杯，我就觉得来气，可我还是得强颜欢笑去跟他们寒暄扯皮。所有人都知道我是个酒徒，所有人都知道我在因为某种事情而逃避。弗洛伊德学派的某个浑球儿把那套理论发扬成常识了，连十岁的小屁孩儿都能说得头头是道。可惜老天爷不给我机会，要是我有一个十岁大的小孩儿，他肯定会这么问我："老爹，你总是把自己灌醉，到底是为了逃避什么？'"

我说："以前你不这样，最近才开始的，不是吗？"

"其实我从来都喜欢酒，不过现在变得严重了而已。人嘛，年轻时不怕苦，再多的惩罚都承受得了，可临近不惑之年，恢复力就降低了。"

我点上一支烟，靠在椅子上抽了起来："说吧，你找我有什么事要谈？"

"马洛，你来说一说，我在逃避什么？"

"信息有限，猜不到。据我所知，每个人都有想要逃避的东西吧。"

"但不是每个人都醉生梦死。那你又在逃避什么呢？青春债？罪恶感？还是不敢正视自己是一个边缘行业的边缘人士？"

我说道："我好像听明白了，你需要一个可供侮辱的人来聆听你的畅所欲言。说吧，说到我心痛了，我就告诉你。"

他苦笑了一下，在自己又稠又密的卷发上乱揉了一通，又用食指狠戳自己的胸膛，说道："你目光长远，马洛，所以选了一个边缘行业，并且成了其中的一位边缘人士。而我更是废物——所有的作家都是废物。我写过十二本毫无价值的畅销书，算上桌子上的那堆废纸，整理出来就是十三本。我拥有一栋漂亮的房子，混在千万富翁才有资格居住的住宅区。我有一个漂亮的老婆，她深爱着我，我有一个可爱的出版商，他视我为香饽饽，但我最爱的其实是我自己。我只不过是把文字当妓女的皮条客，我心里想的从来都只是我自己，我是个不折不扣的寄生虫，你随便用什么词来骂我都不为过。你说，你还能为我做什么？"

"是啊，能做什么呢？"

"你怎么一点儿都不生气？"

"你挖苦你自己，我听着，虽然很烦人，但跟我无关，我为什么生气？"

他大笑起来，说道："你这人我喜欢。来，我们干一杯如何？"

"哥们儿，我不会在这儿喝，更没兴趣跟你对饮。你喝下第一杯酒，对我来说就是噩梦。虽然我知道没人能阻止你，也不会有人阻止你，但起码我不能助纣为虐，不是吗？"

"不在这儿喝也行，我们可以到外面。我们去看一看那些上天的宠儿，哪天你腰包鼓鼓、满身铜臭了，就有资格跟他们住在同一个住宅区，并有机会结识他们了。"

"得了吧，我毫无兴趣，你还是打住吧，他们跟别人没多大区别。"

"没错，但他们理应和普通人不一样，要不然他们还有什么存在的意义呢？"他意简言赅地说道，"他们都是精英分子，只不过跟那些只能喝得起廉价威士忌的卡车司机大同小异，甚至后者还比他们强一些呢。"

我说："你想撒酒疯也别老糟践别人，我一点儿都不想听。起码人家喝多了不会发疯到把自己的妻子推下楼去，也不会跑到韦林杰医生那里。"

这下他变得冷静了，像是在思考着什么，说道："朋友，你说的没错，这只是试探，你通过了。你可以来我这儿住上一段时间吗？我想你单单只是住在我家，我就能受益良多。"

"我不知道该怎么帮你。"

"我知道，你只要住在这儿就够了。我每月支付你一千块钱，这总可以了吧？我一旦喝多了，就会变成危险分子。我不想再喝醉，更不想变成危险分子。"

"劝阻你？我没这自信。"

"哪怕先尝试三个月，让我把那本该死的小说写完。大不了之后我出趟远门，去瑞士山区的某个犄角旮旯儿躲上一阵子，与世隔绝。"

"你说那本书？这笔钱你一定要赚到手吗？"

"不是，对我来说，一旦开始了一项工作，就必须有头有尾，不然我就彻底没希望了。我是以朋友的名义来请求你帮忙，这点要求与当初你为卢恩诺克斯所做的根本不值一提。"

我起身走到他跟前，怒瞪着他，说道："先生，我把卢恩诺克斯害死了。他的死是我一手造成的。"

"可笑，马洛，你居然对我心软了？拜托，我最讨厌感情用事的愚蠢软蛋了。"他用手掌外缘在自己的咽喉上用力顶着。

我说道："软蛋？我只不过是在可怜一个可怜人罢了。"

他猛地后退一步，撞上了沙发边儿上，不过没有跌倒："去你妈的。当然，谈不拢我拿你没辙。但是我必须弄清楚某些事情，必须弄清。你不知道是什么事情，就连我自己也不一定说得清，但是我百分百肯定这里面有猫儿腻，必须查个水落石出。"

"你指的是谁？你老婆吗？和她有关？"

"和我自己有关。"他咬了咬下嘴唇，又咬了咬上嘴唇，"我们去喝酒吧。"他走过去推开门，我跟他一起出来了。假如他的意图只是为了打击我，那么他真的太成功了。

24

打开门的一瞬，客厅里的喧嚣声像潮水一般涌过来，比先前那会儿更加嘈杂了，至于嘈杂的程度，相当于两杯酒下肚。韦德逢人就打招呼，所有人看到他都表现得很开心。我当然知道，现在的他们就算是看到手持定制冰锥的"匹兹堡的菲尔"[1]出现在面前，也会一脸笑容的。人活一世，就要不停地表演，卖力施展各自的手段。

我和韦德朝着吧台走去，中途跟洛林医生和洛林太太相遇，医生带着一脸愤恨，起身迎向韦德。韦德客套地说道："医生，你好。琳达，多日不见，最近你躲到哪里去了？咳，我这个问题真蠢，我……"

"听着，韦德先生。"洛林医生的嗓音带着一丝颤抖，"一句话，离我老婆远点儿，但愿你听明白了。"

韦德一脸无辜地看着医生，说道："你是不是累了，医生？有酒吗？我帮你拿一杯。"

"韦德先生，你听着，我对酒精不感兴趣。我来这儿的目的只有一个，我想我已经说得很明白了。"

韦德面不改色，还是一副友好的语气，说道："你的话我听懂了，当然，我猜我们之间有点儿误会，不过今日你是我的客人，我不能扫你的面子。"

周围一下静了许多，男士们和女士们都把注意力集中到了这里，静等事态扩大。洛林医生从衣兜里抽出一双手套，拽了拽，捏住其中的一个指套，朝着韦德的脸上狠狠抽了一手套。韦德眼皮都没眨一下，平静地说道："天亮前喝一杯咖啡，一人一把手枪，来场决斗？"

琳达·洛林优雅地站起身来，看着医生，气得脸色通红："宝贝，你的表演过分了。拜托啦！别给我丢人现眼了，可以吗？或者，你希望有人抽你两耳光？"

---

[1] "匹兹堡的菲尔"是二十世纪三四十年代活跃于美国的一个名叫"谋杀有限公司"的杀手成员，他的杀人手段可谓别出心裁：枪杀、绳勒、水溺、活埋、冰锥……至少有三十人死于他的谋杀。——译注

洛林医生转身对着她，把手套举了起来。韦德赶忙上前一步，挡在了他的前面，说道："医生，请你冷静，当着外人的面对自己的妻子动手，与我们这一代的时尚不符。"

"如果你说你是典范的话，我想我早有耳闻。你想给我上一堂礼仪课吗？不必了吧？"洛林医生嘲讽道。

韦德说道："没有前途的学生我没兴趣教。你这么快就要走啦？那太遗憾了。"他大声说了一句西班牙语，"坎迪！过来送客，洛林医生要走了。"他又对洛林医生说道："医生，我担心你听不懂西班牙语，我刚才的意思是，门在那边。"他向门口指了指。

洛林医生并没有抬步，他怒视着韦德，冷声说道："韦德先生，大家可以做证，我警告过你一次了，别再让我有第二次警告你的机会。"

韦德说道："大可不必。当然，要是你非要造势声张，可以去中立地带试试，我在那儿可以更自由一些。琳达，我为你感到遗憾，你怎么就嫁了这么一号人？"他用手揉了揉刚才被手套抽到的地方。

琳达·洛林耸了耸肩，一脸的苦笑。

洛林医生说道："琳达，我们该走了，告辞！"

然而琳达却坐了回去，用一种鄙夷的眼光云淡风轻地扫了他一眼，伸手端起了她的酒杯。

"你确实该走了，你忘了吗，你有那么多地方要去呢。"

"你马上跟我离开。"洛林医生怒不可遏。

琳达把脸转到别处，故意不理他。医生猛地探手拽住了她的胳膊，韦德见状也一把扣住了他的肩膀，把他拧了过来："医生，消消火，这里不是让你撒野的地方。"

"滚开！别用你的脏手碰我。"

韦德说道："好吧，不过医生，还请你少安毋躁。我忽然想明白了，你应该去找个好点儿的医生看一看了。"

有人发出笑声。洛林医生像一头马上就要扑出来的野兽，身体绷得紧紧的。韦德自然察觉了，忙不迭退到一旁，把洛林医生暴露在大家的围观下。要是这时候他还要对韦德不依不饶，就未免有点儿太不理智了。他没有更多的选择，只能离开这里。他立马转身，三步并作两步走出客厅，目不斜视地怒瞪着前方。坎迪正面无表情地守着那扇敞开的门，而后看着他走出去。我背对着客厅，继续喝我的威士忌，扫视了半天也没有看见艾琳在哪儿。人们交头接耳，议论纷纷，不过这跟我毫无关系。

这时一个小女孩儿走到吧台前，离我很近，她把杯子放到吧台上，叽里咕噜地说了几句话，坎迪点了下头，调了一杯鸡尾酒递给她。她的额头上扎着一根束发带，头发有点儿像泥土的颜色。

小女孩儿扭头向我看来，出声问道："你对共产主义感兴趣吗？"

她竭尽全力地用小巧的红舌去舔嘴唇，像是有巧克力屑黏在上面，要将其一网打尽。她的眼睛一眨也不眨。她又说道："我随便问了几个人，原以为他们都会感兴趣，然而事实证明他们唯一感兴趣的好像是伸手去别人身上揩油。"

我看着她，点了下头，从眼镜上方看去，她的皮肤被太阳晒得黝黑发亮，鼻形是狮子鼻。

她拿了一杯新鲜的饮料，说："其实我不太反感，关键要看动作，起码得斯文一些。"她一口气将杯中的饮料喝掉一半，一咂嘴，臼齿都露了出来。

我说："我不在其列。"

"怎么称呼？"

"马洛。"

"带'e'的？"

"是。"

"啊，一个美丽而忧伤的名字——马洛！"她诵诗一样说道，而后放下几乎空了的酒杯，闭上眼睛，两条胳膊向外伸展，脖子向后仰去——

高塔倾，城塞倒，万念成灰伊人逝。
千帆葬尽是与非。
红唇劫，杀身祸，愿得海伦负永生。
罪愆美人担。

因为感情投入，她的嗓音略微颤抖，甚至在伸展双臂时差点儿在我眼睛上来上一拳。这是古代诗人马洛的诗篇。

"朋友，最近写过诗没有？"她睁开眼睛后，端起酒杯，"我看你很逍遥自在。"她向我眨眨眼睛。

我说："我很少写诗。"

"要是你想，我允许你吻我。"

"够了，小猫，我们该走了。"一个身穿敞领衬衫、外披山东绸外套的男

138

子走到她的背后，在她的头上拍了拍，从她的头顶冲我龇牙撇嘴。这家伙长得真叫丑，一张饼子脸扁得跟肺叶似的，还顶着一头短红毛。

她像发怒的野猫一样，对他呵斥道："你该不会是想说，又到了给你那该死的秋海棠浇水的时候了？"

"亲爱的，别这样，我的小猫……"

"滚开，该死的强奸犯、流氓，把你的手拿开。"与此同时，她手中喝剩下的酒已经泼到了他的脸上，酒其实不多，喝得只剩下一小勺了，里面还有两块冰。

他掏出一个手绢儿，在脸上擦拭起来，大声回击道："该死的，亲爱的，我是你丈夫，你傻了吗？我是你丈夫。"

她忽然抽泣起来，"嗖"地扑进他的怀里。唉，果然任何一场鸡尾酒会都一个样，连场景对话都这么雷同。我从他们边上绕过去，远远躲开了。

客人们陆陆续续从屋中出来，夜风相送，汽车轰鸣，声声"再见"如来回弹跳的皮球，喧嚣逐渐告一段落。我踱步走向落地窗，出了屋子，站在石板露台上。地面渐低，向湖面延伸，湖水静得如一只睡着的猫儿，湖畔有一个小小的木建泊湾，一条绳子系着一艘划艇。从这里到湖对岸只有几步之遥。上空有一只闲得无聊的黑鸟，模仿人类溜冰，一圈圈地盘旋，可连一道最浅的水波都没有掀起。我点上一支烟无所事事地抽了起来，在一张带有垫子的铝合金躺椅上躺了下来。

我跑来这里到底有什么意义呢？

罗杰·韦德并不是真的无法控制住自己，起码他对待洛林医生时就没有失控，关键还是看他自己是否愿意。我当时认为，他会在洛林医生的下巴上狠狠来上一拳，那样才符合我的预期，然而真正过分的反而是洛林医生，韦德虽然有些火大，但相比之下他更显得守规矩。

可是他的不过分仅仅意味着别人在他的屋子里当着一大群客人的面用手套抽他的脸，以此来控诉站在他身旁的妻子的不检点。韦德的表现相当出人意料，可以说非常绅士，当然，这是拿刚刚从宿醉中醒来，还不太稳定的酒鬼的标准来衡量的。其实他喝醉后是一副什么样的狗德行，我从没有见过，我甚至没有证据证明他是个酒鬼，连他喝酒都没见过。这中间的区别是什么呢？正常人只是偶尔烂醉如泥，醒后就什么事都没有了，而一位名副其实的酒徒，无论醉不醉都和正常人不一样。你会觉得好像从来没有认识过他一样，根本无法揣测他下一步会干什么。

身后传来脚步声，落地轻柔，艾琳·韦德款步来到露台上。她在我边上的另一张躺椅上坐下来，却浅浅地坐在椅子的边缘。她轻声问道："你在想什么？感慨万千？"

"你是指那位手套侠的事？"

"当然不是。"她微微蹙眉，云淡风轻地笑了笑，"充其量，我不太喜欢那种玩闹方式。看得出，医生的医术相当高明。在山谷里，他跟一大半的男人都那样闹过，见怪不怪。我实在不理解为什么洛林医生会怀疑琳达·洛林红杏出墙，她看起来不像水性杨花的女人，相貌不符，言行举止也不符。"

我说："没准儿他以前也是酒鬼，只不过被治好了。有许多有过那种经历的人，后来变得像清教徒一样严于律己。"

"有这种可能。来到这里让人感觉宁静，"她看向湖面，"要是作家也可以快乐生活的话，这里就是作家最理想的乐园。"她扭头看了看我："没想到你拒绝了罗杰的请求。"

"韦德太太，我的那点儿雕虫小技对他不会起作用的。我早跟你解释过了。不可能那么凑巧，他一有需要我就在跟前。除非我每分每秒都跟在他屁股后头，显然这是不可能的，哪怕我是个无业游民，也做不到这一点。举个例子，没准儿他会在我一厢情愿认为他很正常的情况下突然间发作呢？你知道我不可能把发作征兆判断得那么清楚。"

"可能以后会渐渐好起来吧。"她看着自己的手说，"等他完成他的写作以后。"

"他能否完成不是我能左右的。"

"问题的关键是他觉得你能，所以你就是他的定心丸。"她张开双臂，把手放在椅子两侧的边缘，仰起头，身体微微向前倾斜，"不知我说的对不对，你觉得一边在我们家做客，一边又拿我们给你的报酬，让你有心理障碍？"

"他真正需要的是一位心理医生，韦德太太。你有认识的医生吗？我是指正规、专业的那种。"

"心理医生？"她好像吃了一惊似的，"有这种必要吗？"

"我可以提供一些不太专业的意见，如果你想听的话。"我把抽完的烟灰从烟斗了磕出来，拿着烟斗静静坐着，好等待它冷却下来后装回口袋，"他自认为之所以酗酒，是因为有一个秘密潜藏在他的心底，不过到底是什么却查不出来。可能是曾经犯下的某个罪行，还可能牵涉别的人。他想要借助醉酒去寻找真相，就像他那样，醉到只有真正的酒徒才能达到的境，因为他怀疑秘密就发生在他喝醉酒的时候。他正在干一件心理医生该干的事，目前看来的确干得有模有样、有声有色。当然，要是这个假设是错误的，他杜撰出一个所谓的'秘密'，压根儿就是为自己的酗酒找借口，那就另说了。或许是因为他的作品写不下去了，所以用醉酒来当没办法完稿的幌子，他故意把自己灌醉，或者他无法控制自己。换句话说，他因为脑子里一团糟，所以没办法完成作品——这是普遍案例，但也可能因果要互换一下。"

"不不不，罗杰极富才情，我认为他会创作出一部最好的作品。"

"我已经说过了，这只是不专业的意见。"我说，"你前些日子跟我说，他不再爱你这个做妻子的了，结果可能恰恰相反也说不定。"

她望向屋里，而后又转过身来，把屋子抛在背后。我望了一眼，韦德在门里站着，正看向我们。他见我向他看去，便转身向吧台那边走去，走到吧台后面取了一瓶酒。

她的话变得有些急促，说道："我从不阻拦他，阻拦也没用，有什么用？现在我觉得你的话是对的，马洛先生。他自己要是不想戒酒，谁都拿他无可奈何。"

"如果换一个角度去看呢？"我的烟斗已经冷却了，我把它收起来，"我们现在只是摸索抽屉的后面。"

她简单明了地说："他是我的丈夫，我爱他，这种爱有别于情窦初开的少女，但爱就是爱。情窦初开的爱，每个女人一生只有一次，而我的那个他，已经死了，死于战争。说起来也挺巧合的，他的姓名缩写和你的一样。偶尔我还是不肯相信他真的死了，起码还没有找到他的尸体，但这已经无关紧要了。或许很多人都像我一样，有的时候……"她久久地盯着我，眼神里带着一种审问，"我会趁着深夜，寻一个宁静的鸡尾酒吧，或者星级酒店，行走在走廊上，或者坐在大厅里，或者在黎明前、深夜里踏上一艘轮船的甲板，在上面慢步行走——当然，我并不是经常去这些地方——因为我总觉得在某一个幽暗的角落，他还在等我。"说到这里，她眼眉低垂，停了下来，许久后才又说道，"我是不是很傻？连我自己都觉得无地自容。那种爱，刻骨铭心，一辈子只有一次，如梦如幻，如回归原始，如进入神圣国度。"

说完这些，她静静地望着湖水，久久不语，黯然神伤。我转头看向屋里，敞开的落地窗里，韦德端着一个酒杯静静地站在那儿。我扭回头来再去看艾琳，发现我已经从她的眼睛里消失了。于是我离开躺椅，向屋里走去。韦德端的可能是一杯酒精度很高的酒，虽然只是站在那儿，但眼神变得很可怕。他咧了咧嘴，说道："马洛，能教教我吗？你是怎么勾搭上我老婆的？"

"如果你指的是抛媚眼儿、送暗号什么的，我只能说你想多了。"

"我指的就是这个。几天前的那晚，你亲了她。兄弟，虽然我也承认你有股子魅力，但你千万不要以为你是闪电侠，能快速得手，把大好时间用在别处吧。"

我本想不跟他计较，想从他身边绕过去，可他却挡住了我，他的肩膀倒是挺硬朗的："兄弟，请留步。我们家就缺个私人侦探了，要是你住在附近，那可太棒了。"

我说："我不适合待在这里。"

他举起酒杯，灌了一口，放低杯子，眼睛斜视着我，我说道："你觉得这话太敷衍，是不是？再多给自己一些时间吧，抵抗力会越来越强的。"

"哦，老师，您是重建人格的行家，一颗冉冉升起的明日之星，是不是？您怎么可能会愚蠢到把时间浪费在教育一个酒鬼上呢？我的好兄弟，酒鬼是分裂繁殖，不是爹生娘养出来的。整个过程，有一部分是特别有趣的，有一部分就太可怕了。"他又灌了一大口，酒杯快见底了，"抱歉，让我引用洛林医生——那位拎着小黑皮包的狗杂种的一句经典语录——马洛，离我老婆远点儿！我知道你喜欢她，你想要占有她，大家都想，谁不想呢？你还想嗅一嗅她那如玫瑰一样馨香的回忆，你还想对她的梦想了如指掌，或许我也想——但是兄弟，千万别这么想，真的，永远别有这种念头，你什么都得不到，无边的黑暗和无尽的孤独才属于你。"

他把酒杯翻过来——他的酒杯终于空了，他说："就像这样，里面什么都没有，真的，马洛，我比谁都清楚，里面是空的。"他把酒杯放在吧台边缘，拖着笨拙的身子走到楼梯底下，只上了大概十二个台阶，就停了下来，靠在栏杆上，手也抓着栏杆，面朝我露出一个苦涩的笑容，"马洛，别生我的气，刚才那不过是被人们用烂了的折辱。你是个好人，我不希望你惹上麻烦。"

"什么麻烦？"

"她的情窦初开的心上人，兄弟，你敢肯定她曾经抽空研究过如何让她的心上人变得如鬼魅一样时不时出现的魔法？他在挪威失踪了，你不想莫名其妙失踪吧？你是我聘请的私家侦探，只我一个人有权使用。你把我从光怪陆离的原始迷宫塞普尔维达峡谷救了出来，要是你失踪了，就像那个喜欢喝青柠汁的家伙一样，我会多么难过啊。"他摊开手掌，掌心贴在被磨得光溜溜的木质扶手上一圈一圈地摩挲着，"他变成了影子，不，他连影子也没有了，很多时候我们不禁怀疑，是否真的存在过这样一个人。你来判断一下，有没有可能是她因为缺乏玩具而凭空杜撰出来解闷儿玩儿的？"

"我不知道。"

他脑袋一低，一边咧嘴用半边脸苦笑，一边抬眼看着我，两条眉毛间隆起深深的沟壑："是啊，鬼才知道呢，没准儿她自己都糊涂着呢。玩具旧了，宝贝儿玩它玩得太久了，宝贝儿腻了，宝贝儿想撒手离开了，于是就说声再见。"他转身朝楼上走去。

坎迪走进屋子，走到吧台那儿收拾起来，看看酒瓶里有没有酒，把玻璃杯放在托盘上，我一直站在那儿，他也一直没有理会我，起码我是这样觉得的。

"先生。"不大一会儿，他忽然开口说道，"浪费可耻，这瓶还有一杯没喝完。"他拿着一个酒瓶冲我举了举。

我说："那你喝了它吧。"

"先生，是这样，它不合我的口味。我最多喝上一杯啤酒，啤酒也只一杯的量，绝不贪杯。"

"你是聪明人。"

他瞪大眼睛说："屋子里只有一个酒鬼就够了。我的英语凑合着能听吧？"

"挺好的。"

"不过我的思维是西班牙式的。小鬼，老板不需要外人，他是我的人，我照顾他足够了，听清楚了吗？"

"老鬼，你真能干！"

接着一句西班牙语"横笛之子"从他的牙缝里挤出来。他把放满东西的托盘端起来，像餐厅服务生那样，用手托到肩膀上。

只剩我一个人了，我向门口走去，西班牙语中"横笛之子"为什么会是一句骂人的话呢？想不明白，当然我也不会在这种问题上纠缠太久，我脑子里已经够乱了。韦德家的麻烦不是出在酒精上，醉酒不过是为了掩饰别的问题而出现的。

当晚，大概九点到十点那会儿，我给韦德家打了个电话，但是听筒响了八声，都没有人接听。我刚放下听筒，把电话挂掉，电话却响了。艾琳·韦德回拨了过来，说道："我刚准备泡个澡呢，听到电话铃响，我猜应该是你。"

"猜得没错，韦德太太。不是什么大事，我临走前发现他——罗杰喝糊涂了，这会儿我觉得我多少应该负点儿责任。"

她说："他睡下了，没什么事。他是不是跟你说了些没必要的话？问题应

143

该出在洛林医生身上，他其实并不如表面上看起来那么满不在乎，所以要借酒消愁。”

“他只是说他累了，想休息。我觉得不算是废话。”

“那好吧，如果真的只说了这些的话，确实很合理。感谢你打电话过来，马洛先生，晚安！”

“我是说他说过这样的话，并没有说他只说了这些。”

电话那头沉默了片刻，而后说道：“谁都有一些愚蠢的想法，罗杰的想象力尤其发达，比常人丰富得多，所以马洛先生，你不要跟他计较。他可能是身不由己呢。上一回的事还没有结束，他这么快就又开始喝酒了。你就当什么都没听过吧。他是不是还用粗鲁的方式对待你了？我了解他。”

“没有，他很有分寸，一点儿都不粗鲁。你的丈夫‘一日三省吾身，反躬自问’，是位了不起的高人，平常人可没有这种悟性，俗人宁愿花大半辈子时间去保护他们从未有过的尊严。韦德太太，晚安！”

她挂断电话。我在烟斗里填满烟丝，摆上一盘棋，瞅瞅棋子是否有划伤的或松扭的，一切就绪后，曼宁金和戈尔特查克夫展开了一场生死搏杀。杀到第七十二步，依然难分难解，常胜将军遇上了啃不动的硬茬儿。这种有预谋无收获的战争，虽不见兵戈甲胄、血肉横飞，却远比广告公司外司空见惯的诸多场景都要消耗脑力。

25

接下来的一个星期，我成天无所事事，偶尔会离开办公室去做一些根本算不上生意的生意。这一天，乔治·彼得斯一大早就从卡恩机构打来电话，说他外出办事的时候恰好经过通往塞普尔维达峡谷的那条路，出于好奇心就跑到韦林杰医生的疗养院瞧了瞧，结果发现那里只有五六个土地勘测工作组正在商量着划分地皮的事，韦林杰医生早就搬走了。甚至他向人打听时，他们连韦林杰医生的名字都没听过。

彼得斯说：“那个可怜的家伙把饭碗儿给弄丢了，就因为一张财产信托证书。我后来调查了一下，他把放弃财产权的证明书交给他们，他们只给了他一张一千美元的钞票。真是一笔廉价的交易，而且快得不可思议。那块地皮已经被人划分为建筑用地了，一转手就净赚百多万。唉，好多时候，我都觉得做买卖和犯罪也就这点儿区别——稍微有点儿本金的交易，就荣升为商业行为了。"

"嗯，慷慨激昂、义愤填膺、疾恶如仇，这番演讲精彩绝伦！"我说，"但是我还是想说，犯罪也是有本金参与的。"

"哥们儿，你倒是说说你哪只眼看到有本金了？土匪从酒肆里抢劫来的？挂了，回头见。"

星期四晚上，十点五十分左右，我接到了韦德打来的电话。他的声音急促，呼吸沉重，嗓子一阵阵发出咯咯声，说话含混不清，好在我还是听出了他是谁。

"马洛，我快坚持不住了，你可以来我家一趟吗？快点儿，我真的不行了。"

"好吧，我先跟韦德太太了解一下情况。"

可是我没有听到他的回应，只听见电话那头传来叮咣乱响的杂音，而后就沉寂了，又过了好一会儿，我又听到咣当作响的撞击声。我对着电话扯着嗓门儿吼了一通，对方依然不说话。

时间缓慢而静谧地流逝着，最终，一声听筒放回电话机的撞击声传来，电话挂断，只剩下断线后的嘟嘟声还在响着。

仅仅过了五分钟，我就在路上了，差不多半个小时左右，我就到了他家。现在回想起来，连我自己都不信。

我像飞一样，从狭窄的路口冲过去，直奔前方的光亮，拐上文图拉大道，一个左急转弯，而后我的汽车就在大型货车的派对中一个劲摇头摆尾，险象环生。飞跃恩希诺时，汽车时速六十英里每小时。为了避免行人突然闯到车前，我让聚光灯紧贴着路旁停靠的车辆。那天一定是幸运女神保佑我，一路都没有碰见警察，没听到警笛，没遇上红灯，看来人只有在豁出一切或破罐子破摔的时候，才会获得幸运女神的眷顾。反正那一路，我满脑子都是"韦德家正在发生糟糕事件"——她跟一个醉酒的狂徒待在一起；她把自己反锁在房间里，外面的人如野兽一样咆哮，疯狂撞门；她倒在楼梯下，脖子被扭断了；她光脚跑到洒满月光的水泥路上，"哇呀呀"后面有一个高大威猛的黑鬼拿着把菜刀追着她狂砍……

我的汽车冲进他们家的车道，大门敞开，房子的里里外外都亮如白昼——然而事情跟我狂想出的那些有些出入——她嘴里叼着一支烟，完好无恙地站在门口，穿着一件低领衫和一条松松垮垮的长裤。

我跳下车，穿过石板路向她走去。她一脸平静地望着我，我看不出她有一丝一毫激动的神情，如果硬要说有，是从我来到后出现的。

"我记得你不抽烟。"我脱口说了一句低智商的话，接下来我的一举一动都非常低智商。

"你说什么？"她问道，而后把烟拿到手里，看了一眼，"哦，我平常确实不太抽。"她把烟从手里丢出去，踩灭了。"隔很长时间才抽一次。他给韦林杰医生打电话了。"她说得非常平静、轻松、悠然，声音像是从水底传上来的一样缥缈。

"不，他是给我打的。"我说道，"韦林杰医生已经从那里搬走了。"

"哦，原来是这样，我听到他要求电话那头的人快点儿过来，就想当然地以为是韦林杰医生呢。"

"他呢？"

她说："大概是从椅子上摔下来撞破了头，流了一点儿血，不多。估计是靠得太往后了，以前也有过这种事。"

我说："那应该事情不大，流不了多少血，那你告诉我他现在在哪儿？"

她板着脸，伸手指了指："在那边。围墙边的灌木丛里，或者路边，或者其他某个地方，都有可能。"

"你没有去看看他吗？上帝啊！"我低头看她，觉得她是吓坏了。我转身往草坪那边望了望，却什么都没有看见，围墙那边完全被黑暗遮挡着。

她很淡然地说道："是的，我没去看他。我受够了，以前我竭力忍受，不可忍的也忍了。算了，你去找他吧，快去吧。"

她转身朝敞开的屋门走去，然而刚走进屋里，她就突然软软地倒在了离门口只有一码左右的地方，躺在那儿不动了，我赶忙过去把她搀扶起来。屋里有一个长长的浅颜色茶几，茶几的两侧各有一张沙发，我扶着让她平躺在一张沙发上，摸了摸她的脉搏。脉搏很平稳，也不弱，但是她的嘴唇却一点血色也没有，双眼闭得紧紧的。我留下她在那儿，自己出了屋子。

韦德的确在她指的那边，在一片芙蓉花的阴影下侧身躺着。他的脑袋后面湿漉漉的，呼吸很不正常，脉搏急促。我一边轻轻摇晃他，甚至还在他脸上拍了两巴掌，一边喊他醒来。他呻吟了几声，却没有清醒过来。我连扶带拖让他坐起来，而后把他的胳膊架在我的肩上，让他的身子伏在我的背上，伸手去抓他的一条腿，想把他背起来，可是他就像块水泥板一样，令我脱手了。

我和他都坐倒在草地上，我打算缓口气后再试一次，可最终只能用消防员经常采取的拖拉搀扶姿势把他拖出草坪，拖向那扇敞开的前门。区区几步路简直就像到暹罗打了个来回。过门廊的时候，那两段台阶路我感觉好像有十英尺那么高。好不容易我才把他弄到沙发跟前，期间不知打了多少趔趄。我跪在沙发前，让他从我背上滑下来，我往起站的时候，怀疑我的脊椎是不是断了三几处。

屋子里已经没有艾琳·韦德的身影了，我也懒得去想她去了哪里，我累得像死狗一样，一屁股坐在了地上。我查看了一下他的情况，先是观察他的呼吸，然后看了看他的后脑勺。血不光流遍了他的头皮，头发上也黏得到处都是，以生活经验来判断算不上太严重，但是毕竟是头部受伤，什么样的可能都有。

艾琳·韦德悄无声息地出现在我们旁边，居高临下地瞅着他，神情冷漠。她开口说道："我刚才不知怎么回事，突然晕倒了，麻烦你了。"

"我看，保险起见，还是赶紧叫个医生吧。"

"我给洛林医生打过电话了，他是我的私人医生，但是他不愿意过来，想必你不会惊讶。"

"那就找别人吧。"

"不用，虽然他不愿意过来，但是他会来的。等他放下手头上的事，会立马赶过来的。"

"怎么不见坎迪？"

"今天周四，他放假出去了。这是惯例，每个星期四坎迪和厨师都放假休息。"她说，"麻烦你把他扶到床上吧。"

"我一个人可弄不动他，先拿条毯子过来给他盖上吧，小地毯也行。今晚挺暖和的，唯一的麻烦是，这种情况很容易引起肺炎。"

她主动承担下了拿毛毯的事。我觉得，她简直就是万里挑一的好女人。我刚才费了那么大力气把一个人弄回来，累得够呛，头脑不太好使唤。

我们把一张轮船躺椅上用的毯子给他盖在身上。等了大约十五分钟，戴着一副无框眼镜、衣领僵直的洛林医生赶来了。从他的神情来看，你会以为他是被强制叫来给一条狗做卫生清理的。

"脑震荡的可能性不大，表皮伤，有青肿。"他一边给韦德检查脑袋，一边说道，"通过呼吸，足以说明一切问题了。"说完他就拿起皮包和帽子，嘱咐道："给他清洗一下头上的血迹吧，别太使劲。然后让他睡一觉，别让他受冷，醒来就没事了。"

我说道："医生，还是把他扶到楼上吧，不过我一个人不太好弄。"

他冷漠地扫了我一眼："那就别管他。韦德太太，再见。我从不医治酒精中毒的患者，这你比谁都清楚。退一万步讲，我就算肯医治这种病人，你的丈夫也绝不在其列，你明白为什么。"

我说："我没有说让你医治他，我只是请你帮个忙，帮我把他弄进卧室里。接下来给他脱衣服就用不着你了。"

洛林医生冷声问道："你是哪位？"

"上周我们见过，你老婆帮我们介绍过，鄙人姓马洛。"

"哦，事情越来越好玩儿了，你是怎么认识我老婆的？"

"拜托，这不是很重要吧？我不过是想让你……"

他打断我，说道："你怎么想跟我毫无关系！"他转身向艾琳点了下头，就朝门口走去。我立马过去把门挡住，我背对着门说道："医生，让我说几句话可以吧？看来你很久没有读《医生就职誓言》了。这家人的用人放假，我没办法一个人把韦德扶到楼上。我告诉你，我家住在离这儿很远的地方，但是一听到这个浑蛋在电话里说他情况很糟糕，我就不惜多次违反本州的交通规则，风尘仆仆地一路飙了过来。后来我看见他倒在地上，费了九牛二虎之力才把他弄进屋里，不管你信不信，这家伙绝不像一把羽毛那么轻，你都不知道他有多沉。你现在就没点儿别的什么想法吗？"

他咬牙切齿地说："滚开！或许我应该给警察局打个电话把警察召来管管你，我以专家身份……"

我把门给他让了出来："好一位专家，烧成灰的跳蚤都比你强一万倍。"

他气得哑口无言，那张脸以一种缓慢而明显的速度涨红起来，他开门就走了出去。但关门的时候却像慢动作一样，凶神恶煞似的从门缝里盯着我，让我大开了一回眼界。

我依旧站在门口，转身看艾琳的时候，发现她正一脸微笑，我情不自禁地地冲她吼道："很可笑，是吧？"

"你已经语无伦次了，我说得不对吗？你忘了那天洛林医生在这里的情形吗？"

"我记得，而且我今天看清了他的真面目。"

"我出去一下。"她看了一眼手表，"坎迪差不多该到家了，他住在车库后面的房间里。"说完她就从拱门里走了出去。

我一屁股坐下来，回头瞧了下韦德，我们的大作家正鼾声如雷。他被身上的毛毯捂得满脸大汗，不过我懒得去管。过了一小会儿，艾琳回来了，身后跟着管家坎迪。

26

这位墨西哥大管家梳着一个大背头，涂抹了发霜、发油或别的什么玩意儿，又浓密又光亮。他身上穿着一件黑白相间的格子衬衫和一条黑色的细褶长腿裤，腰上没系皮带，不过脚上倒是蹬着一双锃光瓦亮的鹿皮材质的黑白双色鞋。他看见我后，向我弯腰行礼，说道："先生！"

我感觉他的这一礼像是在嘲笑我一样。

艾琳说道："坎迪管家，需要劳驾你了！韦德摔伤了，请你搭把手，帮助马洛先生把他搬到楼上去。"

"好的，太太。"坎迪微笑着说道。

艾琳又对我说道："你要是还需要什么，就吩咐坎迪去办。很抱歉，我感觉特别累，先上去了。"

她步履轻盈地向楼上走去，我和坎迪都一眨不眨地望着她，他忽然阴阳怪气地说道："她就像个洋娃娃一样！你今晚打算住在这儿，对吧？"

"我没这打算。"

"唉，那太遗憾了。美人要孤枕而睡了。"

"老色鬼，你的眼珠子都快瞪出来了，帮我把这位搬到床上去。"

"醉成这样了，真让人心疼。"他看着沙发上呼噜声此起彼伏的韦德，带着一脸悲伤，如发自肺腑一般地轻声说道。

我说："你抬脚脖子，这可是一位灌得烂醉如泥的巨型母猪。"

我们把这家伙抬起来，虽然重量分摊到两个人的身上，但依旧像灌满铅的棺材那么沉重。把他抬上了楼梯顶层后，又沿着一道露天阳台继续往前，坎迪忽然向着就要走过去的一扇门扬了扬下巴，鬼声鬼气地说道："夫人就住这间。"

那扇门紧闭着。

他又说道："你用轻柔的动作去敲敲门，她或许会让你进去呢。"

我没有理他，因为我现在需要他出力。我们从那扇门前走过去，抬着醉成死猪的韦德进了一间屋子，把他往床上放的时候，几乎像扔一样。而后，我一拳打向坎迪的肩窝。那个地方用手一掐就会很疼，我当然要挑弱点出招了。他的脸色顿时成了猪肝色，立马就想后退，但我怎么会让他如愿？我说道："老色鬼，说出你的名字来，我从不跟没有名字的人打架！"

他大喊道："放手！我是智利人胡安·加西亚·德索托犹索托－马约尔！不要叫我色鬼，你把我当墨西哥偷渡客了吗？"

"好吧，老流氓！身为仆人，竟敢用鼻子和嘴巴舀大粪污蔑你家主人，今天就让我给你长长记性，让你明白做仆人的本分。"

熊熊怒火从他的黑眼珠里喷薄而出，他一下子挣脱了我的手，趁机后撤一步，伸手从衬衫里摸出一把又细又长的飞刀。他倒持飞刀，刀尖贴在手掌跟部，而后手一松，刀悬空，他眼皮都没撩一下，就"嗖"地一下，一把抓住了刀柄，简直利落极了。而后他手臂一弯，飞刀齐肩，手臂和手腕猛地伸展，飞刀就"嗖"地飞了出去，"砰"的一声钉入了木头窗框上，刀柄犹在嗡嗡颤动。

"先生，管好你自己就行，别没事找事，你不是我的对手。"他冷笑道。

他的身形极为轻便，移步走向房间对面，一把将插在木框上的飞刀拔出，随手向半空一抛，脚尖点地，身体飞旋，反手便将飞刀接住，飞刀如泥鳅一样钻进了他的衬衫里。

我说："刀子倒是耍的有一手，不过是花拳绣腿，没必要显摆。"

他一脸讥笑，朝我走来。

我说道："看我怎么让你心服口服！"我扣住了他的手腕，向后一拽，就在他身形晃动间，我已来到他的背后，顺着他肘关节的方向，屈臂向上一提，而后前臂不动，肘部上抬，如杠杆一样，力道全部压在了他的肘关节上。

我说道："看来'飞刀坎迪'要闭关疗伤几个月了。只要我稍一用力，只那么一下子，你就会听到'嘎嘣'一声。别怀疑，那声音来自你的肘关节。假如我用的力气再大一点儿，你这辈子都别想再用刀了。那么现在，乖乖替你的主人脱鞋吧。"我松开他。

他咧了咧嘴，说道："手法不错。我记住了。"

他转身正要给韦德脱鞋时，忽然停住了，问道："谁把老板刺伤了？"他看到了枕头上的血迹。

我说："老兄，反正不是我，是他自己摔倒把脑袋撞破的。医生已经看过了，伤口很浅，不碍事。"

坎迪松了一口气，又问道："他摔倒时你在场？"

"我是在那之后才来的，看不出你对他还挺忠心。"

他没有接话荐，伸手继续去脱韦德的鞋子。之后我们把韦德的衣服一件件脱下来，坎迪找来一套绿色配银色的睡衣，又合力给他穿上，把他弄到床上，给他盖好被子。坎迪一脸悲戚地看着床上鼾声如雷、一个劲冒汗的韦德，摇了摇头。他那颗脑袋可真是油光发亮啊。

"他需要有人照顾，我去换件衣服就来。"他说。

"还是我来吧，你去睡觉吧，必要的话我会叫你的。"

"那你最好照顾好他，一丝纰漏都不能出。"他正对着我，语气平缓地说道。

等他走后，我去盥洗室拿来一条厚毛巾和一条洗脸巾，稍稍翻转韦德的头，把厚毛巾垫在枕头上。我怕把他弄得再次出血，在替他擦拭头上血迹的时候，可谓极尽轻柔。他头上的伤口十分整齐，约有两英寸长，不过划得并不算太深，只要缝几针就好，甚至连缝针都有些小题大做，根本用不着，洛林医生倒是没有说谎。

我打算用药和胶布把伤口贴一下，所以翻找出一把剪刀，把一些碍事的头发给他剪掉。做完以后我就把他翻了过来，让他仰躺在床上，好替他擦拭脸上的血迹。我想我压根儿就不该自找麻烦。

他忽然睁开眼睛，一开始迷迷糊糊的，找不到焦点，后来就慢慢有了神采，自然看到了站在床头边的我。他嘴巴了动，听不清说什么，同时抬手去摸头上的胶布，等摸到胶布后他的声音立马就清晰了："我被打了？你干的？"

"你自己摔倒弄得，别人没空打你。"

"摔倒了？在哪儿摔倒的？啥时候？"

"你给我打电话的时候，我在电话里听见了你跌倒的声音，我猜事发地点也是在那儿。"

"我给你打电话了？好兄弟，你还真是随叫随到，你说是吧？"他勉强笑了一下，"现在什么时辰了？"

"半夜一点多。"

"艾琳在哪儿？"

"因为你，她累瘫了，休息去了。"

他的眼神中浮现出痛苦之色，沉默下来，像是在回味我的这句话，过了一会儿他开口说道："我是不是又……"他不敢往下说了。

"如果你想问你是不是又对她动手了，应该没有——如果我了解的情况属实的话。"我回答他说，"你晕倒在了围墙跟前，可能是想到屋子外头冷静一下。好了，睡觉吧，不要问东问西了。"

"睡觉？那是什么感觉？"他像一个背诵课本的小孩子那样，平静而缓慢地说道。

"有药没有？吃上一粒或许管用。"

"床头桌的抽屉里有。"

我拉开抽屉，里面放着一个塑料瓶，装着些红色的胶囊——一点五克剂量的西康诺，但这是洛林医生给韦德太太开的药。洛林医生，那个混账玩意儿。

我从药瓶里倒出两粒，又把药瓶放回去，他说只要吃一粒就够了。我从床头桌上端起暖水瓶，给他倒了一杯水，他就着一小口水把药服下去，而后又躺下来，呆呆地望着屋顶。我坐在椅子上瞅着他，过了好长时间这家伙也没有睡着，他忽然慢吞吞地说："马洛，帮我一个忙吧。我忽然想起一件事来，你去打字机的盖子下帮我把那页纸撕下来。上面写了一些乱七八糟的话，我不想让艾琳看见。"

"没问题，你关心的只有这个？"

"艾琳怎么样？她真的没事吧？"

"没事，她就是太累了。我真不该对你说这句话。韦德，你别胡思乱想，该怎样就怎样吧。"

他像是梦呓一般，声音里透着一股困意，说道："听，有人说别胡思乱想了。爱恨都不想了，不做梦了，不伤脑筋了。亲爱的王子殿下，晚安。把那一粒药也给我吧。"

我又倒了一杯水，把药拿给他，他服下后又躺下来："马洛，麻烦你了，我写了一些不想让艾琳看见的东西，你……"

"你已经说过一遍了，交给我吧，你睡你的。"

"那太好了，真的，你在我身边，太好了，谢谢你。"

屋子一下静默下来，他的困意越来越浓了，过了好久——

"马洛，你杀过人吗？"

"杀过。"

"什么感觉？难过吗？"

"有的人挺酷爱它的。"

他闭上眼睛，片刻后又睁开，不过眼皮越来越涩："不可能吧？"

我保持沉默。他不由自主地慢慢闭上眼睛，就像剧院落下幕布的那一刻，呼噜声响了起来。我稍微又等待了片刻，见无异状便把灯光调暗，而后出了屋子。

27

我经过艾琳的房间时，竖起耳朵站在那儿听了片刻，里面没什么动静，静悄悄的，所以我就没有敲门去打扰她。她丈夫的情况，她比谁都清楚，肯定能自己解决的。下楼以后，客厅里一个人也没有，然而所有的灯都开着。我留下几盏，把剩下的全关了。出了前门后，我就站在门口望着二楼的阳台。阳台由几根露在外面的横梁支撑着，下面就是客厅空荡荡的中间部分，客厅的这一段跟房屋的墙壁一般高。阳台很宽阔，两端都有大约三点五英尺高的护栏。护栏看起来很结实，立柱和顶杆全都是四棱柱形的，跟横梁很搭配。一道方形的对开拱门将客厅一分为二，拱门上装有百叶板。我估摸着，用人住的房间应该在餐厅的正上面，因为二楼的这个地方砌了一道隔断墙，想必厨房里也有一道楼梯，能够直通二楼。韦德房间的下面是书房，不过并不是正对着的。从这里看，能够看到从他未关的房门里照射出的灯光，灯光照到门上，又反射到天花板上，所以门口那一块儿的天花板看得很清楚。

之后我仅留下一盏灯，把其余的灯全部关掉，向着书房走去。书房里也亮着灯，有两盏，不过门紧闭着。其中一盏灯在书桌上，带有灯罩。皮质沙发的一头是一盏落地灯。桌案的灯下有一个放打字机的架子，打字机的旁边堆着一沓沓黄纸，放得很随意。我在一张带有衬垫的椅子上坐下来，开始扫视这间屋子，他究竟是怎么把自己的脑袋撞破的？我起身走到书桌后的那张椅子跟前，坐了下去，左手边就是电话机。我用力靠了靠椅子，发现弹簧的弹力并不是很大，如果真的是后仰得太厉害了，那么可能会把头磕到桌子角上？但是我用湿手绢在木边儿上抹了一下，发现一点儿血迹都没有。

放在这张书桌上的东西特别多，其中有两个大象青铜雕像，铜象中间竖放着一排书。另外还有一个墨水瓶，玻璃质的。我伸手在墨水瓶上摸了一把，同样没有一丁点儿血迹。我猜我不可能找出异常线索，因为假如他的脑袋是别人打的，那么所使用的工具就不一定还留在书房里。更何况，未必有第二个人在场，只为给他来那么一下。我起身把屋顶的吊灯拧开，所有角落都亮起来。墙边倒着一个四方形的金属废纸篓，废纸团滚了一地。我找到答案了，原来这么简单。纸篓没有长腿，自己是不会乱跑的，它倒了，肯定是人踢倒的或推倒的。

我用湿手绢在纸篓的一个角上擦拭了一下，果然有暗红色血迹。一切水落石出了，韦德是自己跌倒的。他的脑袋凑巧撞到了纸篓的一个角上，也可能只是擦了一下，而后他自己爬起来，狠狠踹了一脚这个讨厌的玩意儿，把它踢到了房间的另一边，可能他在做完这件事后还喝了一杯酒。在沙发前的茶几上，放着一个暖水瓶、一个盛放冰块的银碗——不过现在冰已化成水了。还有一个空空的酒瓶，一个还剩四分之三酒量的酒瓶以及一个经济实惠的大型号玻璃酒杯。一杯酒下肚，顿时心情好转，但他看见电话听筒不在话机上了，而是垂在一旁。可他用电话干什么了？他想不起来。所以他就走过去把听筒放回话机上。如今这个时代，我们不过是一些小机器的奴隶，比如电话，一看到它就有急迫感，想要做点儿什么，它令我们爱恨交加，并深深畏惧。他对电话就从来都很敬畏，哪怕喝醉酒了也不敢对它不敬。电话是神圣之物。没错，这一切都说得通。

　　一个脑袋清醒的人一般会先冲听筒说上一声"哈喽"，等确定没有连通才会挂掉，但是一个摔倒了且撞破脑袋的醉鬼就未必会这么干了，他才管不了那么多呢。当然，也可能是他老婆听到了他摔倒的动静以及金属纸篓撞在墙上的响声，而后赶过来了，是她把电话挂掉了。这时候他也该酒劲儿上头了，所以就趔趔趄趄地出了屋子，穿过草坪，走到我找到他的那个地方潇洒地晕了过去。所以之后某些人来找他，好比那位韦林杰医生——他可真是一位善良的大好人，他也不记得了。这样解释合情合理，起码眼下还没有出现太大的破绽。

　　至于他老婆那边——她没办法跟一个醉鬼讲道理，有可能连尝试一下都不敢，所以多半是心慌意乱、手足无措，她只能喊个外人过来帮忙。那她就打电话吧，谁让用人不在家呢？所以她就打给了那个人——尽管她什么都没说，但我刚开始还以为她是在我来了之后才给洛林医生打的电话呢。可是再往后就不太合情理了，她起码应该找到他，看看他的伤势怎么样，可以的话再照顾他一下。然而我看到她时，她正在门口抽烟，连他在什么地方都一问三不知。当然，我去搀扶他的时候可是拼尽了全力才办到的，而她没那么大力气，况且现在是夏天，夜里也挺暖和，让他在外面的地上睡一会儿也没啥大不了的。

　　我无法想象她当时担惊受怕的样子。你能想象得到吗？她不愿意走近那个危险分子。她刚刚走进屋子就晕倒了，而且我刚到的时候她还对我说过："能忍的我忍了，不能忍的我也忍了，麻烦你快点儿去找他吧。"

　　可我感觉还是有什么地方说不通，不过我只能暂时压下念头。

　　如果我做以下假设呢？

　　屡次的教训告诉她，这种状况下，除了听之任之，别无他法。所以她就不

154

管他了，随便他怎么样，比如让他昏睡在地上，静心等待某位仁兄带上医疗器械来救治他。

应该就是这样，可还是不对劲。

她说她太累了要先回房间去睡觉了，把他交给我和坎迪，当时我为什么会感到一阵忐忑不安呢？难道是因为她说的话？她说她爱她的丈夫，他们已经共同生活五年了，虽然他喝酒后会变得很危险，她必须躲得远远的，但他清醒的时候是非常好的一个人——管他呢，也许吧。

但是我心里还是忐忑。她不应该站在门口抽烟，假如她真害怕他的话。她也不应该晕倒，假如原因单纯为孤独无助、无地自容、不屑一顾的话。这里面必定有猫儿腻。难道与另外一个女人有关？比如琳达·洛林？并不是没有可能。她最近知道了这件事情，洛林医生在大庭广众之下发难，可见他笃信事情确凿。

我没有再继续思考下去，而是去把打字机的盖子揭开。受人之托，需毁灭一件不能让艾琳看见的事物，好在东西还在，就是那几页黄色的纸稿。我决定略窥几眼，于是把它放到沙发上，以酒助兴再好不过。我把高脚杯清洗了一下——书房的一侧就有几样不成套的清洗设备。而后我坐到沙发上，一边看打字稿，一边自斟自饮。

上面写的东西很费解，简直就是前言不搭后语，全部内容是这样的……

28

离月圆之夜只有四天，月光在墙上戳出一块斑，它凝视着我，像一只昏花老眼。该死的比喻，真可笑，真滑稽！什么东西都得往另一个东西上联想，呸，作家。我脑壳里装的是稀软的乳霜，还是被搅拌过的那种，没有一丝甜味儿。又来了，比喻，我要吐了。一思考就乱糟糟的。没准儿能吐完呢，总之是要吐的。再给我点儿时间，不要逼我。到床上躺着吧，那才是我该做的。虫子蹿来蹿去，啃啮着我的心。可是有一头黑色的怪兽藏在床底下，它的身体一弓一弓地来回爬着，在床板上撞一下，就害得我吼叫一声。做梦时的吼叫怕什么？没什么好怕的。做噩梦、吼叫，我不怕，可是当我躺回床上，黑色怪兽就又会跑出来，撞击床板，折磨我的神经，我居然因此性高潮了。多么恶心，胜过以往我做的任何一件肮脏事。

感觉身体又脏又臭。腋窝、胸前、背后，黏糊糊的。两只手抖个不停，汗水直流。我得刮刮胡子了。袖子肘弯里皱皱巴巴的地方也是湿湿的。桌子上放着空酒杯，那东西虽然对我没有任何益处，味道也让人恶心想吐，可我还是想来上一杯，这样可能会让我有些精神头儿。我现在倒酒得双手并用才行。来韦德，酒，再来一点儿。可惜，最后我还是睡不着。整个世界都在嘈杂，我被折磨得异常痛苦。

前几天还算有效果，但是后来只剩下反作用了。因为太过痛苦，所以你喝上那么一杯，起初的确能让你感到好受一些，可是越到后来效果越微弱，而副作用却越来越明显了。而后，直到有一天它除了能让你的胃难受外，什么都给不了你了。你不得不给韦林杰打电话，如今只有韦林杰能帮你。所以，韦林杰，我送上门来啦。他可能前往古巴了，要不然就是死了。可怜的韦林杰，老伙计，你是自找苦吃，多半已经被那个婊子给杀死了，一起死在了床上，其实那就是个花里胡哨的二刘子。算了吧，韦德，我们换个地方吧，起来吧，去一个从来没去过、去了就回不来的地方。这句话有语病？管它呢，有什么大不了的，就当是一大通广告演完后短暂安宁一会儿，反正又不指望它赚稿费。

就这样吧，我起来了，一切都按计划办。顶天立地的好男儿来到沙发跟前，跪在那儿，双头抱头把脑袋埋在沙发上大哭一场，然后祈祷。三流的酒徒，自怜自艾，一祷告你就觉得自己一无是处。人家身体没问题的人为了信仰而祷告，有病的人祷告有什么用呢？自己吓自己而已，吓得不知所措。而且你又向谁祷告呢？真是蠢货。别祷告啦，全都是你一手造成的，这个世界是你自己搞出来的，虽然外人可能出了一点儿力，但它毕竟是你自己塑造的。所以你这个蠢货，别他妈祷告啦，起来喝杯酒比什么都好，反正做别的已经为时已晚。

双手并用，拿起来，可以了吧？一滴也没有酒，全都倒进玻璃杯里。加点水可能会更好。要是杯子在手，又不用大吐特吐就完美了。别慌，一点点来，别一次性倒太多。越来越温热，热了，更热了。又只剩下空酒杯了，放回桌子上。要是我能不流汗该多好啊。

我小心翼翼，小心翼翼地放下酒杯，就像把一枝玫瑰插进高高的花瓶里。露水把月光给润湿了。玫瑰上沾有露水，它点点头。老兄，没准儿我也是一朵玫瑰，你看，我也有露水呢。好啦，上楼去，来上一杯高纯度的，然后出发。什么，别这样？随你的便，我不勉强。上楼的时候帮忙带上去。你就等好消息吧，如果我能走到那里的话。要是我上了楼，怎么也该获得奖励吧？就当是自我鼓励，自我安慰，安慰一下我好的那一部分。我爱那一部分，而且不必担心有情敌。

不喜欢楼上？上上下下，两个世界。站在这个高度，心跳得厉害。实际上我依然还在打字机跟前敲敲打打。潜意识就像魔术师一样，要是它有规律地出现和消失该多好啊。哦，月亮简直是神出鬼没！楼上也有月光。难道真的来自同一个月亮？还是说，月光就像月亮的奶水，它会像送牛奶一样及时送货上门。月亮的奶水是永远也——快点儿闭嘴吧，老兄。现在谈月亮合适吗？看你，两条腿罗圈儿成啥样了。这个山谷里的故事那么多，还不够你取材吗？

好安静啊！她睡着了，双膝蜷曲起来，侧卧在床上，可是睡觉难道就不用发出一丁点儿声音吗？安静得太过分了吧？也许……她压根儿就是装睡。也许……她正在努力想睡着。靠近些看看不就知道了吗？要是她从床上滚下来还能帮上忙呢。不会吧？她正在看我？睁着一只眼睛？照常理她应该坐起来，对我说，亲爱的，你病了？亲爱的，我是病了，你说的没错，不过别担心，只要你安好，我生病算不上什么。亲爱的，你还是睡觉吧，像睡美人一样，恬静地安睡，永远也不要记起某些事，根本没有那种可怕的、丑恶的、黑暗的东西接近你，也没有又湿又黏的东西从我的身上粘到你的身上。韦德，无耻恶徒，对你只有三个形容词：下作低劣的作家、无耻的恶徒，不用三个形容词了吧？不会用意识流吗？噢，上帝呀！我扶着护栏往楼下走去，所有的内脏都开始闹腾，好在发誓以后，它们稍稍得到安慰没有就此裂开。脚踩到地板了，我溜达进书房，到沙发那儿歇息一下，起码要等心脏跳得稍微慢些。一看手边是一个酒瓶。可以很肯定地说，韦德永远会保证手边有酒瓶。谁都无法把它藏起来，把它锁起来，谁都办不到。谁都不会说，亲爱的，你还要喝酒吗？你会喝坏身体的，亲爱的，这样的话我从来听不到。侧身睡着，温柔得像玫瑰一样，仅此而已。

我一开始就错了，我根本不应该给坎迪那么多钱。而是应该循序渐进，先从一小袋花生开始，然后提升为香蕉，接着更要保守，这才是真正的开始，一点点地，不徐不疾，永远吊着他。要是你从一开始就养肥了他，他很快就只对闪闪发光的金子感兴趣了。他在这里一天的花销，够在墨西哥花上一整个月的。胆大妄为，下流无耻。然后呢？当他连金子都拿到了，又会怎么样呢？一个贪得无厌的混账，会觉得已经赚够了钱吗？那个眼睛贼亮贼亮的王八蛋，他为什么不去死呢？为什么这种身穿白夹克的蟑螂总是死不了，而一个老好人却要因我而死呢？

去他妈的坎迪，想他做什么，有成千上万种法子把一根绣花针给它搞钝。我永远无法忘怀的应该是另一个人，就像用绿幽幽的火焰烙印在了我的肝脏上一样。真的忍不住了，最好立马给谁打个电话，可给谁打呢？必须尽快，不要等那些粉红色的东西爬到脸上后再打。它们正奔奔跳跳，奔奔跳跳……打电话，赶紧打电话，电话——给"苏城的苏"打！你好，帮我转接长途。长途台吗？你好，帮我转接"苏城的苏"。你问她的电话号码？不，接线员同志，只有名字，没有电话号码。通常她会沿着第十街有林荫的一边散步，或者在高高的、长穗儿的玉米下。行行行，接线员同志，我不麻烦阁下了。别转了，统统取消。但是我要跟你说一句，我是说我要问你一句话，你不给我转长途，吉福德想在伦敦举办宴席从哪儿搞钱呢？我想我应该直接跟吉福德好好谈一谈。你以为你的饭碗拿得很稳？你这样以为？好吧。你让他来接电话。什么？他的男仆刚把他要的茶水端进来，不能接电话？那你给我找个能接的来。

天啊，我到底在写些什么！打电话！现在最紧要的是打电话。糟糕透了！我只是在逃避那些出现在我脑子里的东西罢了。

这就是打字稿上的全部内容。看完后我把稿纸折叠起来，放进上衣口袋的皮夹子后面，贴肉装好。

我走到落地窗跟前，把窗门打开，抬步跨过去，来到了露台上。艾德瓦利正值夏季，月亮发霉了，不过夏季一般不会霉变得太厉害。我凝望湖面，思考，猜测，一动不动。忽然，一声枪响传来。

29

阳台上亮着灯的两个房间，一间是他的，一间是艾琳的，现在两间房的房门都打开了。我赶到时发现她的房间里空无一人，而他的房间里却传来撕扯争斗的声音。我冲进房间后看到她正在床边儿站着，罗杰在床上坐着，两人正扭打在一起，她使劲地弯着腰，他使劲地往前倾，向外推她。一只女人的小手和一只男人的大手，两只手同时抓在一把黑光冲天的枪管上，他们都没有去抓枪柄。

她的头发乱糟糟地披散在脸上，穿着一身淡蓝色便服，忽然用双手一起抓到枪上，猛地往怀里一拽，把枪从他的手里夺了过来。我有些惊讶她的力气，尽管他现在还没有从麻醉状态恢复过来。

他的眼睛瞪得大大的，大口喘着粗气。她得手后立马后退，却一下撞到我的怀里。

她的两只手紧紧握着枪，几乎是把它捂在自己的怀里，背对着我站在我的身前。等她终于察觉我在身后时，才猛地一转身，瞪大眼睛看着我，而后身体忽然失去力气，倒在了我的身上，同时松开了手中的枪。我用一只手扶住她，另一只手把枪管尚且热乎乎的双动机锤内置式韦布莱手枪装进自己的口袋里，这把武器真够笨重的。我从她的头顶朝他望去，一时间谁都不说话。

他的嘴角挤出一个疲惫的微笑，张开眼睛嘟囔道："我只是对天花板开了一枪，闹着玩儿，没有人受伤。"

我感觉到她的身体从瘫软逐渐僵硬，而后突然挣脱起来，我松开她，她的目光变得清澈，视线有了焦点，像是说梦话一般："非要这样吗，罗杰？"

他舔了舔嘴唇，眼睛瞪得像猫头鹰一样，沉默着。她向前走去，靠在梳妆台上，手木然地撩了撩披散在脸上的头发。"罗杰。"她一个劲摇头，浑身战栗，又低声说道，"可怜的罗杰，不幸为何要降临在你身上呢？"

"我做了个噩梦。"他的眼睛直直地盯着天花板，慢慢说道，"看不清是谁，拿着一把刀站在我的床边，有点儿像坎迪。不，怎么会是坎迪呢？"

"亲爱的，当然不是他。坎迪怎么会拿着一把刀呢？他早就上床睡觉去了。"她从梳妆台走到床边坐下，伸手抚摩他的额头，温柔安慰道。

罗杰也用平淡的语气说道："他是墨西哥人，墨西哥人都喜欢刀子，他们每个人身上都带着刀子，关键是他讨厌我。"

我哼声说道："谁会喜欢你？"

她立马转头瞪我："求求你了，拜托你不要说这种话好吗？他只是不知道自己在做噩梦……"

"枪原来放在什么地方？"我冲她大声吼道，故意不去理会他。

他转过头来，看着我的眼睛，说："在床边桌子上的抽屉里。"

抽屉里放着药和少数其他几样东西，但没有枪。他想起我是知道抽屉里没有放枪的，又说了一句："可能放在枕头底下，我记不大清了，因为我开了一枪，打在那儿了。"他缓缓抬起手，指了指。

我抬起头，那里确实有个小窟窿，就在天花板的水泥层上。我走到一个可以看得更加清楚一点儿的地方，这下可以确定了，那样的窟窿，只有子弹才能射出来。以那把枪的威力，足以射穿天花板，射进阁楼里。

我转身走回床边，低头凝视着他的眼睛，咆哮道："你是想自杀，疯子！你说你做噩梦，撒谎！你只不过是个自怜自艾的可怜虫。枪并不在枕头下放着，也不在抽屉里。你专门起身去拿枪，然后再躺回床上，本来你想来一下子，一了百了，可是你胆怯了，就胡乱开了一枪，没准备打任何东西。你想要的不过是让你的妻子飞跑过来，给予你关心和怜悯。老兄，我把一切都看透了，你连抢枪都是故意做作，要是你真的不肯放手，她又怎么可能从你手里把枪夺下来呢？"

他说："或许你说的全都正确，我是个神经病，那又如何？"

"如何？他们可以把你送进疯人院，那里的管理员可不会怜悯你，他们会比乔治亚看管戴铁链的劳教犯还要苛刻，你最好相信我的话。"

"够了。"艾琳呵斥道，她站起身来，"你忘了吗？他是病人。"

"我不过是让他知道这样做会有什么后果，而且生病正是他所渴望的。"

"你非要现在跟他说这些吗？"

"滚回你的房间去。"我冲她吼道。

"你……"她的蓝色眼珠里喷出火焰，"你凭什么……"

"如果你不想让我把警察找来，就赶紧回房。我想，这种事本来就该让警察来管。"

"太好了，赶快报警吧！"他像是要笑出来一样，"就像当初对待特里·卢恩诺克斯那样。"

我看着她，没有去理睬他。这会儿她看起来更加疲惫了，那副无助的样子看起来楚楚可怜，动人心魄，以至于我的怒火一下子就熄灭了。我伸手拍了拍她的胳膊，说道："你回去休息吧，这里交给我吧，我保证他不会再胡闹了。"

她又看了他好半天，才姗姗走出房间。等她的身影从我视线里消失后，我来到她刚才坐的那个地方坐下，问他："需要再来一粒药丸吗？"

"不必了，现在我感觉好多了，睡不着觉也无所谓了。"

"我刚才的话没有说错吧？你开那一枪，不过是心血来潮的一次小疯狂。"

他把脸转向别处："也许吧，可能真的是愚蠢的举动。"

"你我都明白，要是你真的想自杀，谁都拦不住你。"

"你说的没错。"他依旧看着别的某个地方，"我拜托你的事怎么样了？我是说打字机里的玩意儿。"

"你还记得这个。当然。写得乱七八糟的，不过单词却毫无拼错的地方，这让我觉得奇怪。"

"这不算什么。就算是喝醉了，头脑不清醒，我也不会在这方面出太大错误。"

"你担心坎迪，这完全没必要。你认为他讨厌你，我想你错了。当然，我

160

说的那句话也不对，我只是想把艾琳激怒，才说没有人喜欢你。"我说。

"为什么？"

"今晚她晕倒过一次。"

"艾琳怎么会晕倒？"他摇了摇头，"从没有过这样的事。"

"你的意思是，她是假装晕倒？"

他显然不太相信。

我又问他："你说有一个好人因你而死，到底是什么意思？"

他好像是在思索，眉头皱了起来："不过是些胡言乱语。我说过，我做了一个梦。"

"我指的是你写的那篇鬼话连篇的字稿。"

他终于把那颗沉重的脑袋从枕头上转过来，正脸看着我说："那是另一个梦。"

"好吧，我再问最后一个问题，坎迪拿什么来要挟你？"

"朋友，别再问了。"他闭上了眼睛。

我站起来，过去把门关上："韦德，你想一直逃避下去，这不可能如你的愿。我相信坎迪一定抓到你的什么把柄，从而敲诈你。这太简单了。他其实还能干得更加漂亮，一边敲诈你，一边喜欢你。到底因为什么？女人？"

"那个蠢货洛林的话你也相信？"他又把眼睛闭上了。

"未必，那么……难道是她死去的妹妹？"我说了一个极为荒唐的猜测。

可没想到这个猜测居然说对了，他陡然睁开眼睛，嘴角溢出唾沫，把嗓音压得极低，凝重地问道："你说什么……你来这儿究竟有什么目的？"

"朋友，是你请我来的，你难道忘了？不是我主动来的。"

他的脸上直往外冒汗，脑袋在枕头上滚来滚去，西康诺的药力也没办法缓解他紧张的情绪："该死的，离我远点儿，别来烦我，对妻子情深意笃却还在外面拈花惹草的丈夫远不止我一个。

我进浴室拿了一条毛巾，给他擦了擦脸上的汗。任何卑鄙龌龊的人在我这里都不好使，因为我比他们更加卑鄙。我不仅要把他打倒，还要在他身上狠狠地多踩上几脚，直到他虚弱得再无一丝还手之力，甚至连反抗都做不到为止。我露出牙齿，用嘲讽的语气对他说道："这种事情怎么能少得了兄弟我呢，下次我跟你一起去。"

"我还没疯。"他说。

"谁知道呢，或许你只是希望自己没疯过。"

"这种煎熬就像活在地狱里。"

"没错，谁说不是呢，显而易见啊。但是我更感兴趣的是，这件事的问题出在哪里？来，你拿着。"我倒了一杯水，从床头柜里把另外的那粒西康诺拿出来给他。他用一只胳膊肘撑起身子，伸手去接玻璃杯，但是没有接到，差了四英寸。我主动把杯子放到他的手里，他服下药丸，喝了一小口水，又仰面躺在床上。

他的脸上一点儿表情都没了，浑身瘫软，鼻子仿佛被狠狠揉捏过一番似的，一副半死不活的样子，我猜今晚他肯定没办法把谁推下楼去了。也许，那样的事他从来都没有干过。

他的眼皮越来越沉重，最后合上。我从他的房间出来，感觉屁股兜里坠得慌，一把韦布莱暗机枪正顶在肉上，鼓鼓的。下楼的时候我看到艾琳的房间里没有开灯，但门是开着的，她正站在门内，有月光照了进去，把她的身影映照出来。

她喊了一声，听起来像是某个人的名字，但肯定不是我的。我向她走了过去，说道："别太大声，他睡着了。"

她用一种柔媚的声音说道："我一直相信你会回来，哪怕时隔十年之后。"

我看了她一眼，是我疯了，还是她疯了？

"阔别经年，我对你的情依旧坚贞不移，快把门关上。"她的话语和语气充满旖旎，我反手把门关上。

这种情形下，把门关上是最聪明的做法吧。我再转过身来看她时，她已经热情如火地向我扑了过来。我身不由己地一把搂住她，该死，该死。她的娇躯紧紧贴着我，她的头发在我脸上轻轻拂动，她仰起头嘴唇高高噘起，等着我去吻她。她的整个身体都颤抖着，嘴唇已分开，贝齿也张开，吐出香舌，而后我就看到了如九月露神般美丽的胴体——她伸手往下轻轻一拉，睡袍就滑落在地。

唯一的区别是，她并不如九月露神那般羞涩。

"把我抱上床。"她说道。

我无法不从命，我伸手将她抱住，碰触到了她那温软绵滑的肌肤，而后将她拦腰抱起，三步并作两步来到床边。

我把她放在床上，然而她的手臂依然搂抱着我的脖子，从喉咙里发出婉转的呻吟，像是某种诱人的哨音一样。我发誓绝对没有人能忍受得了这个，尤其是她来回扭动娇躯，摩挲着你的身子。再继续下去，必然一发不可收拾，我已经像一头发情的公马一样了，心痒难耐。走南闯北这么多年，从未遇到过像她这样勾人魂魄的女人。千钧一发之际，坎迪挽救了我。我听到一声轻微的响声，转头向门那边看去，发现门把手正在转动。我立马从她的怀抱里挣脱出来，冲到门口一把将门拽开，冲了出去。然后我就看到了正顺着廊道往楼下跑的墨西哥管家。他跑着跑着忽然停了下来，回头用一种嘲讽的眼神挑了我一眼，而后消失。

我走回门口关上门。当然，这次是从外面关上的。如今那种魔力已经荡然无存了，仅仅剩下了一种声音，就是躺在床上的尤物所发出的那种怪异的声音。

我飞速下楼，来到书房里，"咕咚咕咚"倒了一杯苏格兰威士忌，仰头饮下，直到喝不动为止。我靠在墙上，大喘粗气，酒精在肚子里燃烧，那种烈焰直冲到脑颅里。

我浑浑噩噩地继续喝我的威士忌，距离晚餐时间已经太久了。从那以后所有的事情都变得不正常了，酒瓶好像空了，我躺在皮沙发上，想把它立在胸口。房间和家具变得晃晃悠悠、朦朦胧胧，让我浑然以为看到了夏日的闪电、山火，原来只是灯光。"当啷"一声响，酒瓶滚到了地板上——那是我最后记得的事。

30

我感到脚脖子痒痒的，从睡梦中睁开眼睛，原来是阳光正在我的脚上来回爬，一棵大树的树冠轻轻摇摆，蓝天看起来模模糊糊。我翻身的时候，脸触到了沙发皮，脑袋像是要裂开似的，就像被斧头劈了一下。我翻身坐起，掀开盖在身上的一条毛毯，脚踏到地板上，眼睛努力瞪着墙上的钟，哦，再过一分钟才六点半。

我鼓起勇气，努力离开沙发，站了起来，我的体能早不如以前了，做到这一步需要很大的毅力，我已经被这些年的苦日子折磨得彻底改头换面了。

我费了好大力气才走到那半套清洗设备跟前，把领带摘下来，把衬衣脱掉，然后往脸上、头上狠狠泼冷水，这一搞全身都湿了。我拿起毛巾使劲擦水，然后穿上衬衣，系上领带。去拽皮夹克的时候，发出"砰"的一声脆响——衣兜里的枪甩到墙壁上了。我把枪掏出来，将弹夹卸掉，把子弹倒在手上数了数，完好的子弹有五颗，另有一颗被熏黑的弹壳。我不由得犯嘀咕，想到子弹并不难，卸掉也无济于事。我又把子弹装回去，把这把枪放进了书房的一个书桌抽屉里。

我一抬头，发现头发油光发亮的大背头坎迪正站在门口，他穿着一身整洁的白外套，目光如刀子一样。

"来点咖啡吗？"

"谢了。"

"老板没什么问题了，睡得很香，我把灯和门都关好了。你怎么会喝醉呢？"

"身不由己。"

"哦，大侦探，没有得手？被推出来了？"他嘲讽道。

"你爱说什么说什么。"

"今天早上你怎么不当硬汉了，大侦探？这脾气未免太好了吧？"

"端你的咖啡去吧，王八蛋。"我大声咆哮。

"狗娘养的。"

我猛地跳起来，一把扣住他的胳膊。他用鄙视的眼神看着我，却毫不反抗。我笑了，松开他的胳膊："坎迪，你没说错，我确实不是硬汉。"

他转身走开了，回来时端着一个银质托盘，将托盘放在茶几上，将茶几上的空酒瓶和其他跟酒有关的玩意儿统统收走，还从地板上捡起一个酒瓶。托盘上放着一个银质小咖啡壶，还有奶精、糖以及一张干干净净的三角餐巾。

"刚煮好的，很新鲜。"他说。

他离开了房间。我连喝了两杯咖啡，没有加糖，或许我该试着抽支烟。我依旧是个正常人，还不算太糟糕。

坎迪又返回屋里，冷冷说道："吃点儿早餐吗？"

"不用了。谢谢。"

"既然这样，你该走了。"他说，"我们这里不欢迎你。"

"我们？'我们'是指谁？"

"老板由我来照顾就够了。"他把一个盒子打开，拿出一支香烟点上，抽了起来，样子极为傲慢。

"你捞了不少钱吧？"

他皱了皱眉，点头说道："没错，薪水还可以。"

"我指的是额外收入，比如封口费。"

"听不懂你说什么。"他说了句西班牙语。

"你不可能不懂，我敢打赌，你从他那儿勒索了不到两码。"

"什么两码？"

"两百美元。"

"你应该支付我两码，大侦探。"他龇牙笑道，"这样我就替你保密，昨晚你没有进她的房间。"

"这样一笔钱足够买一大卡车非法入境的墨西哥人，就像你这种杂碎。"

"大侦探，你要懂得破财免灾的道理。"他一点儿也没生气，"要知道我老板发作起来是非常可怕的。"

我嗤之以鼻，回击道："小人贪小便宜。你的话狗屁不如，大部分酒鬼都喜欢搞些乱七八糟的事情，她早就一清二楚了，你的情报根本一文不值。"

"算你狠，小子，千万别让我看到你再来这里。"他的眼睛射出寒光。

"反正我也不打算待在这儿了。"我起身，从茶几绕过去。他挪了挪屁股，始终正面对着我。

我瞅了一眼他的双手，看来今早他没有带他的小飞刀，于是我一个箭步冲过去，狠狠在他脸上抽了一巴掌："你个娘娘腔偷渡客，没人敢骂我狗娘养的！我想来就来，我在这里还有事情要做，今天给你个教训，下次再出言不逊叫你好看，小心我在你那粉嘟嘟的小脸蛋儿上来上几枪，让你面目全非。"

他被打了后居然无动于衷，一点儿要还手的意思都没有。抽耳光、娘娘腔、偷渡客，对他而言全都是极具侮辱性的，然而这一次他居然一动不动，站在那里，一脸淡然，而后一句话也不说，端起咖啡托盘就走了。

我说道："谢谢你的咖啡。"

他背对着我，脚步不停，从我的视线里消失。

我抖抖身子，摸摸下巴上的胡楂儿。韦德家的任何一个人，我都不想再见了，所以我决定马上离开这里。

然而即将走出客厅的时候，一身蓝衫白裤、脚踩露趾凉鞋的艾琳从楼上下来，她看到我后居然露出惊讶的神色："马洛先生，你怎么会在这儿？"仿佛她至少一星期没有看见过我一样。连我都怀疑，自己只不过是恰巧路过这儿，进来喝杯咖啡。

我说："他的枪我放进书桌抽屉里了。"

"枪？哦，天啊！"她好像突然间清醒过来一样，"昨天晚上真是一团糟，我还以为你回家了呢。"

我走向她："我喝醉了，喝得一点儿尊严都没了。"我说，"我故意喝醉，因为我太孤单了。"

她的脖子上戴着一条纤细的金项链，还有一个时下最流行的白底蓝法蓝

165

镶金吊坠，蓝法蓝部分[1]像是一对没有张开的翅翼。其他部分是宽宽的白法蓝衬底以及金色小刀刺穿一张卷轴的图案。我看不清卷轴上的刻字，好像是一种军徽。

她用一双纯净的眼眸看着我："你不要这么说。"我从她眼里看不到一丝伪装。

我说："那要看你怎么想了。我马上就走，回不回来再说吧。我刚才跟你说枪的事，你记住了吧？"

"你把它放进他的书桌里了。这可能并不是个好主意，应该放到别的地方，但愿他昨晚不是真的想对自己开枪。"

"对不起，我无法回答你。不过再有下次，就很有可能了。"

"我不认为会这样。"她摇了摇头，"我相信这种事不会发生。马洛先生，真不知道该怎么感谢你，昨天晚上幸亏有你。"

"你已经尝试过了。"

她的脸色忽然红润起来，抬手摸了摸镶金的法蓝吊坠，眼睛越过我的肩膀。"真是奇怪，我昨晚梦到了一个十年前就离开这个世界的人，我从前认识的一个人，这个就是他送我的。"她微笑着，缓缓说道，"所以我今天把它戴上了。我梦到他出现在了我的屋子里。"

我说："说起奇怪的梦，我也做了一个，至于梦的内容我就不说了。把罗杰的情况跟我说说吧，或许我能帮上什么忙呢？"

"你刚说你不会再来了。"她的目光下移，看着我的眼睛。

"我只是说到时候再看，没准儿我不得不回来呢，希望没这必要。"我说，"这个房间里有一些难以捉摸的事情，酒精只是一小部分原因。"

"你指什么？"她皱起眉头。

"你知道我说的是什么。"

她的指尖在吊坠上摩挲，认真琢磨我的话，而后缓缓叹了口气，用一种平静而有坚毅的语气说道："早晚会有另一个女人横插进来，这算不上多么糟糕。我说的这些是不是和你想知道的并非一码事？事实上我不知道你想问什么。"

"也许吧。"我说。

她站在从下往上数的第三阶楼梯上，依旧在抚摸着那个吊坠。这个女人依

---

[1] "法蓝"是外来语音译词，又译为"珐琅""佛朗"，又称"景泰蓝"。是一种涂料，俗称"搪瓷"，颜色不一定是蓝色的。——译注

然是那么梦幻，光芒耀眼。

"假如你认为另一个女人是琳达·洛林的话，就更是如此了。"她放下吊坠，下了一阶楼梯，"罗林医生肯定从什么渠道得到了消息，不然他不会和我的直觉一致。"

"你说过，这个山谷里至少一半的男人被他找过麻烦。"

"我说过吗？"她又下了一个台阶，"哦，可能当时只是顺口一说。"

我说道："我还没有刮胡子。"

她吃了一惊："天！"她调笑道，"我可没期待让你来跟我调情。"

"你找我究竟想让我做什么，韦德太太？你为什么会偏偏选中我，费尽心机说服我去帮你找人，你看上了我哪一点？"

"言而有信。"她平静地说道，"即使面对困境的时候。"

"你抬举我了，不过我觉得这不是真正的理由。"

"那你想要什么理由？"她走下最后一道台阶，抬头看看我。

"就算事实如此，但这个理由太滑稽了，世上没有比这更不靠谱的理由了。"

"为什么这么说？"她微微蹙眉。

"如果只是'言而有信'这一条，我既然尝试过了一次，哪怕我是个傻了，也绝不愿意去尝试第二次。"

她毫不在乎地说道："这番谈话，变得充满了玄机，是吧？"

"韦德太太，你本身就是个谜一样的女人。好吧，如果你对罗杰的关心是真的，现在应该立马换个真正的医生过来帮他。祝你好运，再见啦！"

"哦，你是担心昨晚的事情会再度上演吗？"她再次露出笑容，"那你应该看看他真正严重的时候是什么样子，昨天只是开胃小菜。今天下午他就会起来工作。"

"除非他撞鬼了。"

"你不相信？我比你更清楚他的为人，他一定会的。"

"听着，你别装模作样了。"卑鄙的我给她来了迅猛一击，最后摊牌，"我根本不相信你是真的想救他，你只不过是装装样子而已。"

"你这么说我，是不是太过分了？"她不紧不慢地说道，从我身旁走过去，推门进了餐厅。空空荡荡的客厅只剩下我一个人了，我抬步从前门走出来。

好一个美妙的夏日清晨，山谷远离城市，乌烟瘴气吹不进来，太平洋的潮气又被山冈挡住，城市里的闷热、腥臭、潮湿，这里一丁点儿都感受不到，有的只是明亮、宁静。

再过一会儿，这里会热起来，但是那种热有别于其他地方，不像沙漠，也不像城市，它会让人觉得很舒服，既不闷热，也不燥热，不至于让人觉得难受。居住在艾德瓦利住宅区，就如居住在天堂。这里是精英人士的首选，无可挑剔。舒心的家、舒心的车子、舒心的马儿、舒心的狗儿，以及舒心的儿女，都适合居住在这里。但是有一个姓马洛的家伙，却只想赶紧从这里逃走，逃走。

31

回到家后，我洗了个澡，刮了刮胡子，换了身衣服，整个人都恢复了清爽。我自己做早饭，把厨房、后门廊归置好，把餐具清洗干净，而后拿出烟斗，装上烟丝，静静地抽上一锅，并给代接电话的公司去了个电话，得知我不在的时候没有人给我打过电话。

既然这样，我去办公室又有什么意义？那里只有厚厚的灰尘和一大堆死蛾子，以及锁在保险柜里的那张"麦迪逊头"，或许去摸一摸它也是不错的选择。哦，还可以摸一摸那犹自带着咖啡味儿的五张百元新钞，但是我实在提不起兴致，虽然这真的是个很不错的娱乐项目。钞票是别人的，不属于我，我又如何能高兴得起来呢？我能拿它来买什么？我不知道死人需要朋友对他诚挚到什么地步。呵，我还没有从宿醉中清醒，就以迷茫的神志来品评人生。

我在疲惫不堪、反应迟钝、提不起丝毫兴致的状态中，度过了一个格外漫长的早晨，就好像一截作废的火箭，呼啸着，陷进了一片虚无的空间，时间好像驻足不前一样。窗外的灌木丛里，鸟儿叫个没完没了，月桂谷的车道上，一辆辆汽车呼啸往来，但所有的一切我都充耳不闻。我像是神经过敏，带着烦躁的心情一个劲儿苦思冥想。后来我只能决定再喝上几杯，好从昨夜的醉酒中缓缓神。一般情况下，我是绝不会在早晨喝酒的，南加州的天气太过闷热，新陈代谢不够给力，很不适合喝酒。但是今天我坐在安乐椅上，把衬衫的领子敞开，调了一大杯冰镇酒，一边喝酒一边翻看杂志。故事讲的是一个过着双重生活的人和两个心理治疗师的笑料百出，堪称疯狂的怪诞互动，不得不说笑点很有新意。说这个人前一刻还清楚自己是个人，后一刻又笃信自己是蜂巢里的某种昆虫，在这两种自我认知中不断徘徊，游移不定。

我喝酒时特别小心翼翼，时刻提醒自己要节制，每次只抿一小口。中午的时候，接到一个突兀的电话。

"我想跟你谈谈，我是琳达·洛林。"电话那头说，"我打了你办公室的电话，说话的却是代接电话公司的人，他让我打你家里的电话。"

"找我什么事？"

"见面再说不行吗？我想，你偶尔也会去一趟办公室吧？"

"当然。偶尔会去。有报酬吗？"

"我可以支付，如果你觉得我应该付费的话，事实上我忘了这茬了。我一个小时后应该能到，办公室再聊。"

"好吧。"

她的声音大了一些，问道："你怎么回事？"

"昨夜喝多了，不过还能动弹，如果你实在不愿意到这儿来，我会过去的。"

"我想，还是在你的办公室谈比较合适。"

"我家也挺不错，深居胡同尽头，没有邻居搅扰，安静、幽雅、惬意。"

"假如我理解的意思和你的本意一致的话，抱歉，这种程度的勾引对我没有吸引力。"

"洛林太太，我的本意是什么，没有人能理解，我是谜一样的人。那就这样吧，如果非得去那个小笼了，我试试看吧。"

"谢谢。"她挂了电话。

我到达办公室的时候已经过了约定的时间，因为前来的途中我停车买了一份三明治。我先把办公室的窗户打开，让空气稍微流通些，然后给蜂鸣电铃接通电源。当我打开缓冲间的门，探头向里看时，她已经坐在接待室里等我了，那个地方上次曼迪·梅隆德斯也坐过。有可能他们翻阅的杂志也是同一本。今天这小妮子打扮得非常端庄贵气，穿着一套茶褐色的华达呢衣服。她瞅了我一眼，把手里的杂志放下，说道："你的那盆波士顿羊齿植物[1]该浇水了，我建议你最好修理一下多余的气根[2]，重新栽种一下。"

波士顿羊齿植物算个屁。我扶着门，等她进来。她进来后我把门关上，又拉出椅子等待她坐下。她扫视办公室的时候，我走到办公桌的另一侧。她说：

---

[1] 即真蕨类植物。因若干种类叶片细碎如羊齿，故而形象统称呼为"羊齿植物"。——译注

[2] "气根"，学名"气生根"，广义定义是指由植物茎部发出的，生长在地面以上的或暴露在空气中的不定根。如玉米、爬山虎、常春藤、兰科植物、红树、落叶松等植物都有气生根，不过所体现的功能各不相同。——译注

"你没有助手吗？看来你的公司也称不上什么规模。"

"夹缝里求生存而已，我早就习惯了。"

她说："我猜赚不了多少钱吧？"

"说不准，要看具体情况，比如我有一张'麦迪逊头'呢，你要过过目吗？"

"一张什么？"

"五千元面额的大钞，就在我的保险柜里，我的出场费。"我离开座位，过去转动圆密码盘，把保险柜打开，又打开柜里的抽屉，再打开一个信封。

她目瞪口呆地看着我放到她眼前的那张大钞。

我说："不能只看表象，这间办公室很具有欺骗性。以前我伺候过一个老家伙，他的办公室比我的办公室还烂，但是恐怕你父亲见了他都得问声老爷子好，他的资产折算成现金价值的话，起码有两千万美元。他的办公室地板上铺的可不是地毯，而是棕色的油毡布。不过他的天花板比我的强，装了吸音设备，这是因为他的耳朵不太好使。"

她把那张"麦迪逊头"拿起来，用手指夹着，翻过来看了一眼另一面，又放下了。她问道："这是你从特里那儿得到的吧？"

"哈，洛林太太，你还能掐会算呢。"

她皱起眉头，把钞票推到一边，说道："我知道他有一张。他和西尔维娅复婚后，这张钞票他就一直带在身上，他说等他发疯后就会用得到了。他死后，他们没有从他身上找到它。"

"难道就没有别的可能吗？"

"当然。不过，有谁会把一张五千美元的大钞随随便便带在身上，而且还出手这么阔绰，用你说的那种方式给你？"

我点了点头，这种问题不必回答。可她没有就此打住，冷不丁地说道："马洛先生，不知道你能不能告诉我，他用这张钞票请你做什么事？他有没有在你们前往蒂华纳的途中，跟你提起他妻子的一系列或某几个情夫的名字？有没有让你从中查找真凶？你们在车上的那段时间，足够谈论这些了。而且几天前你那么笃信，认为他的自白不可信。"

各种各样的原因让我无法回答这个问题。

她语气尖厉起来，说道："如果特里没有杀他的老婆，那真凶就一定是一个粗暴、野蛮、疯狂、不负责任的酒鬼，因为只有那种人才会把她的脸打得稀巴烂——我这是引用你的原话，虽然很恶心。你之所以帮助韦德和他的妻子，几乎成了他的奶妈了，是不是就是因为这个原因？他失踪了你去找他，他孤单了你带他回家，他喝醉了你立马就去看他。"

"你的话有两点我需要声明一下，洛林太太。首先那张诱人的雕版钞票，并不一定就是特里给我的。另外，他没有跟我提起任何别人的名字，甚至列出一个名单。除了他让我开车把他送到蒂华纳这件你确信不疑的事外，他没有要求我做任何其他事。其次，我之所以跟韦德夫妇打上交道，从中牵线搭桥的是一位纽约出版商。他急切需要罗杰·韦德写完手头上的那本新书，而这就涉及要阻止他酗酒，然后便引出了他酗酒背后是否有特殊原因，需要我调查清楚，如果有，那我还得查出背后的原因是什么，从而因势利导解决问题。我只是答应他们尽力而为，想想办法，因为我不一定真能办到。"

她用嘲讽的语气说道："我告诉你他酗酒的原因，很简单，一句话——全都是因为他那个贫血的金发娇妻。"

"是吗，我不认为她贫血，这个说法站不住脚。"

她眨巴着眼睛，眼神异样，说道："是吗？真有意思。"

"你想多了，洛林太太。"我捡起那张"麦迪逊头"，"恐怕要让你扫兴了，我跟那位夫人不可能发生那种关系。"

我起身把钞票放回保险柜，锁进一个带锁的小隔间里，然后把保险柜关上，转了转密码盘。

我背对着她时，她说道："我有理由怀疑她跟某人上过床。"

"洛林太太。"我走回办公桌，一屁股坐在桌子的一个边角上，说道，"你难道对我们的那位酒鬼有特殊情愫？要不然你为什么会说这种伤人的话？"

她抬高嗓门儿，嚷道："我不喜欢你这种话，非常不喜欢。如果你认为我的蠢货丈夫胡闹了那么一次，就觉得有资格羞辱我，你错了。我不可能对罗杰·韦德产生任何感情，哪怕他清醒的时候，没有不良行为的时候我也不会那样，就更别说他现在这副鬼样子了。"

我坐回椅子里，拿起一只火柴盒，我直视着她。

她看了看手表。我说："果然钱能让人腰杆儿挺直，就算说狠话，都能说得这么理直气壮。我这就算是侮辱了你吗？韦德夫妇你都不怎么认识，却一个劲说他们的坏话，我只是用同样方法对待你而已。算了，这种事我没必要太较真儿。韦德是个酒鬼没错，任何一个酒鬼都会跟某个荡妇产生瓜葛，不过你不是一个荡妇。在鸡尾酒会上，你那位家世不俗的丈夫只是为了给大家助酒兴才说了那么一番话，可能压根儿只是个玩笑，而不是什么真心话。既然这样，我们可以另外推举一个荡妇出来，把你排除出去。不过我们到底要把调查范围扩大到什么程度呢，洛林太太？我相信她一定不是什么省油的灯，不然怎么会跟你产生这么深的恩怨，还值得你亲自跑来跟我斗嘴皮子，互相揭对方的短呢？"

她坐在那儿盯着我，一句话也不说，足足过了半分钟后，她才说道："那个出版商谁都不请，却来请你出马，图方便，是不是？你也没有白白浪费雇主对你的信任，对不对？"她的嘴角发青，两只手捏在和衣服成套的华达呢皮包上，拳头僵硬，"特里没有跟你提任何一个人的名字。好吧，一个也没提。你相信你的直觉不会错，你觉得没必要较真儿。好的，那么马洛先生，你打算下一步干什么？"

"没有下一步。"

"这不太妥吧？否则岂不是太屈才了？看在那张'麦迪逊头'的分儿上，怎么也该花点儿力气吧？你就这么放任不管了？你总能做到一些事吧？"

"你也变得感情用事了。让我悄悄告诉你，韦德和你的那个妹妹相互认识，我还是从你那儿间接知道这件事的。其实我已经猜到了，可是这有什么用呢？他只是沧海一粟，她的情夫能列一个长名单。我不赞成继续调查，接下来我们还是回到你这次来找我的目的上来吧。胡扯了一气别的，把本来目的给忘了，是不是？"

她又看了看手表，起身说道："我的车就停在楼下，我想请你坐我的车去我家喝杯茶，怎么样？"

"哦，接下来娱乐一下。"

"我的话可疑到能让你这样理解吗？实际上，我有一位贵宾想跟你见个面。"

"你爹吧？"

她一点儿也不惊讶，只是说道："我不能这么称呼他。"

我站起来，身体前倾："小甜心，你知道吗？你偶尔可爱起来只会让人汗毛倒竖，我说的是真话。问一下，允不允许带枪？"

她的嘴角露出不屑："他一个老人家能让你害怕成这样？"

"为什么不能？我敢打赌，你也怕他，非常怕。"

"你说的对。"她叹了口气，"我的确怕他。从小到大都怕，有时候他会变得很可怕。"

我说道："看来带两把枪才比较保险。"说完后我又后悔了。

32

　　三层楼，方方正正，像盒子一样。这么特别的房子我还是第一次见，真是三生有幸。复式屋顶，两重斜面，很陡，四个角。顶窗有二三十个之多，对开式。窗与窗之间，以及窗子的周围都有一些结婚蛋糕样式的装饰。大门的两旁分别耸立着双排石柱，这还算不上怪异，更怪异的是那道外螺旋楼梯上同样装点着石柱。楼梯的最顶部是一个塔楼间，我猜站在上面一定可以俯览整个湖面上的风光美景。

　　院子中间的停车处，是一片石板地。这块地产可谓相当惊人了，一道粗糙的石头围墙，起码将十五亩地皮都圈了进来，我甚至都惊讶在我们这个拥挤不堪的小地方居然还有这样一个院落。车道的两边，栽种着一些被修剪成圆形的柏树。还有别的一些树木总是出其不意地分布在各个角落，不过看起来跟加州树林的规模还是有些区别的。全都是从外面花钱买来的。建造者当初肯定竭尽全力想把整个大西洋海滨越过落基山脉的头顶带到这儿来，可惜没有成功。不过这里也只是缺一个野生动物园、一个野生植物园、一条半英里长的白杨车道、一个三段式的露台和一个窗外栽种有成百上千株玫瑰的图书馆了。那样的话，不管从哪一扇窗户向外望去，都可以看到通往森林和宁静虚空的林荫大道。

　　我们的凯迪拉克轿车缓缓地停在石柱门口，中年黑人司机阿莫斯率先从车上下来，帮洛林太太打开车门。我也下了车，然后走过去替他扶住车门，好让他扶她下车。离开我的办公楼之后，她坐在车上一路都没跟我说什么话，看起来一副紧张兮兮的样子，还很疲惫。也是，这栋愚蠢的庞大院落足以让她喘不过气来。哪怕是一个没心没肺的白痴，只要来到这里，也会开心不起来，会变得像一只悲伤的只懂得咕咕叫唤的鸽子。

　　"那个家伙到底跟谁赌气，才建造了这么一栋房子？"我问她。

　　"你以前从来没见过这样的？"她总算是重新露出笑容了。

　　"是啊，我从来没有向着一个山谷这么深入过。"

　　我们走到车道的另一端后，她抬手往上面指了一下，说："大概就是你现在站的地方，那位建造这栋房屋的人，从上面那个塔楼间上跳了下来。他姓拉图雷亚，是法国的一位伯爵，不同的是，他相当有钱，这点跟其他法国伯爵不太一样。他的妻子也不穷，名叫拉莫娜·德斯博拉，无声电影时代，她的周收入高达三万元。这栋房子本来是拉图雷亚模仿欧洲布鲁瓦城堡，为他和他的妻子建造的爱巢。这件事情你应该有所了解。"

我说："刚刚想起来，我非常了解，周日新闻单独报道过。后来他写了一份奇怪的遗嘱，自杀了，因为她抛弃了他，我没说错吧？"

"他将好几百万的路费赠给他的前妻，把其他的财产变成信托资产冻结起来。"她点了点头说，"不过对这栋房子的要求是必须保证原汁原味儿，不能更改分毫。每天晚上都要把餐具摆放在餐桌上，只允许律师和用人进屋子。不过他的后人显然没有遵照他的遗嘱办，房产本身也被或多或少地变卖出去一部分。后来我结婚的时候，父亲把它当作我的嫁妆，赠给了我和洛林医生。为了能住进人去，他重新装修了一番，花了不少钱。实际上我一点儿都不喜欢这里，说是厌恶也不为过。"

"那你没必要非得住在这儿吧？"

"无论如何，父亲膝下的女儿起码要有一个能在他面前装得安稳一点儿吧，洛林医生很喜欢这里。所以，哪怕只是一部分时间，也得留在这儿。"

"他能够在韦德家大出洋相，喜欢这儿才是合情合理的，他晚上睡觉时会在睡衣上绑上护腿吧？"

"马洛先生，"她的眉毛皱了起来，"你对这个话题好像很感兴趣，谢谢了，不过我不想过多谈论它。"

从车道过来后，前面是一列石头台阶，我们上了台阶，对开式大门悄无声息地打开其中的一扇，接着我们被一个衣着华美、趾高气扬地站在那里的浑蛋邀请进了屋子。我想，我住的房子的整片地皮加起来也比不上这道门廊的空间大。地面看起来就像一个棋盘，最里头估计装了花玻璃，因为光线不太充足，否则我或许还可以看见其他的东西。接连穿过好几道对开式雕花门，我们进到一个光线比较昏暗的房间里。这间房子的长度绝不低于七十英尺。一位沉默不语的人物坐在那里，一脸漠然地看着我们。

洛林太太赶忙开口，说道"父亲，我是不是迟到了？他就是菲利普·洛先生。这位是哈伦·波特先生。"

对方的下巴稍微低下一点儿，也就半英寸左右，但他仅仅只是看着我，没有其他表示，后来开口说道："按铃让人送点儿茶水过来。马洛先生，坐吧。"

我坐下。我看着他，他也看着我，谁都没有说话。他看我时就像一位昆虫学家正在对甲壳虫进行观察一样。茶水被送了进来，用一个银质的大茶盘托着，然而放在一张中国式样的茶几上。琳达坐在桌子的一旁，开始倒茶。

哈伦·波特说道："倒两杯就行。你回你自己的房间喝吧，琳达。"

"好的，父亲。马洛先生，你的茶要加点儿什么吗？"

我说："不用麻烦了。"我的声音一个劲向远方飘荡，最后变得微不可闻。

她先给她老子倒上一杯，又给我倒了一杯，一言不发地站起来走出房门。目送她出去后，我轻轻啜了一口茶水，掏出香烟打算抽上一支。

"抱歉，我有哮喘。"

我把香烟放回烟盒里，望向他，他是个身高马大的男人，差不多有六英尺五英寸，身材很匀称。我从他身上看不到任何快乐，即便我知道他有过亿的资产。他的头上没有白头发，乌黑发亮，梳成偏分，把头顶盖住，我猜他可能谢顶了。眉毛浓密，黑森森的。身上穿着一套灰色的格子呢西装，没有垫肩，以他的肩膀根本用不着垫肩。西装里面是一件白色的衬衫，一条深颜色的领带，至于装饰性的手帕却没有佩戴。一个跟他的皮鞋颜色相当的黑色眼镜盒从他的上衣外口袋里露出一截。他喝茶时露出的表情，似乎并不喜欢茶的味道。

"马洛先生，为了节省时间，我长话短说。"他的声音像是从很远的地方飘来，"我的意图很明确，我不允许你插手我的事——假如你确实正在做。"

"波特先生，你的事我凭什么插手？我对你的事一无所知。"

"我不这么认为。"

他又喝了一小口茶，放下茶杯，身体后仰，靠在他的宽大椅子上："你的底细我一清二楚，你靠什么养家糊口——如果你真的能养家糊口的话——我也清楚。还有特里·卢恩诺克斯和你的往来缘由。"他望着我，那双灰色的眼睛冷酷无情，像是能把我凌迟一般，"我听别人汇报，你曾经协助过特里出逃，你怀疑案子不是他做的，之后你又刻意接触跟我死去的女儿所认识的一个男人，没有人向我解释你究竟为了什么，我想听听你的解释。"

"你说的那个男人叫什么名字？"我问，"要是他有自己的名字的话。"

他笑了一下，当然不是友好的那种："他叫罗杰，罗杰·韦德。我相信他应该是某个类型的作家，专门写一些令我反胃的黄色小说。我从别人那儿听来的，也的确是这样。而且，我听说他还是个危险的酒鬼。你或许因此生出了某些不可理喻的想法。"

"波特先生，虽然我的主见一文不值，但你想拿你的观点左右我的想法，不太可能。因为我除了主见之外，别的一穷二白。第一，我认为我了解特里的为人，他不可能杀他的妻子，更何况手段那么残忍。我绝不相信。第二，我是受雇才住到韦德先生家的，并不是我主动要接触他。我的目的只是帮助他完成某部作品，期间制止他烂醉。第三，我没有发现任何能证明他是个危险的酒鬼的证据。第四，你女儿和罗杰·韦德认识这件事起初我毫不知情，我与他接触，仅仅是一位纽约出版商雇我那么做。第五，他雇用我时，我当场拒绝了，后来韦德太太亲自出马，请我寻找她那位生不见人、死不见尸的有可能躲在某个地方接受治疗的丈夫。后来我找到了他，就带着他回了家，仅此而已。"

"顺理成章，水到渠成。"他面无表情地说。

"既然你认为是巧合，还有更巧合的事我没说呢，波特先生。"我说，"第六，一个名叫休厄尔·昂迪克特的律师跑到监牢保释我，却不肯说委托者是谁，我猜应该是您或者您的属下委托他的吧？因为别人不了解底细。第七，我刚刚出监狱，紧接着就有一个叫曼迪·梅隆德斯的浑蛋跑来威胁我，跟我说特里曾经救过他和拉斯维加斯的一个叫兰迪·斯塔尔的赌鬼的性命。这件事我了解一些，应该是真的。梅隆德斯口口声声称呼我廉价货，对于特里求助我帮他逃往墨西哥却跟他这个伸伸指头就能轻而易举办成的人物见外的事表现得十分不满，其实完全是装的。他的目的只不过是想警告我，让我别管闲事。"

波特耐人寻味地笑道："你认为我有机会跟梅隆德斯先生和斯塔尔先生这样的大人物打交道？"

"波特先生，这要问您自己。"我说，"我这种小人物所能想到的赚钱方式，是不可能赚来您那么多钱的。接下来，您的女儿洛林太太就来劝说我，让我不要践踏法院的草地。刚开始我不知道她是谁，我们是在酒吧因为一杯'螺丝起子'搭上话并且认识的，后来她报上名号，我才知道她是谁。'螺丝起子'是特里最喜欢喝的酒，这一带的人通常不喝那种酒。我随便发了几句牢骚，将我对特里的看法告诉她，她就警告我，要是我把您给惹恼了，我接下来就没有好日子过了，甚至会成为短命鬼。波特先生，我惹恼您了吗？"

他语气冷淡地说："如果我恼了，你会立马知道的，根本用不着问我，因为你会切身体验到。"

"我也这么认为。然而到目前为止，还没有人气势汹汹地寻上门来揍我，本该给我点儿颜色看看的警察也没有上门找我，按道理我不应该这么舒坦才对。看来您只是不想被打扰，波特先生。那么我究竟做了什么事，让您觉得我搅扰了您的清净呢？"

"你的口才很好，马洛先生。不过你说的话够多了，接下来只需要听着就行。你说的没错，我要的确实只是一份清净。假如你真的是因为巧合、意外或者偶

176

然原因才跟韦德夫妇产生交集，那么就保持这种状态好了。我这个人把家庭看得很重要，说实话，家庭对我这个年龄的人来说意义真的不大了。我其中的一个女儿跟一个从波士顿来的清高人士结了婚，另一个女儿跟很多人结过婚，最后嫁给的是一个穷小子，这穷小子倒是斯文，任凭她怎么折腾放荡，都不管不问，可是又突然间发狂杀死了她。你不愿承认那件案子是他做的，觉得他不可能这么残忍，但是你错了。那种凶残的作为只不过是他为了掩盖弹孔才做下的。真正的凶器是一把驳壳自动手枪，就是他去墨西哥时随身携带的那一把枪。我不反对你的看法，那样的手段的确惨无人道，但是你也知道，他以前参加过战争，见多了别人如何受折磨，他自己也受过重伤，受过折磨。或许他并不是故意要杀她，只是他们在发生肢体冲突的时候枪走火了，那把枪本来是我女儿的。别看那把枪的枪身小巧，枪管口径也只有七点六五毫米，其实威力一点儿都不小，子弹直接穿透了她的脑袋，打进了她身后的墙里，因为有印花棉布帘遮挡着，所以一开始谁都没有发现。这件事也就被隐瞒了下来。我们不妨好好琢磨琢磨当时的情景——你特别想抽烟吗？”他突然停了下来，两只眼睛瞪着我。

“不由自主的习惯，抱歉，波特先生。”我又一次把烟放回烟盒。

“尽管警察认为他的杀人动机一目了然，完全站得住脚，但那只是他们出于对情况一知半解的一厢情愿，其实特里有很扎实的理由为自己辩护，因为枪是她的，枪在她的手上，他只不过是想把枪从她手里抢出来，但是没有成功，而后她不小心走火杀死了自己。仅这一点，遇上厉害的律师就可以好好发挥了，被判无罪释放也是有可能的。要是他刚杀死妻子那会儿就马上打电话给我，我肯定会帮助他的。可惜他选择了用凶残的手法掩饰弹孔，那我也没办法了，他最终只能惊慌失措地逃跑。”

“波特先生，我同意。不过他告诉我他给你打过电话，就在帕萨迪纳打的，难道没有吗？”

魁梧的老家伙点了点头，说：“当时我不能问他身在何处，这是必然的，我不可能给杀人犯提供避难所。所以我告诉他要逃就快点儿逃，事后我再想想办法。”

“说得有板有眼，波特先生。”

“你的语气中满含讥讽，我听得出来，不过我不在乎。我听到他的详细汇报后，根本想不到任何好办法。我早知她作茧自缚，不会有好结果，但我不能接受它以命案的方式出现。说老实话，听到他在墨西哥写下一份自白书自杀后，我感到老怀宽慰。”

“波特先生，这我倒是很理解。”

"小子，"他的眉毛往上一挑，"说话要注意分寸，你的冷嘲热讽令我很反感。那么现在你清楚了吧，我为什么不允许别人插手调查这件事？另外，我竭尽所能避开大众看热闹的眼光，不惜动用一些影响力来让原先的调查能短则短，你也应该能理解了，对吗？"

"假如你坚持认为他杀了自己的妻子，我想我可以理解。"

"人是他杀的，这点确凿无疑。至于他的动机是什么，那是另一码事，而且已经不重要了。我不喜欢在公众面前出风头，况且我也算不上什么大人物。虽然我有一定的影响力，但我从不随意动用。我从来都是竭尽全力去避开任何人的关注。洛杉矶的地方检察官绝非糊涂蛋，他是个有雄心壮志的人，为了一个臭不可闻的案子而把自己的事业毁掉，他不会傻到干这种事。马洛，你也该清醒清醒，我从你的眼神里看到了异样的光芒。要知道，我们生活的社会，看起来好像是大众百姓当家，其实只是名义上民主。让它落实，只是一个美好的愿望。比如投票选举，虽然票权掌握在大众手里，但候选人却是由政党机器从后台推上前台的，但凡这个政党讲求效率，就一定会用大把的钱来狠狠地砸。那么钱从哪里来？羊毛出在羊身上。不管是个人、集团、工会或者其他什么，他们的目的也只是期望付出后的回报。我拥有自己的报社，但实际上我不喜欢任何一家纸媒，因为我以及与我情况相似的人最渴望的是正常的、自由的、不受打扰的生活，但报社却无限期威胁着你的隐私权。除了屈指可数的几家可敬纸媒之外，大部分的纸媒都打着新闻自由的虎皮大旗，专干一些兜售丑闻八卦、性爱、仇恨、暴力、惊悚奇诡的小道消息，指桑骂槐，恶意炒作，以达到商业性或政治性的丑恶目的。报纸靠什么赚钱？靠广告。发行量好的才有广告。那么靠什么才能提高发行量呢？你应该清楚吧？"

我起身从椅子边上绕出来，但是又坐了回去。老家伙正用冰冷的眼神瞪着我。王八蛋，我只知道想要逃走得靠运气，需要有特别好的运气。

"波特先生，然后呢？你想说什么？"

他没有搭我的茬，正在凝眉沉思，而后他接着刚才的话继续说道："钱有一个不可思议的特性。当你拥有的钱数额足够大的话，它会拥有自己的生命，还很有良心。接下来它就不受你的掌控了，它会自己产生强大的效应。人这种动物从来都可以被钱收买，而今变得更加容易了，因为人口在不断增长，苛捐杂税越来越多，战争日渐频繁也需要花大笔的钱。底层人民累死累活，惶恐茫然，这样的人能养家糊口就不错了，根本没有资格去谈理想。我们所生活的这个时代，不论个人品德，还是普世道德，都下滑得极为厉害。一个连生活品质都无法保证的人，你还能要求他坚守个人品行吗？高质量的好玩意儿，绝不可能大批量生产。出于商业策略，你不会去生产持久耐用的东西，你会改变设计，刻意创造'旧的不去新的不来'的更新换代的条件。要不然你第二年生产出来的一大批产品又卖给谁去？除非一种可能，那就是今年流行的款式和明年流行的款式不一样。这就好比我们拥有世界第一漂亮的浴室，世界第一亮白的厨房，可在这样的浴室里，通常都是安眠药、各类化妆品、除臭剂、通便药的堆积地；在这样的厨房里，漂亮的美国太太却做不出一顿美味菜肴。马洛先生，我们生产的产品全都是劣质货，只是在外面的包装上所下的功夫独步全球。"

他掏出一条宽大的白手帕，在嘴角上擦了擦，而后大张嘴巴在那里坐着。我有些摸不着头脑，这个老家伙既然对什么都有怨气，他的工作动力又在哪里呢？

我说："你的想法我想我理解了，波特先生。你讨厌现在的这个社会，所以就凭借自己的权势为自己圈起一个不被打扰的角落，这样你就能过上五十年前的生活，记忆中的生活，那时候大批量生产的年代还没有开始呢。虽然您有上亿美元的身家，但您所获得的生活环境却不是您喜欢的。"

"继续说。"他揪着手帕的两个对角，越拽越紧，而后揉成一团填进上衣兜里，很突兀地说道。

"波特先生，就这些，没别的了。事实上，你早就跟你的女儿断绝了父女关系，你觉得她有辱门风，所以她被杀了，你根本就不在乎凶手是谁，哪怕特里·卢恩诺克斯不是真凶，真凶另有其人，你也毫不在乎。你怕的只是家丑外扬，再次被推上风口浪尖，所以不希望凶手被绳之以法，因为那样的话势必会重开卷宗，法庭对他的审讯可能会把您的隐私一股脑儿抖出去。要是他在审讯开始前就在危地马拉、撒哈拉沙漠或者塔希提自杀，那才是皆大欢喜，因为州县政府部门哪有心思劳师动众大耗金钱地去那种地方去求证真相。"

他又笑了，一副很和善的样子，爽朗而又豪迈："马洛，说说你的诉求吧。"

"你是说价码吗？我不会跟你要一分钱，我已经把如何认识罗杰·韦德的过程都告诉你了。我从一开始就是被带来的，不是我自己要来。不过，虽然罗杰·韦德有过发狂记录，还认识你的女儿，但我没有亲眼见过。那个浑蛋昨天还准备开枪打死自己呢。他有很深的愧疚感，被这种烦恼困扰着不可自拔。他是众多值得怀疑的人中的一员，要是我真的打算调查谁，他肯定是其中之一，况且他还是我恰好认识的一个。"

他霍然起身，大步走到我跟前站住。他一站起来，显得更加健硕威武了。

"马洛先生，我的忍耐是有限度的，你最好不要敷衍我，我只需要打一个电话，就能让你的执照变成一张废纸。"

"您打两个电话，我的后脑瓜就没了，然后出现在臭水沟的下面。"

他放声大笑，粗里粗气地说："做你们这一行的，是不是习惯性地就会生出刚才的想法？我不会那么做的。抱歉，我这就按铃让管家送你离开，我在你这儿浪费的时间有点儿多了。"

我站起来。"不必了。多谢你在我身上浪费时间，我听了您的一番教诲，不枉来这一趟。"

他向我伸出手："年轻人，我知道你是个人品正直的硬汉，但是送你一句话，想当英雄是要付出代价的，别这样干。感谢你的到来。"

我伸手跟他握了握。他的笑容非常温和，甚至让你感觉亲切，但是他的手，却像一个圆筒状的扳手一样有力。他觉得他是高高在上的人物，觉得一切都该在他的掌控中，觉得赢家永远是他。

"马洛先生，后会有期。"他说，"近期我会交托给你一单生意。你认为我会收买执法人员或者政客，你错了，我没必要这么做。再次感谢你光临寒舍。"

我向前门走去，他一直站在那里看着，当我伸手去推门的时候，琳达·洛林从屋子的某个角落走出来，语气平静地问我："你跟我父亲谈得拢吗？最后怎么样了？"

我说："还不错。他为我阐述了一番人类文明，他想要让这种文明青春永驻——我是说他自己所中意的文明——但是文明要给他的私生活让道，不然他就会给上帝打个电话，让订单作废。"

她说："看来你无可救药了。"

"哦，我吗？夫人，是我无可救药了吗？你为什么不好好看看你的父亲呢？跟他相比，我充其量只是个摇拨浪鼓的蓝眼睛婴儿。"

我头也不回地走了出去。凯迪拉克已经备好了，阿莫斯正在那里等着。回到好莱坞后，我想送他一块小费以资感谢，他不收，我又说送一本 T.S. 艾略特的诗集给他，他说他不缺。

33

此后，大约一周时间我没有收到韦德家的任何消息。闷热潮湿的天气里，腐臭的空气直飘到西部的比弗利山。从木哈兰大道的最高处望去，整个城市上空都云山雾罩，眼睛熏得难受，难闻的气味直往鼻子里钻，人们抱怨连连，却无处可逃。潮水一般的电话打到比弗利山的深居简出的百万富翁那里，逼得人家只能躲避到帕萨迪纳，而在帕萨迪纳，一大群市参议员正在怒气冲天地为烟雾叫嚣不止，都是又脏又臭的烟雾惹的祸。送奶的人无法准时到达，哈巴狗身上叮满了跳蚤，再也听不到金丝雀嘹亮的歌喉，衣领浆洗得硬邦邦的老傻瓜在去教堂的路上突发心脏病，烟雾的恶行简直令人发指。而我居住的地方，晨风送爽，晚风宜人，一整天都保持着晴朗，舒坦极了。为什么会这样就不得而知了。

碰巧又是星期四，一个大好的日子里，我接到了罗杰·韦德的电话。他的精神头儿听起来还不错。

"我是韦德，最近怎么样？"

"挺好的，你呢？"

"辛苦赚钱，基本还算清醒，我好像我还欠你的钱呢，我们见个面吧。"

"我不记得你欠我。"

"就今天吧，我请你吃午餐怎么样？一点钟左右你能赶来这里吗？"

"应该没问题。坎迪怎么样？"

他听我问起坎迪好像挺迷惑的："哦，对了，那天晚上你把我扶上床他也出力了。"看来那晚他真的糊涂得挺厉害。

"没错。从某方面来讲，他这个小助手相当有用。韦德太太怎么样？"

"她挺好的，今天去城里逛商场去了。"

通话结束后，我坐在旋转椅里来回扭动着，居然忘了问问他的小说的进展。跟一个作家打交道，没准儿应该时不时提一提他的新作品。不过对于他来说，这种话题可能会让他心烦意乱。

过了一会儿，又有电话打来，听声音应该是个陌生人。

"马洛先生，我叫罗伊·埃斯特费尔德，是乔治·彼得斯先生让我给你打电话的。"

"哦，我想起来了，谢谢你。你在纽约认识的特里·卢恩诺克斯，对吗？那会儿他管自己叫马斯顿。"

"对，那家伙是个酒鬼。认错的人可能性不太大，应该是同一个人。我搬来这里后也见过他一次，那天晚上我正巧跟一位客户去乔森酒吧，看见了他跟他的妻子。我的那位客户认识他们，不过请恕我无法透露他的姓名。"

"理解。情况都这样了，那些都无所谓了，那会儿他叫什么名字？"

"稍等，让我想想。哦，对了，他叫保罗，保罗·马斯顿。我猜你可能会对另一件事更加感兴趣，那时候他佩戴着英国军队的荣誉退伍徽章。"

"哦，这样啊，那他后来发生了什么？"

"这我就不太了解了，因为我搬迁到了西部。等我再见到他时才知道，原来他跟哈伦·波特的放荡女儿结了婚，也来到了这里，不过这些都是你知道的。"

"如今他们都死了，谢谢你告诉我这些。"

"小事，不足挂齿，这些对你有帮助吗？"

我说谎道："没什么帮助。我只是不知道他以前的事，他跟我说他在孤儿院长大，你确定你没有认错人？"

"朋友，不可能认错。我不敢说我见一个人后就能牢牢记住，但他一头白头发，满脸伤疤，想忘记都难。"

"那他看见你了吗？"

"他可能早忘记我了，那种情况下就算看到了我，也不太可能跟我打招呼，起码我没看到他有那种表示。我都说了，他来到纽约后就变成了一个酒鬼。"

我再次向他道谢。他说小事一桩，不用客气，而后通话结束。

之后我久久沉思。办公大楼外汽车道上的声音洪流为我伴奏。我起身把下半拉窗户关上，而后给凶杀组的格林探员打去电话。

他说话挺客气的。

我在电话里略微跟他寒暄了几句后说道："是这样，我听说了一些关于特里·卢恩诺克斯的情报，把我搞糊涂了。他的一个纽约熟人跟我说，他在纽约用过另一个名字，你查过他的战争档案吗？"

格林警官沉声说道："那件案子已经盖棺定论了，绑上铅块沉到海底了，你真不懂假不懂？我劝你少管闲事。你们这种人从来都是不撞南墙不回头。"

"上个星期，我在艾德瓦利跟哈伦·波特先生在他女儿的家里畅谈了一个下午，你不打算调查吗？"

"我姑且相信你的话，你去那儿干什么？"他非常不高兴。

"我应邀而去，跟他探讨些事情，我给他留下了相当不错的印象。有一个新情报你也许会感兴趣，他跟我说他的女儿死于一把七点六五毫米口径的驳壳手枪。"

"然后呢？"

"朋友，那把枪是她的。当然，真实情况或许有出入。你不必顾虑什么，我没打算调查，我只是想知道一点儿私事，他是怎么受的伤？"

格林没有说话，我听见电话那头有关门的声音，而后他用淡然的语气说道："在边境南部跟人斗殴被刀子划伤，诸如此类。"

"去你娘的。你把他在军队的档案告诉我就行，我知道你有他的指纹，只要随同报告一起送到华盛顿，按照常规，他们会给你答复的。"

"你凭什么判断他有这东西？"

"我从曼迪·梅隆德斯那儿听说过。说是卢恩诺克斯救过他的小命，他脸上的伤疤也是那时造成的，他还被德军俘虏过。"

"你说梅隆德斯？那种杂碎的话你也信？看来你该找医生看看脑袋了。听着，卢恩诺克斯没有另外一个名字，也没有战争记录或其他什么记录。"

"好吧，你非要这么说的话。"我说，"不过梅隆德斯大老远找上我，警告我别乱管闲事，声称他和另外一个叫兰迪·斯塔尔的拉斯维加斯赌徒都是卢恩诺克斯的朋友，还编造了一个动听的故事加强说服力：既然卢恩诺克斯已经死了，就不要再折腾他的地下英灵。他搞这些有什么目的？"

格林用讥讽的语气说道："那种杂碎出于什么目的，脑子里想些什么，我怎么能猜得到？没准儿卢恩诺克斯在赌城的时候给斯塔尔当过几天业务经理呢。他身穿晚宴装束，一边镇场子，一边伺候赌客，给他们宾至如归的享受，然后他就在那儿认识了那位美女。想想看，他干那种活儿的时候肯定非常上档次。之后人家就飞上枝头变凤凰，单干了，跟一大笔钞票结了婚。"

我说："多谢了，警官先生。他的确是个有魅力的人，我想警察是不需要这玩意儿的。格里戈利尔斯最近好吗？"

"你没看报纸吗？他正享受长假呢——退休了！"

"哦，警官，犯罪新闻又卑劣又肮脏，我通常不怎么看。"

"那位大富翁找你什么事？"

我正要跟他说再见的时候，他问了这么一句话，把我的节奏打断了。

我说："喝喝茶，聊聊天，还给我介绍了一单生意。算是交际往来。对了，他还向我暗示，如果有哪个警察敢用眼睛鄙夷我，他就帮我终止对方的前程。当然，他并没有明确这么说，只是暗示。"

格林说："他手再长也管不到警察部门。"

"他也是这样说的。他说他根本用不着收买地方检察官或者其他部门的某类长官，不过他在小憩的时候，他们都会温驯地爬在他的膝盖上讨好，仅此而已。"

"去你娘的。"格林"咣当"把电话挂了，我的耳朵被震得不轻。

唉，当警察也不容易啊。谁知道哪个人的肚皮可以任由他们踩了一脚又一脚却不会踩出麻烦，这是不好判断的。

34

热浪滚滚的大中午，我却要开着车在一条土路上颠簸地跳舞。出了公路后，车子就驰进了这条绕山而行的弯道，道路两旁是稀稀落落、沾满沙尘的灌木丛，大地快要被烤焦了一样。不时吹来一阵萎靡不振、酸不拉叽的热风，卷裹着杂草的恶心气味。

我索性脱掉外套，把衬衣袖子也卷起来，想把胳膊搭在车窗上，却烫得不行。在一株千叶树下，拴着一匹马，同样无精打采，昏昏欲睡。然而在一块空地上，我居然看到有人坐在那里津津有味地看报纸，那是个褐色头发的墨西哥人。一株蓬蒿漫不经心地随风滚到马路对面，把花岗石层地面上的一只蜥蜴吓走，然后它停在那里略微休息了一下。

我又开上了一条柏油路，终于从那座小山绕过来，前面蓦然出现一片世外桃源。而后又用了五分钟左右，我开车进了韦德家的汽车道上。熄火后我从车上下来，踏着石板路来到门前按了按门铃。出来开门的是韦德本人。他看起来挺有精神的，几天不见晒黑了，鼻子一旁沾着些烟灰，手上有墨水的污痕。他上身穿着一件短袖衬衫，上面有着咖啡色和白色的格子，下身则是一条淡蓝色的斜纹棉裤，脚上趿拉着一双屋里穿的拖鞋。

我跟着他径直进了书房，他走到书案前停了下来："让你风尘仆仆地跑来，多谢了，马洛。来一杯吗？"

我把外套放在一张椅子上，在沙发上坐下，书案上堆着一大摞黄色的打字稿。

我感觉我的表情一定很明显，就是那种被一个酒鬼邀请喝一杯的表情。他讪讪一笑，说道："我喝可口可乐就行。"

我说："进步挺快嘛，不过我也喝可口可乐吧，这会儿不想喝酒。"

他在一个脚踏按钮上踩了一下，不一会儿一脸阴沉的坎迪先生就进来了。这位今天没有穿他的白色外套，只穿着一件蓝色衬衣，脖子上围着一条橙红色围巾，下身是一条雅致的高腰华达呢裤，脚上则是一双黑白相间的鞋子。

韦德吩咐他去拿可口可乐，坎迪狠狠瞪了我一眼，转身走了。

我指了指那堆打字稿，问："你的小说？"

"嗯，写得很糟糕。"

"我想不至于，快完成了吗？"

"写了有三分之二左右吧——我说的是价值，其实也没有什么价值可言。一个作家为什么会灵感枯竭，你知道吗？"

我掏出烟斗，装填上烟丝："关于作家的事，我一点都不了解。"

"他一旦开始看自己的作品寻找灵感就会这样。这是真的。我的书都很长，长篇小说符合读者的胃口。我这里的打字稿足有五百页，起码有十万字。大部分读者都愚蠢地认为，页数越多的书所含的营养也越多。我自己的作品其实我连一半都记不住。我没有勇气从头读一遍，我最害怕的就是回头看自己的作品。"

我说："跟那天晚上相比，你现在的精神面貌很好，我甚至都有些不敢相信。实际上你很勇敢，只是你自己不这么认为。"

"可单单是勇气，是无法支撑我的，我最渴望的东西是我得不到的。比如信仰，对自己的信仰。我有一位漂亮的妻子，有一栋富丽堂皇的房子，有值得炫耀的销量纪录。但我失去了信仰，变成了一个恃宠而骄的作家。我最渴望的只是把自己灌得酩酊大醉，好把一切都忘得干干净净。"

他双手托着自己的脸颊，隔着书桌怔怔地望着我："艾琳跟我说我曾经想开枪自杀，我已经严重到了这种程度吗？"

"你自己不记得了？"

他摇了摇头。

"我只记得我摔倒了，把自己的脑袋撞破了，而后就出现在了床上，看到了你。你是艾琳打电话叫来的吗？该死的，我什么都不记得了。"

"是她叫我来的，她没有跟你说吗？"

"我想艾琳已经受够我了，多看我一眼都会吐。这个星期她总共也没跟我说几句话。"他的一只手横抵在紧挨下巴的脖子上，"洛林在宴会上胡搅蛮缠，让局面变得更没法收拾了。"

"韦德太太说他可能只是捕风捉影。"

"是吗？不过这是事实。她肯定会这么说，不过说的时候肯定言不由衷。那个浑蛋还怀疑过你，你只不过是跟他老婆在角落里喝了几杯酒，说笑了几句，告别时亲吻了一下，这个醋坛子就怀疑你跟他老婆有奸情，可能有一大原因是她不肯跟他上床吧。"

我说："我觉得艾德瓦利真是个好地方，每一个人都会享受生活，逍遥快乐，作风正派。"

他皱起眉头，这时坎迪开门进来了，手里端着两瓶可口可乐和玻璃杯子。他往杯里倒上可乐，把其中一杯放在我跟前，却一眼都没看我。

韦德说："怎么没穿白外套？再过半小时就该吃午饭了。"

坎迪一脸从容，说道："老板，我不是厨子，而且今天我放假。"

韦德说："坎迪，今天厨师也放假了，但我邀请了朋友吃午饭，你做点儿冷牛肉片和三明治，再拿点儿啤酒过来就行。"

"你把这种家伙当朋友？你不担心你的太太吗？"坎迪嘲讽道。

韦德笑了，身子往后仰了仰，靠在椅背上："小子，你最好把嘴巴放干净点儿。看来我对你太好了，我以前没要求过你什么吧？"

坎迪原本瞅着地板，忽然抬起头来，撇了撇嘴："好的，老板，我这就去穿白外套。不就是午餐吗，会有的。"

他缓缓转身，走了出去，反手把门关上。

韦德收回目光，看向我，耸了耸肩说："以前我们管他们叫仆役，现在管他们叫家政人员，我猜，用不了多久，我们就得做好早餐，然后端到他们床上伺候他们吃了。他被我养肥了，我给他的钱太多了。"

"你指的是工资还是额外的什么钱？"

"比如呢？"他的嗓门儿不由得抬高了。

我起身递给他几张折叠在一起的纸："或许你忘了，你让我撕掉它们。你自己看看，就是放在打字机盖子下的那几张纸。"

他把纸展开，桌子上的可口可乐在他前面咻咻作响。但他充耳不闻，只是皱着眉头靠在椅子上看着纸，看完以后又把纸折起来，手指在折印上漫不经心地滑动着。

他忽然很谨慎地问道："艾琳看过没有？"

"也许吧，我不太清楚。"

"写得乱七八糟，是不是？"

"我读得还蛮有味道的，最精彩的那段就是某个老好人因你丧命什么的。"

"一个醉鬼喝多了胡乱涂鸦，没什么意义。你知道的，无论醉鬼说什么话、做什么事，都不能拿正常人的思维去推理。坎迪那么喜欢我，怎么会敲诈我呢？"

"我觉得你应该再酩酊大醉一次，那样你才能想起纸上写的是什么意思，或许还能想起更多的东西呢。枪走火的那天我们就试过一次了，不是吗？你不像是喝醉了，更像是西康诺吃多了，把脑袋吃坏了。我刚才给你读的是你自己写的东西，现在又跟我假装失忆。韦德，你能活到现在真不容易，我现在一点儿都不奇怪你为什么写不出东西来了。"

他伸手把旁边的一个书桌抽屉拉开，在里面摸了一阵，最后摸出一本支票簿。他翻开支票簿，又去拿笔，一边故作镇定地说："一千美元，我欠你的。"他写了几溜字，又在存根上划拉了几笔，撕下支票，从书桌对面绕过来，把支票扔在我面前，"互不相欠了！"

我没有说话，也没有去拿支票，只是往后靠了靠，看着他。

他的脸越拉越长，面色铁青，眼睛好像无底洞，什么也看不到。

他慢吞吞地说道："你现在一定在想，她是我杀死的，卢恩诺克斯蒙受了不白之冤。没错，她的确是个生活不检点的女人，我偶尔会忍不住去她那儿一趟，被坎迪发现了。难道一个女人生活放荡，你就要打爆她的头吗？我不相信坎迪会告密，这很奇怪，可能我错了，但我就是不觉得他会那么做。"

我说："他说出去也没什么，哈伦·波特的党羽根本不会相信他。另外，她也不是被铜雕打死的，而是被自己的枪打死的，脑袋上有弹孔。"

"报纸上没有刊登这些。"他像是梦呓一般说道，"可能她真的有把枪，但是我一点儿都不知道她是被手枪杀死的。"

我说："报纸上的确没写。不过，你是不知道，还是不愿意想起？"

"马洛，你想拿我怎么样？你打算怎么对付我？向警方举报我吗？或者告诉我的妻子？这样对你有什么好处？"他的声音还是先前那般温和，简直可以说是温柔。

"你说过，因为你的缘故，一个无辜的好人死了。"

"我只是说要是当时调查得够详细的话，我可能会被指名点姓，被列为最值得怀疑的嫌疑人之一。那样我就毫无活路了。"

"我并没有说你是杀人犯，韦德。真正的困扰在于，连你自己也不清楚是否做过那样的事。你喝醉酒后做过的事，事后自己也想不起来。你以前还粗暴地对待过自己的妻子。你说你不可能因为一个女人生活不检点就打爆她的头，这与事实逻辑不符，因为以前有过案例。相比于你，那个背负罪名的家伙，更加不可能做这种事情。"

他沉默了，踱步走到落地窗前，透过敞开的落地窗望着湖面，燥热的空气在湖面上微微荡漾。大约两分钟后，坎迪推着一辆餐车敲门进来，餐车上摆着一壶咖啡、两罐啤酒和罩着银盖的盘子，下面铺着一面干净的白布。

韦德依旧戳在那里不说话。坎迪问道："老板，现在就把啤酒打开吗？"

韦德没有转身，背对着他说道："去拿一杯威士忌给我。"

"老板，家里没有威士忌了。"

韦德转过身来，冲着坎迪大声咆哮。坎迪面色如常，只是低头看了眼茶几上的支票，一边读着上面的字，一边扭了扭头。他抬头看了我一眼，咬牙切齿地不知说了一句什么，后来面向韦德说："抱歉，今天我放假，我出去了。"

说完他就转身出门了。

韦德笑了起来，大声吼道："我自己去拿。"他也出去了。

我把一个银盖子揭开，盘子里放着三明治，切成三角形，整整齐齐的。我站起身来，给自己倒了些啤酒，拿了一块三明治，站在那里吃了起来。不一会儿，韦德拿着一个酒瓶和一个玻璃杯返回书房，一屁股坐进沙发里，倒了一大杯一口喝完。屋外传来汽车远去的声音，估计是坎迪开车从用人车道走了。我又拿了一块三明治吃。

韦德说："没必要客气，坐吧。"

这会儿他已经脸色泛红了，说话带着颤音："我们还有一整个下午要度过呢。"他说，似乎一副很高兴的样子，"马洛，我觉得你对我成见很深。"

"你以前问过这个问题，我也给过你回答。"

"你是个冷血的家伙。为了调查你想知道的事情可以不择手段。当我醉得不省人事的时候，你就在隔壁我妻子的房间里挑逗她，有这回事吧？"

"你相信吗？是那个飞刀手跟你说的吧？"

"不，不至于全部相信。"他又给自己倒了一杯威士忌，向着阳光举杯，"这杯威士忌的颜色真漂亮，不是吗？醉于浩瀚金海，随波逐流，眠于午夜，烦恼根除，痛苦全忘却……下面是什么来着？哦，抱歉，你怎么可能知道这种酸不拉几的文言呢。你的职业应该是侦探一类的吧？你来这儿的目的能明明白白地告诉我吗？"

他并没有就此打住，一边冲我发笑，一边一口接一口地喝着他的威士忌。他忽然注意到了放在桌子上的支票，伸手拿了起来，端着酒杯念完后絮絮叨叨地说："看来是给一个姓马洛的家伙开的支票。签名应该是我本人签的。可我为什么要开它呢？有什么目的呢？我好糊涂，我动不动就被别人骗。"

我心里来气，语气不再温和："别装疯卖傻了，你妻子去了哪里？"

他抬头看了我一眼，一点儿都不显得气恼，说道："我老婆该回来的时候才会回来。等我醉得一塌糊涂了，整个房间都归你们了，你就可以享受她浪漫从容的招待。"

我打断他接下来的话，喝问道："那把枪呢？"

他呆了一下，我跟他说，上次我把枪放进他的书桌了。他说："我很肯定现在它不在那里。不行，你随便搜，不过不准偷我的橡皮筋。"

我去书桌抽屉里翻腾了一会儿，果然没有找到枪。这绝不是一件小事，难道是艾琳把它藏到别处了？

"韦德，你给我听着，我再问你一遍，你老婆现在在哪儿？是她回来的时候了，不是为了我，是为你回来，你这样的人必须有人看着。要是让我照顾你，我才不受那份罪呢。"

他瞪着眼，晕晕乎乎地放下手里的酒杯，另一只手里还拿着那张支票，他把支票撕成两半，对起来又撕，再撕，地板上散落了一大堆碎纸片。他说："显而易见，金额填写得太少了。我的妻子外加一千块钱也不足以让你满意，你的服务费高得离谱，可惜，我除了这个——"他在威士忌酒瓶上拍了拍，"出不起更高的价码了。"

我说："我该走了。"

"别这样，朋友。你不是想让我回忆吗？你瞧，我的记忆都藏在酒瓶里。你留下来，没准儿我一醉就会把我杀过的所有女人都说出来呢。"

"韦德，这样，我不在这儿陪你了，我去别的地方再待一会儿，你要是需要我，抓起椅子往墙上砸我就知道了。"

我出了门，让门开着，没去管它。从客厅出来，我走到院子里，拽了一张躺椅到突出的阳台投下的阴影处。我仰躺在躺椅上，看着湖水另一边依山叠翠的蓝色烟岚。低矮的山丘挡不住海风的悄悄渗透，风向西暗袭，暑天的热气被消减了一部分，空气也被清洁了一番。艾德瓦利的盛夏是无可挑剔的。

这里所有的一切都是人为规划好的。法人创造了一个只允许少部分顶端人物居住的天堂般的世外桃源，只有斯文的人才有资格获得一席之地。中欧来的人想居住在这里，那是不可能的。只有最优秀的民族，最令人瞩目的社会阶层，最精英的人物，比如罗林夫妇和韦德夫妇这种像纯金一般的人，才有资格。

35

我在躺椅上苦思冥想了足有半个小时，却仍旧一筹莫展，拿不定主意，我确实想趁他喝醉询问些我想知道的东西。他在自己的家里，待在他的书房里，理应出不了什么乱子。就算他会像上一次那样跌一跤，但他的酒量还是相当不错的，起码要再等一会儿才会发生。而且酒鬼通常不会把自己伤得太重，很可能这一次他只是去睡觉，不过也可能愧疚感复苏。

可是另一个念头正在说服我别去蹚这池浑水，不过我从来不是个遇事退缩的人，这种心声无法主导我。我当初既然没有留在出生的那个小镇，安心在一家五金店打工，然后跟老板的闺女结婚，生养五个孩子，每个星期天早晨都读一些荒唐可笑的新闻给他们听，因为他们的零花钱的问题、能看什么电视节目的问题、能收听什么广播节目的问题而跟婆娘争吵半天，他们淘气了就在他们的脑壳上狠狠修理一顿——那样的话，说不定我已经成为小镇上的一个小土豪了，住的房子足有八个房间之多，车库里起码停着两辆车，每个周末都吃鸡肉解馋，婆娘时不时出去烫个发，客厅的茶几上放的永远是《读者文摘》，我的脑壳会像波特兰水泥一样结实——我又如何不能接受这个卑劣不堪、遍地谎言、人心龌龊的城市呢？朋友，请相信，我可以接受。

我起身返回书房，他依旧坐在那里，目光呆滞，眉头微蹙，脸上全是迷茫。威士忌酒瓶里的酒已经下去一大半了。他看向我的时候，那副神情给我的感觉，更像是一匹被拴在围栏里的马盯着我看。

"你想要什么？"

"什么都不想要，你感觉怎么样？"

"那就别打扰我，我的肩膀上正有个小精灵给我讲故事呢。"

我从餐车上取了一块三明治，靠在他的书桌上，又拿了一杯啤酒，边吃边喝。

"你知道吗？"他冷不丁开口问道，声音比刚才清晰多了，"我以前雇过一个男助手，我口述，他负责写成文字。后来我感觉他坐在那里，像一个监工一样，我的创作全都是便宜他，就把他给轰走了。我其实应该留下他的，赶走他是个错误。没准儿我会被宣扬为同性恋人士呢，接着肯定会有人帮我做宣传，比如那些写不出正经文章，只会对着别人的文章评头论足、说三道四的人，这些聪明人最知道大众需要什么了。你应该能理解，他们必须把自己人的利益放在首位。他们没有一个是正常人，所有的人都奇奇怪怪。而我们这个时代的文学艺术都是由怪人来裁夺的，其中性变态成为领军人物。"

"哦。也许吧，总会有那种人的。"

他听见了我的话，却没有看我，只是自顾自地说道："是这样的，几千年来从未变过。特别是在那些文艺兴盛的伟大时代：雅典时代、罗马时代、文艺复兴时代、伊丽莎白女王时代、法国浪漫主义运动的时代——这些时代的怪人是最多的，有关他们的书数不胜数。你有没有读过《金枝》？看来没有。显然它太长了，不适合你，实际上那已经是浓缩版了。它告诉我们，一切性爱活动，都不过是例行公事，就跟参加晚宴前打个黑色领结一样。我是个写性爱的作家，只是里面的对象是女人，不是男同性恋者。"

"你知道吗？"他撩起眼皮看我，用嘲笑的口吻说道，"我是个谎话连篇的人。我在自己的小说里把男主人公写成身高八英尺的汉子，而屁股都磨出硬茧的女主人公高抬膝盖躺在床上，蕾丝、绉纱、马车、剑、意乱情迷、浪漫悠闲、浴血决斗、慷慨赴死……统统是谎言。实际上他们从来不刷牙，没有一颗好牙，他们没有肥皂，只能喷香水遮掩，他们的指甲缝里总有肉汤腐臭后的怪味，高高在上的法国贵族动不动就把小便浇到凡尔赛宫走廊的大理石墙上，令你意乱情迷的侯爵夫人，当你把她身上一层又一层的内衣脱掉后才发现，原来她很久没有洗过澡了。我很喜欢那样写。"

"那你为什么不那样写呢？"

"当然可以。"他笑出声来，"但是那样我就只能住在康普顿的一栋只有五个房间的房子里，而且即便这样也还得看运气。"他在威士忌酒瓶上拍了拍，"我的朋友，你需要找一个伴侣，你很独孤。"

他起身走出书房，脚步还算稳当。我清空大脑，干等了一会儿。湖面上飞快驰来一艘汽艇，尖声咆哮着，我首先看到高处水面的船桅座，然后看到后面拖拽着的脚踏冲浪板上的年轻人，他身体健硕，皮肤晒得发红。我来到窗户跟前时，船正在疾行中转弯，由于速度太快，汽艇差点儿侧翻了。冲浪板上的年轻人用一只脚跳了一下，才保持住平衡，而后主动跳进水里，等快艇在波浪中慢慢停住后，他才不慌不忙地爬到船舷上，拽着那根绳子回到冲浪板上。

接着汽艇又发出尖啸，很快从我的视线里消失。韦德回来了，手里拿着一瓶新的威士忌，他把新酒瓶跟刚才的旧酒瓶放在一起，坐了下来，怔怔思索。

"你打算把两瓶酒都喝进肚子吗？上帝！"

"朋友，你怎么还没走？"他乜斜着我，话音又不清楚了，"你妨碍我了，赶紧回家擦擦厨房地板什么的吧。"想来，肯定和以往一样，他在厨房里已经喝过两杯了。

"需要我帮忙的时候叫我吧。"

"除非我犯贱才会找你。"

"谢谢，我就在周围待一会儿，韦德太太回来我就走。对了，你听说过保罗·马斯顿这个人吗？"

他缓缓抬起头，费了好大力气，才让目光多少有了点儿焦距。他其实很想控制自己，努力地挣扎着，我看得出来，这次他赢得了短暂的胜利。

"不知道，他是谁？"他面无表情地说，话说得很慢，很谨慎。

过了一小会儿，我回屋看他的时候，他已经带着满身的威士忌酒气睡着了，满头大汗，嘴巴大张，像扮鬼脸一样，嘴唇往里翻，不光把牙齿露了出来，连舌头上的舌苔都能看清，看起来又干又涩。

其中的一个酒瓶子完全空了，另一瓶还有四分之三的威士忌。在茶几上，玻璃杯里还有点儿酒，大概只有两英寸高。我拿起空酒瓶放在餐车上，推着餐车出了书房，反身把落地窗关上，又将百叶窗板翻转过来。而后我关上门。这样汽艇再路过的时候不至于把这家伙给吵醒。

我推着餐车来到厨房，厨房里一个人都没有。我根本没有吃饱，只好再吃一块三明治，把喝剩下的啤酒一股脑儿喝掉，啤酒已经挥发得没有酒味了。这间厨房很大，空气流畅，白色和蓝色成主基调。我见咖啡还是热的，就倒了一杯咖啡喝。

我回到刚才的院子里。等待了好久，大概四点钟那会儿，我又听到了远处传来的汽艇声，开始声音不大，慢慢地越来越大，后来简直能把耳朵震聋，那艘汽艇也出现在视线里，将湖面豁开，飞驰而来。真应该单独制定一条法律，来约束一下这种行为。可能压根儿就有，不过汽艇上的人不在乎罢了。就和我认识的很多人一样，只管自己取乐，不管别人是否嫌弃。

我漫步走到湖边。汽艇急转弯时，开汽艇的人将速度控制得妙到极致，终于冲浪成功了。踏在冲浪板上的古铜肤色的青年，努力把身体向外倾斜，好平衡离心力。冲浪板一头仍在水里，但差点儿就飞离水面。过了一小会儿，驾驶员把汽艇方向打直，冲浪者还在冲浪板上立着，他们朝来时的方向返回。终于结束了。快艇掀起的波浪涌向湖畔，冲到我的脚下，狠狠地拍击在短码头上。拴在那里的小船颠簸了起来。我转身走回屋里时，小船还在波浪的拍打下不得

192

安宁。

刚走回内院，我就听见铃声打厨房的方向响了起来。等又响了一声，我才反应过来，只有前门才会有铃声。我走过去开门，而后看见正背对屋子站在门口的艾琳·韦德。她转回头："抱歉，我出门时忘记带钥匙了。哦——"她这才看清开门的是我，"我当是坎迪或罗杰呢。"

我说："今天周四，坎迪不在这里。"

等她进屋后，我把门关上。她一副很平淡的样子，把一个手提皮包放在夹在两张沙发中间的茶几上，而后将猪皮白手套脱下来。"发生了什么事吗？"她问。

我说："他喝了些酒，没大碍，已经在书房的沙发上睡着了。"

"他打电话把你叫来？"

"嗯。不过是另一个原因，他请我来吃午饭，他自己可能一口都没吃。"

她轻轻坐在沙发上："天，我真糊涂，我居然忘了今天是周四，厨子也不在。"

我说："坎迪离开的时候做了些午餐。我要走了，我的汽车没有妨碍你停车吧？"

"没有。"她笑了笑，"哪儿都能停。我想喝点儿茶，你要来点儿吗？"

不知怎么回事，我脱口说了声"好"。我不怎么喝茶，可就那样说了。

她把身上的亚麻外套脱下来，说："我去瞧瞧罗杰，看他怎么样了。"她今天没有戴帽子。

她走到书房门前，打开门，在那儿站立了一会儿。我一直望着她。

她关上门转身走回来，说："他睡得很香，你稍等，我先上楼一趟，很快就下来。"

她把外套、皮包和手套拿上，上了楼，进了房间，关上门。我一直望着她。

既然他睡得很熟，肯定不会需要酒瓶，我进了书房，打算把那瓶酒拿走。

36

书房里又暗又闷又静，落地窗、百叶窗都关闭着，空气中荡漾着一股令人作呕的气味，从入口到沙发只有短短十六英尺，我刚刚走了几步就发现了，躺在沙发上的根本就是一个死人。

他面朝沙发背侧躺着，一只手臂压在身下，另一只手臂挡着眼睛，半边脸沾满了鲜血。就在沙发背和他前胸的中间，有一大片血迹，在血水中浸泡着一把韦布莱手枪。

我弯下腰，仔细看他，他的眼睛是睁着的，那一边裸露的肩膀，如今已被鲜血染红。透过臂弯，能够看到一个黑色的子弹孔，弹孔就在他的头上，伤口的肉向外鼓出，还在汩汩往外流血。

我确定他已经死了，虽然摸他的手腕依旧温热。我没有去动他的身体，而是迅速扫视各个角落，寻找字条、乱糟糟的涂鸦等一类东西。可是除了桌子上的那一摞打字稿外，什么也没有发现。一个人自杀未必就会写遗书。打字机放在架子上，没有盖盖子，里面同样一无所有。一切都是那么正常、自然——通常自杀的人在自杀前会做好充足的准备，有的人会痛饮几杯，有的人会享受一顿很有格调的香槟晚餐，有的人会脱得一丝不挂，有的人会换上一套晚礼服。自杀的地点也不胜枚举，比如水里、水上、水渠、墙上。酒吧里有人悬梁自缢过，车库里有人打开煤气自杀过。这个人倒是够麻利，趁我正在湖边看冲浪者掉头的时候，借着快艇震耳欲聋的声音开枪了，所以我没有听见枪声。我搞不清罗杰·韦德为什么要重视这一点。也许并不是这样，也许只是他冲动的时候，快艇恰好过来了，在时间上有了重合，但我总觉得很可疑，我的心情无人理解。

地板上，撕碎的支票还在那里，我没去捡，只是捡起了废纸篓里的几条纸，那是他上次写的那篇东西撕成长条后扔进去的，我统统捡了起来，这是比较容易找的，因为纸篓基本上是空的。确定没有遗漏一片后，我把碎字条装进衣兜里。至于枪是从哪里拿出来的，完全没必要费脑筋去想。因为它可能藏在任何一个地方，比如沙发垫下、椅垫下、地板上、书本后，可以藏它的地方太多了。

我出了书房，把门关上。我侧着耳朵听了听，厨房里有动静，原来是水壶在响，我进去时看见艾琳正围着一条围裙。她面无表情地看了我一眼，把火调小，问道："马洛先生，你的茶想怎么喝？"

我为了让手指有点儿事情做，就掏出一支香烟，靠在墙上揉搓那根香烟，把它掐成两段，将其中一段扔在地板上。

"从壶里倒出来，直接喝。"我说。

她的眼睛跟随着掉下去的半截香烟落在地上，我弯腰把它捡起来，将两个半截香烟揉捏成一团，像个小圆球似的。她一边泡茶，一边回头对我说："我在英国的时候就学会了喝茶，我喜欢在茶里加点儿奶精和糖，不过他们通常不加糖，而是加糖精。当然，战争年代没有奶精可加。奇怪的是，我喝咖啡的时

194

候什么都不喜欢加。"

"你在英国生活过？"

"有一段时间我在那里工作，大规模空袭的那段时期。"她说，"从开始到结束我一直在那里。我以前跟你说过，我在那里认识了一个男人。"

"那你和罗杰又是在哪里相遇的？"

"纽约。"

"结婚也是在那里？"

"不是。"她转过身来，皱着眉头说，"我们不是在纽约结的婚，为什么问这个？"

"等茶泡好，随便找点儿话题聊，没别的。"

她挨着滴水板的边沿，手指漫不经心地摩挲着一沓折叠整齐的茶巾，目光越过水槽上方，向窗外眺望，从她那个角度能够看到湖面。

"不能再这么纵容他了，我已经拿他毫无办法了。"她忽然说道，"我应该把他送到某个机构，只是不知为什么，我总是狠不下心来。"她转过身来，说，"我需要办理一些文件手续，是不是？"

我说："他自己签也没问题——我是说他原本可以。"

这时，茶壶的计时器响了起来，她转过头去，面向水槽。她把水倒进另一个壶里，把新茶壶放在托盘上，上面已经摆好茶杯了。我端起托盘，放到客厅的茶几上，跟她面对面坐在茶几两侧的沙发上。她倒了两杯茶，我将其中一杯端到自己面前，等它凉一些再喝。她在她的那一杯里放了些奶精和两块方糖。她轻轻抿了一口，而后忽然问道："你最后那句话是什么意思？你说原本可以，是不是说他能自己办理手续把自己托管给某家机构，是这样吗？"

我说："那只是顺嘴溜出来的话，当不得真。对了，你有没有把那把枪藏好？他在楼上佯装自杀的那天早上跟你提过。"

她皱了皱眉："没有，为什么要藏？我认为你的那种说法不对，怎么突然问起这个了？"

"你今天出门时忘了带家里的钥匙？"

"对，我先前说过。"

"但没有忘记带车库钥匙？这样的房子，不是外围的钥匙更重要吗？"

她嗓门儿不由得大了起来："开车库只需要拨一下电路开关，我没必要非得带车库钥匙吧？前门内墙上有一个总控开关，出去的时候只要往上拨一下就行，车库边上就有控制车库门开启和关闭的按钮，而且我们通常都不会锁车库。

就算锁，也是让坎迪去办。"

"哦，我知道了。"

"你怎么总是说些没头没脑的话？那天早上你就这样。"她的话带了些尖刻的味道。

"这所房子才让人匪夷所思呢，我在这儿见了太多怪事。有人喝得烂醉如泥，躺在外面的草地上，医生来了以后袖手旁观。某人大半夜不睡觉，却开枪玩儿。墨西哥家政服务员原来是个飞刀手。某位勾魂夺魄的美女搂着我的脖子，把我当成另外一个人甜言蜜语。你其实并不爱你的丈夫——如果我没记错的话，我上次也说过这话。至于那把枪的事——更是悲催透顶。"

她缓缓站起身来，紫色的眼眸正向其他颜色转变，平日里的温和已然消失，她的嘴唇哆哆嗦嗦，可是却摆出一副无比镇定的姿态，不紧不慢地问道："是不是……是不是发生了什么事？"她的眼睛瞟向书房。

她没有等我答复，立马快步冲了出去，来到书房门口一把将门推开，走了进去。

我原本以为我会听到她的尖叫声，可惜我失算了。静悄悄的，我没有等到任何声音。我暗骂自己真是个浑蛋，我应该把她拦在门外，而后按照常规，井井有条、一点点地让她接受我即将报告的噩耗：你先做好心理准备，需不需要先坐下来，是这样，发生了一件比较遗憾的事情……我应该拐来绕去，絮絮叨叨，唾沫星子横飞，耐心再耐心地铺陈——虽然这样未必能减轻当事人的痛苦，甚至可能适得其反。

我赶忙追了出去。来到书房时，我见她瘫倒在沙发前，浑身上下到处都沾着他的血迹，她把他的头搂在自己的怀里，眼睛似睁似闭，使劲地摇晃着他，用力地抱紧他，她没有发出任何声音。

我走出去，找到电话机，翻开电话簿，想给离这里最近的警察局打电话。去他妈的吧，他们自己会用无线电互相通报的。

完了我又回到厨房，把水龙头打开，把装在衣兜里的黄色字条丢进垃圾搅拌机里，又抓起放茶叶的那个茶壶，把茶叶倒进去，打开电源。只用了短短几秒钟，一切搞定了，什么都看不出来了。我关掉搅拌机电源，关掉水龙头，回到客厅，打开前门走了出去。

五六分钟后，警察来了，可能警长的属下本来就在附近巡逻，我带着他来到书房。沙发前，韦德太太依旧跪着一动也没动。他马上走到她旁边，说："女士，你的心情我能理解，但是请你不要挪动任何东西，请你见谅。"

"他是我丈夫。"她转过脸，全身瘫软，跌坐在地上，"他被枪杀了。"

他把警帽放在书案上，拿起电话。

"他是个出名的作家，名字叫罗杰·韦德。"她高声说道，声音干脆。

警长的属下一边拨电话号码，一边回应道："女士，我知道他是哪位。"

她低头看了眼自己的衬衫胸口那一块，说："我可以先上楼换件衣服吗？"

"可以，请便。"他说道。

他打完电话后，说："你刚才说他被枪杀，你是想说他是被别人开枪杀死的？"

她说："我认为凶手就是这位。"她说话的时候没有抬眼看我，说完紧走几步出了房门。

警长下属拿出一个记录簿，看着我很随意地说道："是你报的案？我记下你的姓名和家庭住址吧，以备需要。"他在上面写字。

"是。"我告诉他我的姓名和住址。

"我们稍微等会儿，奥尔斯副组长马上就来。"

"伯尼·奥尔斯？"

"对，你认识他？"

"嗯，很久以前就打过交道了，那会儿他还是地方检察官办公室的一员呢。"

"现在不是了，现在他是凶杀组协警组长，归洛杉矶警长办公室管。你跟主人家是朋友关系吗，马洛先生？"

"应该算不上，韦德太太的话你也听到了。"

"马洛先生，别紧张。"他耸了耸肩，表情暧昧，"你身上没有枪吧？"

"今天没带。"

"见谅，我还是亲自确认一下比较好。"他搜了我的身。

他又把注意力转移到沙发那边，说道："发生了这种事，做妻子的又怎么能保持理智呢？我们还是出去等吧。"

37

奥尔斯是个胖子，不算高，也不算矮，头发金黄，略微有些褪色，剪得极短。一对蓝眼珠也有褪色的迹象，两条白眉毛还很硬朗。他没有被摘掉官帽以前，每次一脱帽子都会让人大吃一惊，因为他的脑袋比你想象的还要大很多。

他拿过的前三名不少于五六次，可惜他不会讨好警长，跟警长合不来。

他一边从楼上下来，一边揉搓着下巴，我正坐在客厅里等着，边上有一个便衣警察陪着。书房不断有人走进走出，忙个不停，闪光灯一个劲地在书房里面闪烁。

奥尔斯坐到一张椅子上，垂下的两只手漫不经心地晃悠着。他盯着我，眼睛一眨不眨，认真地思索着什么，嘴里叼着一根香烟，却没有点火。

"还记得以前吧？艾德瓦利拥有私人警力，还设有闸门。"

"还是个赌场。"

"没错。就和以前的艾洛希特和阿莫拉特贝一样，整座山谷都是私人的，连警察都不能插手管。我办案的时候根本不会有记者上蹿下跳，感觉太久远了。肯定有人悄悄跟彼得森打了招呼，电报稿上一句都没提。"

"服务周到，滴水不漏，不是吗？韦德太太怎么样？"

"精神焕散。她肯定抽空吃了些什么药，我在她那儿发现了十多种药，其中还有杜冷丁，那可不是什么好东西。话说你的朋友最近都不怎么走运，接连有人赶着去投胎。"

我无言以对。奥尔斯像是漫不经心似的说道："我向来都对开枪自杀案件很感兴趣，掩人耳目的手段太多了。这家的女主人刚才说是你杀了他，她说这话有根据吗？"

"我认为她要表达的不是字面上的意思。"

"放心，这里没有外人。她告诉我，你知道他喝醉了，前几天他用那把枪开枪自杀过，她跟他撕扯了一阵后才把枪抢出来，而那天晚上你也在场，却没有上前帮正忙，还有，你还知道那把枪放在哪儿。这些都没错吧？"

"我上次特意叮嘱过她让她把枪收好，告诉了她枪放在哪儿。今天下午我去他的书桌抽屉里翻找过，没有找到。如今她说她不认为我的判断是对的。"

奥尔斯瓮声瓮气地问道："'如今'具体是指什么时候？"

"她刚回来那会儿，我给警察分局打电话之前。"

"你为什么要搜他的书桌？"他很轻慢地看着我，两只手收起来放在膝盖上，好像根本不在意我的回答是什么。

"我见他喝醉了，琢磨着最好把枪换个地方放，不过几天前发生的只不过是一场闹剧，他并不是想真的自杀。"

奥尔斯点了下头，把嘴里原先叼着的香烟吐出来，扔进一个托盘里，然后换了一根新的放在嘴里："我抽烟抽得动不动就咳嗽，现在已经戒了，不过好像还是没有彻底摆脱这玩意儿的控制，必须在嘴里放上一支，要不然就感觉浑身不自在。家里只有他自己时，就由你负责看着他？"

"不，我只是应他邀请过来吃午饭的。我们聊了几句，他因为写不出好作品感到很苦恼，最后非要喝酒。你说我要拦着他，把酒瓶从他手里抢出来吗？"

"那你得容我想想，现在我只是想了解个大概轮廓。你喝了多少酒？"

"我只喝了一点啤酒。"

"你摊上麻烦了，马洛。他写了一张支票，还签了名，最后又撕碎了，那张支票的用途是什么？"

"大家伙儿为了帮助他回到正轨，就雇用我住在这儿。我说的大家伙儿就是他老婆、他的出版商霍华德·斯宾塞——我猜斯宾塞还在纽约，你要是不相信我的话可以找他问问，还有她自己。不过我没接这单生意。不久后她上门找我，跟我说她的丈夫喝多了，然后就不见了，她担心得要命，请求我去把他找回来，我答应了，把他带回了他的家。又过了不久，我不得不大费周章把躺在他家屋子外面草皮上的他弄进屋里，扶到床上。总之我摊上这个烂摊子了。我其实从来都不想管他，伯尼。"

"你不是为了卢恩诺克斯的案子？嗯？"

"拜托，什么卢恩诺克斯的案子？毫无关联。"

"说得对。"奥尔斯在膝盖上揉捏着，语气冷淡地说道。这时从前门走进来一个人，先是跟另一位警探说了几句话，而后走到奥尔斯跟前，对他说道："洛林医生来了，副组长，他正在外面等着，说是有人给他打电话叫他过来。他是这家女主人的私人医生。"

"让他进来吧。"

警探得到指示后就出去了。不一会儿，穿着一套清凉而文雅的热带毛纱西装的洛林医生，挎着他那干净整洁的黑皮包走了进来，他连看都没有看我一眼，径直从我身边走了过去。

他向奥尔斯问道："她在楼上？"

"对，她在自己的房间里。"奥尔斯站起身来，"你给她开了杜冷丁，请问为什么，医生？"

洛林医生皱了皱眉头，冷冷地回答道："我给我的病人开的任何药，都是我认为合适才开的，没有法律条文要求我必须做出解释吧？另外，谁说我给韦德太太开了杜冷丁？"

"是我。药瓶上有你的名字，你可以去楼上看。看来我有必要让医生你了解一些情况，在本市中心区域，展示有各种各样的小药丸：红、蓝鸟，黄外皮，镇定丸……总之应有尽有，而杜冷丁是最容易招惹麻烦的。德国战犯戈林就每天都对那东西爱不释手，他被俘虏的时候，他们发现他每天居然要吃十八颗之多。军医为了让他减缓服用量，整整花了三个月时间。"

洛林医生面无表情，说道："我不明白你为什么要跟我说这些。"

"你不明白？那真遗憾。这么说吧，红鸟是西康诺，蓝鸟是阿米妥钠，黄外皮是黏布妥，镇定丸是在巴比妥酸盐里掺了些苯齐巨林，至于杜冷丁——这是一种合成麻醉剂，最容易让人上瘾。除非这位太太患有某种很严重的疾病，不然你这么随意地给病人开这种药，难道不需要解释吗？"

洛林医生说道："对于一个神经过敏的女人来说，丈夫是个酒鬼，就是一种非常严重的病痛了。"

"那你就没有额外花点儿时间给他治一治？真是遗憾。好吧，医生，韦德太太在楼上，耽误了你的时间，真不好意思。"

"这位先生，我会跟你的上级聊一聊你的蛮横无理。"

"哦，请便！不过你应该先做点儿别的再去打我的小报告。"奥尔斯说，"你得先让那位太太变得清醒一些，好让我做笔录。"

"请你先搞清楚我是谁。我做什么都只遵照一个原则，那就是有利于她的病情。至于韦德先生，他并不是我的病人，我也没兴趣去治疗一个酒鬼。"

"哦，只治疗酒鬼的妻子吗？医生，我想我知道你是谁。我的心正在滴血。我是奥尔斯副组长，记住，我姓奥尔斯。"

洛林医生转身上楼了，奥尔斯回到座位上，对我咧嘴笑了一下，说："对付这种人，必须使用些策略。"

从书房走出来一个身材瘦瘦的人，戴着一副眼镜，模样严肃，脑门儿透露着一股精明。他找上奥尔斯，说："副组长。"

"直说吧。"

"枪伤是由近距离射击造成的，伤口肿胀由气压导致，也是同样的原因导致眼球突出，情况和自杀案例很吻合，血液流失得非常快。我认为枪身上不会有什么指纹。"

"假设说对方喝得不省人事了，或者睡着了，是否有他杀的可能性？"

"有，不过目前还没有任何迹象指向这种可能。那支枪是内置撞针型的韦布莱手枪，按照正常原理，枪在发射前，第一步需要先用力扣扳机才能扣上击铁，但之后只要轻轻一扣就能发射子弹。综合现在所收集到的蛛丝马迹，我不认为不是自杀。酒精度应该相当高，但如果高得过分的话——"他耸了耸肩，略微停顿了一下，"我或许会对自杀产生怀疑。"

"谢谢，通知法医了吗？"

对方点了点头，而后便去忙了。奥尔斯张嘴打了个哈欠，往手表上瞧了一眼，说："你打算离开了吗？"他看着我。

我说："如果你允许的话，我还以为自己被列为嫌疑人了呢。"

"只要别让我们找不到你就行，可能之后会需要你的协助。办案流程你是知道的，毕竟你也当过警察。处理某些案件越迅速越好，不然等证据消失后就一筹莫展了。但是这件案子不一样，假设存在他杀的可能性，那么他的死对谁最有利呢？他老婆吗？她有不在场证据。你？确实，当时屋子里只有你一个人，而且你还知道枪放在哪里。除了杀人动机，其他都具备了。还有谁比你更适合背这黑锅？但是，你要是想杀一个人，不至于把自己暴露得这么明显。或许我们会把你的作案经验作为重点参考项。"

"谢了，伯尼。如果是我，确实轻而易举。"

"当时用人都出去了，那么最可能的就是凑巧来做客的人。他需要清楚地知道他睡着了或者喝高了，知道韦德的枪放在哪里，且能够准确把握时机，在开枪时借助汽艇震耳的噪音覆盖枪声，而后在你走回屋里前悄无声息地离开。目前的全部线索加起来所指向的，是我完全不愿相信的。因为只有他，才有机会，也有办法，却又绝不会利用这些。"

我站起来："伯尼，我走了，我晚上一定在家待着。"

"不过，还有一个疑点。韦德是当今小说界的红人，名气大、钞票多、妻子漂亮、朋友不少、房子豪华，且买在乡间最好的住宅区，可谓无忧无虑，那他为什么要开枪自杀？什么样的难题让他这么做？肯定有原因。如果你知道些什么，我希望你痛痛快快地说出来。说实话，他书中的那些角色，连妓院里的最下流的人都不如。我本人相当不喜欢他写的那些狗屎。不过那是个人品位，与案子本身无关，那么回头见吧。"

我走到门口，守门的警员向奥尔斯望了一眼，得到指示后放行。我上了汽车后缓缓地顺着草地往前开，因为车道几乎被各种各样的公务车给挤满了。行到大门口时，警长的另一个下属一声不吭，只是用审视的目光扫了我几眼。我掏出墨镜戴上，上了大道。

草坪刚刚修剪过，后面是一栋又一栋的豪华住宅，被午后的炽热阳光无情地炙烤着。路面空空荡荡，让人感觉无比祥和。

就在艾德瓦利的某一栋豪华住宅里，一个世界级名人正浸泡在自己的鲜血中，侧卧在那里一动不动，但是这丝毫没有影响到附近的宁静和安详。从新闻媒体的角度来看，这件事跟发生在中国西藏差不了多少。

道路转弯的时候，我看到一辆深绿色的警车停在路旁，顺着路旁的一堵长长的围墙向后望去，则是两栋被它隔开的住宅。一位副警长走出来，举手示意我停车。他走到车窗旁，说："请你出示下驾驶证。"

我拿出皮包，打开递出窗外。

"对不起，我只要驾驶证，如果我碰了你的皮包属于违规。"

我只好把驾驶证单独拿出来。"发生了什么？"我问。

他朝车内瞅了几眼，把驾驶照递还给我，说："没什么，只是例行检查。麻烦你了，谢谢。"

他摆手叫我往前开。等我车子开动后我看见他又回到了那辆停着的警车里。警察从来都是这么高深莫测，你永远别想从他们嘴里打听到他们正在干什么。因为那样就会被你发现，其实他们自己也不清楚自己在干什么。

我回家后买了两杯冰镇酒，喝完后出去吃完饭，吃完回来后把窗户推开……

我把衬衣的扣子都解开，等待事情自动上门。九点，我等得还真够久的，伯尼·奥尔斯打电话让我去趟警察局，还吩咐我不要在中途停车。

38

警长办公室的前厅里，坎迪已经在一张靠墙的硬椅子上坐等聆讯了。我从他身边走过去时，用仇恨的眼光森冷地盯着我。我走进彼得森警长的接待室。这间房子四四方方，特别宽敞，里面摆满了奖状、锦旗什么的，都是人民群众为了感激他这二十年来的忠诚奉献的体现。墙上挂了很多马的照片，每张照片里都有彼得森警长。

他的书桌，四个角都雕镂有马头。他的砚台周围上有磨光的马蹄图样。他的笔筒是装满白沙的马蹄形同款工艺品，里面插着笔。两个莫迪上都钉有一块金色铭牌，上面无非是某年某月某个事由等一类的文字。

书桌吸墨板擦拭得光可鉴人，上面放着一包棕色的卷烟纸，卷烟纸包在一个短角牛[1]皮的皮包里，看得出彼得森喜欢抽自己的卷烟。他经常骑在马背上用一只手卷烟，如果屁股下的马是一匹高大威猛的白马，马鞍上镶满墨西哥银饰品，后面又跟随着一批游行队伍时，他更是必然会卷一根显露下身手。他骑马时，好戴一顶平顶的墨西哥宽檐帽。他的骑术想必相当精湛，骑在马上带着高深莫测的微笑，想让马儿明白该活跃了，或者该安静了，或者该回头了，只需要一只手一拉，它就能心领神会。警长太会表演了，光看侧脸，他像老鹰一样英俊，只是下巴略微凹陷，不过他知道怎样摆姿势能避免暴露缺陷。他为了能拍露脸照，应该花了不少心思。

警长的父亲是丹麦人，留给他一笔巨款。但五十五六岁的警长，头发颜色很深，皮肤呈棕色，波澜不惊的样子看起来更像是在雪茄店工作的印第安人，就连脑瓜子也很像，一点都不像丹麦人的血统。按照组长的说法，警长当选时相当顺利，仅仅是骑着马在最前面引领游行队伍，在照相机前审问一下犯人。实际上他只是坐在桌子旁边，用犀利的眼神盯着嫌疑犯，在照相机前露出他的侧脸，并没有真正审问过什么，他也根本不懂怎么审问。只要照相机的闪光灯一亮，摄影师就得赶紧过来向警长千恩万谢，恭敬有加，警长随即返回他的对圣费尔南多瓦利的牧场，而嫌疑犯根本一句话都没说就被带下去了。不过没有人说警长是欺世盗名的骗子。他的那个部门出现过几个骗子，人民群众和他这个做公仆的都被欺骗了，不过彼得森警长的位置稳如泰山，那种小打小闹怎么能动摇他的宝座呢？他去了牧场，但你任何时候都可以联系他，就算联系不到他本人，但你可以把你想说的话告诉他的马儿呀。

想担任我们国家的重要公职，其实什么资历都不需要，只需要你闭上嘴巴，眼睛别往地上看，别乱管闲事，再有个英姿飒爽的骑马姿势就足够了，有这些你永远立于不败之地。彼得森警长能够顺利连任就是最好的证明。换届选举期间，总会有一部分政客不自量力，想要把彼得森的宝座抢过来自己坐，给他取外号，比如"会自动烧烤的火腿肠"或"相框里的侧脸人"等，但这对他根本不会有任何影响。

我和奥尔斯走进办公室的门，从另一扇门里井然有序地走进来一大波摄影师。书桌后面，彼得森警长正在卷一支香烟，头上戴着一顶斯泰森毡帽，显然他已经做好了回家的准备。他看着我，眼神犀利，虎视眈眈。

---

[1] 短角牛是十七八世纪人工培育出的一种乳肉两用的新品种牛。最初产于英格兰诺桑伯、德拉姆、约克和林肯等郡。——译注

"他是谁?"他的声音雄浑有力,可媲美男中音。

奥尔斯汇报说:"警长,他是韦德开枪自杀时,唯一在那栋房子里的人。他叫菲利普·马洛。您准备拍照吗?"

警长上下扫视了我几眼:"不必了,艾尔南德斯组长,"他转向一个身体壮硕的男人,这个人一头灰色头发,脸上尽显疲惫,"有事的话去牧场找我。"

"好的,长官。"

彼得森在他的大拇指指甲上划着一根厨房用的火柴,点上卷好的香烟。彼得森警长是那种"只抽自己的卷烟,一只手就可点火"的人物,从来都用不着打火机。他说了一声晚安,出了门。他有个私人保镖,是一个目光森冷、面部表情瘫痪的家伙,也随着他一起走了出去。

门关上了。艾尔南德斯组长来到办公桌跟前,一屁股坐进警长大人的豪华座椅上。原本待在角落里的一个记录员,也把打字机等从靠墙的地方搬到这边来,总算多了一点儿活动空间。奥尔斯在办公桌的最边上坐下,一副兴味盎然的神情。

艾尔南德斯轻松愉悦地说道:"那么,马洛,我们这就开始吧。"

"不用给我拍照吗?"

"警长的话你应该听到了。"

"听到了,但是不理解。"我发牢骚道。

"我想你应该理解。"奥尔斯笑着说道。

"你的意思是,我的长相太英俊,又高又黑,容易引起关注?"

"够了,现在就做笔录,你从头说吧。"艾尔南德斯语气冰冷地说道。

于是我就从头说了起来。怎么跟霍华德·斯宾塞见的面,怎么认识的艾琳·韦德,怎么按照她的委托找到罗杰,然后应她邀请到她家做客,期间韦德对我提了什么请求,后来在一片芙蓉树附近找到昏睡在地上的他,诸如此类。没有人插话打断我。速记员一字不落地记录下来。我说的这些全都是真实的,没有添油加醋或改头换面,不过并不等于全盘托出,反正我没交代的那一部分与旁人无关。

完了以后,艾尔南德斯说:"挺好,不过不够完整。韦德在自己的房间里开枪的那一晚,你进了韦德太太的房间,还把门关了起来,那段时间你在里面干了什么?"

看来警长办公室还是有精明人士的,比如这位冷静而干练的艾尔南德斯,他让我感到很危险。

"她询问我他的情况，是她把我叫进去的。"

"那为什么要关门？"

"因为我不想吵醒好不容易才睡着的韦德。另外，他家的用人正在周围走来走去，竖着耳朵不知道想听什么。这件事原来这么严重吗？门是她让我关上的。"

"你在里面待了多久？"

"三分钟？记不大清了。"

艾尔南德斯阴冷地说道："我猜你在里面待了至少两个小时，我想我的意思很明白。"

我转脸看了看奥尔斯，奥尔斯正叼着一根烟，照例没有点上，他目不斜视。

"我不知你从哪儿得到的这么不靠谱的情报，组长。"

"走着瞧吧，现在下定论还早。你从她的房间里走出来，已经是下半夜了——我这么说没错吧？然后你才下楼到书房的沙发上休息。"

"你可以说下半夜。他给我打电话的时候就已经到十点五十分了。那晚我最后一次走进书房是两点多。"

艾尔南德斯说："让用人进来。"

奥尔斯把坎迪带进来，给了他一张椅子坐，艾尔南德斯先是问了他几句确认身份的话，之后开门见山地说道："坎迪，方便起见我就这么称呼你吧。你帮助马洛把罗杰·韦德扶上床后，接下来发生了什么？"

他会说些什么，我早已猜出个大概。他说他担心主人叫他，就在楼下随时待命，抽空去厨房弄了点儿东西吃，其他时间都在客厅。一次，他坐在客厅前门边上的一张椅子上，不巧看见了艾琳·韦德站在房间里脱衣服，而后看见我走进了她的房间，把门关上了。另外一次，他看见过她只披了一件睡袍，里面没有穿别的衣服，而我在里面待了很长时间，他认为有两个小时。于是他上楼去听动静，然后就听见了耳语声和床铺弹簧的嘎嘣声。

坎迪在讲述这些时，一副凶巴巴却又很冷静的样子，一点儿口音都听不出来了，就好像他的嗓子上安设有开关装置一样。他的言外之意再明显不过了。说完以后他板着脸，绷着嘴，用一种得理不饶人的眼神看着我。

艾尔南德斯说："把他带出去吧。"

"别急。"我说，"我有几句话想问问他。"

艾尔南德斯抬高嗓门儿，说道："这里只有我有权力发问。"

"组长，你没在现场，你不知道该怎么问。他很清楚他说的那一套完全是胡说八道，我也清楚。"

艾尔南德斯身子后仰，将警长的一支笔拿起来，用手指把笔杆拗弯了，笔杆是用处理过的马毛做的，很硬，整体很长，末端很尖，他一松手，尖端就自己弹回来了。他总算是松口了，说："那你问吧。"

我看着坎迪，问："韦德太太脱衣服的事，你在哪里看到的？"

他冷冷说道："前门那儿，我正坐在那儿的一张椅子上。"

"是那两张沙发和前门中间吗？"

"我说过了。"

"那韦德太太在哪里？"

"她的卧室里，门没有关。"

"客厅里亮着灯吗？"

"有一盏高杆灯亮着。用老百姓的话叫桥牌灯。"

"阳台上呢？"

"只有她的房间里有灯光，阳台上没有亮灯。"

"那她房间里的灯是哪一种？"

"可能是床头灯吧，光不太强。"

"屋顶的吊灯没亮？"

"没有。"

"你说她只披着一件袍子，站在门里把它脱掉了，那是件什么样的袍子？"

"很长，像是家居便服，外面系了条腰带。蓝色的袍子。"

"如果是这样，除非你亲眼看到她把袍子脱下来，要不然不可能知道她里面穿没穿衣服，我说的对不对？"

"对。"他耸了耸肩，不太淡定了，"不过她脱衣服我的确看到了。"

"纯属胡说八道。就算她站在卧室门口脱衣服，从客厅的任何一个地方都没可能看得到，更别说她是在房间里了。除非她站在阳台边上你才能看得到。但这样的话，她会先看到你。"

他瞪着我不说话了。我扭头看向奥尔斯，说："你亲自去过那所房子，艾尔南德斯组长没有，对不对？"

奥尔斯微微摇了摇头，艾尔南德斯则皱着眉头保持沉默。

"韦德太太要是待在房间里或者门口，艾尔南德斯组长，我敢说从客厅的任何一个角度都看不到她的头顶。他说他是坐着看到的，就算他站起来也不可能。我本人站在屋子的前门那里，也只能看见打开着的门梁，我比他高出四英

206

寸呢。只有她站在阳台上脱衣服，他才能看得见，但是她可能会跑到阳台上去脱衣服吗？而且，她为什么要站在门口脱衣服？完全说不通嘛。"

艾尔南德斯瞅了我几眼，又扫视了一下坎迪，轻声问我："那么时间方面呢？"

"他故意往我身上泼脏水，我们现在说的这些就可以证明。"

艾尔南德斯用西班牙语对坎迪说了几句话，他说得太快，我一句也没听懂，只是看见坎迪正非常不高兴地瞪着他。

艾尔南德斯说："把他带出去吧。"

奥尔斯动了动自己的大拇指，而后过去把门打开，坎迪走出办公室。艾尔南德斯从烟盒里抽出一根香烟，放在嘴里点上，他的打火机是黄金的。

奥尔斯返回屋里后，艾尔南德斯波澜不惊地说道："刚刚我跟他说，做伪证是要被定罪的，假如他先前的那番话是站在庭审的证人席上说的，那么就会在圣昆丁的监狱里待上个一到三年，不过他好像并不在意。他的心态我认为很简单，不就是欲求不满无处发泄吗，很俗套的病例。假如案发时他也在附近，我们甚至有理由怀疑这是一起谋杀案。仅仅是他会使用刀子这一条，就能成为理想的被怀疑对象。刚开始，我还以为他是为韦德的死感到痛心呢。你还有什么话要问吗，奥尔斯？"

奥尔斯摇了摇头。

"明早你再过来一趟，在你的口供上签个字。"艾尔南德斯看着我说，"这样我们就可以放入报告中了。调查报告十点钟开庭举行，不过只是预备程序。你对这样的安排满意吗，马洛？"

"请修改一下你的措辞，你的这种问法，有暗示我应该满意的嫌疑。"

"那好吧，结束了，我要下班回家了。"他不耐烦地说道。

我起身时，他又说道："坎迪拿这套说辞糊弄我们，其实我压根儿就不相信。当然，这只是抛砖引玉的做法，希望你能理解。"

"组长，谈不上理解不理解，我没什么感觉。"

我走出办公室，他们从背后盯着我，连句晚安都没说。我穿过长长的走廊，来到希尔大街的街口，上车回家。

确实没什么感觉，一点儿都没有。非说有，那就是星辰与星辰之间的空虚，或者说空洞。

回到家后我调了一大杯高纯度酒，站在客厅的窗户前，一边喝一边透过敞开的窗户倾听月桂谷大道传来的洪流般的汽车喧嚣，望着离大道不远处的山坡

207

上的大都市射来的刺目强光。想要获得一段完整的宁静根本不可能，远方总会时不时传来一阵警笛或消防车的凄厉哀鸣。一天二十四小时里总有人逃跑，总有人在后面追捕。夜里更是罪恶横行，有的人伤了、残了、奄奄一息了，有的人被无端飞来的玻璃划伤，有的人被打劫、被殴打、被勒住脖子、被强奸、被谋杀，有的人撞死在汽车方向盘上，或者倒在巨大的轮胎下，有的人食不果腹，有的人生病，有的人烦躁、寂寞、追悔、害怕、愤怒、绝望、哭泣、狂热、残暴……

　　这个城市繁华富裕，生命力旺盛，充满自尊；这个城市腐朽，空虚，充满落寞，它与任何其他城市相比都不遑多让。关键看你站在什么样的高度，能打多少分。我不在乎分数，一点儿都不在乎。喝完酒，上床，一眠万事休。

39

　　这是一场彻头彻尾的糟糕庭审。法医生怕眼睁睁看着外界的关注力飞速流失，所以连医学证据都没有整理好就火急火燎地开庭。实际上他的担心根本就是多余的，不过是死了一个作家，报纸上不会长期有他的名字的，哪怕他的名气再响亮。那个夏天的新闻实在太丰富多彩了，某个国王退位、某个国王被暗杀、一周之内接连有三架大客机坠毁、某个监狱二十四名罪犯葬身火海、芝加哥某家巨无霸级电报公司的总裁被枪杀在了自己的汽车里——洛杉矶的法医真是运势不佳，他肯定非常怀念生命中的各种美好事物。

　　我从证人席上走下来的时候，看了坎迪一眼，他的脸上带着意味深长的灿烂笑容，把我唬得发愣。他的衣着打扮依旧那么讲究，外面穿着一套可可棕色的华达呢西装，佩戴着夜空蓝色的蝴蝶结，里面是白白净净的尼龙衬衫。一上到证人席，他整个人就斯文起来，赢得了所有人的好感。对，这些日子里老板有好几次都喝得酩酊大醉；对，楼上传来枪声的那晚，他把他扶上床；对，老板死的那天，他坎迪临出门前，老板跟他索要过威士忌，不过他拒绝了；不，没有听到韦德先生跟别的人发生口舌。诸如此类。

　　法医问来问去试图寻找破绽，但早有人指点过坎迪，他回答得滴水不漏。

　　法医问艾琳·韦德时就温柔多了。光是跟她说话，他都一个劲不由自主地咽口水。艾琳·韦德穿着一身黑白搭配的衣服，脸色苍白，声音低沉，就算用了扩音器也效果不大，好在还算清晰。走下证人席时，他起身向她鞠躬，她回以一抹微笑，虽然短暂得几可忽略不计，但他仍旧差点儿被自己的口水呛死。她路过我身边向外走时，一眼都没有看向我，直到最后一秒才略微把头扭回两英寸，不易察觉地点了下头。似乎她只是觉得我面熟，但又记不清在哪里见过，在什么年代见过，想不起来我是谁。

完事以后，我在外面的楼梯上遇见了奥尔斯。他正居高临下俯瞰道路上来来往往的汽车，不过很可能是故作姿态，他背对着我说道："向你道贺了，表现得真好。"

"你也是，坎迪在你的指点下脱胎换骨。"

"兄弟，指点他的另有其人。"他说，"偷欢的事情，地方检察官裁断为与本案无关。"

"什么偷欢？你把话说清楚。"

"哈，哈。"他看向我，"我说的不是你。"他的表情越来越冷漠，"这种事见识得多了，再见到都会觉得反胃。不过这一次还是蛮特别的，因为这是富人的桥段。家世古老，外部的风雨微不足道。再见了，倒霉的家伙。你什么时候穿得起二十块钱一件的高档衬衫了，就给我打电话，我会星夜兼程过来伺候你穿外套。"

楼梯一刻都不闲着，不断有人上来下去，像潮来潮去一样，但我们心安理得地一直站在那里，不去理会。奥尔斯从口袋里抽出一根香烟，瞅了一眼又丢在地板上，狠狠地把它踩扁。

我说："浪费。"

"兄弟，不过是一支烟，跟一条人命相比算得了什么？过些日子你就会跟那位女士结婚吧，是不是？"

"别胡扯了。"

"我没有找错人，却谈错了话。说错了吗？"他苦笑着，酸溜溜地说。

"副组长，你没说错。"我出了电梯，他在我身后又说了句什么话，我没有打岔，只管走自己的。

我进了弗洛瓦的一家咸牛肉店，门口挂着一个很不礼貌的牌子，写着："禁止狗和女人入内，欢迎男士光临。"倒是挺合我的心情。进去以后，服务员的态度更加不礼貌，粗鲁地把你要的东西往你面前一扔就走开了，还未经你的同意自动扣除一部分钱当给他的小费。难道是凭借他那早该刮的糟糕胡子？

这里卖的食品只有单调的几样，不过味道非常不错。其中有一种棕色的瑞典啤酒，喝起来像马提尼一样够劲儿。

回到办公室后，奥尔斯打来了电话，说道："我想跟你谈谈，我去找你。"

二十分钟后，他就出现在了我的办公室里。我猜他一定住在好莱坞分局，或者起码离分局很近。他一屁股坐进招待椅里，跷起二郎腿，大声叫嚷道："抱歉，我刚才没有控制好情绪，咱们把这一页揭过去吧。"

　　"说什么揭过去，互相揭一揭对方的疮疤不是更好吗？"

　　"说得好，不过揭的时候要捂着点儿。你挺不是东西的——我是说在很多人眼里，你是这样的形象，但据我了解，你其实没有做过什么不正经的事。"

　　"你说的二十块钱高档衬衫是个什么笑话？愿闻其详。"

　　"去他妈的吧，老子发牢骚顺口一说，你一提我又想起波特那个老东西了。"奥尔斯说，"艾尔南德斯组长接到斯普林戈地方检察官的指示，说他从一个律师那里接到传话，说老东西的一个秘书传话给律师让他告诉他再告诉他，你和老东西是什么忘年之交。"

　　"他不可能为了我花费这番心思。"

　　"你跟他见过面，他单独预留出一些时间见你。"

　　"我确实见过他，这没什么可隐瞒的，但他派人把我叫去只是为了警告我一下。我很不喜欢他，或许是嫉妒心理作祟。他是个霸道蛮横的铁板，我不知道还能用什么形容他，但总的来说他还称不上是恶人。"

　　奥尔斯说："这个世界上有什么样的正当办法能赚一个亿？就算最顶层的人觉得自己没做伤天害理的事，但中间过程必然有人要用脑门儿去撞墙。真正干净的小公司根本没有立足之地，只能以最低廉的价格转让给别人。谦谦君子连份工作都找不上。股票被幕后推手牢牢把控着。私人花个三瓜俩枣的旧黄金就能把代理权给买到手。有钱就等于有权，而大权在握便可胡作非为。能从政府合同中抽取至少百分之五十佣金的投机者和大律师事务所，所要做的仅仅是将有损巨头而有利大众的法规践踏到脚下，便可获得十万大洋的报酬。所有的一切都是制度的衍生品，可能这样的糟糕制度已经是我们所能享受到的最好的制度了。"

　　我说："这番话是共产党的论调。"我故意讥讽他。

　　他反唇相讥道："这我还没调查过，不太清楚。不过那件案子被裁定为自杀案，你应该非常满意吧？"

　　"否则还能是什么呢？"

　　他把一双粗糙的大手放在桌子上，瞅着手背上的褐色斑块："我想不可能是别的。我当警察当老了，不知不觉我已经老了。这些褐斑被称为角化症，五十岁以上的人才会有。警察老了往往都是老流氓。我思来想去总觉得韦德的案子疑点太多。"

我往后靠了靠，端详着他眼睛周围交错纵横的鱼尾纹："举个例子。"

"仅仅是坐在这里说空话罢了。人活到这个份儿上，尽管知道自己无能为力，但起码能嗅到一些不合理的情状，我感觉最不合理的就是他没有留下一份遗书。"

"也许当时事发突然，一冲动就做了呢？你知道他喝醉了。"

"我搜查过他的书桌。"奥尔斯把手从桌子上滑下来，眼睛上扬，格外沧桑，"他时不时就给自己写一封信，清醒的时候写，喝醉了也写，打字机成了他倾诉的对象，他就那样一直地写啊写，有的文章充满了自嘲，有的充满了悲伤，有的乱七八糟不知所云。有一点确信无疑，他心里边藏着什么事情。而他不敢去碰触这件事，只是围绕着它兜来绕去。如果他决定自杀，起码会写一封两页纸的遗书。"

"他喝醉了。"我重申道。

奥尔斯不耐烦地说："对他来说醉不醉都一样。第二个我觉得不合理的地方，在于他把自杀地点选在了那间屋子里，难道他故意想让他老婆看到吗？就当他喝醉了，可还是不合理。他开枪的时候为什么恰好选在有汽艇声掩盖的时候呢？这是另一个疑点。这对他有什么不同吗？别说又是巧合。真正的巧合是他的老婆出门忘了带钥匙，而用人正好放假，她不得不按门铃才能进去。"

我说："她也可以从后门绕进去。"

"这个我知道，我现在是情境假设。假设韦德没有死，正在书房工作，但是能够给她开门的也只有你，因为那天是周四，用人放假了，而他不可能听见门铃声，书房的隔音效果非常好。可她在庭审时却声称她不知道你在她家。她不仅忘了带钥匙，还忘了用人不在。"

"你也忘了一件事，伯尼。我的汽车就停在车道上，所以她按门铃前就知道——起码知道有外人在。"

"这不得了，是我忘了吗？"他笑了笑，"那么当时的情境就是这样的，你在湖边，汽艇声震耳欲聋，韦德在书房睡着了，或者烂醉如泥，而这时候已经有人从他的书桌里拿到了枪。另外，汽艇是那两个人用拖车从艾洛希特湖拖来的。你上一次来她家时把放枪的地方告诉了她，她知道枪在哪里。我们现在假设她并没有忘记带钥匙，她进了屋子，而后看见你正在湖那边，韦德正睡在书房里，于是她拿出枪来——她清楚枪放在什么地方——等待时机，而后开枪，再把枪放在我们找到它的那个位置，她再从屋子里出来。等汽艇开走后，她再按响门铃，等你给她开门。你有什么反对的地方吗？"

"动机呢？"

"是啊，只这一个问题就推翻一切。"他苦恼地说，"她想要离开他的话，简直太容易了，而且还能得到一笔不菲的赡养费，分割财产时也能大占便宜，因为她已经占据绝对上风了——他嗜酒如命，还有过家暴先例。所以无论如何，她都没有杀他的理由。回过头来，能把时间点掐得那么准，就算早五分钟她都不可能办到，只有一种情况下才可以——你知晓一切。"他摆了摆手，把我想说的话堵了回去，继续说道，"你别担心，我这并不是在指控某些人，仅仅是进行案情假设。晚五分钟她也同样办不到，她能够得手的时间只有短短十分钟。"

我不耐烦起来，说道："你所谓的十分钟，不可能是事先计划好的，也不可能未卜先知。"

"我知道。"他靠在椅子上，叹了口气说，"你能说出一大堆推翻假设的理由，我也能，但我就是觉得有猫儿腻。你在这些人中间到底充当着什么角色？他给你开了一张支票却又撕碎了，你跟我说他在跟你耍小脾气，你说无论如何你也不可能要那张支票，不会要。难道，他认为你和他的妻子有染？"

"伯尼，你给我闭嘴。"

"我并不是问你是否属实，只是问他是否这样认为。"

"我的回答和刚才一样。"

"好吧，那我们换个问法，他有什么不可告人的秘密被墨西哥用人发现了？"

"我毫不知情。"

"这位墨西哥用人银行里存着一千五百块以上的存款，开着一辆崭新的雪佛兰，衣服多得令人眼花缭乱，钱多得无法不让人怀疑。"

"没准儿那是他卖毒品赚的呢？"我说。

奥尔斯猛地从椅子上跳起来，居高临下瞪着我，凶神恶煞似的说道："马洛，你的运气实在太好了，好得吓人，能够两次从重罪下安然脱身。你是不是因此变得自信过度了？你给那些人鞍前马后地效劳，没有捞到一分钱？哥们儿，请问你的日常开销是从哪里来的？据说你还帮助过一个叫卢恩诺克斯的小子，同样没捞到一点儿好处？看来你手头的存款不少嘛，根本用不着工作赚钱。"

我也站了起来，从桌子边上绕过去，跟他面对面站着。

"伯尼，我是个浪漫主义者。大半夜听到有人求救，我就过去瞧瞧，仅此而已。这种钱你如果拿了不烫手吗？你是个聪明浑蛋，所以你会把门窗关得严严实实，把电视机的声音开到极限，这样无论谁求救，喊破嗓子都跟你没关系。你也可以狂踩油门儿，一溜烟儿躲麻烦躲得远远的，因为你知道乱管闲事往往会惹祸上身。我最后一次见特里·卢恩诺克斯，我跟他在我家煮咖啡喝，还抽了一支烟，后来听到他死了，我就到厨房煮两杯咖啡，替他也倒一杯，替他也点上一支烟，等烟灭了，咖啡凉了，我就跟他说声再见。你这样的人是不可能傻到去做这样的事的，因为没有钱赚呀。所以，你是个顶呱呱的警察，而我只是区区一介私人侦探。艾琳·韦德因为丈夫失踪忧心忡忡，我就跑出去四处寻找，最后把他带回家，后来他又遇上麻烦给我打来电话，我又跑了出去，把他从草坪上弄回屋里，扶上床上。然而我一分钱都没有赚到。全都是义务服务，空手而归。除了赚不到钱外，还可能被人在脸上狂揍一顿，被抓进监狱，被走歪门邪道而发大财的曼迪·梅隆德斯之流放狠话威胁。我的保险柜里倒是有一张大钞，面额五千美元呢，可是我根本不会去动它，因为我觉得这飞来横财太莫名其妙。刚开始我还时不时拿出来瞅两眼，而今连拿出来看一眼的兴致都没了。现在你知道了，就是这么回事，我连一丁点儿理直气壮的好处都没捞到。"

奥尔斯冷漠地说道："没准儿是张假钞呢，不过造假者不太可能造这么大面额的假钞。可是，你跟我说这一大堆究竟想证明什么？"

"什么都不想证明，但或许有一点——我是个浪漫主义者。"

"哦，我晓得了，我还晓得你一分钱也没赚到。"

"不过，伯尼，我有办法让一个浑蛋警察下地狱去。赶紧滚吧。"

"兄弟，说不定是我把你关进牢房，让强光照你呢，到时你就不会叫我滚蛋或者下地狱了。"

"那我们就走着瞧吧。"

"小子，你听着。"他走到门口用力将门拽开，"你是把愚蠢当幽默。你以为你很聪明，其实你只能戏耍你自己。在我看来，你不过是墙上的一道影子。我当了二十年警察，从未有过一笔不良记录，谁戏耍我，我一眼就能看到，谁说谎骗我，我也清清楚楚，你最好记住我的忠告，我什么都知道。"

他的脑袋从门口缩了回去，门自动关上了。我听着走廊上的脚步声去远。他的脚步声还没有彻底消失的时候，桌子上的电话响了。

"这里是纽约，请让菲利普·马洛先生接电话。"从电话里传来一个职业化的腔调，字正腔圆。

"我就是菲利普·马洛。"

"谢谢，马洛先生，请您稍等。人已经过来了。"

接着我就听见了一个熟悉的声音："我是霍华德·斯宾塞，马洛先生。罗杰·韦德的事情我们已经知道了，真是个糟糕透顶的消息。不过具体是怎么回事我们不清楚，但好像你被牵扯进去了。"

"我当时正好在他家，他喝多了，开枪自杀。星期四，用人们都放假，韦德太太是后来回家的。"

"所以他身边只有你。"

"我并不在他身边，我在屋子外面转悠，等他的老婆回家。"

"哦，我知道了。这么说，肯定有庭审。"

"已经庭审过了，裁定为自杀。没有几个人关注，斯宾塞先生。"

"是吗？这我倒不理解了，怎么说他也是个名人。我还以为——"他的话音里听不出失落，只有惊讶和困惑，"算了，我以为怎么样一点让她都不重要。我觉得我应该立马乘飞机去那边一趟，可是只有下周才有时间。我会给韦德太太发电报的，看看有什么事能帮得上忙。而且关于小说的事也需要谈一谈。我是说可能他写得已经差不多了，看能不能找个人代笔，把结尾写完。我多句嘴，你后来是不是接受了委托？"

"没有，他亲自请我帮忙，我拒绝了。我直言不讳告诉他，他要烂醉，我根本拦不住。"

"你从没想过去尝试一下，对不对？"

"斯宾塞先生，当中的情况你根本一无所知。你要下什么结论，起码也要了解一下情况吧？当然，我不可能一点自责都没有。毕竟发生了这种事，而且当时我就在他家，除我之外又没有其他人，不可能不自责。"

"刚才的那句话，我没有经过深思熟虑就说了出来，对不起。"他说，"你知不知道艾琳·韦德在不在家？毕竟是这种时候。"

"斯宾塞先生，我不知道，你给她打个电话不就知道了吗？"

他语速缓慢地说："我想，这种时候她应该不愿意跟任何人说话。"

"不见得。她跟法医对话的时候，很是镇定自若呢。"

"从你的语气里，"他干咳了一声，"你好像对她一点儿都不同情。"

"斯宾塞，不管罗杰·韦德是个才子，还是个浑蛋，他现在死了。别的我不懂，但我知道在我心里他只不过是个充满愧疚感的厚脸皮酒鬼。你说我为什么要同情？他是个麻烦鬼，我认了，可最后却以这种方式收场，何其可悲！"

他说道："我说的是韦德太太。"

"我说的也是。"

"等我到了再给你打电话吧。"他很突兀地说，"再见。"

电话挂断了，我放下听筒，眼睛却还在电话机上盯着，两分钟都没有动一下。后来我把电话簿在桌子上摊开，查找到一个电话号码。

40

我给休厄尔·昂迪克特打了个电话，所以拨到了他的办公室，不过接电话的人告诉我他正在法庭，可能到傍晚的时候才能联系上。对方问我要不要留个姓名，我说不必。

然后我又拨了一个电话号码，找曼迪·梅隆德斯，他住在一个下流的地方，毗邻日落大道，今年那个地方有个新名称，叫 El Tapado。名字本身其实蛮不错的，在拉丁美洲西班牙语中的意思是藏在某个事物中的宝藏。这家店以前不叫这个名字，它改过很多次名字。它曾经只是一个背对着山坡，山坡一侧有一条环形车道，从大街上看很不起眼，只有混混儿、警察和愿意花三十美元吃一顿饭，甚至花五十美元在楼上雅间儿里吃一顿饭的顾客才会知道的地方。那时候它的门脸儿只有蓝色的霓虹号码，霓虹光会映照在日落区南面的光秃秃的高墙上。是一个女人接的电话，但一问三不知，而后换了一个墨西哥口音的领班。

"你叫什么名字？是你要找梅隆德斯先生？"

"哥们儿，是私事，不方便说名字。"

"那你稍等。"

等了好一会儿，电话那头又换了个家伙，一听就是个暴徒，话音就好像从一辆装甲车的豁口里发出来的，也可能他脸上本来就有一道豁口。

"你是谁？说话。"

"我姓马洛。"

"马洛？不认识。"

"你是契科·安格斯汀？"

"不是，我不是契科。直接说口令吧，别扯别的。"

"你的脸被炸飞了吧？"

"等着。"他笑了，说道。

"喂，廉价货，最近可好？"最后一个接电话的说道。

"边上没有别人？"

"廉价货，有屁快放，歌舞表演有几幕戏需要我过目。"

"你可以把你自己的喉咙割开，这也是一幕戏。"

"演完这出，那要演下出时该怎么办？"

我和他都笑了起来，他问道："你没再乱管闲事吧？"

"你的消息真闭塞，人们以后可能要叫我'死神使者'了，我又交了一位朋友，然后他也自杀了。"

"很好笑，是不是？"

"哦，不好笑。另外，哈伦·波特前几天请我喝了个下午茶。"

"混得不错，我从来不喜欢喝那东西。"

"他让我转告你，你要对我客气点儿。"

"我没跟他打过交道，也犯不着打交道。"

"但他有只手遮天的力量。你只需要为我提供一点小情报，曼迪，比如保罗·马斯顿的事。"

"我不认识。"

"你回答得太快了。特里·卢恩诺克斯没有来西部以前，在纽约时用过保罗·马斯顿这个名字。"

"这能说明什么？"

"还得我画张肖像图给你吗？你跟我说的发生在战壕里的故事纯属胡编乱造。或者，它是发生在另外一个地方。"

"我从来没有说发生的地点。廉价货，你最好听我一劝，赶紧就此打住，别再管那件事了。你得到的警告还不够？长长记性吧。"

"你肯定会这么说。我懂，只要我得罪了你，就得扛一辆电车，从水底游到卡塔利纳。不过曼迪，你吓不住我，我连职业强手都对抗过。我猜你去过英格兰。"

"廉价货，你最好别这么愚蠢，在这座城市里什么事都有可能发生。你真应该看看晚报，像大威利·马高那种大块头都自身难保。"

"哦，说不定报纸上还登着我的照片呢，我是得买一份看看，多谢你提醒。马高发生什么了？"

"不懂得审时度势就会发生意外，我先前已经说过了。具体情况我也不好说，大概是一辆坐着四个年轻人的汽车停在了他家门口，挂着内华达的车牌号，但内华达州根本没有这种大号码的车牌号，马高就想要对这辆车进行搜查，其

216

实说不定人家只是开个玩笑呢，可马高这个人一点儿幽默感都没有，所以最后下巴上就有三个地方缝了针，两条胳膊都打上了石膏，一条腿也不得不吊起来。这下老虎变病猫了，他还怎么折腾？说不定你也会遭遇这种事情呢。"

"是你嫌他碍事，存心报复吧？那次在维克托酒吧前面他把你的手下契科扔到墙脚下，我都亲眼看到了。或许我应该给警长办公室的一位朋友打个电话，把这件事一五一十告诉他。"

"廉价货，你可以试一试。"他从牙缝里挤出一个个字，"有胆你试一试。"

"我当时正在跟哈伦·波特的女儿品酒，当然，我觉得有必要把这个也顺口跟警长提一下，因为从某个角度来看，这就等于夯实情报的可信度了。你说是不是呢？你不会打算连她也暴揍一顿吧？"

"便宜货，你给我听清楚——"

"曼迪，你去过英格兰没有？或许，你和兰迪·斯塔尔，还有保罗·马斯顿——可能是别的名字，比如特里·卢恩诺克斯什么的，你们在SoHo[1]区招惹到了警方，所以才去英国军队里当了几天兵，借此避避风声，是不是？"

"你等一会儿。"

于是我就干等着，什么也不能做，等得胳膊都酸麻了，后来我把听筒放到另一边。

他总算是回来了，说："马洛，你给我听清楚了，你要是打算重翻旧案，会吃不了兜着走。并不是只有你和特里·卢恩诺克斯有交情，他也是我的朋友，我们有很深的友情。我能够告诉你的有限，是英国军队，一个突击队，一九四二年十一月，发生在挪威附近的一个小岛上，对方有一百多万人。你满意了吗？最好乖乖躺下来舒缓舒缓你那疲惫的大脑。"

"多谢提醒，曼迪，我会休息的。放心，我会替你保密。我只会跟我的熟人说，绝不会跟外人说。"

"廉价货，你最好去买份报纸看看，别重蹈覆辙。高大威猛的大威利·马高在自个儿家的门前被狠狠修理了一顿，等麻药劲儿过后，他一醒过来吓坏了。"说完他挂断了电话。

我到楼下买了一份报纸，情况和梅隆德斯说的毫无出入。大威利·马高躺在医院病床上的照片就登在报纸上，浑身上下裹满了绷带，只露出一只眼睛和半张脸。显然那几个年轻人下手很有分寸感，并不打算直接打死他。虽然受

---

[1]SoHo：是纽约市休斯顿以南地区的缩写，也是艺术家聚集地。——译注

的不是致命伤，但也相当严重。这座城市的凶徒不杀警察，这种歹行的事他们不肯干，因为那是少年犯最拿手的。还有什么样的宣传能比得上一个骨断筋残、浑身是血的警察活生生地摆在面前更有效果呢？人们会从他那里得到最生动的教训——用疾恶如仇的心态对待不法分子是不对的。如果你在风化组工作，或者开着凯迪拉克车，或者在最高档的酒店用餐，就更应该多加领会。等他康复后，他还会回原来的岗位，不过有些东西已经彻底消失了，就是最后一英寸钢铁般的英雄气概。

我坐在那里思前想后，认真琢磨这件事情。而后给卡恩机构打去电话，结果乔治·彼得斯出差了，下午五点半左右才会回来。我把姓名留下，跟接线员说找他有急事。

我跑到好莱坞公共图书馆想找点儿资料，结果什么也没找到。只能走回去把我的奥兹莫尔比汽车开出来，跑到市中心的图书馆，后来终于在一本红封皮的英国出版的小册子里找到了。我把自己需要的资料复印下来，而后开车回家。

给卡恩机构又去了一个电话，彼得斯还没有回来。我把家里的电话号码告诉接电话的女职员。接着我把棋盘摆出来，摆了一盘"狮身人面"棋局。这个棋局刊印在一本棋谱的尾页，棋谱是英国国籍象棋鬼才布莱克伯恩编写的。布莱克伯恩的奇思妙想和不拘一格堪称前无古人后无来者。不过在今晚的这盘冷战型比赛上，他是不会赢得胜利的。"狮身人面"棋局是当之无愧的十一种步法的棋，一般的棋局能够超过四五种步法的都很少，再往后，破解的困难程度便以几何级数提升。十一种步法，对人而言无疑是一种货真价实的历练。每当我心情很糟糕时，我就会摆出这样的一盘棋，琢磨新的破解招式。其实这也是一种疯狂，不过没有嘈杂，没有暴戾，虽然你不会尖叫出声，但已逼近那个程度了。

五点四十分左右，我接到了乔治·彼得斯的回电，我们两人在电话里互相安慰和奚落。

他幸灾乐祸地说道："看来你刚出龙潭又入虎穴，为什么不换个为尸体做防腐工作一类的斯文点儿的职业呢？"

"熬不了那么长的培训期。"我说，"如果你们能优惠一些的话，我想成为你们机构的客户。"

"这事你得跟卡恩谈，当然，也得看服务项目是什么。"

"不能跟他谈。"

"得，那我先听听吧。"

218

"像我这样的人，被大家称呼为私人调查员的，伦敦应该满大街都是，但是良莠不齐。你们公司肯定跟这样的人经常有业务往来。但我做不到慧眼识珠，没准儿会当冤大头。我需要他帮我调查一些很容易就能查到的资料，关键是速度要快，起码下周末以前要交到我的手上。"

"什么资料？"

"特里 · 卢恩诺克斯或者保罗 · 马斯顿——不管他的真名叫什么，总之我要他的战争记录。他在那边参加过突击队，一九四二年十一月向挪威的一座小岛突击时被敌军俘虏。关于这些，战争部肯定有翔实的资料，我想知道他是哪个机构任命的，之后到底发生了什么。我认为这些也算不上什么保密情报，我们可以编造一个理由，比如遗产继承问题。"

"你为什么不直接写一封信询问他们呢？何必破费请私家调查员？"

"乔治，情况紧急，我五天后就需要。等他们给我回信，估计得三个月以后。"

"你考虑得倒是很周全，还有其他的吗，朋友？"

"有。我还想知道萨姆塞特宫[1]有没有关于他的记录，比如家世、婚姻史、移民前的国籍什么的。大多数重要的档案都能在那儿找到。"

"你想干什么？"

"为什么这么问？你什么意思？我是花钱的客户。"

"如果里面没有这个名字呢？"

"那就真不好办了。如果真是这种情况的话，你们查到多少算多少，不过我需要几份证明文件。你打算从我这儿捞取多少钱？"

"这我需要跟卡恩商量，没准儿他根本不会接这种活儿。你的名气实在太大，我们吃不消。不过那边的人收费不算高，我可能需要支付对方十个基尼，不到三十美元，当然还得把其他的花销也算进去，五十美元应该够了。如果卡恩让我负责这单生意，你又不愿意把你的关系扯进来的话，估计得三百美元。卡恩至少要抽取两百五十美元才愿意开档案。"

"专业收费标准。"

"哈哈，他应该从来没有听说过这个名词。"

---

[1] 萨姆塞特宫可以说是英国伦敦的一处地标性建筑。最早可追溯至十六世纪四五十年代，曾经是都铎王朝的皇宫，以萨默塞特公爵的名字命名。十九世纪时开始接纳各种文教组织，例如皇家学会、文物学会、政府设计学院等，还是英国海军的摇篮。——译注

"好吧，乔治，到时打电话通知我。一起吃顿晚餐怎么样？"

"罗曼诺夫大酒店？"

"如果能订到位子的话，没问题，不过我没这么乐观。"我嚷道。

"用卡恩的名义订，他可是本市响当当的人物。干这一行的，高层人士往往收入不菲，把大头都赚到手里了。卡恩常去罗曼诺夫，我凑巧知道他又要用私餐。"

"哼，说得没错。不过我认识一个能用小指甲就把卡恩按在下面动都不能动的人，我们还有些私交。"

"看来兄弟混得不错。我老早就看出来了，你是不鸣则已，一鸣惊人的人物。那就罗曼诺夫酒店见吧，七点钟。你跟大堂经理说你在等卡恩上校，这样他就会给你开绿灯，也就不用被那些狗娘养的电影编剧或者演员明星什么的左推右挤了。"

我说："七点，不见不散。"挂断电话后，我又回去继续下棋，不过我的心思再也无法集中到"狮身人面"棋局上了。没多久彼得斯就给我回了电话，说卡恩没有拒绝，前提是要把我的问题和他们机构的名字安全隔离开来。彼得斯跟我说，他会尽快寄一封信，连夜送到伦敦。

41

霍华德 · 斯宾塞在第二个星期的周五早上给我打来电话，提议我去丽兹比弗利大酒店跟他喝一杯，他暂时在那里落脚。

我说："去你的房间里喝更好。"

"既然你这么认为的话，也行，八二八房间。我刚找过艾琳 · 韦德，跟她聊了一会儿，她好像觉得她命该如此似的。罗杰未完成的小说稿她读过了，认为接着续写直到完稿不成问题，不过相比他的另外几部小说显然篇幅太短，这倒也不是大问题，侧面宣传的价值足以弥补这部分损失了。你是不是觉得我们出版商都是唯利是图的冷血动物？艾琳整个下午都在家待着，我急着找她，她其实也想见我。"

"半小时我就到，斯宾塞先生。"

他的房间在酒店西侧，是豪华舒适的套房，房间和家具的表面是一种带有糖果色纹理的贴材。地毯上的花纹图案密密麻麻，两相映衬，令得整个房间都显得老气沉沉的。客厅安装了高窗，外面是一个狭窄的铁栏杆围起来的小阳台。屋子里随处可见烟灰缸，一数之下居然有十九个。另外，到处都有玻璃板罩子，以方便随时随地在上面放酒杯。由此可见这个酒店里招待的都是些何种修养的顾客。丽兹比弗利大酒店压根儿就没有期望来这里入住的顾客有什么修养。

"请坐吧。"斯宾塞跟我握完手后说道，"喝点儿什么？"

"随便，喝不喝都行，我对酒精类饮料不是那么热衷。"

"加州到了夏天真不适合喝酒，不过我还是来一杯阿蒙狄拉多吧。你要是身在纽约，酒量一定是在这儿的四倍，不过醉酒的情况连这儿的一半都不到。"

"给我来杯黑麦威士忌酸浆酒好了。"

他拨了酒店的服务电话，把我们点的酒告诉对方。他摘下那副无框眼镜，坐在一张糖果纹理的椅子上，用手帕擦拭了一下，而后戴回去，认真地扶正。

他看着我说："你是不是带着什么目的来的？为什么不在酒吧里见面，非要跑上来见我？"

"我也想跟韦德太太见个面，等下你坐我的车，我们一起去趟艾德瓦利。"

"我不敢肯定她愿不愿意见你。"他说话时有点儿局促不安。

"我知道她不想见我，所以我才让你带我进去。"

"这样好像不太合适吧？你说呢？"

"你听她说过她不想见我？"

他尴尬地咳嗽了一声，说："是我觉得她会因为罗杰的死而埋怨你。当然，她没有亲口说过。"

"你的猜想是对的，她亲口说过。那天下午警察来的时候，她跟警察说了，她或许对警长办公室的调查死因的凶杀组副组长也这么说过。当然，跟法医谈话的时候她没这么说。"

他往后仰了仰，一根手指在手心里不断地挠啊挠啊，这是典型的消磨时间的小动作。

"你为什么非要见她呢，马洛？我觉得对谁都不好。那次事件对她来说是一次严重的打击，可能她一辈子都没有经历过这样的事情。你是想提醒她，你把一切都记在脑子里了，让她再从头到尾回忆一遍？"

"她对警方说他是我杀的。"

"她要表达的绝不是字面意义，不然的话……"

这时门铃响了，他只好起身去开门。酒店的客房部服务员端着我们要的酒走进来，就像将七道菜的盛筵摆上桌面一样，用华丽的动作把酒放下。斯宾塞在支票上签了字，拿出五毛钱当小费。服务员走了后，斯宾塞只是端起他自己的雪利酒便走了回来。既然他不肯代劳，我也索性懒得去拿了。

我接着刚才的话茬，问他："不然会怎么样？"

他皱着眉头说道："不然的话，她肯定会跟法医提一些什么的，我说的不对吗？我觉得我们正在谈一些毫无意义的东西。你还是把你见我的目的直接告诉我吧。"

"不，是你要我来的。"

"好吧，我找你是因为我从纽约给你打电话时，你说我不了解情况就妄下结论，我听得出你话中有话。那么，你想说什么，现在可以说了。"

"我觉得还是见到韦德太太以后再说比较好。"

"那你还是另找时间吧。我是个商人，对我来说挽救韦德的作品才是重中之重，只要有办法我就愿意尝试，所以艾琳·韦德的状况我必须重视。你的打算让我感到为难，如果艾琳的确像你说的那样对你有成见，我是不可能把你带进她家的，请你设身处地为我考虑一下。"

"那算了，这不打紧。我要想见她，办法多的是。其实之所以想和你一起去，是想多个见证人。"

我的话刚说完他就急迫地问道："见证什么？"

"想知道？除非有她在场，否则不可能。"

"那我宁愿不知道。"

"我不怪你，斯宾塞。"我站了起来，"你想尽办法挽救韦德的那部作品，而且还要塑造一个体贴的形象，这两个策略都能获得应得的回报。而我呢，我是两不讨好。那就预祝你成功了，再见。"

"马洛，等一下。"他猛地站起来，向我走过来，说道，"虽然我不清楚你的脑袋里是怎么想的，但我知道你心中很不好受，难道你认为罗杰·韦德的死里面有猫儿腻？"

"没有，庭审报告你没看过吗？他的脑袋上有贯穿性伤口，是一把内置撞针左轮手枪干的。"

"我当然看了，连东部的报纸上都登了，两天后的洛杉矶报纸说得更完整。"他一副心事重重的样子，站在我的身旁说，"当时书房里只有他一个人，厨师和坎迪两个用人都不在家，艾琳去城里买东西去了，他的附近只有你。枪声被湖面恰巧经过的一艘汽艇的声音掩盖，你没有听到。而她恰好是出事

222

以后才回来。"

"完全正确。等汽艇开走以后，我从湖边返回屋子，正好听见门铃声。打开门后，艾琳·韦德跟我说她出门忘了带钥匙。她把头伸进书房门口看他时，罗杰已经死了，但她以为他躺在沙发上睡着了。她上楼回了一趟卧室，下来后到厨房泡茶，在这之后我又去了一趟书房，才看清真实的情况，原来他没气了。而我就在那个时候给警察分局打电话，一切就像是事先安排好的。"

"但我不觉得有任何不对劲。"斯宾塞平静地反驳道，先前话音中的锐气荡然无存，"枪是罗杰自己的，一个星期前他还在自己的房间里开过枪，后来艾琳不顾自身安危从他手里抢下来，这你亲眼见过的。他对工作的灰心丧气和种种举动，以及他的精神状况，这些难道还不能说明问题吗？"

"他为什么会灰心丧气呢？她不是跟你说过他的作品写得挺好吗？"

"那只是她的个人看法，不能说明什么。可能他自己觉得不满意，实际上挺好，也可能确实很糟糕，都有可能。不过，想必你还没有把你想说的话全部说完吧？我不是傻子。你继续说，我听着。"

"你知道吗？负责本案的调查取证工作的警探，简直是牛头犬和侦探犬的结合体，是个极为精明的老警察。我跟他是老交情，他说这件事当中有几个地方让他觉得很怪异。罗杰是个有心事就往纸上写的家伙，可他为什么没有留一份遗书？他为什么会选择一个让我听不到枪声的时刻开枪？他为什么枪杀自己，而且有意让他妻子发现，不怕她惊吓过度？另外，她声称她不知道我在她家。如果她知道，这条也无关紧要。"

"你的意思是，那个老浑蛋怀疑艾琳？这太可怕了！"斯宾塞咒骂道。

"只要他能想通她有什么理由这么做，他是会怀疑的。"

"这太滑稽了，好像你更值得怀疑吧？她能够取得成功的时间只有短短几分钟，而你一整个下午都在那儿，有的是机会下手。况且，她忘了带钥匙。"

"那你告诉我，我有什么理由这么做？"

他探手把我的威士忌酸浆酒拿起来，咕咚咕咚一口气喝完，而后像做慢动作一样把杯子放下，掏出手帕擦了擦被玻璃杯沾湿的手指。他把手帕装回去，对我怒目而视："调查工作还没有结束吗？"

"我不清楚，不过有一点可以肯定，他们已经确定他并不是醉得毫无知觉。假如是这样的话，可能会变得很复杂。"

"你是想有外人见证的情况下，面对面跟她谈谈？"他慢吞吞地问道。

"对。"

"马洛，我觉得这意味着两种可能性，一是你已经被吓得惊慌失措了，二是你认为她会被吓惊慌失措。"

我点了点头。

他忽然阴冷地问道："那到底是哪种可能性呢？"

"我显然没有惊慌失措。"

他在自己的手表上端详了半天："希望是你疯了。"

我们互相对视着，不再说话。

42

天气越来越热，我们从柯尔特沃特山谷穿行过去，上到山坡的最顶端后，路弯弯曲曲地向着圣费尔南多瓦瓦利延伸。太阳晃得我眼睛都睁不开，一丝凉风都没有。我看了看坐在侧面的斯宾塞，他看起来好像一点都不怕热，身上竟还穿着马甲。他一路上都没怎么说话，眼睛直直地盯着车玻璃的前方。他的心事才更加令他忧心忡忡。浓郁而污浊的烟雾笼罩着整座山谷，从高处俯瞰，地面上像起雾了一样。当车子进入烟雾中穿行的时候，斯宾塞总算是开口说话了。他说："我的上帝，我还以为南加州的空气会很好呢。这里的人在烧旧卡车的轮胎吗？"

我说了句安慰他的话："放心，艾德瓦利受海风眷顾，空气还是蛮不错的。"

他说："谢天谢地，那里除了酒鬼外居然还有别的。有钱的人家我见过，我总觉得罗杰夫妻俩千里迢迢搬到这里来其实是个错误的选择，这里除了被阳光晒得黑黑的酒鬼外什么都没有。当然，我指的是那些有头有脸的人物。我知道作家需要激情，但是如果整天都泡在酒瓶子里，并不见得有多好。"

我放慢速度，转过弯道，从那段灰白色的路面上开过去，进入了艾德瓦利的入口，之后是一段下坡的柏油路。又开了不大会儿，就能感受到从湖泊那边的小山豁口处飘来的海风。草地平坦，草叶子发出簌簌的声音，有喷水装置正在高处往下浇水。大部分有钱的人家都拉着窗帘，在车道中间停着绿化工人的大卡车，这证明房子里的主人已经外出逍遥去了。

不一会，韦德家到了，我开车从门柱中间进去，在艾琳的美洲豹汽车后面停下。斯宾塞一马当先从车上下来，踏着石板路走进内院，脸色很平静。他刚按响门铃，前门就开了。黝黑英俊的坎迪穿着一件白色夹克，眼神还是和以前一样，锋芒毕露。坎迪把斯宾塞让进屋里后，我正要进去时，坎迪把门摔上了。我稍等了片刻，但是白等了，我只好重按门铃。悦耳的门铃一响，坎迪猛地将门拉开，咆哮着从里面走了出来："你想让我一刀豁开你的肚子吗？赶紧滚！死远一点儿！"

"我是来探望韦德太太的。"

"她不想见你。"

"土老帽，好狗不挡道，我事情找她谈。"

这时从里面传来她的声音："坎迪！"很有威严。

他狠狠瞪了我一眼，撇下我走了进去。我进门后看见她正在一张大沙发的旁边站着，斯宾塞站在她的旁边。看样子她的精气神儿还不错，上身穿着一件白色的半长袖运动衫，丁香色的手帕从她的左胸口袋里露出一角，腿上穿着一件同样白色的高腰长裤。

她对斯宾塞说道："最近坎迪脾气不太好。霍华德，辛苦你了，让你跑这么远的路我真过意不去。不过，你带别人来，可真是出乎我的意料。"

斯宾塞说："是马洛开车送我过来的，他说他也想跟你见个面。"

她淡漠地说道："哦，有事吗？我实在想不出有这必要。"说完，她才正脸看我，摆明了很不欢迎我的到来。

我说道："要解释清楚，可就说来话长了。"

她自顾自地在沙发上坐下来，动作轻柔。我在她对面的沙发上坐下。斯宾塞大皱眉头，大概是为了使自己的皱眉看起来顺理成章些，他把眼睛摘下来擦拭起来。而后他也在我这边的沙发上坐下来，坐在了沙发的另一端。

"我就知道你能在吃午饭之前赶过来。"她微笑着对他说道。

"谢谢，不过今天就算了吧。"

"要是你很忙的话，那好吧。你应该是专程为书稿来的，现在就看吗？"

"要是你方便的话。"

"当然方便。坎迪……哦，他出去了。我亲自去拿吧，在罗杰书房的桌子上放着呢。"

"要不我去拿吧。"斯宾塞起身，不等她回应，就向客厅另一边走去。他走了几步忽然停下来，离她只有十英尺的距离，他站在她的背后很不自然地看了我几眼，而后又接着往前走。我坐在那里无动于衷，她转回头来，用一双波澜不惊的眼眸看着我，简单直接地轻声问道："你找我有什么事？"

"乱七八糟的事。你又戴上那个吊坠了。"

"我经常戴，一位老朋友送的，很多年前的事了。"

"我知道，你告诉过我，是英国某个军队编制的徽章吧？"

她把那条纤细项链的坠子拽出来，说："这是请珠宝匠用黄金和珐琅仿照的，比原徽章要小一些。"

斯宾塞返回这边，坐在原来的位置，将手里的东西放到面前的茶几上，那是一大摞黄纸稿。他悠然自得地瞅了瞅黄纸，而后去看艾琳。

我说道："可以让我近距离看一下吗？"

她把项链转了一下，把坠子从项链上解下来交给我，其实是扔到我手上的。她一脸好奇地看着我，双手叠放在膝盖上，问道："你好像对它很感兴趣？"而后又说道，"那是一个地方防卫队，番号叫'艺术家步枪'。那个人在挪威的安道尔森尼斯把它送给我，但是没过多久，他就杳无音信了。那是一九四零年的春天，那一整年都非常可怕。"她笑了笑，抬起一只手比画了一下："他喜欢上了我。"

"那时候艾琳无法离开伦敦，她熬过了整个大规模空袭期。"斯宾塞说道，语气暧昧难明。

我和艾琳都没有搭他的茬，我对艾琳说："你也爱上了他。"

"都是陈年旧事了。"她低头看了看，而后抬起头来，注视着我的眼睛，"况且那是在战争年代，发生任何事情都不足为怪。"

"绝没有这么简单，韦德太太。"我说，"'那种爱刻骨铭心，如梦似幻，每个女人一辈子只有一次，如进入神圣国度，不顾矜持，抛开一切。'这是你说过的话，你不记得自己说过这些话了吗？你依旧爱着他。荣幸的是，我的名字缩写字母跟他一样。我甚至觉得你之所以雇我，就是因为这个。"

"他的名字跟你的完全不同，更重要的是他死了，死了，死了。"她语气变冷。

我把黄金珐琅坠子让斯宾塞看，他接过去的时候很不自然，嘴里嘟囔道："我以前看过了。"

我说："现在我描述一下它的外形设计。你看看我说得对不对。坠子一头有一个尖儿朝下的宽刃匕首，用黄金和白珐琅雕成，比较平滑的那一头用浅蓝色珐琅雕刻着一双翅膀，翅膀上翘，匕首从翅膀前面穿过去，又插到一个卷轴后面。卷轴上写着'勇者必胜'。"

他说："没错，是这样的，但是这能说明什么呢？"

"她说这是当地自卫队'艺术家步枪'的徽章，是该军团的一个人在安道尔森尼斯送给她的，而那个人在一九四零年春天参加英军挪威战役时失踪了。"

他们对我的话产生了好奇。斯宾塞一眨不眨地看着我，等待下文。他知道我说这些肯定不是为了闲扯。艾琳也明白这一点，她的茶褐色眉毛皱了起来，一副困惑不解的神色，她绝不是装的，因为我看得出她充满了敌意。

我说："这是一种袖章。'艺术家步枪'原本是一支地方步兵自卫队，后来因为被改编，并入了或者隶属于特种空军团，才有了这种军徽，不过是到了一九四七年以后才有的。那么韦德太太不可能在一九四零年就收到别人送她的这玩意儿。另外挪威的安道尔森尼斯在一九四零年也没有一支叫'艺术家步枪'的军团登陆过。倒是的确有两个地方自卫队登陆，一个叫'舍伍德森林人'，一个叫'莱斯特郡'，不过都没有'艺术家步枪'。我是不是很招人烦？"

斯宾塞一句话也没说，放下坠子，慢慢把它推到艾琳面前的桌子上。

艾琳不以为然地说道："你认为我们应该了解这些吗？"

我说道："你认为英国战争署没有相关记录吗？"

斯宾塞打圆场道："这里面肯定有误会。"

我转脸看了他一眼，说："这只是可能性之一。"

艾琳冷声说道："另外的可能性就是我故意说谎骗你们。我并不认识什么保罗·马斯顿，他没有爱过我，我也没有爱过他，他从来没有失踪过，因为这个人从来就不存在，他更没有送过我军徽的仿制饰品。它不过是我从纽约的某个英国进口奢侈品专卖店里买来的，那里除了卖军徽，还出售板球运动衣、学校制服、军队制服、皮货、手工靴、印章图文什么的。马洛先生，是不是我只有这么说你才满意？"

"前面说的未必，最后一部分还行。它是'艺术家步枪'军团的徽章，这是别人告诉你的，但是他却没有告诉你它的种类，可能对方也不知道。不过关于保罗·马斯顿的，比如他在这个军团服役过，后来在挪威作战中失踪，以及你们相互认识，这些都是真的。不过韦德太太，他失踪的地点不是安道尔森尼斯，也不是发生在一九四零年，而是在一九四二年突击队进攻一座近陆小岛时发生的。"

斯宾塞官腔十足地说道："你何必对这种陈芝麻烂谷子的小事耿耿于怀呢？"

我听不出他是因为自己心里不痛快，还是打算侧面帮助我。这会儿他正撩拨着面前的几张黄纸稿，还拿起一沓稿子在手里掂了掂重量。

我说道："你打算论公斤买这些稿子？"

他被我的话吓了一跳，脸上露出一个很不自然的笑容。

他说："艾琳在伦敦时每一天都过得备受煎熬，就算做错一些事也情有可原。"

"说的对。"我说，我从衣兜里掏出一张折叠起来的纸，"比如跟谁结婚这种事。这是一份经过认证的结婚证书，原件在卡克斯顿市政府注册署存放着，结婚的双方分别是保罗·爱德华·马斯顿和艾琳·维多利亚·桑布赛尔，登记日期是一九四二年八月。韦德太太刚才说的也并不算错，确实没有保罗·爱德华·马斯顿这个人。那个名字是假的，军中人士结婚必须经过上级的批准，他制造了假身份，在军队中他有别的名字。他的服役记录就在我手上，内容很详细。其实只要张口问一下就知道了，但是令我纳闷儿的是，好像你们都不知道似的。"

斯宾塞仰靠在沙发上，变得异常安静，他没有看我，而是瞪着眼睛看着艾琳。她面带笑容转头回望向他，笑容里具有一种说不出的诱惑力，还有着认错讨好的意味，那是女人最无往不利的攻势。

"你这是小题大做。"她说道，"霍华德，他已经死了，我还没有认识罗杰以前他就死了，我从来没有瞒着罗杰。我的姓名也从来都没有变过，还是婚前的。护照上就是这么写的，当时那种情况也只能那么办。当他战死以后——"她深深吸了一口，手轻轻放在膝上，"就什么都结束了，全都烟消云散了，成为过去了。"

他缓慢地问道："你确定罗杰知情？"

我说："他多少知道一点儿，有一次我问过他保罗·马斯顿这个名字，他似乎有印象，眼神变得不可捉摸，不过他什么都没跟我说。"

她没有听我说话，只是回答斯宾塞的话，说："是的，罗杰当然知道。"

她冲斯宾塞一个劲微笑着，极有耐心，策略高明，估计她认为他是个好哄骗的白痴。

斯宾塞嗓音发僵，问道："那你为什么要在时间上撒谎呢？说他是一九四零年失踪的，可实际上是一九四二年。你还编造谎言说你佩戴的是他送你的军徽，可实际上也不是。"

她用哀婉的语气回答："可能是梦境——准确地说是噩梦——让我身不由己吧。那么多熟悉的人都在狂轰滥炸中死了，每天晚上，我们说晚安时都尽量说得不像是在道别，可每每说过晚安就等于是道别了。尤其是跟军人说再见，

228

你会倍感凄凉。善良温柔的好人总是命不长久。"

我和他都不说话。她盯着桌子上的坠子看了好久，而后把它拿起来挂回项链上，往后靠了靠，像平常一样自然。

斯宾塞又慢声慢气地说道："艾琳，我想我没有权利责问你什么。军徽和结婚证的事，只是马洛揪住不放，搞得我也紧张兮兮、疑神疑鬼的，就让我们彻底忘了这些吧。"

她很镇定地说："马洛先生专喜欢在无关紧要的小事上大做文章，遇到正经事，比如人命关天的大事时，只会躲到湖边看快艇。"

我说："你没有再跟保罗 · 马斯顿见过面？"

"他已经死了，我又怎么再跟他见面？"

"他有没有死你并不确定，红十字会的死亡名单上并没有他的名字，他可能只是被敌军俘虏了呢？"

她哆嗦了一下，而后慢慢地说道："英军突击队如果被俘，你们应该想象得到会怎么样。一九四二年十月，希特勒下令让盖世太保处置俘虏，结果只有一个，在盖世太保的某一处地牢中受尽苦刑，最后惨死在地牢里，外面的人甚至一点儿都不知道。"说着她又哆嗦了一下。

"你这个人真恶毒。"她一脸怨愤地盯着我，"你因为我说过的一两句谎话，就让我重新回忆起以前的噩梦，以此来惩罚我。假如被那些恶魔抓住的人是你在乎的人，他或她会遭到怎样的对待，你敢想象吗？我想方设法建立起另一种回忆来掩盖它，哪怕是假的，在你看来就这么十恶不赦？"

斯宾塞说："我现在很想喝酒，特别想喝，不介意吧？"

她拍掌把坎迪叫进来，坎迪神出鬼没的，他向斯宾塞鞠了一躬，问道："斯宾塞先生，你想喝点什么？"

斯宾塞说："给我多倒点儿，纯苏格兰威士忌。"

坎迪走开了，去墙角那边把吧台拉出来，取出一瓶酒，倒了一杯给斯宾塞，放在他的面前。他正要走的时候，艾琳用平淡的语气说："等一下，坎迪，可能马洛先生也需要来一杯呢。"

他停住脚步望着她，一副很不情愿的样子，非常固执。

我说："算了，我不喝，谢谢。"

坎迪哼了一声，走了出去，大家都不说话了，斯宾塞把喝剩下的半杯酒放在桌子上，点上一支烟抽了起来。

"想必你已经说完了你想说的。"他在跟我说话，但是没有用眼睛看我，

"我该回贝弗里山的时候，我想韦德太太或坎迪会开车送我，当然，我也可以坐出租车。"

我把那份结婚证书重新折叠好，放回衣兜里，我问他："你确信要这么做？"

"任何人都会这么做。"

我起身说道："那好吧，看来也只有我这种傻瓜才会干这种事。你是聪明的商人，以出版炙手可热的作品为目的，你的工作甚至并不需要动脑子。只有我不懂得做好人，你自己可能心知肚明我今天来的目的。我把陈年旧事翻出来，自己掏钱查找真相，不是为了给别人添堵。我调查保罗·马斯顿，并不是因为韦德太太戴了错误的军徽，弄错了日期，在艰难的战争岁月里嫁给他，也不是因为他被盖世太保杀死了。刚开始的时候，除了他的名字外，我不了解任何事情，那么你们猜猜我又是怎么知道他的名字的？"

斯宾塞说道："别人告诉你的。"

我说："当然，斯宾塞先生。有一个认识他的人告诉我的，他在战后的纽约见过他，后来又在这里的酒店里看见了他跟他的妻子。"

"姓马斯顿的人有很多。"斯宾塞喝了一小口威士忌，把脑袋转到一边，右眼皮往下耷拉了一点儿，他等我重新坐下来后继续说道，"就是全名叫保罗·马斯顿的人也不光只有他一个，就像霍华德·斯宾塞，在纽约地区的电话簿里这个名字能找到十九个，其中有四个中间没有缩写字母，就叫霍华德·斯宾塞。"

"我不反对，但是如果是半张脸都被迫击炮的延时爆炸炸弹炸得毁了容的保罗·马斯顿会有几位？他的脸上有伤疤，还有整过容的疤痕。"

斯宾塞张了张嘴，呼吸沉重起来，他掏出手绢在鬓角上轻轻擦了擦。

"而且在相同的事件中，有几个保罗·马斯顿会救两个凶残的赌鬼，一个叫曼迪·梅隆德斯，一个叫兰迪·斯塔尔？他们活了下来，而且貌似还没有忘记救命之恩，所以在合适的场合下说了出来。你就不要再掩饰了，斯宾塞，保罗·马斯顿就是特里·卢恩诺克斯，他们是同一个人。证据摆在那里，根本不需要怀疑。"

我清楚得很，我的话并不能让谁惊讶得突然跳起来，一蹦六英尺高，事实也摆在眼前，确实没有人这样。不过我能够感觉得到，现在的气氛，凝重得将所有人都笼罩在里面，沉默和尖叫一样响亮。我能听见厨房传来流水声，外面的车道上落下一张报纸，一个骑脚踏车的男孩子正在生疏地轻轻吹着口哨。

我突然闪身，我感到脖子后面有轻微的刺痛，转过身来看到了手持小刀的坎迪。他站在那里，一张炭黑色的脸看不懂是什么表情，不过我从他的眼睛里看到了从未见过的一种光芒。他用轻柔的声音说道："朋友，看来你很累，需要一杯酒吗，我给你去拿。"

我说："那就麻烦了，来杯波本威士忌，加冰块。"

"好的，先生，稍等。"

他把小刀合上，放回白外套的侧口袋里。等他悄无声息地离开后，我看了看艾琳，她安安静静地坐在那里，身体微微前倾，低着头，看不到脸上有什么表情，只是两只手紧紧地握在一起。

"我确实见过他一次，霍华德，不过我没有跟他说话。"她终于说话了，嗓音就像电话里报时的机械声一样，清晰而空洞——通常人们不会闲着没事干去把报时的声音从头到尾听完，但是如果你真的去听的话，就会知道它的音调一点儿都不会变，呆板地告诉你现在是几分几秒，"他也没有跟我说话，他的变化太大了，脸不再是那张脸了，头发也都全白了。我跟他对望了几秒，我当然认出他来了，他也还认得我。但仅仅只有这些，接着他就走了，第二天他就从她家离开了。那天你也在，霍华德，还有罗杰。我是在洛林夫妇家看见他的，下午的时候，快到傍晚了，你应该也看见他了。"

斯宾塞说："我知道他要迎娶的是谁，还有人单独介绍我们跟他们认识呢。"

"我听琳达·洛林说他没讲任何原因，也没有跟那个女人吵过嘴就突然失踪了，没过多久她就跟他离了婚。后来我听说她再次找到他时，他就像个流浪汉一样，不知道为什么他们又结婚了。我估计他是因为身无分文，觉得没什么大不了了。他知道我跟罗杰结婚了，我们再也不可能回到从前。"

"为什么？"斯宾塞问道。

坎迪走了回来，把酒放在我面前的桌子上，他望向斯宾塞，见斯宾塞摇了摇头就走开了，走路依旧没有声音。我们谁都没心思关注他，他只不过是个在舞台上搬道具的，就像中国京剧里的道具人员，无论是唱戏的还是看戏的，都会对他视而不见。

"为什么？"她重复了一遍，"你是无法理解的。曾经属于我们的一切都烟消云散了，永远不可能再回来了。他很幸运，能活着回来，没有落到盖世太保的手里，可能某些品德高尚的纳粹党员没有遵照希特勒的命令处死英军突击队吧。从前我总是欺骗自己，说一定会找到他，能够重拾流逝的岁月，我们依旧年轻、浪漫，就像什么都没有改变过一样。直到我知道他和那个红头发的荡妇结了婚，我简直想呕吐，我知道她和罗杰还有一腿，我敢肯定保罗也一清二楚。还有另一个荡妇，琳达·洛林，连她都知道。他们全都是一个德行，尽管她稍微收敛一点儿。你刚才问我为什么不抛弃罗杰，和保罗重归于好？拜托，他和罗杰全都拜倒过在她的石榴裙下，我才不稀罕呢，谢谢了。没有什么能填补我的伤痕。我可以原谅罗杰，他毕竟是我丈夫，尽管他嗜酒如命，但他只是为自己的作品发愁，他痛恨自己玩弄文字来卖钱，一边脆弱不堪，一边又不肯服输，所以异常痛苦，我完全可以理解他，他只是一时迷失而已。但保罗呢，他可能更加重要，也可能一文不值，事实证明他一文不值。"

我猛地喝了一大口酒。斯宾塞正在挠着沙发上的布，他的酒已经喝完了，面前放着死去的作家未写完的小说稿，但他已经对这些黄纸堆视若无睹了。

我说："如果是我，我绝不会说他一文不值的。"

她抬起空洞的眼睛，扫了我一眼又垂下了眼皮说："说他一文不值还算轻的，她是什么样的女人他早就知道，可他还是跟她结了婚。到头来又因为已知的放荡行为而杀了她，自己逃走，最后自杀。"

我说："你心里清楚，那个女人不是他杀的。"

她直起腰用眼睛瞪着我，一言不发，看起来很镇定。斯宾塞弄出一点儿莫名其妙的响声。

我说："你知道是罗杰杀了她。"

她很平静，问道："是他自己跟你说的？"

"只是隐约透露过一点，没有明说。他已经憋不住了，肯定会向我或者别人说出他的秘密。"

"马洛先生，不是这样的。"她摇了摇头，"他承受不住不是因为你说的那个原因。罗杰并不知道自己杀了人，他只是觉得有些疑惑，他一点儿都想不起来，没办法把它记起来，他因为惊吓过度，把自己做过的那件事从意识层面里给清理掉了。可能以后会想起来，直到生命结束的前一刻才会真正想起来，但是之前做不到。他想不起来。"

"艾琳，你的说法纯属无稽之谈。"斯宾塞像是怒吼一样说道。

我说："不，这种事确实有先例。有两个人尽皆知的案例。一名酒鬼喝得一塌糊涂，用围巾把在酒吧勾搭上的一个女人杀了，那围巾是她的，原本用一个很时尚的挂钩套着。没有人知道具体发生了什么，只知道他把她带回了家，后来她就死了。警察逮捕他的时候，那个时尚的挂钩就戴在他自己身上，而他完全记不起来从哪儿得到的这个挂钩。"

斯宾塞说："仅仅是事发时想不起来，还是永远想不起来？"

"事实上他没办法活着接受审讯，他被处以死刑，以毒气执行，但他至死都没有承认。另一个案例是说一个家伙跟另一个喜欢收集初版书刊、在墙后藏着隐秘图书室、吃花里胡哨的饭菜的有钱的性变态同居，后来两人发生口角，接着动起手来，从一个房间打到另一个房间，把整个屋子都弄得乱糟糟的，最后有钱的家伙倒下了，而他脑袋受伤。他被警察逮捕的时候，有一根手指不见了，浑身上下有好几十处伤痕。他忘记了走哪条路能回帕萨迪纳，他感到头疼欲裂，开车兜来兜去总是回到原地，停在同一个服务站问路。服务站的人认为他是个疯子，给警察局打了电话，等他又绕回来时，警察已经在那等他了。"

斯宾塞说："我相信罗杰不会这样，他很正常，跟我一样正常。"

我说："他喝完酒后整个人都是糊涂的。"

艾琳很平静地说道："他的确做了，我亲眼看到了，当时我就在现场。"

我冲斯宾塞笑了一下，只是勉强装出的一个笑容，并不是那种开心的笑。

我对他说："你听着就好了，她会把一切都告诉我们的。她马上就要说了，她憋不住了。"

她很严肃很认真地说道："你说得对，但他毕竟是我丈夫，我没办法去举报他，有些事就算是我们的仇人做的，我们也不想举报。霍华德，我知道你不想听到这样的话，所以在证人席上我没有说出来。在报纸上你的这位作家彬彬有礼、才华横溢，又很会赚钱，很性感，很多人喜欢他，你知道，一旦真相浮出水面，他就会变得一文不值。这个愚蠢的可怜人千方百计想做到与他的小说角色一模一样，他把那个女人当成了他的战利品。虽然我羞于启齿，但我并不觉得我做错了，有些话是该说出来的。我悄悄监视过他们，我目睹了整个肮脏的场景。他们在无人打扰的别院里偷情，周围有大树遮挡，不远处有车库，门外是一道比较偏僻的死巷子。罗杰，其他人也一样，终有一天会厌倦这种偷偷摸摸的情妇，有一天他喝多了，想离开的时候，她光着身子尖叫着追了出去，手里拿着一个雕像，用最肮脏、最不堪入耳的话骂他——抱歉我不想重复这些话。你们身为男人肯定有同感，一个平日里高贵优雅的女士，一下子对你说出这么肮脏不堪的话，可想而知会感到多么震惊。她用手里的小雕像砸他，他喝醉了，从她手里把雕像抢了过来。他以前有过暴力的先例，而这时候他又发作了，所以之后的事情你们可以想象得到。"

233

我说："那肯定流了很多血。"

她尖锐地笑道："血？他回家后的样子，你们真该亲眼看看。我趁他站在那里低头俯视她的时候，赶忙跑了出去，上车逃走了。我看见他把她抱起来进了屋子。我当时就醒悟过来，他那时候已经清醒了一大半，被眼前的一幕惊吓到了。大概一个小时以后，他回到了家里，看到我在门口等他，他慌里慌张的，但一言不发。我知道他当时已经醒酒了，却好像头晕目眩似的。他的脸上、头发上、外衣的胸口位置全都沾满了血。我把他带进书房，帮助他衣服脱下来，让他稍微清洗了一下，而后让他去楼上洗澡，照顾他上床休息。我自己又下楼，把沾血的衣物都装进一个旧皮箱里，把浴盆和地板都清理干净，又用湿毛巾把他的汽车从里到外认真地擦拭了一遍，把它开进来。我把沾上血的衣服和毛巾都装进皮箱里，开着自己的车子出去，跑到扎特沃斯水库，你们应该猜得出我怎么处理这些东西的。"

说到这里，她停下来。她瞟了一眼斯宾塞，斯宾塞正一个劲地挠着自己的左手掌。她接着说道："我出去后他从床上爬下来又喝了不少威士忌，第二天就把一切都忘了，一个字都没有提。他好像除了知道自己昨晚喝多了酒外，其他的都忘了，我也什么都没说。"

我说："那他的那套衣服不见了，他肯定会疑惑吧？"

"我猜他肯定会，不过他什么都没有说。"她点了点头说道，"那段时间突然间发生了好多事情，关于那件新闻，报纸上的报道铺天盖地，紧接着保罗就失踪了，而后又传出消息说他在墨西哥自杀了。我完全不知道事情会变成这样。就算罗杰做了可怕的事，可他毕竟是我丈夫，况且那个女人才是真正的恶魔。他做过什么，连他自己都想不起来。罗杰看过报纸上的新闻，但就像那件事跟他毫无关系一样，顶多只是凑巧认识案件的当事人罢了。后来报纸上就不再登那件事了，肯定是琳达的父亲做了手脚。"

斯宾塞很平静地问道："你没有害怕过？"

"怎么会，我害怕得不得了。霍华德，要是他突然记起来，有可能会杀我灭口。没准儿他已经想起来了，只是在等一个合适的时机动手。他很会演戏，大多数作家都会演戏。不过我也不太确定。反正保罗已经替他死了，可能他会彻底把这件事忘掉，不过这也说不准，只是可能。"

我说："首先说明，上一次他在纸上写他害死了一个好人。假如他从来没有提起过被你丢进水库的衣服，说明他已经有所觉察了。"

"他说过这些？"她的眼睛瞪得很有分寸。

"他用打字机写过，他叫我替他撕毁，所以它已经被毁了。但是我猜，你已经看过了。"

"他正在写的东西，我从来不会进书房看的。"

"但是上次他跟韦林杰离家出走的时候，你看过他写的字条，还是从废纸篓中翻找出来的。"

"那次不一样，我是为了找线索，了解他去了哪里。"她镇定地说道。

我身子往后仰："这也说得通，还有其他的没有？"

她缓缓地摇了摇头："我想没有了，或许他在最后那天想起来了，就是他自杀的那个下午。事实如何，我们不可能知道，我们有必要知道吗？"她的声音带着沉痛和哀伤。

斯宾塞咳嗽了一声，说："是你说服我请马洛先生来的，他该扮演什么样的角色？从一开始就是你的主意，你忘了吗？"

"我当时很害怕。我怕罗杰，也担心他。我想弄清楚保罗跟马洛先生说过什么，他是所有我认识的人当中最后见过保罗的。我希望他能与我站在同一阵营，而不是对我构成威胁。另外，如果他调查到了真相，说不定就有办法拯救罗杰了。"

斯宾塞不知怎么回事，忽然暴躁起来，他的下巴往上抬，身体前倾，说道："艾琳，是该翻底牌的时候了。坐在我们这儿的这位私家侦探被警察抓进过监狱，跟警察闹得不可开交，因为他协助过保罗逃到墨西哥——我也顺着你的口这么称呼他吧。要是杀人凶手真的是保罗，那么协助凶手潜逃同样要获刑。这就是你的如意算盘吧？无论如何他都会坐视不理，哪怕他能调查到真相，洗脱罪名。"

"霍华德，你要体谅我，我当时特别害怕。我成天跟一个杀人犯在一起，而且大多数时候家里只有我跟他，没准儿他还是个疯子。"

斯宾塞的语气没有丝毫变软，说道："我理解。马洛没有答应你，你只能独自承受，哪怕罗杰开了一枪他还是无动于衷，你孤立无援地又承受了一个星期的煎熬。那天只有马洛先生和他在家，罗杰就自杀了，你如愿以偿了。"

"如果你这么理解，是的，我别无他法。"

斯宾塞说道："你几乎断定马洛会查找到真相，反正罗杰已经开过一枪，他很可能会把枪递给罗杰，跟他说：'嗨，老家伙，你别掩饰了，我和你老婆都知道你杀了人。来吧，扣一下扳机，做件好事吧。她是个好女人，因为你她吃了太多的苦，还有西尔维娅·卢恩诺克斯的丈夫。老家伙，枪我给你了，子弹也帮你装上了，我现在去湖边走走，顺带抽支烟，你好自为之吧。再见，这里就交给你了。事后人们只会把这当成一个喝多了酒撒酒疯的案子。'"

"你这种说法太可怕了，霍华德，我根本没这么想过。"

"但你跟警官说马洛杀了罗杰，这种说法该怎么理解？"

她看向我，眼神很小心翼翼："我胡乱说的，我确实不应该那么说。"

斯宾塞沉着地说道："你多半认为真的是马洛开枪杀了他。"

她眯起眼睛，说："霍华德，这种说法真可怕，你为什么会这么想？他有什么理由那么做？"

"可怕？为什么？连警察都是这么想的。至于理由，坎迪已经跟警察说得一清二楚了。他说那天晚上——就是罗杰朝天花板开枪的那一晚，罗杰吃了有助入睡的药物后，马洛在你的房间里驻留了两个小时。"

她听了眼睛直愣愣地盯着他，面红耳赤。

斯宾塞厉声说道："坎迪还跟警察说，你没有穿衣服。"

她说："可是在庭审时……"她已经语无伦次了。

"坎迪没有在庭审现场说，是因为警方不相信他的话。"斯宾塞打断她，说道。

"哦。"她大松一口气。

斯宾塞又冷声说道："你也被警方列为怀疑对象了，直到现在也是。他们欠缺的只是动机，或许他们现在已经想到了。"

"请你们离开我的家，立刻。"她霍然起身，气急败坏地说道。

斯宾塞无动于衷，抬手去拿酒杯，可酒杯是空的。

"那么你有没有做呢？"

"我有没有做什么？"

"杀害罗杰。"

她瞪着眼睛，脸上血色褪尽，无比苍白，五官紧绷，气得说不出话来。

"我问的这些问题，到了法庭上也会被问到的。"

"我根本不在家，回家后他已经死了，我出门没带钥匙，进家门还得按铃。你们明明知道的。上帝，你到底在发什么疯？"

"艾琳。"斯宾塞掏出手绢擦了擦嘴，"我在这所房子里暂住的次数不下二十次，我怎么不知道你们家白天也会锁前门？我只是说一种可能性，问你一句，并没有真的说你杀了他。在那种情形下，做这件事并不费力。"

她震惊得一字一顿地说道："你认为杀我丈夫的人是我？"

"如果你承认他是你丈夫的话，实则你跟他结婚时已经有丈夫了。"斯宾塞同样用生硬而平静的语气说道。

"好，真是太好了，霍华德。带着罗杰的绝笔，他的最后一本书，走吧。你应该把你的这番想法打电话告诉警察。这就是我们的友情，真是个美好的结局。我累了，脑袋很疼，霍华德，请慢走，恕不远送。我需要回房躺一会儿。你被马洛先生蛊惑了，我看出来了，我只想说，就算他没有杀害罗杰，但罗杰也是被他逼死的。"她转身就走。

"请留步，韦德太太。"我高声喊道，"既然话已经说到这份儿上了，就让它有头有尾嘛。你没必要生这么大的气，我们的想法其实是一致的，不想草率了事。不知道你扔到扎特沃斯水库的皮箱重不重？"

她转回身来，怒视着我说："没错，很重，是个老式皮箱，我说过的。"

"水库的铁丝网那么高，你是怎么扔过去的？"

"什么？铁丝网？我能做到也不稀奇，任何人在遇到生死攸关的急事时，都会爆发出比平时大得多的力气。"

我说："但是那里根本没有铁丝网。"

她呆住了，嘟囔道："没有铁丝网？"她完全没有印象。

"另外西尔维娅·卢恩诺克斯死在自己的床上，并不是屋子外，罗杰的衣服上也没有沾上血迹，西尔维娅根本没有流血，因为她早就死了，死人一般是不会流血的。她是被人开枪打死的，雕像砸的只是一个死人的脸，韦德太太。"

"你亲眼所见？"她撇了撇嘴，不以为然地嘲讽道。说完她从我们身旁走了过去，不慌不忙地上了楼梯。我们一直看着她，她举手投足间依旧那么优雅而镇定。她进了自己的房间，门轻轻关上，我们看不到她了，也听不到任何动静。

斯宾塞晃了晃脑袋，一副稀里糊涂的样子。"你把话题扯到铁丝网上有什么目的？"他出了很多汗，红光满面的，让他忍受这些真是难为他了。

我说道："开个玩笑旁敲侧击一下而已。其实我也不知道扎特沃斯水库长什么样，我从来没去过。或许周围有围栏，也或许什么都没有。"

"我懂了，关键是她也不知道。"他一脸阴郁地说道。

"她不知道才合情理，是她杀了那两个人。"

43

　　这时候一道身影悄无声息地出现在沙发那边，坎迪拿着一把折叠刀，站在那里看着我。他在弹簧上一按，刀刃就弹了出来，再按一下，刀刃又落了回去。

　　"先生，我向你道歉，一百万个对不起。我错得太离谱了，杀死老板的人原来是她，我看……"他没有继续说下去，折叠刀的刀刃又弹了出来。

　　我站起来，把手伸向他，说道："坎迪，不能这么干，把刀子给我。你好好当你的墨西哥好用人。警察就等你这么干呢，他们巴不得拿你来顶包呢。他们最拿手的好戏就是掩人耳目，混淆黑白。如今他们把事情弄得乌烟瘴气，已经无法收场了，根本不会去想如何拨乱反正。他们想要的仅仅是尽快从你那儿得到一份自白书，甚至不等你把全名说清楚。等星期二一过，不出三个星期，他们就会迫不及待地把你关在圣昆丁的监狱里，永远不会让你出来。你可能听不懂我在说什么，但是我知道他们一定会这么干的。"

　　"我不是墨西哥人，我以前跟你说过。我是智利人，来自维尼亚杜玛尔，离瓦尔布莱索很近。"

　　"你没有卖身给别人，而且还存了一些积蓄，老家可能有八个兄弟姐妹，这些我都知道。听着坎迪，别干糊涂事，把刀给我，然后从哪儿来回哪儿去，这里的饭碗儿已经丢了。"

　　他淡定地说道："找工作容易。"他把刀递给我，"看在你的面子上。"他眼睛望向阳台："夫人……接下来我们干什么？"

　　我把刀揣进兜里："什么都不干。夫人累了，我们别去打扰她了，她所承受的压力也蛮大的。"

　　斯宾塞用不容商量的语气说道："必须报警。"

　　"为什么呢？"

　　"天啊，马洛，我们必须这么做。"

　　"明天再说吧，带上你的这些没写完的作品，走吧。"

　　"不行，我们得报警，除非世界上没有法律。"

　　"这样做没意义，我们手头的这点儿证据连只苍蝇都拍不死。交给执法者吧，这是他们这些流氓该干的。至于怎么定罪，律师们会想办法的。法律被他们创造出来，让第一批律师引用里面的条条款款，讲给另一批名叫法官的高等律师听，而后法官就见招拆招，肢解它们，以便让其他裁判说第一批法官存有谬误，而到了最高法院那儿，法律又可以被用来证明第二批法官才是错的。法律确实存在，但它的功能只是给律师们提供财路，对于我们来说，只是无法逃脱的牢笼和泥沼。你想啊，凶徒和富豪为什么能像不倒翁一样？还不是因为背后有律师们在给他们出谋划策？"

"你说的这些跟这件事毫无关联。"斯宾塞生气地说道，"他是一名作家，在这所房子里被人枪杀，他是个很受欢迎的重量级作家，当然这也跟事件本身无关。起码他是一个人，被杀害了，而我们知道凶手是谁。难道这个世界已经完全不讲正义了吗？"

"等明天吧。"

"马洛，我现在很怀疑你，你想放任不管，让她逃脱法律的制裁，你和她根本就是狼狈为奸！我怀疑今天下午发生的一切，都不过是你们演的一场戏。如果你当初警惕一些，他就不会死，你就是想帮助她逍遥法外。"

"说得太对了，我们演了一出爱情剧，原来你也看出来了，艾琳已经迷恋上我了。只要等这件事风波过后，她就会嫁给我，她早就有这种打算了，我也迫不及待，况且我为韦德家付出那么多，还没拿到一分钱的报酬呢。"

他把眼镜摘下来，擦了擦眼镜上和眼窝里的汗水，戴上眼镜后，盯着地板发愣。他说："抱歉，罗杰的自杀本来就让我难以接受，现在在让我知道了另一种真相，对我来说，今天下午无疑是更加沉重的打击。单单只是知道就让我无法承受，我觉得自己就是个傻子。"

他抬起头来望了我一眼，问："我可以信任你吗？"

"哪方面？"

"无论哪方面，只要是正确的举动。"他把那堆黄纸稿捡起来夹到腋下，"算了，算了，我想你知道自己正在干什么。我只是个擅长出版的商人，遇上这种事，我根本手足无措，我充其量只是一个狂妄自大、实则微不足道的小人物。"

他从我旁边走过去，坎迪赶忙给他让路，并且紧走几步来到前门将门打开，站在那儿等着。斯宾塞冲他点了点头，出了门。我也走到门口，路过坎迪时停了一下，我盯着他那漆黑而闪亮的眼眸，说道："兄弟，别干蠢事。"

他淡淡说道："先生，我什么也不知道，我只是个糊涂蛋。你说的话我会遵从的。夫人很疲惫，她回房休息了，不想我们去打扰她。是这样吧？"

我从衣兜里掏出折叠刀还给他，他冲我笑了笑。

"坎迪，虽然别人都不相信我，但我相信你。"

"谢谢，先生，我们是难兄难弟。"

斯宾塞已经在车上等我了，我上车将汽车发动起来，从车道上把车倒出去。我先开车把他送回贝弗里山的大酒店，他在酒店门口下车，下车的时候他说："回来的一路上，我想了很多，没准儿她有精神疾病，没准儿他们会因此裁定她无罪。"

我说："他们压根儿就不会自找麻烦，是她自己不知道罢了。"

他用力地拽了拽胳膊下的那叠黄纸稿，把纸张抹齐，而后冲我点了点头，推门走了进去。我目送他进去后，松开刹车，开着我的奥兹莫尔比从白色的路栏杆那里离去。这是我与霍华德 · 斯宾塞的最后一次见面。

回到家时天色已经很晚了，我浑身疲惫，心里也堵得慌。事不关己，高高挂起的月亮，投下它朦朦胧胧的影子，空气凝滞不动，噪声如同从遥远的黑暗中传来，如同闷雷。我隐约还听到某一个角落传来无休无止的嘀嗒声，但屋子里没有任何发出嘀嗒声的玩意儿，声音是直接响在我的脑子里的。我是守灵队的一员，但这个守灵队只有我一人。

初见艾琳 · 韦德时的情景在我的脑海里清晰起来，接着还有第三次、第四次，我回想她的时候，她变得越发模糊，像是幻影一样，而不再是一个真真切切的人。当你知道某个人是杀人犯的时候，他就会在你的心中变得虚幻起来。有的人杀人，是因为仇恨、恐惧或贪婪，有的人是因为单纯喜欢死亡，把杀人当投影式的自杀。他们都是精神病人，不过和斯宾塞所指代的那层含义不一样。

直到破晓时分我才上床睡觉。睡得正香时，一阵电话铃声把我吵醒。我翻过身，趴在床上去摸找拖鞋，这时才知道原来我只睡了两个小时。我从床上下来，拖着沉甸甸的步子，向客厅走去。我感觉自己就像在餐厅里一块被吃进肚子却只消化了一半的油腻腻的肥肉。眼皮分不开，嘴巴也像被水泥糊住了。我拿起电话说了一句："稍等。"而后放下电话到浴室里撩起冷水洗了把脸。

窗户外面传来咔嚓咔嚓的声音，我迷迷糊糊地往外面看了一眼，看见一张人脸，棕色的，不带任何表情。原来是日本园丁，每周都来一次，我给他取了个外号，叫"残忍的哈瑞"。他正按照日本园丁修剪金钟花树的方式修剪金钟花矮树。你一连问了他四次，他才答复你"下周"，刚刚六点钟，他就跑来在你的卧室窗外开工作业了。

我擦干脸，回到电话机前。

"有事吗？"

"我是坎迪，先生。"

"哦，早安坎迪。"

他用西班牙语说道："夫人死了。"

死了！夫人死了！不管用任何一种语言说这样的字眼，都会让人觉得寂静、冰冷、黑暗。

"但愿不是你干的。"

"我猜是杜冷丁，是药物干的。原本瓶子里应该有四十五粒，但是现在一粒也没了。昨天她没有吃晚餐，今早我搭了把梯子朝窗子里面瞧了一眼，她还穿着昨天下午的那身衣服。我拉开窗帘后发现，夫人死了。她身体冷了，像冰水一样。"

身体冷了，像冰水一样。

"你有没有给其他人打电话？"

"洛林医生，他报了警，不过没来呢。"

"洛林医生？这位晚出现的人才是正主儿。"

坎迪说："我没有把信交给他看。"

"写给谁的？"

"斯宾塞先生。"

"听着坎迪，把信交给警方，千万不要让洛林医生拿到，交给警方就行。另外，把我们去过那儿的事原原本本告诉警方，不要有保留，不要说谎，这次一定要实话实说，每一句话都必须是实话。"

他沉默了一会儿，说道："好吧，我知道了。再见，我的朋友。"

等他挂断电话后，我立马拨打丽兹比弗利山大酒店的电话，想跟霍华德·斯宾塞通话。

"别挂断，我这就转到前台。"

接着一个男人的声音说道："这里是前台，请问有什么可以帮到您的？"

"帮我找下霍华德·斯宾塞。我知道时间太早，不过事情紧急，拜托了。"

"斯宾塞先生昨天傍晚就退房了，说是要乘坐晚上八点飞往纽约的航班。"

"好吧，抱歉，我不知道。"

我进厨房开始煮咖啡。大份的，浓稠、香浓、苦涩、滚烫、残酷、消沉——消沉男士的补血剂。

两个小时后，我接到了伯尼·奥尔斯打来的电话。

"聪明仔，别来无恙！过来吃苦头吧。"

44

除了这次是白天外，其他的都和上次大同小异。警长大人去圣塔巴巴拉主持节庆周的开幕式去了，所以这次的地点是在艾尔南德斯组长的办公室。现场有艾尔南德斯组长、伯尼·奥尔斯、法医办公室的人、如同做人流手术时被当场抓住的洛林医生，还有地方检察官办公室的代表，他姓劳伍德，身形高挑精瘦，表情漠然。根据传言，在中央大道区数字赌场，有一位头目是他的同胞兄弟。

艾尔南德斯面前的桌子上有几张用绿色墨水书写的手写便条，纸张边缘有粉红色毛边。

等所有人都在硬椅子上坐下来后，艾尔南德斯开口说道："这不是正式审理，大家可以畅所欲言，没有速记员和任何录音设备。至于最后是否需要开庭审理，决定权在法医代表怀斯医生那里。怀斯医生，请吧。"

"麻醉药中毒的迹象十分明显，我认为用不着开庭审理了。"这位胖子说道，看起来他挺开心的，透露着一股子精明，"救护车赶到现场时，她只是处于深度昏迷状态，还有一丝呼吸，不过对任何刺激都没有反应了。到了那种地步，一百年发生的所有案例中也无法救活一个。就连呼吸，如果不仔细检查也无从觉察，她的皮肤已经冰冷了，所以她家的用人才以为她死了。实则，又过了一小时后她才死亡。据我了解，杜冷丁是洛林医生开给她用以急救的，这位夫人患有支气管哮喘，偶尔会发作。"

"那么，关于她所服下的杜冷丁，有确切的数据吗，怀斯医生？或者是推测性的结论。"

他笑眯眯地说："足以导致死亡的剂量。按照她的自白推断，她服下的剂量是两千三百毫克，对于不吸毒的人来说，这个剂量已经超出下限致命剂量的四五倍了。至于她使用了多长时间这种药物，先天的抗药性如何，以及医生对患者抗药性的要求或判断，由于时间原因，还没有得出结论。"

洛林医生语气不善地说道："韦德太太不是吸毒者，我给她开的剂量是五十毫克每片的药片，叮嘱她二十四小时内最多只能吃三到四片。"

艾尔南德斯组长说道："但是你一次性给她开了五十片，你不觉得这么多的药一次性交给她，本身就意味着危险吗？请问医生，她的支气管性哮喘病情如何？"

洛林医生带着一抹嘲讽意味的笑容，说道："跟其他哮喘症一样，是间歇性的。离我们所说的持续喘息、有窒息危险的程度还远着呢。"

怀斯医生慢吞吞地说道："要是没有那份自白的话，且又没有其他证据表明她所服用的剂量是多少，就有不小心服用药物过量的嫌疑，服用这种药物出现这样的问题一点儿都不稀奇。具体怎么样，明天就有结论了。艾尔南德斯，那份自白你不打算谨慎保管吗？"

"我从来不知道，治疗哮喘病的措施中，麻醉药居然是一种标准方案。刚才我还大感不解呢，今天真是大开眼界了。"艾尔南德斯坐在办公桌边上，皱眉说道。

洛林医生面红耳赤地说道："组长，我刚才说过了，那只是用来急救的。很多时候，哮喘病的发作十分突然，随时随地都有可能，而医生不可能第一时间就赶到现场。"

艾尔南德斯在他身上扫了一眼，又看向劳伍德，说："假如我把这份自白书交给新闻媒体，你们地方检察官办公室会怎么应对？"

这位地方检察官的代表一脸迷惑，他瞅了我一眼，问道："艾尔南德斯，这样的人为什么会在这儿？"

"他是我邀请来的。"

"如果他把这里的谈话泄露给某个记者怎么办？我不相信他。"

"哦，原来你也发现了，他是个口风不严的家伙，你上次让人逮捕他应该领教过了吧？"

劳伍德干咳了几声，不自然地笑道："那份自白我看过，但我质疑它的可信度。它呈现出这样一个轮廓：情感上饱受跌堕，无处皈依，在英国度过炮火连天的残酷年代，偷偷结婚，故人回归，与药物为伴。她心中存有罪恶感，为了自赎而产生了移情心理。"

他扫视其他人，全都是一副高深莫测的呆板表情，他接着说道："虽然我不能代表地方检察官办公室发言，但是就我个人的意见而言，哪怕那个女人还活着，你想利用手里的那份自白起诉什么，也绝对不够分量。"

艾尔南德斯尖锐地说道："因为你当初对另一份自白坚信不疑，现在出现了跟它截然相对的自白，你只能竭力否定它。"

"嗨，艾尔南德斯，不要搞对立。这种事牵一发而动全身，执法机关不能不顾全大局。假如这份自白被刊登在报纸上，我们都吃不了兜着走。请相信，我绝不是危言耸听。我们本来就处于风口浪尖，有多少改革团体对我们虎视眈眈，想趁这样的机会置我们于死地呢？上星期你的副组长被批准继续跟进案件，虽然只有十天期限，但已经惹得一个大陪审团剑拔弩张了。"

"随便吧，反正这里你做主。"艾尔南德斯说道，"在收据上签字吧。"

他把那几张粉红色毛边纸弄整齐，叫劳伍德在一份表格上签字。劳伍德低头签完字后，拿起粉红色的纸折叠起来，放进了胸口袋里，而后离开了办公室。

有主见却不固执己见、和和气气的怀斯医生站起来，说道："上一回我们对韦德案件的处理太急了，我想这一次压根儿不需要劳师动众开庭审理了。"

他冲奥尔斯和艾尔南德斯点了点头，又跟洛林医生郑重其事地握了握手，也出去了。洛林站起来，想要离开，又犹豫了一下，用生硬的语气说道："有一个人对这件案子比较关注，如果你们不打算继续调查下去的话，我是否可以向对方汇报一声？"

"耽误你的工作了，不好意思，医生。"

洛林医生抬高嗓音，说："你还没有给我确切的答复呢。我有个忠告……"

"朋友，你可以离开了。"艾尔南德斯说。

洛林医生像是脚步跟跄了一下，他转过身去，气冲冲地出了门。

门又关上后，剩下的人沉默了足有半分钟。

艾尔南德斯说："可以了吗？"

"什么可以了吗？"

"你在等什么？"

"意思是，这就结案了？尘埃落定了？盖棺定论了？"

"伯尼，你跟他说吧。"

奥尔斯说："没错，到此为止了。本来我已经计划好要找她来谈一谈了，韦德血液里的酒精含量高得离谱，不可能开枪自杀。但是我之前就跟你说过了，我想不通动机。尽管她在自白里写的细节有一些错误，但可以推断出一点，她当时就在暗中监视着他，恩希诺那间别院的布局她一清二楚。她的两个男人都跟卢恩诺克斯家的荡妇有染，发生在别院的那一幕跟你想象的是一样的。其实你少问了斯宾塞一个问题——韦德是不是有一把手枪？他的确有，是一把小型驳壳自动手枪。我和斯宾塞今天通过电话。他从很早以前就开始酗酒了，和他朝夕相处的美丽妻子不过是一个视感情为筹码的女人，连他们家的墨西哥用人都心知肚明——那个浑蛋好像什么都知道。韦德是条可怜虫，这个倒霉的酒鬼喝得不省人事，以为自己杀死了西尔维娅·卢恩诺克斯，也或许他真的这么做了，再或者通过蛛丝马迹推断出是自己的妻子干的。总之他无法一辈子藏着这个秘密。那个女人犹如活在恍恍惚惚的梦里，肚子里装的只有过去，心根本不在他那儿。就算她曾经付出过真情，对方也绝不是现任丈夫。我这么说你应该不感到意外吧？"

我没有说话。

"你差点儿就抱得美人归了，不是吗？"

我依旧不理他。

奥尔斯和艾尔南德斯的脸上都挂着笑容，但笑容里醋意十足。奥尔斯说道："我们当差的并不是傻子，关于她脱衣服的那个说法，天知地知你知我知究竟有没有猫儿腻。你能把他说服，是因为他说不过你。他喜欢韦德，他悲伤、迷惑，想知道真相，一旦他认定真相了，就不惜玩刀子。他把韦德的事当成他自己的事，实际上他一直都替韦德保守着秘密，从未泄露过。真正泄露韦德隐私的人是他的妻子，她故意混淆韦德的视听，把他（韦德）搞糊涂了。但是所有的因素堆积起来就变得可怕了，我猜最后她一定开始怕他了。至于韦德把她从楼上推下去的事，其实是她自己不小心掉下去的，是一次意外，韦德只是伸手去拉她。坎迪目睹了一切。"

"那她为什么硬把我牵扯到他们的关系中来？拿你说的这些是解释不通的。"

"有几个可能性，个人见解。首先，你曾经协助过卢恩诺克斯潜逃，你们是好朋友，可能还是那种推心置腹的朋友关系，他有什么都会跟你说，这样一来你就变成她的眼中钉、肉中刺了。虽然故事有点儿狗血，但每一个警察至少会遇上一百个这样的案子。她可能认为卢恩诺克斯把杀死那个女人的枪带走是为了替她掩饰，她认为他知道那把枪发射过子弹，也就知道了她用过那把枪。直到他开枪自杀后，她就更加确信不疑了，但是她不知道你会怎么做。她想探探你的口风，正巧可以利用当下的困难把你拉到她身边，况且她有无往而不利的迷人魅力。假如她还需要一个替死鬼的话，你是不二人选。她最擅长的就是储备替死鬼。"

我说："你把她塑造得太足智多谋了。"

奥尔斯折断一支烟，将其中一截夹在耳朵上，另一截放进嘴里。

"再说另一个可能性，可能她需要一个能够把她紧紧抱进怀里的强壮男人，给她带来第二梦。"

我说:"这个理由更扯淡,她恨我入骨。"

"谁让你拒绝了她呢?"艾尔南德斯云淡风轻地插了一句话,"对她来说这是奇耻大辱,但她可能把这一页翻过去了,但你后来当着斯宾塞的面又抖搂了出来。"

"最近你们俩应该看过精神科医生吧?"

奥尔斯说:"上帝,看来你的消息很闭塞,这几年他们总是给我们制造麻烦。我们的同僚当中就有两位就渐渐改了行,不在警察的队伍混了,去支援医疗队伍了。他们的出入场所变成了法庭、监狱、审讯室。他们针对某个缺管少教的小屁孩儿,能够写出长达十五页的报告,剖析他抢劫酒吧是出于什么样的心理机制,又为什么会强奸女学生,为什么把茶叶卖给高年级学生。可能再过十年,我、艾尔南德斯这一批人都要放弃打靶和单杠训练,而去接受罗夏心理测试和词汇联想测验了。我们出门办案的时候,会随身挎一个黑色的小皮包,里面放着一瓶吐真剂和手提测谎仪。我们没准儿还要负责教导那四个把大威利·马高从小打到大的调皮鬼,让他们热爱自己的母亲——如果我们能够抓住他们的话。"

"那么,我能走了吗?"

"还有什么问题令你质疑吗?"艾尔南德斯问,他玩着一根橡皮筋,啪啪作响。

"没有了,我完全信服了。她死了,大家都死了,案子就此了结,走走程序就顺利结案了。我回家后立马就把这件事忘得干干净净,因为除此之外我什么都干不了。既然这样,那我就顺天应命吧。"

奥尔斯把夹在耳朵上的半截烟拿下来看看,就好像在疑惑它怎么会在那里似的,顺手把它向背后一丢。

艾尔南德斯说:"你不必冷嘲热讽,她是没有枪,要不然她可能会策划一次完美的犯罪。"

奥尔斯也恶狠狠地说道:"另外,昨天我们的电话是通的。"

我说:"对,说得没错。你们一接到电话就飞速赶来,而后你们把一个编造好的剧本当成调查出的真相,仅仅认为其中有一些细节上的错误。那份自白书我猜是完整的,你们早上就拿到了,却不让我看一眼,可以肯定的是,假如那只是一张秘密情书,你们肯定不会劳驾地方检察官过来。要是从一开始你们警方真正对卢恩诺克斯的案件进行了详细调查,不难发现战争记录中有

246

他的名字，而且还能查到他受伤的地方，以及其他情报。在调查的过程中还会让韦德夫妇跟他们的关系浮出水面。不光我知道罗杰·韦德认识保罗·马斯顿，我恰巧咨询过的一位私家侦探也知道。"

"也许吧。"艾尔南德斯表示认同我的说法，但又说道，"可是我们警方的查案程序不是那样进行的。针对真相显而易见的案子，谁都不会过多浪费时间。哪怕没有外部压力催促我们结案，好让所有人当没有发生过这件案子。我调查过的杀人案，没有一千也有几百，但只有一小部分才像教科书似的，有头有尾，且没有旁枝末节。绝大多数案子都是能够佐证一些地方，而另一些地方完全莫名其妙。我想世界上没有任何一个警察局在办案时，会浪费时间和人力去跟一目了然的答案过不去。你获悉了作案动机、方式、机会，然后嫌疑犯潜逃，写了自白书后自杀，那么还有什么必要再继续调查下去？卢恩诺克斯案之所以不成立，是因为有人主观认为他是个善良的人，干不出那种事，而与此同时出现了另一个人，看起来反倒可能干这种事。而且新出现的人没有潜逃，没有写自白，也没有对准自己的脑袋开上一枪。而这么做的人就好像蒙了不白之冤要以死明志似的。但是我认为，那些被电椅、毒气室、绞刑架执行死刑的凶手，百分之六七十的人在他们的邻居们看来都是蒙受了冤假错案，就像富勒牙刷的推销员一样，就像罗杰·韦德的夫人那样，表面看起来是那么淑女、清白、有涵养。你想看她写的自白？行啊，可以让你看。我需要到大厅那边去一趟。"

他起身把桌子的抽屉拉出来，从里面掏出一个折叠的小本子，把它放在桌子上。

"马洛，这是五张复印照片，我不希望你在看它们的时候恰好被我逮住。"

他说完就朝门口走去，不过后来又扭头对奥尔斯说了一句："我去跟帕所拉克聊几句，你要陪我一起吗？"

奥尔斯点了下头，跟着他一起出了办公室。办公室里只剩下我自己了，我把档案夹打开，几张黑底白字的纸上复印着一张张照片。我小心地碰触边缘，数清楚一共有六份，几张纸构成一份。我把其中一份卷起来，放进自己的衣兜里，然后开始读下面的一份。等我看完以后，我就坐在那儿干等，大概有十分钟后，艾尔南德斯回来了，只有他自己。

他坐回书桌后面原来的位置上，将夹在档案夹里的复印照片贴好标签，放回抽屉里，然后抬起头，面无表情地问我："现在没牢骚了吧？"

"你留了这些东西，劳伍德知道吗？"

"起码不会从我这儿知道。这是伯尼弄的，当然，他也不会从伯尼那儿知道。你问这个干吗？"

"假如少了一份不会有问题吧？"

"不会，"他冷笑道，"地方检察官办公室也有复印机。就算是泄露了，也不是警长办公室的疏忽。"

"组长，你是不是厌恶地方检察官斯普林戈？"

"你说我？"他一脸诧异地说，"我连你都不讨厌，更别说其他人了。赶紧走吧，别耽误我工作。"

我正要起身离开的时候，他又忽然说道："这些天你一直带着枪？"

"偶尔。"

"大威利·马高随身带着两把枪，可他从来不用，让我很纳闷儿。"

"我想，他觉得别人光是看到他就会被吓得服服帖帖吧。"

"可能吧。"艾尔南德斯淡然说道。他拿起一条橡皮筋套在两根大拇指上，一个劲往长拽，直到"砰"的一声将橡皮筋拽断。他揉了揉大拇指被弹到的地方，说："不管人有多么强的韧性，他都可能被绷得太紧。慢走不送。"

我从办公室出来，逃命似的离开那栋大楼。背黑锅这种事，有第一次就有第二次。

45

回到科浑迦大厦的狗窝后，我像往常那样，像玩双杀游戏一样处理早晨送来的邮件。撕开口子，把邮件传给桌子，桌子又传给废纸篓，汀克传给埃弗斯，埃弗斯传给钱斯。我把桌子上乱七八糟的东西推到一旁，把那份复印文件摊开，先前之所以把它卷起来，是怕折出印痕。

写得很详细，一切都顺理成章，只要你不是个先入为主的家伙，看完后立马就会恍然大悟。我又从头到尾看了一遍。艾琳·韦德因为吃醋，一时冲动把特里的老婆杀了，想到罗杰可能发现，所以又经过一番策划，杀人灭口，除掉了罗杰。包括那晚罗杰躺在卧室里开枪射击天花板也是她计划中的一个环节。至于罗杰·韦德为什么那么服服帖帖让她的计划得逞，永远成了谜团，不可能有答案。可能他看破红尘了，怎么样都无所谓了，也知道自己会有什么样的结局。他吃的是文字饭，恨不得用文字表达任何事情，可是在这件事上却词穷墨尽。

她是这样写的：

门锁上了。我打算把上次开的吃剩下的四十六颗杜冷丁一次性吃掉，然后躺在床上，用不了多长时间，我就结束了。霍华德，你们要知道，我在这份遗言里说的话全都是真的。干掉他们我一点都不后悔，唯一的遗憾是没有把他们放在一起处决。至于保罗——有人叫他特里·卢恩诺克斯，你知道的——我没有丝毫愧疚，虽然以前我爱过他，和他结过婚，但现在的他只剩下一副躯壳了，他对我来说已经完全不重要了。有一天下午我居然又看见了他，他从战场上回来了，但我并没有第一眼就认出他来，是后来认出来的，他也认出我来了。再次出现的他已经成了赌鬼的朋友，跟有钱的荡妇结了婚，这个男人已经堕落得一无是处了，说不定还有过诈骗前科。他真应该在年轻时就死在挪威，权当是我把自己的爱人献给了死神。而现在呢，曾经的一切，经过时间的淘洗，只剩下了堕落、残缺、卑劣、低贱。霍华德，生命中最可悲的事情，并不是美丽的事物消逝了，而是它们腐朽了，变得肮脏了。我决不允许这种事发生在我自己身上，所以霍华德，永别了。

我把这份副本锁进抽屉里。虽然到了吃午饭的时间，但我一点儿胃口都没有。我从抽屉里拿出一瓶酒，这是放在办公室里以备不时之需的。我给自己倒上一杯，把电话簿从桌子一侧的挂钩上摘下来，翻查到《新闻报》的电话号码。我拨通电话，让接线小姐把电话转给朗尼·摩根。

"摩根先生等下午四点那会儿才会过来。要不然，你给市政厅的记者招待室打过去问问？"

于是我打了过去，他果真在那里。

"最近关于你的新闻还真不少嘛。"他说，居然还记得我。

"我有份情报，你要吗？我猜你肯定舍不得放弃。"

"哦？说说看。"

"两起谋杀案的自白书复印件。"

"我去哪儿找你？"

我跟他说了一下，他还想多从我这儿挤一些情报，但我不愿意在电话里说太多。他跟我说犯罪新闻不归他负责，我跟他说起码你是个新闻工作者，而且供稿对象还是本市唯一一家独立纸媒。但他仍旧存有顾虑，问："你从哪搞到的？我还不知道它值不值得我花费时间呢？"

"原件放在地方检察官办公室,他们想方设法隐瞒的两个案子全都在里面,我想他们是不会主动公布出来的。"

"我先征求一下上司的意见,回头再回复你。"

通话结束后我去了杂食店,点了一份鸡肉沙拉三明治和几杯咖啡。咖啡煮得有点儿过火,三明治也过分油腻,就像从旧衬衣上扯下来的一块破布。没有什么东西是不合美国人胃口的,只要用火烤一下,再用两根牙签穿起来,莴苣[1]从侧面露出一些,就能吃了,要是莴苣只是稍微打蔫儿,就更棒了。

大约三点半钟,朗尼·摩根过来了。他的模样和我出狱那晚他送我回家时一模一样,高挑、纤瘦,看起来像根电线杆,风尘仆仆,一脸疲态,不苟言笑,他连和我握手都蔫不拉叽的。他从一个几乎皱成一团的纸袋里摸找香烟,一边说:"舍尔曼先生同意我来找你,他是我们的总编辑,那么你手头上到底有些什么?"

"我们先小人后君子,我先提一下我的条件,如果你同意的话,你才可以把它公开。"

我从抽屉里把复印件拿出来递给他。他飞快地把四页纸浏览完毕,而后又细细地看了一遍。他的脸上堆满了兴奋,就像搞殡葬的伙计参加免费葬礼时的那种兴奋。

"我用一下电话。"

我把电话机推给他。他拨了号码,等待了一会儿,张口说道:"请帮我找一下舍尔曼先生,我是摩根。"又等了一会儿,另一位女职员接过电话,然后跟他要找的人沟通了一下,说对方会用另一部电话给他打回来。

挂断电话后,他把电话机搂在大腿上,食指就放在接听按钮上等候着。电话一响,他立马把电话听筒拿起来,放在耳朵边。

"喂,舍尔曼先生。"

他缓慢而清晰地读着文件,而后停顿了片刻,说:"稍等,长官。"他放下听筒,看向桌子另一头的我,"他对这份文件的来源比较感兴趣。"

我伸手把他手上的复印件拿过来,说:"你跟他说,这跟他没有半毛钱关系。另外,告诉他我不是无偿提供。"

他又把听筒放回耳朵边上,片刻后说道:"长官,对,他就在跟前。"

---

[1] 又名生菜、春菜。在西方饮食文化中,往往放在汉堡、沙拉中生食。

——译注

他把听筒伸过来，说："他想跟你聊两句。"

"我先听听你的条件吧，马洛先生。"一口独裁而粗暴的腔调，"听着，你的这份情报，整个洛杉矶也只有我们《新闻报》稍微有点儿兴趣。"

"但好像你们没有报道卢恩诺克斯的案子啊，舍尔曼先生？"

"没错，但是当时谁都以为不过是性丑闻引发的，至于凶手是谁根本无关紧要。假如你的这份资料具有真实性，那么问题的性质可就变了。现在谈谈你的条件吧。"

"条件就是，如果你真打算刊登的话，必须把这份自白书完完整整地刊登出来。"

"你要知道，我们必须经过求证才能刊登。"

"求证？我不是太理解，舍尔曼先生。假如你向地方检察官求证，他要么矢口否认，要么把复印件公开给本市的所有纸媒。因为到了那份儿上，他只能这么做。你要是向警长办公室求证，他们会把材料递交给地方检察官。"

"马洛先生，这你不必操心，我们有自己的方法，还是说你的条件吧。"

"我已经说过了。"

"哦？难道你不打算要报酬？"

"如果你指的是钞票的话，不必了。"

"我知道了，我想你应该知道自己在干什么，让我跟摩根说几句。"

我把听筒递给朗尼·摩根。他又略微讲了几句，就把电话放下了，对我说："他答应了，他会按照你的要求刊登。复印件交给我就行，他去查证了。版面的话，会缩成一半大小，登在 1A 版面，占半版。"

我把复印件交给他。他拿到手后，摸了摸自己的长鼻子尖，说："你就是个傻瓜，我这么说，你介意吗？"

"我和你的意见一致。"

"现在改主意还来得及。"

"不用了。你还记得吧，我出狱的那天晚上，你送我回家时跟我说，我还要跟一个朋友诀别。其实我从来没有真正跟他诀别过，那么这回把这份复印件刊登在报纸上，就当是举行了一个仪式吧。都已经像很久以前发生的事了，感觉太久了。"

"朋友，说实话我无话可说。但我没有改变自己的观感，你就是个傻瓜。"他咧嘴笑了笑，"需要我说出几个理由吗？"

"洗耳恭听。"

"其实我对你的了解，比你认为的要清楚得多，这也是干新闻这一行最令人气馁的地方。你知道的很多信息往往是不能见光的，只能藏在心底，你会越来越看不惯这个世界。等《新闻报》刊登出这份自白书后会发生什么？会惹怒很多人，譬如那位权势滔天的波特先生、地方检察官、法医、两个叫斯塔尔和梅隆德斯的流氓，你可能再进一次监狱，或者被丢进医院。"

"不，不至于。"

"朋友，我不管你怎么想，我只是在谈我自己的看法。惹怒地方检察官是必然的。卢恩诺克斯在什么情况下写的自白？他是怎么死的？真的是自杀吗？还是别人帮助他自杀的？这些东西都在他的一手操纵之下被隐瞒了。还有，警方为什么没有去现场进行调查？案件发生后怎么会那么快就结案，突然间就风平浪静了？而且这份自白原件在他手里，他肯定会认为警长的属下泄露了情报。"

"你可以不刊登背面的鉴定章嘛。"

"我们当然不会。警长大人是我们的朋友，他是我们心目中的正派人士。虽然他对梅隆德斯之流毫无办法，但我们不会怪他。因为没人能禁得了赌博，在某些地方，赌博是合法的；在任何一个地方，它都不是绝对违法。你能跟我说说吗，为什么你从警长办公室把这份材料偷出来后还能平安无事？"

"天机不可泄露。"

"得了吧。再说法医，他也会大发雷霆。在韦德自杀案中，他睁着眼睛说瞎话，然后地方检察官推波助澜，跟他狼狈为奸。哈伦·波特会生气，他劳师动众，好容易用自己的权势封锁了案情，结果有人给他捅漏了。梅隆德斯和斯塔尔也会生气，虽然我不知道这关他们什么事，但是据我所知，以前他们就针对这件事威胁过你。被这帮恶狼盯上，没有谁能安然无恙。想想大威利·马高吧，你可能步他的后尘。"

"可能马高办事的时候太嚣张了吧，可以理解。"

摩根不紧不慢，说得头头是道："可缘由呢？仅仅是他妨碍了那群家伙言出即法的优越感。他们叫你少管闲事，你就最好什么都别管。要是敢不听话，他们会觉得你拿他们当软柿子，就会给你点儿颜色瞧瞧。不管是富豪、掌权者，还是拥有地盘的黑社会，手底下都不养善良的狗，他们都是恐怖分子。另外还有一位，克里斯·莫迪。"

"传言说他是内华达州的皇帝。"

"兄弟，你听到的是对的。莫迪是个好人，他只做正确的事，而不是好事，他很清楚该怎么管理内华达州。那些活动在雷诺城[1]和拉斯维加斯的阔绰流氓，全都不敢得罪莫迪先生，表现得要多规矩有多规矩，要不然警方会减少跟他们的合作，他们的税金也会迅速飞涨一番。所以东部的那些头目们必须改变策略，凡有人敢跟克里斯·莫迪闹别扭，不管有多大的来头，都是破坏规矩。他们会把坏规矩的人弄走，换新人上马。所谓的弄走，意思就是把人装在木箱里弄到别处，对他们来说不需要有更复杂的含义。"

我说："我的名字不值得入他们的耳朵。"

摩根上下挥动着胳膊，想要表达什么让人毫无头绪。他皱着眉头说："他们没必要知道你。在邻近内华达的塔霍湖[2]边上，就有莫迪的房产，跟哈伦·波特的房产是挨着的，没准儿他们还不时打个招呼呢。有可能只是莫迪的某个保镖跟波特的某个保镖提了一句，说有个吃了熊心豹子胆的姓马洛的家伙胡乱管闲事。而后他们的随便闲聊的话可能就被一个电话传达到了洛杉矶的某一栋公寓里，某个满脸横肉的大汉就得到了暗示，约上几个狐朋狗友出来亮一下身手。那位肌肉发达的大汉根本不需要任何理由，仅仅是有人觉得你活在世上有些碍眼，然后等待你的就是被卸一条胳膊的命运。这对他们来说毫无难度，因为他们经常干。现在你改变主意了吗，要不要收回去？"他把复印件推过来。

"我的目的你应该清楚。"

摩根把复印件装进衣服的侧兜里，缓缓起身："但愿我的猜测全都是错的。哈伦·波特那些人对这件事的反应，我纯属主观臆断，可能你全都考虑到了。"

我说："我跟他见过一面，他看什么都不顺眼，是个暴脾气的家伙，但他不至于使用暴力手段，那跟他的理念相悖。"

摩根抬高嗓门儿说："在我看来，不管是杀证人灭口让调查止步不前，还是打个电话阻止调查，只不过是方法上的不同而已。下次再见——希望还能见吧。"

他像飘在风中的物体一样，无声无息地离开了办公室。

---

[1]美国内华达州的雷诺城是全世界博彩业最著名的城市，它依靠博彩行业发达的时间比拉斯维加斯还要早。——译注

[2]塔霍湖是美国加利福尼亚州和内华达州交界处的一处淡水湖，而今已成为著名的旅游胜地。——译注

46

剩下的就是等待晨报的晚版出现在报摊上了。我忽然想喝一杯螺丝起子，于是驱车来到了维克托酒吧。然而酒吧拥挤不堪，让我兴致缺缺。一个脸熟的酒保走过来，喊了声我的名字，说："你喜欢加一点儿苦料，对吧？"

"从来没喜欢过，不过今晚帮我加两份苦料，谢谢。"

"你的加绿冰的那位朋友呢？好些日子没见他了。"

"我也好久没见他了。"

他走开了，把我点的酒端过来。我喝得很慢，只是为了打发时间，并不是求醉。如果不能真正喝醉，那么干脆就别醉。片刻后，我把刚才的酒又点了一份。六点钟刚过，卖报的人进了酒吧。酒保呵斥他，赶他走，不过就这么小会儿工夫，他已经熟练地在酒客们当中转了个遍，我也是酒客之一。后来一个服务生抓住了他，把他推出门。我翻开《新闻报》看 1A 版面，上面的确刊登了。内容完完整整，照片缩小了一半，占了这一版面的上半页，照片变成了白底黑字。在另一页上刊登着一篇社论，说得慷慨有力。还有一个版面用了半栏刊登着署名为朗尼 · 摩根的一篇文章。

把杯中酒喝完后，我出了酒吧，换了一个地方去吃晚饭，之后开车回家。

朗尼 · 摩根的那篇文章，把卢恩诺克斯案和罗杰 · 韦德的自杀案用平实的笔调陈述了一遍，没有添油加醋，也没有发任何感慨和牢骚，只是把涉及的事件和事实意简言赅、实事求是地做了一番报道。当然，所谓"事实"是按照他们公布出来的事实写的。那篇社论就不一样了，里面含有质疑和问责的口吻——人民公仆被新闻媒体抓到小辫子后，都会被遇到这样的问题。

晚上九点半左右，伯尼 · 奥尔斯打来电话，说他会在回家的时候顺道来我这儿聊聊。

"你有没有看《新闻报》？"他说话支支吾吾，我还没来得及回答，他就挂了电话。

他进门以后，先是抱怨了几句那段台阶路走得有多么费劲，然后问我家里有没有咖啡，他想喝一杯。我说我去煮。然后他在房间里自在惬意地到处溜达，我去厨房煮咖啡。

他说："你住在这种地方不嫌冷清吗？你可是个唯恐天下不乱的家伙啊。山那头是什么？"

"另一条街，为什么问这个？"

"随口一问，你的灌木该修剪一下了。"

我把煮好的咖啡端进客厅，他坐下来，不紧不慢地喝着，然后拿了我的一支香烟，点上抽了起来，不过抽了几口就掐灭了。

"我对这玩意儿的喜爱好像越来越淡了，可能是因为从电视上看了它的广告吧。"他说，"任何东西一经他们推销，就让人没有好感了。他们总是把消费者当傻瓜，总有个傻缺穿件白大褂，脖子上挂一个听诊器，向你介绍某种牙膏、香烟、啤酒、洗发露、漱口水，或者能让肥胖的摔跤手拥有山丁香体味的某种装在小盒里的玩意儿。我总是提醒自己，千万不要上当，哪怕被这帮孙子说得心动了，也不要买他们的产品。你看了《新闻报》没有？"

"有一个朋友私下通知了我一声，是一个记者。"

"你也有朋友？"他看起来诧异极了，"那他有没有跟你说他从哪里得到的资料？"

"没有。事已至此，一切都不言而喻了。"

"今天早上，地方检察官的副手劳伍德声明他把资料递交给了自己的头儿，但是刊登在《新闻报》上的照片是原件的复印件，他的声明变得不可信，斯普林戈气得脑袋冒烟。"

我慢慢喝着咖啡，没有搭腔。

奥尔斯自顾自地说道："斯普林戈应该亲力而为，出了这种事也算他活该。不过我并不认为劳伍德会这么干，他又不懂得玩政治权谋。"

他看着我，从他脸上一点儿都看不出他心中所想。

"你有什么事直说吧，伯尼。我知道你对我没有好感，虽然我们以前是朋友——无论是谁都能跟一个铁汉警察在一定程度上成为朋友，但是以前的友情已经发酵了。"

他笑了笑，身体前倾，表现出一种蛮横的姿态："任何一个警察都不会喜欢平民越俎代庖干警察的事。假如当初韦德刚死那会儿，你把他和卢恩诺克斯家的那位水性杨花的女人的关系说清楚，我是可以展开调查的。你觉得自己比谁都聪明？要是你把那位特里·卢恩诺克斯和韦德太太的关系挑明了，我就能掌握活她的一举一动，她可能不会死。要是你从一开始就把一切交代清楚，韦德也死不了。至于卢恩诺克斯，先不提他。"

"你要我交代清楚什么？"

"什么都不用了，现在说什么都晚了。我只想说，聪明人总是反被聪明误，其实只是自欺欺人罢了。我以前就警告过你，显然你没有听进去。现在你已经成了过街老鼠，我劝你还是赶紧离开这座城市吧。我从线人那里得到情报，有几个厌恶你的人正打算给你点儿颜色看看呢。"

"听着，伯尼，我只是个微不足道的人，没你说的那么重要。你没必要冲我大吼大叫，我也没必要。至于你说的调查？骗鬼去吧。你、法医、地方检察官，还有任何的相关部门，韦德死前你们无动于衷，韦德死后也不见你们有任何行动。我承认我在这件事中确实存在错误，但起码现在真相大白了，你说你能在昨天下午抓到她，我倒是想听听你有什么根据。"

"如果你把理应告诉我们的情报说出来就可以。"

"是吗？原来需要我越俎代庖干你们警察的活儿啊。"

他恼羞成怒，"呼"地站起来："聪明仔，你听着，她涉嫌杀人，我们就有权控告她。本来她可以活着的，因为你的无知才要了她的命。你自己清楚。"

"我只是帮助一个平白受牵连的男人洗脱罪名，我不觉得我所做的有什么错，现在也是。她做出什么样的选择，我无法控制，我所做的只是让她自己好好反省一下。如果你觉得我碍眼，想找个理由修理我，我随时奉陪。"

"这事用不着我费脑筋，流氓会修理你的。朋友，你觉得自己无足重轻，他们没空理你，你错了。没错，你只是个姓马洛的私家侦探，但人家要求你不要乱管闲事，而你却在报纸上打他们的脸，他们的尊严往哪儿搁？情况已经不一样了。"

我说："很倒霉，是吗？借用你的一句话，光是想想，都心头淌血。"

他向门口走去，一把拽开门，俯视着门外的红木台阶，望了望马路对面长有树木的山坡，又仰望街巷尽头的斜坡。

"真是一个舒适、静谧的地方，僻静，却不过分。"他走下台阶，开车走了。

警察不会跟你说再见，他们希望任何时候你都逃不出他们的五指山。

47

第二天格外热闹，鲜有地有了些新气象。斯普林戈代表地方检察官办公室邀请记者，召开了第一场新闻发布会，发表了一份声明。这位壮汉眉毛浓黑，红光满面，只是头发白得太早了，政治权谋玩得得心应手，随时准备着。

我已经读了那位可怜的、刚刚自杀的女人写的自白书，不管是不是她写的，那都是一份神经病才能写出来的作品。《新闻报》是出于善意刊登这份资料的——我很乐意这样假设，虽然其中有大量的自相矛盾和荒唐可笑的地方，不过我不在这里列举了。

如果这些话真的是艾琳·韦德自己写的，我会这样跟大家说，她写这份东西的时候，一定笔都拿不稳，脑袋也很不好使。我想我的办公室以及我所器重的彼得森警长的属下，很快就能调查出来这是不是她写的。这位可怜的夫人几个星期前亲眼看见了自己的丈夫浑身是血地倒在那里，她该有多么无助、绝望、震惊啊！丈夫自杀这么沉痛的打击让她无法独活，随后就去追随他了。大家想想吧，我们为什么不能让死者安息呢，非要打扰他们的安宁？除了令那份根本没人看的报纸多卖出几份，还能得到什么好处？朋友们，我们只是在做毫无意义的事。所以这件事赶紧让它尘埃落定吧，不要再闹腾了。世界文豪莎士比亚在伟大的戏剧作品《汉姆雷特》中塑造了奥菲莉亚，艾琳·韦德也一样，她怀有不同寻常的悔恨。而这份不同寻常，现在被我的政敌拿来大做文章，但我相信，我的朋友和选民是不会被他们蛊惑的，因为大家很清楚，我的办公室代表的从来都是英明、慎重的执法，代表赏罚分明的正义，代表安稳、可靠、仁义的政府。我不知道《新闻报》代表什么，我也不关心它代表什么，孰是孰非，有识之士自有公论。

这段毫无营养的废话就刊登在《新闻报》的早版上（那家报纸一天二十四小时每时每刻都在出刊）。针对斯普林戈的废话，总编辑亨利·舍尔曼立刻发表了一篇评论进行抨击。

看得出地方检察官斯普林戈是一位斯文的官员，今天早上他表现得彬彬有礼，声音震耳欲聋，十分动听。感谢他没有把一系列事实摆出来打扰我们。其实如果斯普林戈先生真的想让我们证明那份文件是否真实，我们《新闻报》很乐意鼎力相助。如果让斯普林戈先生立刻重启卷宗，重审他之前亲自批准或由他授意宣告结案的案子——我们是万万不敢这样想的，就像我们不敢期待斯普林戈先生在市政府的高塔上玩倒立一样。有一句话斯普林戈先生说得无比正确，我们为什么要搅扰死者的安宁呢？这句话用《新闻报》的粗俗语言来翻译一下就是：人已经被杀了，查到凶手又能捞到什么好处呢？什么好处也没有。充其量只是真相和正义。

斯普林戈先生提到了《汉姆雷特》，他真好，《新闻报》代表先贤莎士比亚感谢他，虽然他谬误百出，一个劲"奥菲莉亚"云云，却不知道"你必须怀有不同寻常的悔恨"这句话其实是不是形容奥菲莉亚的，而是她说的一句话。她说的那句话的意思，我们这些学识浅薄的人实在理解不了，不过这里没必要探讨它。那句话他引用得真是妙用无穷，因为它使得问题更加是非难辨了。我想我们也应该引经据典，借用《汉姆雷特》中某个坏蛋的一句话："让巨斧落在罪过之处吧。"

中午的时候，朗尼·摩根给我打来电话，问我有什么感想。我告诉他我不觉得能打击到斯普林戈。

朗尼·摩根说："我问的是你。除了舞文弄墨的呆瓜不会有人对他感兴趣的，况且他们也已经看明白了，他已经黔驴技穷了。"

"我也尚且安好，正等着呢，等别人带着一块钱的钞票来戳我的脸。"

"你误会我的意思了。"

"求你别恐吓我了，我目的达成，身体无恙。卢恩诺克斯要是没死，肯定会大步流星走到斯普林戈身前，用唾沫给他的眼睛来一次保养。"

"斯普林戈现在肯定想通了，你做这些全都是为了那个人。不过对于妨碍到他们的人，他们有成百上千种办法来报复。我非常不理解，卢恩诺克斯又不是什么伟人，你为什么会为了他耗费心血地去做这些呢？"

"不，跟他没关系。"

"好吧，马洛，算我多事，打扰你了。"

例行公事一样说完"再见"后，我们彼此挂断电话。

琳达·洛林下午两点钟左右给我来了个电话，说："这次你不会骂人了吧？谢谢。我刚坐飞机离开北方的那个大湖泊，昨天晚上我的挂衔丈夫在那里被劈头盖脸训了一顿，因为有一个人看了《新闻报》上的一篇报道后气得暴跳如雷。我离开的那会儿，他还正在抹眼泪呢。他是千里迢迢单独飞过去汇报的。"

"什么叫挂衔丈夫？"

"别犯傻了。这一次我的父亲恩准了，我马上就要前往巴黎，那里是个很不错的地方，最适合悄悄离婚。如果你还没有傻透的话，就听我一劝，赶紧把你之前让我看的那张雕版大票子挥霍一些吧，然后能逃多远逃多远。"

"我招谁惹谁了？"

"马洛，你又问了一个愚蠢的问题。你总是自作聪明，到头来只是搬起石头砸了自己的脚。你想听听他们用什么办法杀死一只老虎吗？"

"愿闻其详。"

"他们先在木桩上绑上一只羊，然后藏起来，守株待虎。"她说，"但羊的命运同样悲惨，我不希望你当那只替罪羊。我喜欢你，虽然我找不到理由，可我就是喜欢你。你遵照自己的心做事，为了自己认定的事能够全力以赴。"

"谢谢，但我愿意赌一把，赌输了我认命。"

她吼道："傻子，别充好汉。难道你想步他的后尘吗？那个我们都认识的人就是给人当了替罪羊。"

"要是你在这里多逗留些时日，我们可以喝一杯。"

"去巴黎吧，到巴黎我们开怀畅饮，巴黎的秋季非常漂亮。"

"据说春天更漂亮，不过我没有去过，纯属道听途说。说实话，你的提议我十分心动。"

"看来，你没有这个打算。"

"琳达，去找你心中想要的东西吧，我祝福你。再见。"

她的语气变得冰冷："再见。我想要的东西，分分钟就能得到，可得到后我又觉得那不是我想要的。"说完她把电话挂了。

接下来就很无聊了，也不知该干点儿什么，于是我去吃晚饭，而后把我的奥兹莫尔比汽车开到一家昼夜营业的车房里检查刹车带，自己打的回家。

像平常那样，街道上空荡荡的。一张免费的肥皂打折券放在木头邮箱里。这个夜晚很温暖，空中飘着一层薄薄的雾，没有一丝风，山坡上的树安安静静。我缓步溜达上台阶，打开门锁，正要推门进去的时候，我停住了。门被打开了一条十英寸左右的缝，透过门缝，我望向漆黑的屋里，虽然没有什么动静，但我直觉屋里有东西。可能是听到了一声微不可闻的弹簧响动，可能是看到了白夹克的一道闪光，也可能是闻到了人的气味，或者是因为门里的房间在这么宁静而温暖的夜里却不怎么宁静也不怎么温暖，还可能是我太过多疑了。

我从另一旁走到台阶下面，伏低身子，紧挨着灌木丛，但屋子里的灯没有亮，周围也没有任何异响，什么事都没有发生。我的左腰上别着一把警用点三八短筒手枪，枪托在前，插在枪套里，我把枪拔出来。但依旧什么都没有发生，十分宁静。我暗骂自己疑神疑鬼，站起身来。我抬步正要往房门走的时候，街巷的拐角处驰出一辆汽车，飞快地爬上斜坡，在台阶下无声无息地停了下来。从外形上看，这是一辆黑色的凯迪拉克豪华轿车，起初我以为是琳达·洛林的车，但是有两个疑点，首先车门没有打开，其次我正面的车窗也关得严严实实的。

我屏气凝神，蹲在灌木丛边上，侧耳听着，但什么也听不到。哪怕车的引擎还运转着，我也无法听到。一辆黑色的轿车停在红木台阶下，车窗紧闭，仅此而已。我不知我在等什么。突然间，车的红色大灯一下就亮了，光柱打到了离屋子还有二十英尺的地方，大轿车开始缓慢后退，灯光照到了房屋的正面，反光把引擎盖和上面的一片空间也照亮了。

不可能是警察，警察开不起凯迪拉克，只有市长、局长、富豪或者地方检察官和流氓，才是这辆亮着红色大灯的凯迪拉克的主人。

我趴伏在地上，但大灯的光柱扫来扫去，最终还是发现了我，刺眼的强光定在我的身上不再移动，不过依然没有人推开车门，屋子里也没有亮起灯光。

警报器的声音忽然响了起来，只响了一两秒就停了，屋子里的灯总算亮了，台阶的最上面出现了一个身穿晚宴服饰的男人，一身白色。他侧脸盯着灌木丛与墙壁中间，说道："进来吧，家里来客人了，廉价货。"是梅隆德斯这孙子。

其实这种情况下我很容易给他来上一枪，送他上西天。不过他退了一步，我的机会消失了。就算刚才不会失手，现在也晚了。我听见车窗摇下来的声音，那辆车的后车窗有一扇窗摇了下来，然后机关枪嗒嗒嗒地扫射到离我大约三十英尺的斜坡上。

站在房门口的梅隆德斯又开口说道："废物，进来吧，你无路可逃了。"

我只好站起来，把枪插回枪套，在大灯的跟随下一步步向门口走去。我上了红木台阶，走进房门，站在屋子里。在房间的另一头，有一个男人正跷着二郎腿坐在那儿，有一把枪斜斜地放在他的大腿上。这家伙四肢修长，皮肤像是终年被烈日暴晒一样，又蔫又糙，看起来非常凶悍。他身上穿着一件拉链拉到腰部的棕色华达呢风衣，眼睛一眨不眨地盯着我，就如他的那把枪一样。我觉得他不是一个人，而是月光下的一堵砖墙，冰冷无情。

48

我盯了他好一会儿，忽然感到肩胛骨一麻，然后疼痛感顺着手臂一直传到指尖，全都疼麻了。我用眼角余光看到有个人对我动手了，扭头去看的时候，对方是一个不苟言笑、表情狰狞的墨西哥大块头。他拎着一把点四五手枪，手枪现在正垂在身侧，手臂棕色，脑袋又圆又肥，油乎乎的头发有竖起来的，有垂下去的，十分爆炸。他满脸胡子，一顶脏兮兮的宽边帽倒戴在脑袋上，手工衬衫的前胸那儿耷拉着两根皮质的帽绳，衬衫飘散出一股浓重的汗臭味。世界上最凶狠的人和最温柔的人都在墨西哥，不过这个家伙显然是属于心狠手辣的那一种，我猜天底下恐怕再也找不出第二个像他这么凶狠的人了。

我揉了揉胳膊，一碰就疼，简直疼入骨髓，但就算不去揉，也会感到胀痛和酸麻。要是我现在掏枪，可能根本拿不稳，一拿出来就会掉下去。

梅隆德斯抬手示意，那个凶狠的家伙眼皮都没抬一下，把枪抛了过去，梅隆德斯把枪接在手里。他春风得意地走到我跟前，一双亮闪闪的黑色眼珠盯着我："贱货，说吧，你希望我在你的哪个部位开枪？"

这种问题不需要回答，所以我只是看着他。

"说话啊，贱货。"

我舔了舔嘴唇，反问道："我还以为安格斯汀才是你的枪童呢，他怎么没来？"

他语气平静地说道："契科现在变得软弱了。"

我说："他从一开始就是个软蛋，就跟他的老板一样。"

在椅子上坐着的那位皮笑肉不笑地眨巴了一下眼睛。我身后的暴徒依旧拧着我的胳膊，一动不动，一言不发，但是我闻到了他呼出来的气味。

"贱货，你的胳膊怎么啦？哦，被人撞了呀。"

"被一块辣椒肉玉米饼绊了一下。"

他在我的脸上甩了一枪管，看都没有看我，傲慢极了："贱货，你没资格在我面前充好汉。你的死期到了，用不着来这一套。我们很认真地警告过你，不是吗？我亲自上门警告某个人别多事的时候，要是他还敢多事，那他就躺在那里吧，这就是不听话的下场。"

太阳穴那里疼得发麻，然后疼痛扩散到了整个头部，我想鲜血一定正顺着我的脸颊往下流。他那一下并没有下狠手，但打我的东西太硬，不过这无法阻拦我开口。

"曼迪，打人这种事不是应该交给手下的小混混儿吗？就像狠揍大威利·马高那一次，没想到这一次居然能劳驾你亲自动手，不胜荣幸。"

他阴柔地说道："修理马高属于公务，修理你是出于个人恩怨，你我有私怨。他把自己当成维护社会风气的典范，觉得可以骑在我的头上拉屎。我用我的钱把他家的保险箱塞满，把他的房贷还清，给他的孩子交学费，给他买汽车、买衣服。我做了这么多，你一定认为他会报答我吧？结果呢，他走进我的私人办公室，当着我的一帮手下抽我的耳刮子。这就是他干的好事。"

"为什么呢？"我问道，我似乎有些期待他把火撒到别人头上。

"跟他上过床的婊子中有一个有钱的婊子硬说我们的骰子里灌了铅，我就叫人把赢她的钱全部返还给她，然后把她赶出了俱乐部。"

我说："应该的。职业赌徒怎么可能耍老千嘛，是不是？马高应该知道这点的。不过，你跑来修理我又是什么借口呢？"

他沉思了几秒，又给我来了一下子："因为你让我颜面扫地。干我们这一行的，不管警告任何人，对方都应该立马照办，哪怕是有头有脸的人物也不可以违逆，否则你就无法控制他了，控制不住就经营不下去。"

"抱歉，我掏个手绢儿。恕我直言，这恐怕是借口。"我掏出一条手绢，把脸上的血稍微擦拭了一下，而那把枪一直指着我。

梅隆德斯说道："你以为你可以像耍猴一样戏耍曼迪·梅隆德斯？以为梅隆德斯就是一个笑话，不值得你正视？贱货，你不过是一个不入流的私人侦探而已。我真应该用刀子把你身上的肉一条条割下来。"

我看着他的眼睛说："你说卢恩诺克斯是你的好兄弟，现在他被埋进了土里，连个墓碑都没有，比一条狗死了还要微不足道。我想方设法来帮他洗脱罪名，没料到居然让你颜面扫地了。你除了你自己外，根本不在乎其他人，哪怕是救过你一条命的人，他死了你一点儿都不在乎，你一心只想扮演大人物。其实你只是个喜欢装腔作势的浑球儿，根本不是什么大人物。"

他气得脸色铁青，铆足了力气就要打我第三次。不过我在他打来的时候，猛地往前踏了半步，一脚踢到他的胃部。我没有做什么准备，也没有考虑后果，事先也来不及去想能不能逮到机会一举撂倒他，我只是不想听他再放屁了。而且我的脸疼得厉害，估计轻微脑震荡了吧。

他忍不住猫下腰来，大口吸冷气，手中的枪也掉了下来。他立马伸手去抓枪，嗓子眼儿里发出古怪的声音，我抬起膝盖在他的脸上狠狠来了一下，他疼得号了一嗓子。坐在椅子上的男人笑了起来。

我感到莫名其妙。男人站了起来，举起了枪，用柔和的语气说道："你不能打死他，他活着才能做诱饵。"

这时候客厅里人影晃动，从门口走进来一个人，是奥尔斯。他一脸平静，眼睛如深不见底的黑洞。他低头看了看梅隆德斯，梅隆德斯跪在那里，脑袋与地板亲密接触。奥尔斯说道："真是软蛋，比玉米糊糊还稀软。"

我说："他可不软，只不过被打伤了。大威利·马高不是软货吧？他也会受伤。"

奥尔斯回头看我，另一个人也看着我。那位墨西哥暴徒静悄悄地站在门口。

"把那该死的烟卷儿从你的嘴里拔出来扔掉。真他妈恶心。"我冲奥尔斯吼道，"想抽就抽，不想抽就别碰，真受不了你。说句他妈的心里话，所有警察都招人烦。"

他嘴角抽了抽，好像很惊讶，而后满不在乎地说道："你的伤要不要紧？告诉你吧，这是我们设的一个局。那个凶残的家伙揍你的脸？还真是立竿见影，不过我觉得你是活该。"

他低头看了看跪趴在地上龇牙咧嘴、大喘粗气的曼迪，这家伙现在就像正在从一口深井中慢慢往上爬，一次只能爬几英寸。

奥尔斯说道："真该带三个油嘴滑舌的律师来，好让他闭上嘴，他的话可真多。"

他一把将梅隆德斯拽起来。曼迪一声不吭，从白色晚宴服里掏出一条手帕，捂到自己的正在流血的鼻子上。

奥尔斯用腻歪的腔调小声对他说道："亲爱的，你被骗了。谁让你们这些流氓敢跟警察作对呢，以后在我们面前千万别那么嚣张了。不过马高不值得可怜，他是个警察，他却跟你们同流合污，我很乐意看你们狗咬狗。"

梅隆德斯的手帕垂了下来，他看了看奥尔斯，又看了看我，而后看向坐在椅子上男人。他慢慢转过身子，去看站在门口的墨西哥暴徒。别人也都面无表情地看着他，曼迪的手里忽然出现一把刀，向着奥尔斯刺了过去。奥尔斯向边上退了一步，轻而易举地将他手里的刀子拍落在地上，用一只手掐住曼迪的咽喉，根本没把他当回事。奥尔斯站成马步，腰背绷直，腿稍微一弯曲，就掐着梅隆德斯的脖子把他举了起来，而后拎着他"咚咚咚"地走到房间的另一头，把他摁在墙上。

奥尔斯把他放下来，但依然掐着他的脖子，厉声说道："你想跟我动手？信不信我能用一根指头弄死你。"说完他松开双手。

曼迪满不在乎地冲他咧嘴一笑，瞅了瞅手里的手帕，把有血的部分叠起来，又捂到鼻子上。他的眼睛向着刚才捶我的手枪上瞄去，坐在椅子上的男人漫不经心地说道："没子弹，你捡到也没用。"

曼迪说："你为什么没有告诉我，这根本就是一个局？"

奥尔斯说道："拉斯维加斯有人想找你聊聊天。有一两个人想把你的饭碗砸烂，因为你没有跟人家禀明事实，所以人家不喜欢你了。你雇的三个帮手实际上是内华达的三个警察。你可以选择跟这些警官走，也可以让我铐着你去市中心，我会把你吊在门后面。"

曼迪平静地说道："上帝，内华达完了。"他扭头又看了看那位站在门口的墨西哥大块头，他娴熟地在下胸口画了个十字，从前门走了出去，墨西哥暴徒跟在他后面。然后那位像是从沙漠来的糙鬼从地上捡起手枪和刀子，也跟了出去，顺手把门带上了。

奥尔斯耐心地等他们全部走掉。外面传来汽车的关门声，车子开走了，驰进了黑暗中。

我问奥尔斯："这几个蠢货都是警察？你确定？"

他回头看我，表情就像看到我没有离开感到非常吃惊一样，他简短地说道："他们有警徽。"

我说："伯尼，这一手真高明，高明得让人无话可说，你这个心狠手辣的浑球儿。你认为他能活着回到拉斯维加斯吗？"

我进了浴室，把水龙头打开，蘸湿毛巾擦了擦脸，脸一碰就疼得直抽搐。镜子里的那张脸已经不像一张脸了，肿成了青紫色，左眼下方也变颜色了，颧骨那儿还有锯齿形的伤痕，那是被枪管砸的，以后几天我都没法儿见人了。

奥尔斯那张欠揍的脸忽然出现在镜子里。他的嘴唇上拱着一根没点火的烟卷儿，就像一只猫在逗弄一只奄奄一息的耗子一样，殷切期待它能再逃一次。

他语气不善地说道："下次别再跟警方耍小聪明了。你认为我们有心情陪你闹着玩，让你白白从警察局偷一份复印件？我们守株待兔，用你来钓曼迪上钩。我们绝不容许自己的辖区内有人嚣张到毒打了警察后还平安无事——哪怕挨打的是个堕落的警察也不行。我们跟斯塔尔磋商了一下，明确告诉他，虽然我们无法做到禁绝该县城的赌博活动，却可以让赌博业不再那么风调雨顺。斯塔尔试图向我们证明那件事与他无关，而且集团内部也不赞成那种做法，应该给梅隆德斯一点儿惩罚，所以当曼迪打电话准备叫人修理你的时候，斯塔尔就花了一笔钱，请出三个老熟人顶替外地流氓，让他们开着他的其中一辆车来了。在拉斯维加斯，斯塔尔算得上是警察中的一个头目。"

"哦，恭喜，伯尼。在提升人民道德素养的贡献上，警察界居功至伟。今晚那些沙漠里称王称霸的狼人能够享受一顿丰盛的晚宴了。警界唯一的缺陷就是里面的警察。"

他用凶狠而平淡的语气说道："大侠，不介意我笑一两声吧？你在自己的客厅里被人毒打，啧啧，真可怜！我呢，我用下流的方法干了这份下流的工作，然后升官发财了。实际上是因为我们需要震慑一下这类人物，以便让他开口，所以我们才让他们在你身上先示范一下，你伤得不严重吧？"

"让你感到这么难过，我真的很惭愧。"

他的脸猛地向我凑过来，面皮紧绷，语气凶狠地说："我对毒贩子和赌徒恨之入骨。赌徒引发的社会疾病，严重程度完全不亚于毒品的危害。你不会认为拉斯维加斯和雷诺城一类的地方只是风雅的娱乐场所吧？蠢货，只有好吃懒做的人、土老帽、刚拿到工资准备周末到商场购物却一小会儿就输得一干二净的家伙，才是那里所欢迎的人。有的赌鬼输个四万美元，眼皮都不眨一下，转头就又回来赌了。但黑暗巨洞是富豪类赌客撑起来的吗？不，老兄，最可怕的压榨，是十分钱、二十五分钱、五毛钱，偶尔一块钱、五块钱，这样不知不觉地一点一点积攒起来的。每一分每一秒，黑色巨款都在暗中流动，就像浴室水管中的水一样。我希望并且竭力赞成随时有人打击职业赌徒。要是某个州政府从博彩业中收取税金，实际上是助纣为虐，经营赌业的暴徒只会更加理直气壮。政府从发廊的小姐或者理发师那里多收两块钱税款，用来支撑博彩行业的运营，因为能获得巨额利润。所有人都希望警察刚正不阿，可警察的职责是什么？是用来给那些手持特权卡的人保驾护航的。本州有的赌马场一整年都不歇业，名义上是合法的，是正经的生意，因为赌马场每赚一块钱，就有五十块钱押在了开赌盘的浑蛋那儿，州政府就能从中抽取份子钱。八九场赛马印在同一张卡片上，其中有一半都设有赌局，只不过没人知道罢了，哪匹马能获胜，完全是暗箱操作，只要某个人轻轻一句话就决定了。骑手想赢得比赛，只有一种方法，而想输掉一场比赛，方法不下二十种，这是骑手的拿手好戏。那些负责监守的总管根本没办法，哪怕每隔八根柱子就安排一名总管也无济于事。小子，这种赌博是州政府许可的，所以是合法的，是正儿八经的商业活动，是正当的生意，是这么回事吗？纯粹他妈的胡说八道。赌博就是赌博，只会让赌鬼越来越多，世界上所有的赌博加起来也只有一种，那就是不合法的勾当。"

"骂得顺气儿了？"我一边往伤口上抹碘酒，漫不经心地问道。

"我当警察得到了什么？只有衰老、疲惫和无处发泄的怨气。"

伯尼。"我扭头看着他，"我知道你在警察中算是好鸟了，某种程度而言，全世界的警察都不是好鸟。你们找错了原罪，所以都他妈的是治标不治本。有人玩骰子把自己的血汗钱输在了赌桌上，所以认为应该禁止赌博。有人酗酒，所以认为应该禁止生产烈酒。有人开车撞死了人，于是认为不该制造汽车。有人在旅店叫小姐结果招来的是贼，所以认为应该杜绝做爱。有人从楼梯上摔了下去，所以认为不该建造房屋。"

"闭嘴，小子。"

"行，你把我的嘴缝上吧。一介平民无权发言。伯尼，拜托，不要找借口了。黑社会、街头混混儿、流氓土匪的存在，不是因为上面有奸佞的政客，也不是市政大厅和立法机构的小喽啰催生的。犯罪本身并不是病灶所在，而是表现出来的症状。如果医生给脑瘤患者服用阿司匹林，能起到什么效果？你们警察就是这么干的，只不过你们用的是一根金属棍子而已。我们这个富有、强大的野蛮民族，骨子里是暴虐的，获取金钱的手段之一就是犯罪，而集团犯罪则是我们为整个社会付出的代价。无所不能的美元其中一面必然是血腥肮脏的，体现为人们联合起来犯罪。就算再过好多年，犯罪活动也不会绝灭。"

"那么干净的一面又是什么呢？"

"你不妨找哈伦·波特讨教一番，或许他能给你答案呢，反正我没见过。要来一杯吗？"

奥尔斯说："你刚进门的时候，看起来精神奕奕的。"

我说："曼迪拿刀子捅你的时候，你也表现得自信十足。"

他伸过手来："握个手吧。"

我们喝了一杯，然后他从后门走了。那扇后门是今天他进来的时候撬开的，前一天晚上他就来踩过点儿了，现在从那儿出去也算有始有终。那扇门太旧了，木料变得紧绷，稍微碰一下门自己就往外打开了。奥尔斯当初只需要把锁链的钉子给拔出来，剩下的就太简单了。他出门的时候在门框上的一个凹陷处指了指，然后从山坡上翻过去，他的车子停在另一条街道上。如果他撬的是前门，其实也很容易，不过那样会在门锁上留下显眼的痕迹，容易被我发现。

我目送他走远，一道手电光柱悬在他的身前，陪着他从树林中穿梭过去，最后在斜坡另一面消失。我把门锁起来，给自己调了一杯不算烈的酒，坐回客厅里。从我进门到现在，这段时间真够漫长的，可我瞅了一眼手表后才知道，原来那只是我的感觉。

我走到电话机旁，打电话到代接电话公司，告诉接线员小姐洛林家的电话号码，让她转接。她家的管家问我名字，而后说去看看洛林太太在不在。她在家。

我说："我真的当了诱饵羊，现在脸上没一处好的。好在结束了，他们捉到老虎了。"

"下次见面你可要好好给我讲讲。"她的声音听起来非常遥远，就像是已经人在巴黎一样。

"要是你现在不忙的话，我们可以边喝边聊。"

"你说今晚？这……有点儿为难，我正在收拾东西准备搬出去呢。"

"哦，我知道了，那就算了。我原本以为你可能会有兴趣听呢。多谢你先前的善意提醒，不过这件事你家老爷子没有参与。"

"你认真的？"

"当然。"

"好，你稍微等我一下。"她走开了，不一会儿回来，"我们确实应该喝一杯。你说吧，去哪儿？"她的声音现在亲近多了。

"我今晚不开车，坐出租。地方你定吧，随便哪儿都行。"

"我去接你，不过我该去哪儿接你呢？可能要一个小时，或者更久。"

我把地址告诉她，随后挂断了电话。我将门和门廊的灯打开，站在门口接受夜风的吹拂。这会儿感觉清凉多了。返回客厅后我给朗尼·摩根拨去电话，但是没有通话成功。然后我不知道哪根神经搭错了，居然给拉斯维加斯的泥龟俱乐部打了个电话，我想找兰迪·斯塔尔，我原以为他不会接，没料到他接了。

"马洛，没想到你会给我打电话，万分荣幸。"他以精明能干、掌握一切的幕后者口吻对我说道，"你是特里的朋友，特里的朋友就是我的朋友。如果你需要什么帮助，尽管说。"

"曼迪已经在路上了。"

"去哪儿的路上？"

"拉斯维加斯。在一辆红色大灯的黑色凯迪拉克豪华轿车里，和你派来的三位土匪在一起。我想，那是你的车吧？"

他笑了几声，说："有一位做新闻的仁兄说，在拉斯维加斯，我们用凯迪拉克当拖车用，倒也没有说错。发生了什么事吗？"

"曼迪带着两个小王八蛋蹲守在我家里，想狠狠修理我一顿，因为报纸上发表了一篇文章，他认为一切都是我的错——这么说似乎不太斯文。"

"那么是不是你的错呢？"

"斯塔尔先生，报社不是我开的。"

"马洛先生，凯迪拉克上的王八蛋也不是我养活的。"

"也许他们是警察。"

"我不敢确定，你就是为了这事给我打电话？"

"虽然他用手枪砸了我，我也用膝盖帮他的鼻子降了降火，还用脚帮他健胃消食——但说实话他好像不太喜欢，但是我依然希望他能活着回到拉斯维加斯。"

"要是他的方向没错，我想他会活着抵达的。我得挂电话了，抱歉。"

"别急，斯塔尔。你有没有参与奥塔托丹那件事？真的是曼迪自作主张吗？"

"拜托——"

"斯塔尔，别跟我打哈哈，曼迪气急败坏找我的麻烦，警告我少管闲事，让我不要再调查卢恩诺克斯的案子，但我不小心又接近真相了——造化弄人，不是吗？他说的要修理我的理由根本是胡扯，太牵强了，他没必要亲自跑到我家蹲守，再上演一出大威利·马高那样的好戏。他之所以做了刚才我告诉你的事，肯定有更充足的理由。"

"我知道你想说什么了。"他语气平淡、缓慢地说道，"你觉得特里自杀一案存在疑点，可能是别人杀了他，而不是自杀，是吗？"

"我认为搞清楚细节总没坏处的。那份所谓他写的自白，根本是伪造的。他给我写过一封信，虽然被监视着，极不方便，但他还是把信寄出来了，是旅馆的服务员或者某个打杂的偷偷替他寄的，里面还有一张大额钞票。信在结尾处说有人来敲门了，我猜不到当时敲门进去的是谁。"

"所以呢？"

"如果进屋的人是酒店服务员或者打杂的，特里完全可以在结尾再补充一句。如果进屋的是警察，这封信就不可能寄出去。那么到底是谁呢？特里为什么要写那份自白？"

"马洛，我不知道，你别问我。"

"好吧，斯塔尔先生，很抱歉打扰你了。"

"没关系，能接到你的电话我很荣幸。我帮你问问曼迪，看他知不知情。"

"假如你能见到他，或者说见到活着的他，那么拜托了。如果见不到他了，请你帮忙调查一下，不然有人会亲自调查。"

"你吗？"他的语气很镇定，不过一下变得生硬了。

"不，不是我，斯塔尔先生。那个人轻轻吹口气就能把你吹出拉斯维加斯，你想他是谁。斯塔尔，你没必要怀疑我，真的，我是陈述事实。"

"马洛，我想我可以见到活着的曼迪，不用你操心了。"

"那么斯塔尔先生，祝你好梦，我想你对一切都了如指掌。"

49

一辆汽车在红木台阶下停下来，我从屋里出来，站在台阶的最顶端冲下面大声说话，但中年黑人司机已经把车门打开了，伺候她下车。我只好站在那里等着。他拎着一个小巧的睡袋，跟着她朝台阶上走来。走到台阶最上面后，她转身对司机说道："谢谢你了阿莫斯，马洛先生会送我回酒店的，明早我再给你打电话。"

"好的，洛林太太。我想请教马洛先生一个问题，不知道可以吗？"

"可以啊，阿莫斯。"

他把睡袋放进屋里，她从我身旁走过去，进了屋子，不再理会我们。

"马洛先生，请问'我行将就木——我行将就木——我将卷起我的长裤'，这句话是什么意思？"

"这句话除了押韵一点儿外，毫无营养。"

"这是《J.阿尔弗雷德·布鲁菲洛克的情歌》里的一句话。"他笑着说道，"还有一句：'屋中女子蹁跹如蝴蝶，夸夸其谈米开朗琪罗[1]。'你对这句话怎么理解？"

"这个嘛，我认为这个家伙根本不懂女人。"

"先生，我也这么认为，不过我非常崇拜T.S.艾略特。"

"你说'不过'？"

"对啊，马洛先生，我是这么说的，有问题吗？"

"没有，不过到了百万富翁面前可千万别这么说，否则他会觉得你故意刺激他呢。"

"我做梦也不会有这种机会。"他自嘲地笑了笑，"先生，你是不是遇上了什么麻烦？"

"没有，一切尽在掌握。阿莫斯，再见！"

---

[1]米开朗琪罗·博纳罗蒂是意大利文艺复兴时期雕像艺术的巅峰代表，与达·芬奇、拉斐尔并称文艺复兴后三杰。他也是绘画家、建筑师和诗人。贵族圈人士往往喜欢谈论他的作品，以彰显自己的品位和格调。——译注

"晚安，先生。"

他下了红木台阶，我回了屋里。

客厅里，琳达·洛林正站在中央位置四处打量："阿莫斯是毕业于霍华德大学的高才生。你住在这么一个不安全的地方，难道不怕哪个不安全的人来做什么吗？"

"这个世界上哪有安全的地方？"

"你的脸谁打的，真惨！"

"曼迪·梅隆德斯。"

"你还击了吗？怎么做的？"

"很简单，踹了他一两脚。那是一个局，他已经被三四个凶狠毒辣的内华达州警察带走了，说是要回内华达州。别管他了，我们聊点儿别的吧。"

"喝什么饮料？"我问她。她在沙发上坐下来，说随便什么都行，我拿出一盒香烟给她递过去，她说她不想抽。

我说："香槟怎么样？我有两瓶'红带'，存了好几年了。我这儿没有冰桶，不过酒本身很凉，我觉得喝这个不错，其实我不是很会喝酒。"

她问我："你为什么要存着它？"

"当然是为了等你过来喝它。"

她笑了起来，看着我的脸，伸出纤纤玉指，在我脸颊上轻轻抚摩着："看你满脸伤痕，我们从认识到现在才两个月吧？存着等我来喝，我没法儿相信。"

"也或许，我存它是为了等我们相知相识后再喝。你稍等，我去拿酒。"我拿起她的睡袋往房间另一边走去。

她喊问道："你打算把它拿到哪儿去？"

"这不是睡袋吗？"

"拿回来，放下。"

于是我走了回来，把睡袋放下。

"这太不可理喻了。"她的眼睛炯炯有神，又很空洞，一字一顿地说道，"我还是第一次遇到。"

"第一次遇到什么？"

"你没有暗示过我，没有牵过我的手，没有投来过暧昧的眼神，也没有任何亲密的接触，什么都没有。我一直觉得你是个喜欢挖苦人、蛮横无情的莽夫呢。"

"只是偶尔吧，我是这样认为的。"

"那么现在我自投罗网了，你打算趁我们喝得都上头了，就突如其来地把我扔到床上，你是这样想的吗？"

"说实话，确实隐隐有这种冲动。"

"哦，真是不胜荣幸。不过你有没有想过也许我并不喜欢这样呢？我喜欢你，确实很喜欢，但未必愿意跟你上床。是不是因为我不巧随身带了一个睡袋过来，你就想当然地认为我是那样打算的？"

"也许是我一厢情愿了，我去拿香槟。"我把她的睡袋拿起来，放回到前门附近。

"你也许应该把香槟留到一个更有把握的场合。抱歉，我并不想伤害你的感情。"

我说："我只存了两瓶，好场合至少需要一打才够。"

"哦，原来如此。"她气冲冲地说道，"你是在等其他更有魅力的女人，你只把我当成一个体验品。这个主意真棒！我的感情深深被你伤害了。但是我认为我今晚留在这儿未必会发生什么。我可以明确告诉你，如果你认为一瓶香槟就能把我变成荡妇，那你错得太离谱了。"

"我已经认错了。"

她依然没有消气，说道："我告诉你我打算跟我的丈夫离婚，让阿莫斯开车把我送过来，还带着睡袋，但你从哪儿看出我打算跟你发生关系？"

我大声说道："睡袋，睡袋，去他妈的睡袋。你再提它，我把这该死的玩意儿丢到台阶下。我只是想请你喝一杯，打算去厨房拿酒，你凭什么认定我有不轨之举？我知道你不打算跟我上床，我也没有理由这么期待。但是就算我们用同一个杯子喝香槟，也没什么大不了的吧？为什么非要没头没脑地争论谁先对谁动心，在什么地方、什么时间，在喝了多少香槟以后？"

"你用不着发这么大火吧？"她的脸蛋儿红扑扑的。

我气急败坏地说道："这是新的招数，五十招棋我全都知道，全都是糖衣炮弹，全都包含着暧昧，容易让人一厢情愿。我很厌恶这种手段。"

她起身走到我身旁，抬起手指，指尖在我脸上的伤口和水肿的地方轻轻滑过："真的很抱歉，但请你对我友好一点。我是个感情饱受伤害、身心俱疲的女人，但没有人会认为我是个随便的便宜货。"

"大多数人比你更加疲惫和失落。你完全可以无视别人是否对你友好，因为你具备你们家族的勇敢和正直的美德。按照一般情况，你应该跟你妹妹一样，变得恃宠而骄、肤浅、随波逐流、放纵欲望。可是你不是，你是一朵奇葩。"

我转身朝房间的另一边走去，进了厨房，从冰箱里拿出一瓶香槟，将软木塞拔出来，咕咚咕咚倒了浅浅的两杯酒，端起其中一杯一饮而尽，结果把眼泪都呛了出来。我把空杯子重新倒满，将两杯酒放在托盘上。

　　当我端着托盘回到客厅时，她却不在了，睡袋也没了。我把托盘放在桌子上，推开前门，实际上我并没有听见开门声，况且她也没有汽车可用。

　　"傻瓜，你以为我逃走了？"

　　无声无息地，她出现在了我身后。

　　我把门关上，回过身来，她头发的束带不见了，头发披散下来，身上穿着一件日本图样的丝质晚霞色睡袍，光溜溜的脚丫趿拉着一双有羽毛装饰的拖鞋。让我意外的是，她带着羞涩的笑容步履轻盈地向我走过来。我将一杯酒递给她，她喝了一小点儿，说："很好喝。"她把杯子放下，毫不做作地轻轻靠近我的怀里，嘴唇吻在我的嘴唇上。不仅张开了嘴唇，连贝齿也分开了，她的舌尖触碰到我的舌尖。很长时间后，她的头才慢慢离开我，眼睛里噙着泪，双臂依然环在我的脖子上。

　　她说："其实我早就盼着这一刻了，但我必须表现得矜持些，虽然我不知道这有什么用。或许我只是过分敏感吧，实际上我并不是一个水性杨花的女人。你觉得遗憾吗？"

　　我说："如果我认为你是那样的女人，那么在维克托酒吧初次见面的时候，我可能就会向你做出某种暗示了。"

　　"你不会的。"她微笑着摇了摇头，"这也是我今晚会来这里的原因。"

　　"或许吧，那天晚上是另一种心情，也许不会。"

　　"更有可能你永远也不可能在酒吧勾搭某个女人。"

　　"嗯，那里灯光太暗，确实很少。"

　　"实际上，去酒吧的女人，有不少是为了猎取肯对她们暗送秋波的猎物。"

　　"有不少女人早晨一醒来就有这样的期待。"

　　"从某方面来说，酒精就是春药。"

　　"但酒精是医生的必备品。"

　　"为什么要谈到医生？我想喝香槟。"

　　我又热吻了她一次。这种工作真让人心情愉悦。

　　"我想亲吻你惨兮兮的脸蛋儿。"她说着付诸了实际行动，而后说，"像火一样烫。"

　　"可我身体其他部位冰寒彻骨呢。"

"胡说八道。我要喝香槟。"

"为什么？"

"因为再不喝泡沫就散了，我喜欢那种味道。"

"哦，是这样。"

"你确定你很喜欢我吗？如果我跟你上完床，你还会爱我吗？"

"说不准。"

"你应该清楚，你不跟我上床也没关系。我不勉强。"

"多谢。"

"我要香槟。"

"你有多少钱？"

"你说全部？没算过，大概八百万美元？也许吧。"

"那我跟你上床。必须的。"

她说："雇佣兵，认钱不认人。"

"我出了香槟，那也是钱。"

她说："去你的香槟。"

50

"你有跟我结婚的打算吗？"一个小时后，她问道。她伸出光洁如玉的藕臂，来我的耳朵上挠痒痒。

"维持六个月是极限。"

她说："我的天，拜托。不过六个月也值了，人生本来充满了不可预知，你打算把所有的风险都规避开？那你的人生还能剩下什么？"

"我已经单身了四十三年，早就习惯了这种生活。至于你，你从小衣食无忧，早已习惯了奢侈的生活，即便情况比别人略轻一些。"

"我今年三十六岁。我不觉得有钱就该遭人鄙视，跟大款结婚就丢脸吗？巨额财富会令很多人迷失生活方向，他们也不配拥有这笔财富。或许很快就会爆发新一轮的战争，战争结束后，除了以坑蒙拐骗谋生的人或者投机者，大家全部都成了穷光蛋呢。我们这些人全部被压榨得一穷二白。"

我抚摸着她的头发，手指轻轻缠绕一缕发丝："也许你说的没错。"

"也许我们应该坐飞机去巴黎痛痛快快地玩上几天。"她支起手肘，低头看着我，"你很恐惧婚姻，是吗？"她的眼睛亮闪闪的，但分辨不清那是一种什么样的情愫。

"美满的婚姻，概率只占所有婚姻的百分之二，大多数家庭都只是得过且过罢了。再过二十年，车库里的一张椅子就是男人的全部，大部分的疆域都沦陷在了美国太太的手里，因为美国女人真的很厉害，而且……"

"我想喝点儿香槟。"

我接着说道："而且离婚这种事，只有第一次才觉得为难，以后就只剩下财物方面的问题了。可能我对于你来说只是一个匆匆过客，没有我，对你没有丝毫的影响。可能十年后你我在某个街头错身而过的时候，你只会在心里略微奇怪一下——是不是在哪里见过我——假如你注意到了我。"

"你就是个自信过度、软硬不吃、不能招惹的老光棍儿。我要一点儿香槟。"

"这样或许你能记得我久一点儿。"

"你是个自欺欺人的家伙，从里到外都是。你认为我会记得你？就凭你脸上的这点伤痕？你认为我在跟很多男人结过婚、上过床后，还能记得你？你哪儿来的自信？"

"你这么一说，我觉得我真的自信过头了。好吧，我去给你拿香槟。"

"保持这种状态挺好的，是吗？既不用冒险，还能享受软玉温香。"她讽刺道，"甜心，我是个富婆，以后我的钱会越来越多，我可以把整个世界都买给你，前提是你值得我这么做。你现在有什么值得患得患失的？一间连只猫猫狗狗都没有的破房子？还是一个巴掌大臭烘烘的办公室？这就是你期待和守候的？哪怕有一天我们不幸离婚了，我也不会让你回到现在的凄惨境况。"

"如果我拿着你的钱出轨呢？我可不是特里·卢恩诺克斯。"

"行行好，不要再提他了，也不要提韦德家的那个金光耀眼、心如蛇蝎的女人，还有她的那个悲惨的酒鬼丈夫。你就算拒绝我，成为唯一拒绝我的男人，获得这份殊荣，也不能提升你的自尊，不是吗？我求你娶我吧——我把从出生到现在最高规格的尊严交由你处置，可以吗？"

"比这规格更高的你已经给我了。"

"你这个傻瓜，傻瓜。"她哭了起来，眼泪湿润了脸颊，我触摸她的泪水。

"就算我们只能维持两年、一年，甚至半年的婚姻，你又能损失什么？仅仅是办公桌和百叶窗上的一点儿灰尘和独自生活的空虚寂寞感，仅此而已。"

"你还想喝点儿香槟吗？"

"好吧。"

我知道她并没有爱上我，她同样清楚。我拉她坐起来，她依在我的肩膀上哭着。她哭并不是因为我，而是压抑了多时，现在急需哭一场。

等她离开我的肩膀后，我下床去拿香槟。她去浴室补妆，回来后脸上已经换成笑容了。

"对不起，我居然哭了。用不了六个月，我就会忘掉你的名字。把酒端到客厅吧，我想看看灯光。"她说。

我照着她的吩咐去做。她在沙发上坐下来，就像刚才那样。我把香槟端到她面前，她望着玻璃杯，但没有伸手。

我说："到时候我会再做一次自我介绍，我们可以再喝一杯。"

"就像今天晚上？"

"今天晚上已经是过去式了，永远不会再有了。"

她端起香槟，轻轻抿了一口。她从沙发上转过身子，把剩下的酒泼到我脸上，她又哭了。

我掏出手绢儿，为她擦拭眼泪，也擦掉我脸上的酒。

她说："我不知道自己怎么了。看在上帝的分儿上，别拿我是女人来说事，不要说女人从来都不可理喻。"

我笑了笑，又在她的杯子里倒了些香槟。她喝了一点儿，扭过身躯趴在我的腿上。

"我累了，这一次我要你把我抱回去。"

没过多久，她沉沉地睡了过去。

第二天清晨，当她还在睡梦中的时候，我起床去煮咖啡、洗澡、刮胡子、换衣服，等她醒来后，我们共进早餐。我叫来一辆出租车，拎着她的睡袋陪她走完那道红木台阶。我们彼此道别，我看着她坐的出租车远去。我独自走上台阶，走进卧室，把床铺彻底弄乱，然后重新铺好。

有一根淡黑色的长发落在其中一个枕头上，我的胸口好像压着一块沉甸甸的铅坨子。

这种感觉，法国人用一句话来形容——那些王八蛋好像总有俏皮话能形容某件事情，而且从来没有说错过——分别让生命悄无声息地消逝了一点儿。

51

晚上七点半左右，我中途顺道去找休厄尔·昂迪克特，他说他晚上加班。

他的办公室设在角落里，地板上铺着蓝色的地毯。有一张古老的红木书桌，四角雕花镂纹，一看就非常值钱。几个书架倒是很普通，透过书架的玻璃门，可以看到里面摆得满满当当的泛黄的法律书籍以及大名鼎鼎的英国法官"内幕神探"所画的讽刺漫画。南墙上挂着一幅巨大的奥利弗·文德尔·福尔摩斯法官的肖像画，除此之外空荡荡的。昂迪克特坐在一张黑皮椅子上，旁边放着一张里面塞满了纸张的卷盖桌。我想，世上没有任何一个装修行家有本事对这样的一间办公室进行美化改造。

他一副无精打采的样子，不过他一向如此。这会儿他没有穿外套，只穿着一件衬衫，领带松松垮垮，上面粘着一抹烟灰。他正在抽一根没有烟气的香烟。到处都是软塌塌的黑头发。

他一声不吭地瞪着我，看我坐下来。他说："我不想听到你说你现在还在追查那件案子。我见过的所有顽固分子中，你是最冥顽不灵的。"

"我正在担心一件事情，不知道现在能不能直言不讳地说你当初去监狱看我，是受了哈伦·波特先生的委派？"

他点了下头。我用手指轻轻揉着我的脸颊，虽然伤口愈合了，也不肿了，不过挨打的时候，其中一下伤到了脸部神经，到现在脸蛋儿还有一些麻痹感，我不能放任不管。经常揉一揉才能彻底恢复。

"那次你是以什么身份前往奥塔托丹的？地方检察官代理助理？临时授命？鸟尽弓藏？"

"嗯。不过马洛，你不要揪着这一点大放厥词。那是有用的为人之路，可能我过分重视了吧。"

"有用是好事，再接再厉。"

"不，"他摇了摇头，"已经用完了。现在波特先生在处理法律事务时，用的是旧金山、华盛顿和纽约的律师事务所。"

"仔细想想，我的胆大妄为肯定令他咬牙切齿。"

"可令人不理解的是，"昂迪克特云淡风轻地笑了笑，"他把所有怨气都发泄在了他女婿洛林医生身上了。像哈伦·波特这样的人，总是要找个人来责怪的，因为他自己不可能犯错。他认为罪魁祸首是洛林医生开给那个女人的危险药品，否则一切都风平浪静。"

"他责怪错对象了，你在奥塔托丹亲眼看见了特里·卢恩诺克斯的尸体吗？"

"看见了。在一家制作家具的铺子里，那里也替人做棺材。那个地方没有正儿八经的殡仪馆。我看见了他太阳穴上的伤口，尸体冷冰冰。如果你怀疑死者身份有问题的话，这一点我可以确信，没有错。"

"不，这一点我从没怀疑过，昂迪克特先生。因为他的情况不允许，不过他肯定化了妆吧？"

"头发染黑了，脸部和手打了暗粉底，但脸上的疤痕还是一清二楚。另外，他碰过的家具很容易就能提取到指纹。"

"那边的警方怎么样？"

"非常落后，长官堪堪识几个字，不过就指纹这方面而言还是没问题的。你知道那里，特别热，非常热。"他皱着眉头说。他漫不经心地把香烟从嘴上拿下来，丢进一个大大的黑色容器中，像是玄武岩之类的东西做的。

"他们没有涂抹防腐油，只是从酒店里弄来一大堆冰块。"他看着我，又补充道，"你知道，不得不快速处理。"

"昂迪克特先生，你的西班牙语怎么样？"

"略懂几句，不过酒店经理给我们当翻译。光从那身考究的衣服上看，他就是一位绅士。"他面带微笑，"虽然从表面上看他像个硬汉，实际彬彬有礼，他给了我们很大的帮助。验尸程序进行得非常顺利，几下就结束了。"

"我收到一封信，波特先生可能知道，里面夹着一张'麦迪逊头'。他女儿洛林太太还亲眼看过，是我让她看的。"

"一张什么？"

"一张面额五千美元的大钞。"

"是真的？"他挑了挑眉，"也对，这点钱对他来说不算什么。他们第二次结婚后，他的妻子给了他二十五万美元呢。可能原本他计划逃离这边的一切，到墨西哥重新开始生活，最后那些钱去向不明。我没有调查。"

"我带了那封信，你要看看吗，昂迪克特先生？"

我把信递给他，他读得十分认真，这是律师们的习惯。读完后他把信放在桌子上，脑袋向后靠，眼睛无神地盯着某一个地方。

他平静地说："写得有些咬文嚼字儿，你觉得呢？我想不通他为什么这么干。"

"你是指给我写信，还是写自白书，或者自杀？"

"当然是指写自白和自杀。"昂迪克特大声道，"他给你写信不难理解，他可能要补偿你之前和后来为他做了那么多事，这是合理的。"

我说："问题是，他提到窗外的街边有个邮箱，我一直为此困惑。特里想确定酒店服务员把信真的寄出去了，让他投信前先举起来让他看一眼。"

"那又怎么样？"昂迪克特眼皮耷拉，用淡然的语气问道。他打开一个方形盒子，从里面拿出一根过滤嘴香烟，我把打火机给他丢过去。

我说："奥塔托丹根本没有那玩意儿。"

"然后呢？"

"之前我并没有想到这一点，后来我单独调查了那个地方，然后才知道那只是一个只有一万到一万两千人左右的小村镇，只有一条街道，其中一半还没有铺好。警察局长的公务车是一辆福特A型汽车[1]。有一家酒店、两家小酒吧，一条像样的路都没有，因为经常有人去山里打猎，所以才建了个机场。飞机是那边最靠谱的交通工具。邮局建在一家肉铺的边上。"

"继续，说说打猎的事，我很感兴趣。"

"我宁愿相信那里有赛马场、赛狗场、高尔夫球场、回力球场或拥有音乐台和彩色喷泉的公园，也无法相信那边有街边邮箱。"

昂迪克特淡漠地说道："没准儿他搞错了呢。那原本只是一个垃圾桶什么的，看起来像邮箱，其实不是。"

我起身把那封信拿过来，重新折叠起来，放回衣兜里。

"说得好，就是垃圾桶。"我说，"红白绿相间的漆皮，典型的墨西哥风格，还有个用印刷模板印出来的醒目告示，用大字写着：'维护城市清洁人人有责。'当然，文字是西班牙文，还有七八条流浪狗躺在那里。"

"马洛，不要卖关子。"

"对不起，我只是想说明一下我的疑惑是怎么来的。还有一个问题，那封信是怎么寄过来的呢？但这个问题我已经问过兰迪·斯塔尔了。如果思路顺

---

[1]福特A型汽车是福特汽车公司较早开发的一款汽车。上世纪二十年代末因市场份额受到冲击，亨利福特重新启用A型车，在原A型车的基础上做了大幅度的改进，优越于当时大众普遍购买的T型车。——译注

着信的内容走，应该是早就有人安排好了一切。有人撒谎了，他根本就知道邮箱的事。可是他还是把装着五千块钱大钞的信寄了出来。你不觉得太复杂、太离奇了吗？"

他坐在那儿吞云吐雾，眼睛盯着飘飘荡荡的烟雾。

"你得到了什么结论？这事跟斯塔尔又有什么关系？"

"斯塔尔，还有一个被赶出我们这座城市的小流氓梅隆德斯，都是特里在英国军队时的战友。某些方面，不，是所有方面，他们都令人起疑。不过，他们有自己的尊严。这边的人因为再明显不过的缘由掩盖真相，奥塔托丹那边同样放烟雾弹来遮掩，不过是另外的缘由。"

"那你到底得出了什么结论呢？"他用更加尖厉的语气又问了我一次。

"你得出什么结论呢？"我反问道。

他没有回答。我向他道谢，说占用他的宝贵时间了，然后告辞。

拉开门时我看见他紧皱眉头，我猜他可能正在尝试回想酒店外到底有没有邮箱，他皱眉是因为他感到困惑，没有另外的不纯动机。

没什么新意，只不过是轮盘再次转动而已，转了一个多月才算有了结果。

那是一个周五的清晨，我到达办公室的时候，有个陌生人正在等我。看起来像墨西哥人或南美洲人或别的哪儿的人，穿着一身考究的衣服。窗户打开了，他正坐在窗前抽一根棕色香烟，烟气很浓。他的身材纤瘦而高挑，看起来斯斯文文，淡黑色的头发和胡子都修剪得很整齐，比通常人们的头发还要长一些。他戴着一副绿色镜片的太阳镜，西装浅褐色，手工品，针脚疏朗。

"马洛先生？"他礼貌地起身。

"不知有什么可以帮助你的？"

"先生，这是拉斯维加斯的斯塔尔先生委派我送给你的资料。"他把一张折叠好的纸递给我，"你会西班牙语吗？"

"说得很慢，我们还是说英语吧。"

"说英语也好，我说哪种都差不多。"

我翻开那张纸看了看。

我给你推荐一位我的朋友，他叫奇斯克·马伊拉诺斯，或许他能帮上你的忙。S。

279

我说："马伊拉诺斯先生，我们进去谈吧。"

我打开门，请他先进。他从我身边走过时，我闻到一股香水味。两道眉毛柔得像个娘们儿，但是他并不像外表看起来那么柔和，因为双颊上有伤疤。

52

他在客人椅上坐下来，一条腿压在另一条腿上："你想知道卢恩诺克斯先生的事，是吗？"

"告诉我最后的场景就行了。"

"先生，我在酒店工作，当时我在现场。"他耸了耸肩说，"我是那里的临时工，工资一日一结的那种，职位微不足道。"

他的英语无可挑剔，但带有西班牙韵律感。西班牙语——我是指美洲的西班牙语，听起来像海浪一样跌宕起伏，错落有致，美国人总是觉得西班牙语的语调跟语意完全不搭调。

我说："我看你不像。"

"谁都会遇上低谷。"

"给我寄信的人是谁？"

"尝一根吗？"他把香烟盒向我递来，我摇了摇头。

"我比较喜欢哥伦比亚香烟，古巴烟劲儿太大，我享受不了。"

他笑了笑，自顾自地点了一根抽了起来，顿时青烟缭绕。我升腾起一股无名怒火，这个浑蛋真够斯文礼貌的。

"先生，你是问信的事？我知道。那里被警卫控制后，就没有服务员敢进卢恩诺克斯先生的房间了。守在那里的除了警察还有侦探之类的人，我只好亲自把信交给邮差。当然是等枪案消停后，悄悄进行的。"

"真遗憾，你真该拆开看看的，里面有一张巨额钞票哪。"

"先生，螃蟹可以横行，可人不能没有荣誉。那封信是封好的。"

"抱歉，你继续说。"

"我走进房间，把门关上，守卫就在门外。卢恩诺克斯先生右手拿着一把枪，左手拿着一张一百比索的钞票，他身前的桌子上放着一封信和一张纸，我看不到写着什么。他把那张钞票给我，我没有收。"

"嗯，钱烧手。"

他没有理会我的讽刺。"他硬塞给我，最后我只能收下，不过后来送给酒店服务员了。我把信放在送咖啡的托盘上，拿餐巾盖在上面藏好。出来时侦探死死地盯着我看，不过什么都没说。我下楼梯走到一半时，房间里就传出了枪声。我赶忙把信藏起来跑回楼上。侦探正打算踹门。我用钥匙打开门，发现卢恩诺克斯先生已经死了。"他叹了一口气，手指在桌子边沿漫不经心地滑动着，"至于其他的事，你应该都了解了。"

"酒店的客房都住满了吗？"

"没有，只有五六个住客，其他都空着。"

"美洲人？"

"有两个是美洲人，来打猎的。"

"说确切点儿，是英美人，还是墨西哥人？"

"其中一个可能是西班牙血统，说着一口边境西班牙语，很难听。"他的手指轻轻从膝盖上的淡棕色布格上划过。

"他们接近过卢恩诺克斯的房间吗？"

"先生，他们为什么要靠近那儿？"他抬起头反问。我看不到他的眼神，因为隐藏在绿色的眼镜片下。

"没道理。马伊拉诺斯先生，谢谢你专程过来告诉我这件事，也请你转告兰迪，我非常感谢他。"

"先生，举手之劳。"

"你跟他说，以后再派人来，最好派个说话靠谱的人——如果他不那么忙的话。"

"先生，你认为我的话不可信？"他的声音很柔和，却很冰冷。

"你们这种人动不动就谈荣誉，可荣誉通常只是窃贼的夜行衣。你别生气，坐那儿好好听着，我换个说法。"

他往后靠了靠，一副不屑一顾的神态。

"听着，也许我猜错了，也许是对的，我只是猜测。这两位美洲人大老远飞到奥塔托丹，佯装去打猎，其实是带有其他目的。其中一个是个赌徒，姓梅隆德斯，他可能直接登记实名，也可能用假名，我这不能确定。他们在那儿的事，卢恩诺克斯是知道的，而且也清楚他们前来的目的。他心里过意不去，所以给我写了封信，还在信里放了那张五千美元的大钞。虽然他认为我是个好骗的傻瓜，但他是个好人，良心不安，他知道我缺钱，而他恰好有不少钱。他还放了一些可能会起作用但也可能一无用处的清新脱俗的小暗示。他这种人总是想着不要把事情搞砸，却总是搞砸。你说你亲自把信交给了邮差，为什么不直接放进酒店前面的箱子里？"

"先生，什么箱子？"

"邮箱。用你们西班牙的叫法，叫邮差箱。"

他轻笑了一声，说："奥塔托丹有街边邮箱吗？先生，奥塔托丹只是一个落后的小地方，和墨西哥市不一样。那里的人从来不收信，也不知道邮箱那玩意儿有什么用。"

"哦，是这样，不过这没什么。马伊拉诺斯先生，你根本没有端着托盘进卢恩诺克斯的房间送咖啡，进去的是那两个美洲人，你也没有从侦探身边经过，因为侦探已经被摆平了。当然还有其他人，其中一个美洲人从后面袭击了卢恩诺克斯，把他打晕。他掏出一把驳壳手枪，卸下子弹夹，把子弹取出来，又把空弹夹装回去，把枪顶在卢恩诺克斯的太阳穴上扣动了扳机。所以他并没有死，只是被伪造出了一个触目惊心的伤口。他被人用担架抬了出去，上面遮盖得严严实实。美国律师来检查的时候，卢恩诺克斯是处于麻醉状态的，他躺在做棺材的家具店里，身上撒着冰块。所以美国律师所看到的，是一个身体冰冷、一动不动、太阳穴有发黑的血口子、一看就是死了的卢恩诺克斯。第二天下葬的，其实是装了石头的棺材。美国律师带着他的指纹和一份可以交差的文件离开了。马伊拉诺斯先生，你说我推断的准不准？"

"先生，不排除这种可能，但这需要非同一般的人力和财力。除非这位梅隆德斯先生跟奥塔托丹的当家人、酒店的老板等有头有脸的人物关系密切，否则太异想天开了。"

"是的，你说的也有道理。这倒是提醒了我。你说，他们为什么哪儿都不选，偏偏选了奥塔托丹那么一个偏僻的小村落？"

他立马笑了："你的意思是，卢恩诺克斯先生还活着？"

"当然，为了让人们相信那份自白书，有人导演了一场假自杀。但这必须做到能把一个以前担任过地方检察官的律师骗过去，如果失败，那么现任地方检察官就会下不来台。这位梅隆德斯以为自己够狠，责怪我多管闲事，于是拿手枪砸我的脑袋，实际上他就是个纸老虎。当然，他这么做肯定有原因。比如说，假如伪造自杀一案一旦曝光，梅隆德斯就会成为一场国际风暴的台风眼。在这一点上墨西哥人跟我们是一样的，他们也不喜欢警察胡作非为。"

"先生，这些都有可能，我明白。但是你指控我说谎，说我根本没有进卢恩诺克斯的房间帮他寄信。"

"朋友，因为你一直都在房间里——你正在写信。"

他把墨镜摘了下来。一个人的眼眸的色彩，无论他怎么伪装，都无法改变。

"现在要是去喝一杯'螺丝起子'，是不是稍微早了点儿？"

53

在墨西哥的时候，他们给他做了一个非常棒的手术。他们的医院、医生、工程师、建筑师、画家都不次于我们这边的，甚至有时候更好，有什么做不到的？有一个墨西哥警察还发明了一种弹药类硝酸盐的石蜡试验。他们没办法把特里的脸整得完美无瑕，然而已经达到很不错的效果了。他们为了让他的鼻子看起来扁一些，跟北欧人拉开些距离，甚至还把他的鼻子整了整，削掉了一些骨头。但他脸上原有的疤痕他们无能为力，所以只好在另一边脸上也搞出两道疤痕。在拉丁美洲，刀疤脸满大街都是。

"我还在这里做了神经移植手术。"他摸了摸原来有疤的半边脸说。

"我的猜测是不是很准？"

"除了几个微不足道的小细节，非常接近了。当时时间紧迫，好多主意都是临时想到的，我自己都不敢确定最后会怎么样。他们嘱咐我，我接下来的行踪要确保能让他们找得到，让我做几件事。曼迪反对我给你写信，不过我坚持要写，他拗不过我。他低估了你的能力，邮箱问题他完全忽略了。"

"杀害西尔维娅的凶手到底是谁？你知道吗？"

他没有直接回答，而是说："就算一个女人在你心里面已经没什么地位了，但你还是不忍心举报她谋杀。"

"世上有很多为难之事。哈伦·波特全都知道？"

"我想他真的认为我死了。"他又笑了笑，"除非你跟他说，不然没有人告诉他我没死。就算他知道，他也不会跟别人说。你觉得他可能会说吗？"

"我跟他没什么可聊的，曼迪怎么样了——我是说他现在什么情况？"

"他没什么大问题，目前在阿卡波克。他能全身而退，这多亏了兰迪。不过他对警察动手的事，让他们很反感。其实曼迪也有一颗心，没你想的那么坏。"

我说："毒蛇也有一颗心。"

"那倒是，原来的那杯'螺丝起子'呢？"

我起身走到保险柜跟前，没有回答他的话。我扭转密码圆盘，拿出一个信封来，里面装着那张'麦迪逊头'和五张带有咖啡味道的百元面额的钞票。我把信封里的东西统统倒在桌面上，把那五张百元钞票捡起来，说道："这张'麦迪逊头'我把玩了一些日子，挺好玩儿，现在物归原主。剩下的我留着，大部分钱都花在了调查和各种开销上了。"

我把那张钞票推在他面前，但他没有碰。他说道："你留着吧，我另外还有不少呢。你原本不应该帮我的。"

"我清楚。你可能都听说了，她杀了她的丈夫，如果我没管闲事，她可能会过上好日子。他只是一个有血有肉、有脑子、有感情却微不足道的作家罢了。他什么都知道，但他宁愿守护这个秘密痛苦地活下去。"

"兄弟，我从来没打算伤害谁，我根本无法控制那些事。我只是个身不由己地一直被推着走的窝囊废。当时我太害怕了，一心只想逃。在那么急迫的时间里，没有人能做得面面俱到，你说我当时能怎么做？"

"我不知道。"

"反正她迟早会杀掉他，她骨子里藏着一股疯狂。"

"说得没错，有可能。"

"行了，我们不要搞得这么沉重，何不找个安静凉快的地方喝一杯？"

"抱歉，马伊拉诺斯先生，我现在没空。"

"我们以前是好朋友，不是吗？"他看起来很不开心。

我说："是这样吗？我不清楚，你的朋友是另外两位才对。你一直待在墨西哥？"

"是，我喜欢墨西哥，那件事以后我很快入了墨西哥国籍。只要有个好律师，这很容易办到的。其实我是用的不合法手段来到这里的，从一开始就是不合法的。我以前骗你说我出生在盐湖城，但实际上是蒙特利尔。我只是想着，来维克托酒吧喝一杯'螺丝起子'应该算不上太危险。"

"马伊拉诺斯先生，把你的钱收起来吧，我受不了上面的血腥味。"

"你需要钱。"

"你很了解我吗？"

他把钞票拿起来，用纤瘦的手指把它抹平，然后装进衣服的侧兜里，一副魂不守舍的样子。他咬了咬嘴唇，露出洁白的牙齿——只有在褐色皮肤的映衬下，牙齿才会显得这么白。

"那天早上我把所有能说的都告诉你了——就是你送我去蒂华纳的那个早上。我当时给过你机会，让你告发我。"

"我并没有埋怨你什么，你本性如此。曾经有很长一段时间，我总觉得你是个谜。你的品格、教养都不错，可总有些地方让人困惑。你是个有原则，并且努力按照原则行事的家伙，但那纯粹是个性上的原则，在道德伦理方面你毫无原则。你的本性不坏，所以能归入好人行列。但是，流氓土匪和正人君子对你来说没什么区别，跟谁在一起都无所谓，都能获得快乐，只需要大家在宴席上体面、斯文，能说一口流利的英语就行了。或许是因为你经历过战争的缘故，也或许你生来就这样，你在道德原则上是个失败者。"

他说："我不理解，我实在不能理解。我只是想报答你，你为什么不能接受呢？我猜你是恼怒我没有把真相告诉你。"

"这是你今天最有礼貌的一句话。"

"我很欣慰，至少还有让你不反感的地方。我当时遇上了生死危机，而我恰好认识能够帮我摆脱危机的人。因为我曾经救过他们的命，那是很遥远的战争年代的故事了，可能那也是我这辈子做过的唯一正确的一件事了。当我走投无路的时候，他们无条件帮助了我。马洛，你并不是这个世界上唯一不把钱看在第一位的人。"

他身体前倾，从我这边够到烟盒，抽出一根烟。他晒得黑黝黝的脸蛋儿，局部皮肤潮红起来，结果疤痕也因此突然明显了。我闻到了他身上飘过来的香水味。他从衣兜里掏出一个精美的天然气打火机，把香烟点上。

"特里，我承认你的魅力吸引了我，只因为在随便一个安静的酒吧安安静静地喝上几杯酒，点一下头，挥一下手，露出一个笑容。那时真的挺好，因为我们之间存在友谊。我的朋友，就这样吧，我不会说再见，'再见'两个字我已经在另一个场合说过了，那时候我用一个意味深长的诀别仪式跟你道别，我感到悲凉、孤独、别无选择，只能痛下决心。"

"都是该死的整容花了我太长时间，我回来得有些晚了。"

"不，你只是被我拿烟熏出来的，否则你根本不会现身。"

他的眼眶里隐隐有泪水滚动，他急忙又戴上了他的墨镜。

他说："我不知道。我存有太多顾虑，有些犹豫。他们不让我把真相告诉你。我仅仅只是没有下定决心。"

"特里，放宽心吧，以后你的身边有的是人帮你出谋划策。"

"兄弟，他们是不会收留废物的。我以前是突击队员，受过重伤——那些纳粹医生简直就是恶魔，那段经历对我的影响很大。"

"特里，这些我都知道。我并没有埋怨你，从来没有。你有很多地方都很有男子汉魅力，不过你已经离开了，现在在我面前的不是你，而是一个穿着考究，喷了香水，打扮得花枝招展的五十块钱的妓女。"

他歇斯底里地说道："我只是逢场作戏。"

"面具戴得很舒服，舍不得摘下来了，对吧？"

他的嘴角露出苦笑，他忽然耸了耸肩，特有拉丁味儿，但耐人寻味。

"没错，只是逢场作戏，没有别的。在这里我一无所有。虽然我曾经有过，但也成了遥远的过去式。可能一切到此为止了，对吧？"

他站了起来，我也站了起来，伸手跟他握了握手。

"再见，马伊拉诺斯先生。虽然时间不长，但荣幸认识你。"

"再见。"

我目送他出门，看着他把门关上。我听着仿大理石长廊里他的脚步声走远，变小，消失。什么也听不见了，但我还是继续听着。我想听到什么？难道我盼着他停住脚步，返身走回来，然后对我一顿劝慰，让我的内心能够接受？不，他并没有这么做。那是我最后一次见他。

自那天以后，我再没见过那些人，除了警察。我猜，想跟警察永远不见面，比登天还难。